大鱼

有爱的青春陪伴者

每次告白都死机
林音
著

图书在版编目（CIP）数据

每次告白都死机 / 林音著. -- 贵阳 : 贵州人民出版社，2022.11
ISBN 978-7-221-17321-8

Ⅰ. ①每… Ⅱ. ①林… Ⅲ. ①长篇小说－中国－当代
Ⅳ. ①I247.5

中国版本图书馆CIP数据核字(2022)第182054号

每次告白都死机
MEICI GAOBAI DOU SIJI
林音 / 著

出版统筹：陈继光
选题策划：大鱼文化
责任编辑：严　娇
特约编辑：蔡杭蓓
装帧设计：颜小曼　孙欣瑞
封面绘制：麗_MARYLI
出版发行：贵州人民出版社（贵阳市观山湖区会展东路SOHO办公区A座 邮编：550081）
印　　刷：长沙鸿发印务实业有限公司
开　　本：880毫米×1230毫米　1/32
字　　数：429千字
印　　张：11
版　　次：2022年11月第1版
印　　次：2022年11月第1次印刷
书　　号：ISBN 978-7-221-17321-8
定　　价：45.80元

贵州人民出版社微信

目录

Contents

/contents

Contents

目录

/contents

Chapter 1
似曾相识的一天

1. 表白被拒绝

我喜欢你，像爆裂在黑夜的烟花，漫天遍地都是绚丽的花火。

我沉默不语，心跳却锣鼓喧天。

流云疾走于山海，薄雾漫步在峡谷，全世界的花都开在我心里。

你眼里星光璀璨，我眼里只有你。

何幸站在学校天台上，炎热的夏风吹动她蓝色条纹的短裙，她咬紧了嘴唇，牙齿在嘴唇上印下青白的痕迹，那双握成拳头的手在微微颤抖。

在十秒钟之前，她被暗恋三年的偶像江应景拒绝了。

何幸耳朵里嗡嗡作响，脑袋里发蒙。

其实江应景并没有说很过分的话，他只是用疑惑的眼神看着何幸。

那是何幸第一次离江应景那么近。

他个子很高，双手插兜，短短的黑发清爽蓬松，低头看着她的时候，眼中好似盈满黎明微光。尽管他的气质一如既往的高冷，那张被夕阳映照的面孔，却还是好看得不像话……

何幸的心跳得飞快，脸颊滚烫，她知道自己的脸一定红了。

江应景就这样看了她几秒钟，问："你是？"

何幸差点儿跌倒在地。

"是我啊！我是何幸！今天你打球的时候，我还给你递矿泉水了！"

何幸仰着脸看着自己心中的偶像，努力想要让他记得她这张脸。

可惜事与愿违，江应景对她说："不好意思，我有脸盲症。"

何幸感受到了绝望，她努力想让自己的眼眶里涌出一点儿可怜的泪花。听说男生都抵挡不了女孩子的眼泪嘛。酝酿得差不多了，何幸“哽咽”着问：“我跟其他女生长得一样吗？”

江应景一点儿面子都不给她，面无表情地说：“差不多吧。”

何幸：“……”

江应景你有没有情商？就不能拒绝得委婉一点儿吗？

表白的希望基本上来说是破灭了，但何幸还是不死心。

她踮起脚，又凑近了江应景一点点，弧度圆润的鹅蛋脸迎着朦朦胧胧的夕阳，鬓角的碎发蒙着一层浅淡的金色光芒。她小心翼翼地问：“那你……喜欢我吗？”

江应景宛如七秒记忆的金鱼，皱着眉问：“你是？”

“……”江应景你是复读机啊？！

何幸沉默了整整三分钟，努力控制着自己的情绪。

江应景完全没看出她已经处在抓狂边缘，冷冷淡淡地问：“还有事吗？”

何幸心里千回百转，最终化为一句无奈的“……没事了，再见”。

江应景转身离开，夕阳的碎片洒落在他修长清瘦的后背上。

这是何幸见过的最美丽又最令人心碎的黄昏。

她也不知道自己是怎么离开学校的，一路上浑浑噩噩。

路边的行道树、脚下的格子地砖、散发着花朵清香的灌木丛、路边突然窜出的小黑猫……一切一切她平时所见到的美好景色都变成了灰色，仿佛全都冷冻在与她不相干的世界里。

她被拒绝了……

话说这算是拒绝吧！

江应景连她的脸都不记得，难道还能跟她谈恋爱啊？

何幸沮丧地踢了一脚地上的石子，石子滚落到路边的下水道铁栏里。

不行，她要振作起来！偶像哪有那么好追？江应景可是遥不可及的“高岭之花”，全校女生的梦中情人啊！她应该做好打持久战的准备……

何幸握紧拳头，暗暗为自己打气。

何幸身体不好，每天要回家喝妈妈熬的中药，所以她申请了走读。走读既可以让她避免因在校生活而与舍友产生诸多矛盾，也可以回家吃到家常菜。可是非常不利的一点是，她与同学的关系太生疏，连本班的同学都有些不认识她，更别说外班的偶像了。就算她经常故意在他面前出现：他打球时她递水；他演讲时她第一个鼓掌；他站在走廊和人聊天时，她来回走七八趟……

可他还是一点儿印象都没有！

她长得有那么普通吗？！

何幸回到家，站在家门口，掏了半天都没有找到钥匙。

最后只能承认，她把钥匙丢了！

到底丢在哪儿了？

何幸开始回想，从早上闹钟响起，到刚才被江应景冷漠拒绝，事无巨细，却仍然是一点儿印象都没有！简直全宇宙的霉运都要堆积在她身上了……

夜色阑珊，棉花糖般的云彩流动在苍蓝夜幕中。

何幸坐在楼下花园的长椅上，低头看着暗下去的手机屏幕。

爸妈还没有回来，她刚才打过电话了，爸爸说今天是他们夫妻的结婚纪念日，正在外面吃烛光晚餐，要晚一点儿回来，让她先在楼下吃碗面。

是亲生的吗？怎么可以这么无情？！

好歹也说出自己的方位，让她这个刚经历过失恋之苦的女儿过去蹭顿饭呀。

不远处的庭院灯下，一男生温柔地对何幸招手，他笑起来眼眸微微弯起，仿佛整个银河都坠落在他眼底，瞬间点亮了黯淡的风景。

“小星星，你怎么一个人坐在这里？”

何幸抬头看过去，原来是秦星黎。

2. 她被杀死了！

何幸刚入学便听说过很多关于秦星黎的传说，他比她高一年级，是女生口中毫无缺点的完美学长。当时她没想过会认识他。后来是因为她走读，爸妈卖掉了原来的房子，加钱在学校附近买了学区房，正好跟秦星黎成了邻居。他的性格超好，主动问她是不是同校的学妹，说有什么需要帮忙的可以随时麻烦他。

为什么有人性格这么好？

想想江应景那张冰块脸，何幸叹息。

不过秦星黎刚认识何幸的时候，把她的名字听成了“何星”，还自作主张地给她起了个昵称——小星星。何幸提醒几次无果，因为秦星黎仿佛活在自己的世界里，不管是在学校里，他被追求者包围时，还是放学回家她走在路上，秦星黎只要看见了她，总是会热情洋溢地打招呼——这么巧啊小星星？你去哪儿啊小星星？我也顺路，我们一起走吧小星星！

简直如同话痨！

算了，小星星就小星星吧……

总比其他一些奇怪的称呼要好。

“星黎学长，我家里没人，我忘记带钥匙了……”

何幸走向秦星黎，垂头丧气地站在他的面前，宛如一只遭霜打的茄子。

她没好意思说自己把钥匙丢了，不想让学长鄙视她的智商。

秦星黎也没有追问，他笑盈盈地看着她：“那要不要来我家吃饭？我给你做我拿手的蛋炒饭！”

是她听错了吗？

为什么学长的语气有一丝愉悦？！

“学长还会做饭？”何幸望着他，“真的假的？”

“你这是什么表情？我会做饭很不可思议吗？”

“我不是那个意思啦。”

何幸笑着摆摆手，就不知道是不是黑暗料理。

可是面对秦星黎这张宛如四月春风的面孔，她哪里还说得出拒绝的话？

“小星星，你在这里等我。我现在去买菜。鸡蛋、葱花、矿泉水……”

秦星黎转身要走，嘴里还念叨着购物清单。

何幸拉住他的手腕：“哎！学长，你什么食材都没有吗？”

秦星黎回头看她，露出困惑的神色：“当然是现买的比较新鲜啊。”

“……”

秦星黎的视线落在她拉住他的手上。何幸突然意识到什么，脸一红，连忙松开他，不好意思地说：“既然你家什么都没有，我还是不打扰了，我出去吃碗面就好了。”

“不行！我已经做好了计划，绝对不能改变了！”

“啊？什么计划……”

“就在刚才说出蛋炒饭的三秒钟时间里，我已经想好了蒸米、炒蛋、吃饭、洗碗、洗锅的一系列步骤，连买菜的过程都那么令人期待！你忍心打破我的计划吗？”

秦星黎望着何幸。

刚刚开朗自信的帅气学长突然变成了楚楚可怜的男孩子……

何幸努力朝他露出一个带着八颗牙齿的僵硬笑容。

“好吧，我们就吃蛋炒饭……”

秦星黎让何幸在院子里等他，大步朝着门口走去。

夜很黑，庭院里却亮堂堂的，灯光洒落在砖石地板上。

何幸坐在长椅上，看着一只毛茸茸的小黑猫从树丛里钻出来，躲进了车底下，眨巴着一双通透明净的眼睛望着她。何幸朝着小黑猫勾了勾手指，小声吹了个口哨。

小黑猫没有受她的诱惑，伸出爪子挠了挠脖子，懒洋洋地趴在地上。

何幸百无聊赖，低头刷手机。也不知道过了多久，她觉得脖子疼，于是按下锁屏键。手机屏幕瞬间黑下去，何幸突然在屏幕上看到一个影子，就站在她背后，从高处低头看着她。

“学长，你回来啦。”

何幸捂着饿扁的胃站起身，还没来得及回头，突然有人捂住她的嘴，一道冰冷尖锐的痛感刺入她的后背。或许只有短短的几秒钟，何幸却像是过了一个世纪。她睁大眼，震惊化为深深的恐惧，感受到那股冰寒又被抽了出来，带出撕裂般的痛楚。

何幸几乎站立不稳，跌坐在长椅上。

她拼尽全力回过头，看到一张模糊不清的面孔。

后来的事情，她再也不记得了……

3. 似曾相识的一天

“丁零零……”

急促响起的闹钟声音惊得何幸猛地从床上坐了起来。

眼前所见仍旧是她的卧室，浅粉色的墙壁，白色的开放式书架，桌上有点儿乱，摆着她忘记合起来的手账本，几个动物印章和蕾丝胶带扔在一旁，椅背上搭着她的上衣。

她愣了好几分钟，才回过神来。

做噩梦了吗？

可是一切也太真实了吧！

何幸想起梦里发生过的事情，还觉得后背隐隐作痛。她跳下床穿上拖鞋，走到落地镜前，背对着镜子，头努力扭过去看到自己身上的睡衣完好无损，并没有被人刺过一刀的痕迹。

她想什么呢，只是一场噩梦，她怎么可能真的被人杀死呢？！

何幸忍不住笑了，揉了揉自己的脑袋，觉得自己可能还没睡醒。

妈妈在厨房大声叫她：“小幸，起床了吗？快去洗漱一下过来吃饭！”

何幸应了一声，洗漱换好衣服以后来到客厅。

餐桌上摆着一杯牛奶麦片，面包片里夹着热乎乎的煎鸡蛋，和昨天的早餐一模一样。

何幸喝了一口牛奶，望着窗外随风摇动的树枝发呆。

为什么梦可以如此清晰呢？

现在回忆起来，每个细节都像蝴蝶的翅膀一样栩栩如生。

可是很多地方她却又记不清楚了。

她对江应景表白以后，回家遇到了秦星黎。这是真实发生过的事情吗？那她昨晚到底吃了什么？秦星黎说的蛋炒饭呢？她怎么没有一点儿印象？难道秦星黎也是噩梦里的一部分？

何幸越想越糊涂，头都疼了。

何幸努力让自己将这些纷乱的思绪从脑海中清除掉。

她吃完早餐，将今日课程的书本放进她的单肩包里，告别妈妈来到了学校。

何幸来到三楼的教室门前，推开门径直走了进去，坐在了她常坐的位置上，低头从书包里取出英语书，突然听到带着惊喜的声音从前排响起：“小星星？你是来找我的吗？”

何幸抬起头，看到秦星黎坐在她前排。

他朝她微笑，那双明亮的眼眸亮闪闪地望着她。

“学长？”

不对劲啊！

学长怎么可能跟她在同一间教室？！她记得今天第一节课是在这个教室上的啊。

何幸左右看了看，发现周围的学生她一个都不认识！

她又抬头望向讲台，看到一位戴着黑框眼镜的女老师走进来，她同样不认识！

虽然何幸的成绩不是特别优秀，但她也没有差到认不出老师的地步啊！

何幸的脸色瞬间红透了，她将桌上的书塞进包里，结结巴巴地对秦星黎说：“那什么……学长，我可能走错教室了。”说完，她飞一般地逃出了教室。

站在走廊里，何幸确定了好几遍，她确实没走错教室啊？！

何幸一头雾水地站在走廊里，不知道该怎么办，突然听见脆生生的声音。

“小幸，你发什么呆？要迟到了哦。”

何幸扭过头，看到夏夕颜气喘吁吁地跑过来，拉住她便跑。

夏夕颜还是和昨天一样穿着那件纯美的白裙子。身为系花（类似于校花的说法，指被本系公认的最漂亮的女学生。下不赘注）的她身材高挑，双腿修长，过耳的黑色短发衬得她清纯秀美，有种日式美女的清新气质。一路上她吸引了无数人的目光。何幸被她拉着跑到走廊尽头的教室里，推开门，看到张老师正将教案在桌上铺开。

“哎，不对，我们昨天不是才上过这堂课？”

何幸站在教室门口，不敢朝里走，她紧紧抓着夏夕颜的手。

夏夕颜一脸惊讶地看着她：“你乱说什么呢？”

她拉着何幸走到第三排，坐在了昨天她们坐的位置。

张老师依照惯例点了名，同学们也没觉得有什么不妥。

前排坐着张可馨和王美萱，张可馨依旧穿着那件红色短袖T恤，发绳上绑着两只塑料兔子。王美萱掉了橡皮，弯腰捡起时又掉了钢笔，她看了张可馨一眼，尴尬地笑了。

何幸看到斜前方坐着周明明和李伟。周明明伸了个懒腰，后面裤兜里的五块钱被挤得快要掉了下来。李伟偷偷喝了口牛奶，不小心挤出几滴掉在他的新衣服上，他气得差点儿骂脏话。

一切都似曾相识。

4. 又被拒绝啦

张老师掏出一沓试卷，笑眯眯地说："今天来进行一个小测验。成绩计入平时分。"

教室里顿时一片唉声叹气。

班长将试卷发给大家，何幸低头看了看卷子。

什么鬼？这些不是昨天考过了吗！

何幸缓缓扭头望向夏夕颜，声音竟然忍不住颤抖："今天星期几？"

"星期四啊。"夏夕颜惊讶地望着她，"小幸，你怎么了？"

何幸的心脏扑通扑通飞快地跳动起来！

她记得很清楚，昨天是星期四，所以她今天拿的所有书本都是星期五的课程所需的！

何幸不敢相信夏夕颜说的话，可她又不得不相信。

因为今天发生的一切都与昨天重叠了。

何幸颤颤巍巍地取出手机看了看日历，上面显示的确实是星期四……

夏夕颜看见何幸脸色发白，满头都是冷汗，她吓了一跳，漂亮的脸上露出担忧的神色，小声问："小幸，你是不是生病了？要不然请个假吧，你去医务室看一下。"

何幸回过神来，抹了把头上的汗，对夏夕颜笑了笑："我没事……"

虽然表面看似平静，但是她的心中早已巨浪滔天。

难道她重复了星期四吗？她向来是个唯物主义者，怎么可能相信这个世界会发生这种荒谬的事情？可是连桌上的试卷都在告诉她，这种荒谬的事已经发生了！

所以，何幸并没有做噩梦，昨晚确实有人想要杀她。

只是她没有死，她回到了向江应景表白的这一天……

何幸越想越害怕，安静的教室里，她几乎能清晰地听到自己心跳的声音。

张老师走过来，用食指弹了弹她的课桌："你怎么还不答题？一道都写不出来吗？"

何幸回过神来，连忙摇头说："不是不是，我在思考……"

一道都答不出来?

笑话!

她昨天可是写过同样一套试卷!

何幸决定先不想其他，搞定这次测试再说!

她信心满满地拿起笔，望着干净的试卷，密密麻麻的文字像是长了翅膀一样在她眼前飞来飞去，打乱她心中的思绪……何幸沉默了几分钟，突然沮丧地趴在了桌子上。

虽然昨天考过一样的题，可是不会的仍然不会啊!

就这样度过了相同的一天。

这是她所度过的最枯燥乏味又混乱无比的一天。

夕阳洒落的傍晚，何幸站在天台上，蒙蒙地望着江应景。

他手里拿着的粉红色信封，是她周三悄悄塞进他书包的情书。

他面无表情地看着她，声音清冷："你约我见面要谈什么?"

何幸的心跳很快，虽然昨天才见过江应景，可此时见到他，却依旧面红耳赤不敢看他一眼。况且她已经知道了自己的下场，何必要再经历一次呢?太折磨人了!

江应景皱了皱眉，突然往前走了一步，离何幸咫尺之遥。

他俊美无双的面孔突然在她眼前放大，眼底宛若沉淀了一片令人沉醉的湖光山色。

何幸愣在那里，什么都说不出口了。

江应景压低声音，声音微微带着几分磁性："有事吗?"

何幸的双手紧握成拳，忍不住发抖。

明明已经预知结果，她还是忍不住重蹈覆辙。

"你好，我叫何幸，今天你打球的时候我给你递矿泉……"

说着说着，她突然反应过来。她今天一整天都恍恍惚惚的，根本没去看江应景打球，连忙纠正："不对，递水是昨天的事情……不对，昨天没递，今天也没……"

"……?"

江应景脸上的表情，应该是在怀疑遇到了个傻子吧?

何幸恨不得挖个洞钻进去，不要再面对这样尴尬的场面。

她鼓起勇气抬头望着他，眸心闪烁着微弱的期待："你对我有印象吗?"

江应景认真地看着她，几秒钟后，他诚实地说："没有印象。"

何幸："……再见。"

她还能说什么呢，答案早在意料之中。

何幸转身快步走向天台门口，那脚步凌乱得像是练过醉拳。

她早就知道会是这样，也做好了心理准备，可还是很不好受啊！

何幸背着书包，走在喧闹的街边，所有声音都好像从她耳朵里消失了。

她皱着眉毛，踢飞了路边的一颗小石子，石头滚落在下水道里。

今天发生的一切实在是太匪夷所思了，直到回到家，何幸还没有理清头绪，并且她悲哀地发现，她的钥匙又丢了。她完全忘记了钥匙的事情，也想不起来到底丢在了哪里。

何幸垂头丧气地站在院子里，燥热的夏风吹乱了她的长发。

枝繁叶茂的榕树下，还是那空荡荡的长椅，斑驳的树影摇曳在椅面上。

何幸突然想起昨晚最后发生的事情，手心竟然渗出了冷汗。

昨天到底发生了什么事?

真的有人想杀她吗?

一定是个误会吧!

也可能是她运气不好，遇到了某个穷凶极恶的连环杀人犯……

心跳如擂鼓一般，淹没风声和一切细微声响。

何幸一步步地后退，背靠在了冰冷的石墙上。

她睁大了眼睛环顾四周，一点儿风吹草动都没有放过。

5. 没看清凶手的脸

熟悉的小黑猫；两只流浪狗；推着婴儿车的妇人沿着石头小径走过；提着鸡蛋蔬菜的大婶回来；穿着碎花小裙子的女童摔倒在地上哭泣，被她的哥哥扶起来，笑嘻嘻地帮她拍打身上的土……

何幸看到了所有和昨天一样的景象，并没有看到什么可疑的人。

但她还是不敢再坐在那宛如诅咒般的长椅上了。

今天一天，她重复了许多与昨天一样的事情，如果她昨天被人杀死，今天肯定还会被杀死的！

何幸沿着墙壁慢慢地滑下来，蹲在那里，将自己缩成很小一团。

她闭上眼去回忆最后看到的那张面孔，可她真的没有看清楚，越想她越害怕，肩膀微微颤抖起来。

何幸取出手机给妈妈打了电话：“妈妈，我忘记带钥匙了，你什么时候回来？”

妈妈说：“怎么会忘记带钥匙？每天妈妈不是都叮嘱你了嘛。小幸啊，这么大的人了，做事还马马虎虎的，将来你结婚成家了可怎么办啊……”

何幸硬着头皮听完，知道妈妈至少要两小时才回来，转而问：“你们在哪儿吃饭？我可以去吗？”

妈妈语气温柔，却又拒绝得毫不犹豫：“不可以。”

顿了一下，妈妈苦口婆心地劝说何幸："小幸啊，爸妈难得过个二人世界，你添什么乱？你先出去吃碗面，等爸妈回家，乖。"

何幸："哦……"

电话被挂掉了。

风吹动灌木丛发出沙沙的响声，稍微一点儿声音都吓得她如同惊弓之鸟。

何幸不敢再待在这里了，如果换个地方她应该能避开悲剧吧？

何幸突然想起了秦星黎。

此时她已经明白，她昨晚不是梦到秦星黎，是她在院子里等他的时候遇到了凶手。

何幸没有秦星黎的手机号，但秦星黎现在应该还没下楼。何幸决定主动去敲秦星黎的门，求他收留她两个小时。蛋炒饭什么的就算了，他家又没有食材，直接订外卖吧……

何幸轻手轻脚地走向单元楼，手里紧紧握着手机。

天色已经暗了下来，庭院里的灯都亮了，将她的影子拉得很长。

她走进楼道，突然有人从后面蹿了过来，扼住了她的脖子。

何幸惊呆了，脑中一片空白，窒息的痛楚让她的眼泪都涌了出来。

失去意识之前，她只有一个想法——

可恶！还是没看清这家伙的脸！

6. 你以为是情书吗?

"丁零零……"

何幸猛地坐起来，满头都是冷汗。

她不是已经死了吗？为什么会从自己的床上醒来？

她拿起手机看了看日历，没错，依旧是星期四！

何幸从床上跳下去，飞奔到落地镜前，看到自己完好无缺。印着小樱桃的白色棉布睡衣领口微敞，可以看到脖子没有半点儿被掐过的痕迹。

事到如今，她已经不可能再认为自己做了噩梦！

何幸僵立在原地，只觉得一股电流从头到脚，让她浑身发麻！

到底是怎么回事？为什么她会循环度过今天？为什么她总是会被杀死？

厨房里传来妈妈的声音："小幸，起床了吗？快去洗漱一下过来吃饭！"

何幸手忙脚乱地穿好衣服，跑到了客厅的餐桌旁。

早餐依旧是鸡蛋面包和牛奶麦片，连摆放的形状位置都一模一样。

妈妈从厨房里走出来，看见她坐在那里发呆，问："怎么不吃饭？"

何幸回过神来，拿起面包咬了一口。

妈妈摸了摸她的额头："你的脸色怎么这么差？"

何幸缩了缩头，露出一个很勉强的笑容："没事，可能是最近学习压力大……"

她怕妈妈察觉到什么，三两口吃完面包，跑进了卧室里，将星期四的课程所需要的书本装进了书包里。

这次何幸没有来错教室，她坐下将书本放在桌上，抬头看到夏夕颜走进教室。飘逸的白裙子随着她的步伐纷飞如花，一进来就吸引了众人的视线。

"小幸，你今天来得好早。"

夏夕颜坐在何幸身边，脸上露出甜美的笑容。

"我也是刚来啦。"

何幸对夏夕颜笑了笑，低头看书，注意力却完全没办法集中。

究竟发生了什么事？为什么她每天都会重复星期四？是谁想要杀她？虽然她没有真的死掉，但是被人杀死的时候那种痛感是真实存在的，谁要每天都被杀死一遍啊！

她到底要怎样做，才能从这该死的黑色星期四里逃出去？！

何幸欲哭无泪，趴在了桌子上，脑袋里乱哄哄的。

夏夕颜见她脸色白得吓人，有些不放心，轻轻推了推她。

"小幸，你怎么啦，一副无精打采的样子。"

何幸不想让夏夕颜担心，随口编了个借口："我……我早上忘记吃饭了……"

"不吃饭怎么行呢？"夏夕颜从书包里取出一块肉松面包，将塑料袋扔进垃圾桶，把面包从中间掰成两半，她递给何幸一半，声音柔软动听，"我们一人一半吧。"

"不用不用，我还不饿。"

"反正我一个人也吃不完。"

夏夕颜不由分说便将那半个面包塞进何幸手里。

何幸感动得快要落泪了，夕颜绝对是她灰暗世界里的阳光啊！

今天课上有随堂测验，虽然不会的题依旧不会，但是临阵磨枪不快也光嘛。何幸飞快打开书，根据脑中残存的印象翻找着昨天考过的题。其实她交白卷也没关系，反正明天醒来依旧是在星期四。可是她心中仍有一线希望，万一她清晨睁开眼就到了星期五呢？

张老师走进教室，摸了摸光溜溜的脑袋，笑得一张胖脸上满是褶子。

"今天来进行一个小测验，成绩计入平时分。"

班长将试卷发到每个人的手里，何幸拿起笔，看到卷子上的试题比昨天更眼熟了。熟能生巧这个道理绝对说得通！

在同学们惊讶的目光中，何幸上台交卷，回到座位上翻起书对照答案。虽然仍然有错误，但是成绩应该不低。

教室里静悄悄，大家都在认真答题，伴随着笔尖划过纸张的沙沙声音。

何幸将所有题都看了一遍，总结自己的错误，最后合上书。

离下课还有一段时间，想起今天又要见到江应景，她就觉得头疼。就不能晚点儿塞情书吗？如果星期四早上再塞的话，她今天就可以假装什么都没发生过，她真的不想再被江应景拒绝了……

整整一天，何幸都陷入要面对江应景的压力中，还有被杀死的恐惧里……

傍晚的夕阳依旧美好，斜斜映照在天台的石板上。

江应景将粉红色的信笺还给何幸，冷淡地问：“你约我来要谈什么？”

何幸接过信笺塞进书包里，她脸色通红，根本不敢直视江应景那双冰冷的眼眸，只好用干巴巴的笑声来掩饰她的尴尬：“哈哈哈，你以为这是情书吗？”

江应景下意识地重复她的话：“情书？”

何幸表情一僵。

江应景又没说什么，她干吗要自己暴露啊！

何幸心中满是懊恼，还要尽量装作若无其事：“你想多了！那只是一封邀请函。”

7. 高冷的江同学

江应景挑了挑眉，原本静无波澜的眸心终于有了些许波澜：“邀请什么？”

何幸将手握成拳头假装是话筒，举在江应景嘴边：“邀请你接受我的采访！”

江应景很不给面子地后退了一步，避开她神经质的动作。

何幸受到了打击，所剩不多的“血槽”又降下去许多。

可能是看她这副样子太可怜，江应景终于良心发现：“说吧，想采访什么？”

听到这话，何幸“满血复活”，她眼睛亮闪闪地看着江应景：“你有女朋友吗？”

“没有。”江应景摇了摇头，用怀疑的目光望着她，“就问我这个？”

何幸当然知道江应景没有女朋友，全校女生都在关注着他的一举一动，如果他有女朋友早就全校皆知了，不过何幸还是想要亲耳听到江应景直接告诉她。

何幸摆摆手：“当然不光是这个。还有你喜欢吃什么，你喜欢什么颜色，你喜欢的女生类型，你的身高血型星座……”

她叽里呱啦地说了一通，江应景更怀疑了：“你这做的是什么采访？哎，话说你为什么要采访我？你叫什么名字？我怎么从来没见过你？”

何幸从包里取出纸笔，煞有介事地说：“我是新闻部的成员。江应景，你是咱们学校的代表人物，很多女生都想知道你的情报。所以我们准备做一期校草（类似于校花的说法，指被本校公认的最帅的男学生（多指大学生）。下不赘注）专访。”

她说的这些当然都是她自己编造的，就怕江应景不肯信，她开始哀求：“你就告诉我吧，如果我没能采访到你，回去以后部长会骂我的。”

江应景狐疑地看着她：“我怎么没有在新闻部里见过你？”

何幸一慌，眼神不自觉地移开：“我……我是新成员，所以你没有见过我……”

江应景望着她，白色衣角被晚风吹动，额间碎发飘动：“真的吗？”

何幸用力点头：“对！我是大一新生。”

其实何幸和江应景都是大二的，何幸一直以为江应景对自己有些印象，毕竟她也曾在校庆活动上表演过节目，在学校里不算是太默默无闻的类型，谁知道江应景一点儿都记不起来！既然如此，何幸就彻底放飞自己了，完完全全是满嘴谎话，反正江应景也分辨不出来。

果然，江应景没有再追问下去。

他想了想，态度有所缓和。

“我喜欢吃面，不擅长吃辣，口味清淡。”

说完，江应景停下来。

何幸很自然地顺着他的话接了下去：“我喜欢吃火锅、烤肉、小龙虾、炸鸡，喜欢草莓和芒果，喜欢巧克力和雪糕，喜欢奶油蛋糕，喜欢抹茶拿铁和五分甜的珍珠奶茶。”

差点儿脱口而出的一句“还有就是喜欢你”被她咽了下去。

脸好像更红了呢……

江应景：“……”

何幸不好意思地挠了挠头，又立刻换上一副严肃的表情：“那你不喜欢的食物是什么？”

江应景微微一笑，流利地说：“我不喜欢太辣的东西，不喜欢麻辣火锅，不喜欢麻辣小龙虾。不喜欢太甜的东西。不喜欢巧克力和雪糕，不喜欢奶油蛋糕，不喜欢奶茶。”

何幸表情有些僵硬。

何幸决定无视江应景的敌意，继续问：“那你喜欢的颜色是什么？”

江应景道：“黑色和白色，不喜欢艳丽的颜色。”

何幸立刻接上他的话：“我也喜欢素淡的颜色！”

江应景：“……？”

何幸低头将他给出的答案全都写在了本子上，因为站着所以写出的字歪歪扭扭，很不好看。她头也没抬，继续问他：“你的星座和血型是什么呢？”

江应景说：“血型是 A 型，星座是水瓶。”

何幸仰头看他：“这么巧啊？我也是！咱们好有缘啊！可为什么我们的性格截然不同呢！”

江应景张了张嘴，欲言又止。

气氛好像有一丝丝不对劲……

为了掩饰自己的尴尬，何幸仰天大笑：“不好意思，我这人有点儿话痨，所以我们新闻部才派我来采访你。江同学，你这个人太高冷了，大家都怕冷场。”

江应景：“……”

何幸又问：“你喜欢什么样的女生？”

终于问到关键问题了，她竖起耳朵，小心脏扑通扑通跳得飞快。

明明脸已经红成了猴屁股，何幸还假装正经，所有小心思都装在眼睛里了。

8. 你这么讨厌我？

江应景说：“我对短发女生比较有好感，喜欢性格温柔文静、学习认真、对未来有追求和梦想的女生。这样我们更容易有共同话题……”

他说了一些要求，何幸越听越失落。

江应景喜欢的类型好像和她不一样啊！

不知道为什么，何幸脑中勾勒出的形象人物是夏夕颜……

何幸小心翼翼地问：“那你有没有不喜欢的女生类型？”

江应景打量她，嘴角勾起清清淡淡的笑意，眸心仿佛倒映落日长河。

“我不喜欢血型 A 型、水瓶座、话痨、长头发的女生，不喜欢穿蓝色条纹裙子、白色帆布鞋的女生，不喜欢新闻部的女生。”

“……”你这些不喜欢的类型，是照着我说的吗？！

何幸盯住江应景，手中用力，差点儿把本子都揉成了废纸：“你就这么讨厌我吗？”

江应景神色无辜：“我不讨厌你呀，我又不认识你。”

何幸深深吸气，又深深呼气。

不要生气，反正生命只有一天，气坏了自己不值得……

何幸将纸笔放回包里，抬头微笑着望向江应景。

“谢谢您的配合，再见。”

她转身走向天台门口，柔软的裙摆被风吹出了层层涟漪。

夕阳铺洒在柏油路上，平坦的大路直通向即将来临的暗夜。

何幸低头看着路面，她走得很慢，真希望走到天荒地老都走不回家。

不远处的书店里走出一个熟悉的身影，高高大大，穿着深蓝色的牛仔衣，气质无比阳光——不正是秦星黎吗？

秦星黎跟何幸一样不用住校，有时候他们会在路上遇到。何幸没有哪一次遇到秦星黎会像今天这么高兴！如果有秦星黎跟在她身边，凶手今天应该没机会杀掉她吧！

何幸开心地跑过去，挥着手说：“学长，我们一起回家吧……”

突然她脚下一空，“扑通”一声就掉进了下水道井里。

意识陷入黑暗之前，何幸小小的脑袋里有大大的疑问。

下水道没有井盖就算了，为什么上面还铺着一张与路面颜色相似的布啊？

原来她的死亡地点不只有在院子里……

“丁零零……”

不出意外，何幸在震耳欲聋的闹钟声音里醒来。

这次她毫不犹豫，起身跑到厨房里，找到一把水果刀在空中挥了挥，觉得尺寸、重量都能接受，于是悄悄放进了口袋里。她决定了，既然横竖都是死，她索性跟那家伙拼了！

妈妈正在锅边煎蛋，扭头看到女儿头皮蓬乱地站在那里，吓了一跳。

“小幸，你干什么呢？快去换衣服，准备吃饭。”

“嗯。知道了。”

……

何幸来到学校，先是和昨天一样，在张老师的课上迅速答题交卷，又在徐老师的课上睡了一觉，在徐老师叫醒她回答问题的时候，她流利地说出正确答案，引得大家刮目相看。

中午在食堂，她点了和昨天不一样的食物，下午看了江应景的篮球比赛，不过没有像以前一样给他递水。她一直在观察江应景，发现他的眼神从来就没有往她的方向看过来。

江应景应该没说谎，他确实不认识她，根本没有认识她的理由……

何幸悻悻地回到教室，下一堂课她心情低落，昏昏欲睡。

唉，别想了，当务之急不是江应景，而是她晚上要面对的那个神秘的杀人凶手！

9. 约会取消

何幸的手悄悄塞进包里，摸到了硬邦邦的刀柄，想到即将展开一场恶战，她既紧张又害怕。

她打开书包，看见拴着毛绒小熊的钥匙扣静静躺在包里。

她拿出钥匙扣，既然一直都在她书包里，怎么会丢呢？这不合理啊！

突然！

从前排伸过来一只手，默默拿走了她的钥匙扣。

何幸抓住那只手，震惊地盯住手的主人："王美萱，你干什么？"

王美萱也震惊地看着她："我想借用你的指甲钳……"

何幸抓到了犯人，愤愤道："原来每天都是你偷走我的钥匙！害我回不了家！"

王美萱双眼圆睁，根本不能理解她话里的意思："我可没有偷你的钥匙！我的指甲钳坏了。我今天就借用一次，用完就还给你了，你凶什么嘛！小气鬼！我不要了！"

王美萱气鼓鼓地挣脱开手，将钥匙扣扔在何幸的桌上，把头转了回去。

谜底终于揭开，何幸松了口气，此时她也顾不得所谓的同学情谊，她今天有大事要做，哪还有空安慰王美萱？

何幸低头将钥匙绑在了腰间皮带上，生怕一会儿又不见了。

放学以后，何幸第一个冲出教室。

身后传来王美萱的声音："何幸今天怎么了？好像吃了炸药一样。"

张可馨说："谁知道呢，她从早上开始就不太正常，一直盯着我看……"

在通往天台的楼梯上，何幸看见江应景背对着她，正在上楼。她三步并作两步，大步跨上去抓住江应景的衣服。他被她拽得身下一个踉跄，差点儿从楼梯上滚了下去。

最终结果是，江应景跌在何幸柔软的怀里。

而何幸重重摔在墙上，怀中抱着面红耳赤的偶像。

"你干什么？"

江应景反应过来，连忙从何幸怀里挣脱开。

何幸有些脸红，她抿着唇，严肃地说："情书是我写的。"

江应景一愣，下意识地反问："情书？"

何幸也愣住了，那封信虽然是暧昧的粉红色，但内容真的跟情书没有关系，她只是邀约江应景面谈而已！

何幸回过神，连忙改口："我是说，你收到的那封信……是我写的。"

"所以呢？"

江应景望着她，似乎还在生气她刚才的冒失，他面色冷凝。

何幸头上冒出冷汗，她太喜欢江应景了，以至于见不得他生气的样子，很想哄哄他，跳起来给他一个爱的摸头杀。不过看看江应景的身高，她还是打消了这个念头……

她严肃地说："我今天有事，所以约会取消，不耽误你时间了。"

"约会？"江应景皱起眉，"谁说我们这是约会？我只是想问你要干什么。"

"哎呀，不要在意细节，反正你不说，我不说，谁也不知道我们在约会。"

“我说了我们这不是约会！还有，你是谁啊？”

“行不更名坐不改姓，叫我雷锋吧。”

“……？”

“我好心通知你一声，怕你白等。我有急事，告辞了。”

“……”

何幸对江应景拱了拱手，转身就往楼下跑。虽然很享受和江应景独处的时光，以及他温暖的胸膛，但是她心事重重，晚上有大事要做，根本顾不上跟偶像谈情说爱。

回到院子里，时间尚早，云彩层层叠叠，天空是一片浅红色的晚霞。

何幸手里握着水果刀，在院子里来回踱步，神色诡异。

有几个小孩子被她吓得哇哇大哭，被家长抱着快步回了家。

她就这样从院子东边走到西边，又从西边走到东边，走得天都黑了，手机屏幕上显示当天步行两万多步，可她连只鬼都没看见，倒是担心再这样下去会有人报警抓她……

浓浓暮色笼罩了沙沙作响的树木，小黑猫从灌木丛里窜到了汽车盖上。

何幸实在走不动了，她停下来，弯腰活动了一下酸痛的四肢，浑身都松懈下来以后，她才觉得肚子咕咕叫，饿得发慌。

何幸拿出手机，用指纹解锁，看了看屏幕上显示的时间。

按照常理她现在应该已经死了，为什么那个杀人犯还没有出现？

“小星星！”

熟悉的声音传过来，声调高昂，带着不加掩饰的开心。

用脚趾头思考，何幸都知道肯定是秦星黎。

她转头望向庭院灯的方向，秦星黎正面带笑容朝她走过来。

“你在院子里散步吗？刚才我出来就看见你走来走去，喊了你几声也没反应。”

“是吗……”

何幸表情有些僵硬。

她根本没注意到秦星黎出现过。虽然她刚才精神高度集中，浑身紧绷，满脑子都在搜寻形迹可疑的犯罪分子，可是那些嫌疑人之外的，比如奔跑玩耍的孩童，步履蹒跚的老爷爷老奶奶，微笑着跟她打招呼的熟人，她都没有放在心上。

“你手里拿的是什么？”

秦星黎走近她，低头看着她的手，带着黑色刀鞘的水果刀在夜色中并不显眼。

10. 她竟然活下来了?

何幸担心秦星黎看到她手里的凶器会害怕，连忙将手背在身后。

“我家的水果刀太钝了，刚才去五金店重新买了一把……”

秦星黎完全没有怀疑，关心地问：“吃过饭了吗？”

何幸摇了摇头，秦星黎的话勾起了她的饥饿感，她的肚子又咕咕叫了起来。

秦星黎可能听见了，对她莞尔一笑，好看的眼睛弯成了迷人的月牙儿。

“要不要学长亲自下厨，给你做一桌大餐？”

“学长，你真的会做饭吗？”何幸充满怀疑。

“当然，你尝尝就知道了，我的手艺很不错哦！”秦星黎毫不谦虚。

她上下打量秦星黎，这位衣品不俗、帅气逼人，连手指都写着“精致”两个字的学霸哥哥，不管从哪里都看不出来他有做饭的天赋。

不过站在秦星黎身边，何幸感受到了久违的安全感。

她不自觉地靠近了秦星黎，也不知道是不是错觉，她觉得心里暖暖的。

秦星黎手里提着一个鼓鼓囊囊的购物袋，何幸看到购物袋里露出来两根大葱。想到那天秦星黎说的话，她好奇地问：“你刚才去超市买菜了吗？想做什么？蛋炒饭吗？”

秦星黎有些惊讶：“你怎么知道我今天想做蛋炒饭？”

何幸挠挠头，眼神不自觉地飘开：“哈哈哈，我随口说的……”

秦星黎道：“本来我想做蛋炒饭，去了超市看到有很多食材，我又买了排骨和鱼，还有一些水果蔬菜。你想吃什么尽管提，还没有我做不出来的呢。”他拍拍胸膛打包票。

何幸掩唇笑道：“学长，你应该谦虚一点儿，现在把自己夸得这么好，一会儿下不来台哦。”

秦星黎忍俊不禁：“哈哈，对我就这么没自信啊。”

何幸跟着秦星黎一起上楼，走进安静的楼道时，她的腿忍不住发颤。被杀掉的阴影太大了，何幸现在还心有余悸，她会突然回过头，看看身后有没有人尾随。

秦星黎也不明白何幸为什么像特工一样，浑身做戒备状，不断地回头。

他想了想，还是没有问出口，拿出钥匙开门，寂静中传来钥匙碰撞的声音。

门刚刚开了一道缝，何幸立刻挤了进去，跑进客厅里才有了些许安全感。

回忆今天发生的一切，她有些难以置信。

她竟然活下来了？！

秦星黎和何幸住在同一小区，两家的格局也一样，不过秦家的布置就简单很多：灰色的墙壁，黑色的皮沙发，搭配深色的窗帘，使得整个家中气氛都显得冷冷清清。

何幸站在玄关处，看到鞋柜上并没有客人可以穿的拖鞋。秦星黎猜出她在想什么，去卧室里找到一双黑色的新拖鞋递给她。这双鞋显然是男款，比何幸的脚大了不少。

何幸穿着拖鞋在客厅里走了走，拖鞋虽然大，但也能穿，走起路来没有障碍。

第一次来到学长家里，何幸觉得新奇，左右看了看。

电视柜上摆着一个小小的相框，里面的照片看起来有些泛黄发旧。

照片中的中年男人怀中抱着个七八岁的男孩，从眉眼可以看出这个男孩正是秦星黎。男人旁边还站着一个女人，但用贴纸贴住了，看不清楚。

何幸看着相框发呆，秦星黎突然走了过来，将相框扣在了电视柜上，发出一声轻响。

何幸愣了愣，扭头看他。

秦星黎俊美的脸庞上依旧挂着笑容，浅浅淡淡，像一束月光下的向日葵。也不知道是不是何幸看错了，总觉得秦星黎嘴角的笑意并未传进眼中，竟有着平日里少见的清冷。

“学长，你经常都是一个人在家吗？”何幸眨了眨眼睛，睫毛在眼睑上投下一层暗影，“我看你总是独来独往。”

“我爸经常出差，一去十天半个月的，回来没两天又走了，我已经习惯了。”

秦星黎提着购物袋走进厨房，何幸跟了过去，看到他将食材从袋子里取出来，按照不同类型，有些放进收纳筐里，有些放进冰箱，最后取了两根葱，剥下皮扔进垃圾桶。

“小星星，你会做饭吗？”

秦星黎望向何幸，脸上依旧是温暖如繁花绽放的笑容。

何幸老老实实地摇摇头：“我不会。”

秦星黎笑道：“那你过来帮我洗菜吧。会洗吗？要不要我教你？”

何幸撇撇嘴：“洗菜能有什么难，不用你教我，我自己会洗。”

她从秦星黎手里抢走那两根被他剥得鲜嫩洁白的大葱，放在水龙头下面冲了冲。

秦星黎笑盈盈地看着她：“你想吃什么？红烧排骨？清蒸鲈鱼？番茄炒蛋？尖椒肉丝？”

何幸听到秦星黎一本正经地给她报菜名，还真像是会做饭呢。

她想吃清蒸鲈鱼，可是看到水盆里还在游动的鲜活鲈鱼，又觉得很棘手。

她要自己杀掉这条鱼吗？好像有点儿残忍，她下不了手啊，再说她也不懂怎么杀鱼啊！

无数问题在何幸心中盘旋，她想想就知道自己绝对做不来，但她又不想在秦星黎面前示弱，口是心非地说：“我想吃红烧排骨。学长，我们两个人就不要做太多菜了，不然吃不完。”

秦星黎认同她的话：“好的，那就做三道菜吧，应该够我们吃了。”

何幸将剁好的排骨倒进了盆里，接上水，用手搅动排骨。

秦星黎瞥了她一眼。

何幸嘴里小声地哼着歌，黑色长发散落在肩头，低头认真地洗排骨，嘴角不自觉地弯出弧度，真是可爱极了。

秦星黎的心情因她带动而变得晴朗明媚。

每天回到家里，都是一样的安静孤寂，只有影子陪着他，难得今天能够出现别人的欢笑声，像一道光点亮了那黑暗孤独。

何幸洗完了排骨，献宝似的端给秦星黎，等他的夸奖。

Chapter 2
我们不是陌生人

1. 你只负责吃

秦星黎果然很配合："洗得真干净。再去洗几颗小土豆吧！"

秦星黎将不锈钢的洗菜盆放在桌上，提起一袋土豆递给何幸。

何幸边洗边偷看秦星黎，发现他刀功很娴熟。

何幸越看越惊奇，忍不住凑过去，好奇地问："学长，你怎么会做饭？"

秦星黎挑了挑眉："我会做饭很不可思议吗？"

何幸用力点头："你学习那么好，还参加了几个社团，应该很忙碌才对，哪有时间学做饭呢？再说，那么多女生喜欢你，真想吃什么的话，肯定有很多人愿意效劳。"

何幸话还没说完，秦星黎屈起手指在她脑门上弹了一下。

她痛呼一声，额头上瞬间红了起来。

"干吗打我……"

"如果不能给别人回报，就不要去接受别人的付出。我又不喜欢她们，怎么可以提出要求，让她们为我做这做那呢？"

"接受了别人的付出，就应该回报吗？"

"笨蛋，付出是双向的。"

仔细想想，确实是这个道理啊！

何幸突然激动起来！

如果江应景接受了她的付出，应该会心有不安，也想要给她些回报吧？

何幸扯了扯秦星黎的衣角："学长，可以教我做饭吗？"

秦星黎愣了愣，他的衣角又被她拽了拽，轻轻柔柔的感觉。

他背过身在案板上切葱，轻笑道：“可以呀。只要你愿意学。”

何幸高兴得差点儿跳起来：“学长，你人真好！”

秦星黎没有说话，脸颊微微泛红，他低着头，没有被何幸看到。

何幸沉浸在自己编织的梦里，眼睛里的小窃喜根本掩饰不住。

今天她没有被杀死，也许之前发生的事情都是意外，她再也不会遇到那个变态杀人犯。如果真的遇到了，也没什么大不了，她积攒了满肚子的怒气，一定会弄死那家伙！等她醒来就是充满希望的星期五了，她可以跟秦星黎学习厨艺，可以做爱心便当讨好偶像……

哇，美好的未来在向她招手……

何幸的梦做得很美，可是梦之所以称为梦，是因为很难实现啊！

在她用铲子搅飞了鸡蛋，打碎了两个碗，把醋当作酱油倒进排骨里以后，秦星黎便不许她再碰厨房里的任何东西了。她只好站在厨房门口，眼巴巴地看着学长一个人忙碌。

“真的不要我帮忙吗？”

何幸不好意思地绞着手。

秦星黎哈哈大笑，对她始终温柔耐心：“你有这份心我就很感动了。但是小星星呀，你要明白一个事实，你没有做饭天赋，不能强求。我负责做饭，你负责吃就可以了。”

“……”

饭菜出锅了，秦星黎将盘子端出来放在餐桌上，从外观看没什么问题，但是排骨弥漫着浓浓的酸味。秦星黎小心翼翼地尝了一口，眉毛皱了起来，这算是黑暗料理吧……

他看着何幸一脸期待的模样，什么都没说，默默地将排骨推得离她远了些。

不过……

这丫头似乎味觉缺失啊！

居然吃得津津有味！

何幸低头扒饭，边吃边说：“排骨烧得很棒啊！学长，我们简直太厉害了！”

抬头看见秦星黎没吃，何幸体贴地夹了几块放进他碗里。

秦星黎低头看着碗里堆成小山般的排骨，欲言又止。

“土豆也超好吃！”

她开心得眼睛都眯了起来，又夹了几块土豆放进秦星黎碗里。

他看到碗里堆满了，土豆都快掉在桌上了，连忙夹起来放进嘴里。

土豆很入味，舌头一卷就化在口中了，酸味直冲天灵盖……

秦星黎埋下头努力扒饭，不想在何幸面前哭出来。

何幸吃得差不多了，抬头看见秦星黎碗里还有半碗饭，他小口小口吃得很矜持。何幸疑惑道：“学长，你平时饭量也这么小吗？怎么长这么高的？”

“……”

秦星黎神色复杂。

他平时饭量很正常，只是今天的饭，实在是有点儿难吃啊……

秦星黎不好意思说实话打击何幸，只好用行动表示，低头又吃了块酸酸的土豆。

何幸靠在椅背上，满足地眯起眼，她一偏头，长发便泻落在了肩膀上。

何幸低头看见自己的头发，愣了愣。她性格大大咧咧，幸亏有这一头柔顺乌黑的长发，才让她像个女孩子，她没想过剪短。可是自从江应景说了他喜欢短发女生之后，她心里就好像扎了根刺。

她认真地问秦星黎：“学长，你觉得我适合留短发吗？”

秦星黎不解道：“你长发很好看呀，为什么要剪成短发呢？”

何幸脸一红，不好意思说真实原因。

“就是想换个发型，换个心情嘛……”

秦星黎放下筷子，认认真真地看着何幸，忽然轻笑出声：“小星星，你有没有发现，你的脸型很漂亮。”

何幸愣愣地望向他。

他的声音带着真诚笑意：“所以，不管你留长发还是短发，都一样好看。”

2. 在学长家混饭

哇！学长也太会说话了吧！

何幸的心情瞬间晴朗，起身收拾碗筷，愉快地说：“我来洗碗吧！”

秦星黎吓得站起身夺走她手里的碗筷：“不用不用！你休息就好。”

何幸当然不肯，又拿起盘子，热情地说：“没事，我不累。”

秦星黎斟酌用词，半晌，笑得有点儿勉强：“我家的碗不多了……”

糟糕，忘记了刚才不小心打碎他的两个碗……

何幸不好意思地挠了挠头，抬眼偷看秦星黎，他收拾了桌上的碗筷，摞在一起，端去厨房洗。

何幸走到秦星黎的身后，小声说：“两个碗多少钱呀，我赔给你……”

秦星黎瞥她一眼：“别跟我见外，只要你以后还愿意来陪我吃饭就足够了。”

“陪你吃饭？”何幸微微一怔，“明明是我来你家蹭饭吃……”

“其实啊……”

水声突然停了。

秦星黎沉默了十几秒，脸上的笑容，忽而落寞无比。

“我真希望你一直来蹭饭。”

何幸愣在了那里。

然而此时手机突然响了，屏幕上显示着“妈妈”二字。何幸按下接听键，那边传来熟悉的声音：“小幸啊，爸爸妈妈回家了，你怎么没在家？去哪儿了？”

何幸走出厨房，压低声音说：“我在星黎学长家里混饭吃。”

妈妈对秦星黎的印象一直很好，听到何幸这么说，连忙问：“那你有没有跟他爸妈好好地打招呼啊？去别人家要懂礼貌……”

何幸听得头疼。

“好了，妈，我们回家再说吧。”

“星黎在你身边吗？妈妈跟他聊几句！”

何幸可不想让妈妈跟秦星黎通话，谁知道会说出什么话来。

她将手机夹在脖子上，一边换鞋，一边急匆匆地对妈妈说：“妈，我已经出门了……”

她鞋带都没系好，便打开门，跟学长摆摆手示意告别。

手机里传来一句：“喊。”

出门挂了电话，刚到电梯口，何幸突然察觉到身后轻浅却急速的脚步声。

何幸浑身都麻了，回过头，她看到一个戴着面具的长发女人站在她面前。她真的恨透了这个让她不断死掉循环星期四的家伙，可是当真的面对的时候，她才知道自己有多害怕。

女人朝她走过来，手里的匕首寒光四射。

何幸后退，连声音都在颤抖：“你到底是谁？为什么要杀我？”

直到她靠在了墙上，再也没有退路。

女人也没有回答她，只是越来越逼近她。

何幸知道，自己再不出手又会死掉，她举起水果刀迎上去！

没想到，对方虽然看似身形瘦弱，力气却十分大，轻易便箍住了她的手腕，用力一扭。何幸疼得松了手，刀子掉在地上。她以一个扭曲的姿势被对方控制住。她挣扎着想要反抗，但力量的悬殊是巨大的。只不过短短几秒钟，何幸心中便只剩绝望与恐惧。她尖声大叫，多希望学长听到她的呼救出来救他，但她刚刚从喉咙里发出来半个音节，嘴巴就被捂住了。

这个女人也不知道跟她有什么深仇大恨，下手够狠的，一刀插在她身上。

何幸慢慢倒在地上，抓住对方的裤管。她的力气越来越小，已经抓不紧那滑腻的布料。

女人慢慢蹲下来看着她，卷曲的长发落下来，有几缕落在了她的脸上。

她睁大眼睛，却只看到面具里露出的两只眼睛，漆黑发亮。

“为……什么……”

她流了很多血，气息虚弱，说话的声音轻到几乎听不见。

女人没回答她，又抽出匕首，给她补了一刀。

何幸的身体抽了一下。

“丁零零……”

再次被闹钟的声音吵醒，何幸猛然从床上坐起来，脑袋里昏昏沉沉。

她呆呆地望着床尾那边的墙壁，记忆从黑色的云海中翻腾而出，越发清晰。

杀人凶手竟然是个女人？！

3. 她报警说自己死了

是同学吗？

对方的衣着打扮和发型都是她所陌生的，脸又被面具遮住了，何幸一点儿头绪都没有。她虽然跟同学的关系说不上多么亲密，但是也没有得罪过什么人啊。

难道是因为江应景？

之前的二十年她都活得好好的，偏偏在向江应景表白以后就死了。而且喜欢江应景的女生那么多，说不定藏着那么一两个疯狂迷恋他的变态……

何幸脑袋里很乱。

妈妈在厨房里大喊：“小幸，起床了吗？快去洗漱一下过来吃饭！”

她回过神来，跳下床朝着卧室外面喊了一声：“知道了，我这就出来！”

整整一天，何幸都陷入纠结与矛盾中，她不知道见了江应景要说些什么，该说的不该说的她都说完了，去了也是浪费时间。经过漫长的内心挣扎，下午放学后，何幸没有赴约。

校园里，三三两两的学生从何幸身边走过。

她扬起头，痛心疾首地望向被夕阳笼罩的天台方向。

她居然放了偶像的鸽子，这在以前是她想都不敢想的事情，可是为了活命，她也只能这样做了。

她走在人来人往的街道，像特工一样谨慎，时不时突然回过头，眼中杀气满满，吓得身后的路人一个哆嗦。她想看看那个杀掉她的家伙是不是正在跟踪着她，可是街上那么多陌生人，要怎么分辨呢？

何幸看谁都像坏人，越想越害怕，突然看到路边的警察局。

何幸脑袋里“轰”的一声。

她怎么没想到去报警呢？警察叔叔一定会保护她的！

何幸冲进了警察局，她看起来一副乖巧学生的打扮，警察叔叔很重视，以为她受到了欺凌。

“怎么了，小妹妹？”

何幸在警局里感受到前所未有的安全感，她向警察叔叔控诉：“有人要杀我！”

杀人？事态严重，在场的警察都围着她问道：“谁要杀你，发生了什么？”

何幸愣了愣，脑中思绪万千，却不知该从何说起：“我不认识她……也不知道她是谁……”

警察叔叔面面相觑：“那你怎么知道他要杀你？”

“她杀了我好几次了！每次都是她！”

警察叔叔们对视一眼：“你的意思是你已经死了？”

何幸用力点头，她终于有机会把心中的困扰全部倾诉出来，情绪有些激动：“是啊！我死了！可是每天醒来都会复活，晚上又会被杀死！我已经循环好几天了，我受不了了！”

办公室里静了片刻。

有人伸手探上她的额头：“小姑娘，你是不是生病了？”

何幸后退一步，看着面前满脸写着怀疑的警察：“我没生病！是真的！”

另一位年轻些的警察轻轻拍拍同事的肩膀，示意他不要刺激这位小姑娘，然后露出了十分和蔼的笑容：“哥哥知道你没说谎。你妈妈呢？哥哥能不能给她打电话询问一下情况。”

何幸一愣：“我妈妈什么都不知道。”

他笑道：“必要的情况我们需要了解，这是流程，希望你能理解。”

何幸迟疑了一下，看到面前的警察眼中似乎没有恶意，于是便报出了妈妈的手机号码，随后又有一点儿后悔，她知道给妈妈打了电话也没什么用处，妈妈可能还会担心她……

警察又问了何幸的名字和学校，然后避开了她，到走廊里拨通了她妈妈的电话。

然而走廊里很静，何幸隐约听见了通话的内容。

“您好，您是何幸的妈妈吗？”

“是这样的，您的女儿来报警说她已经死了。”

“我知道她没有死，但她好像坚信自己死了，所以我想问一下，她有没有精神病史呢？”

“哦，没有精神病史啊……”

“什么？可能是玩‘真心话大冒险’？”

何幸无语。

妈妈的脑回路是怎么回事啊？她敢报假警吗！

年轻警察走进来，依旧言语温和，好像在哄小孩子：“你妈妈说了，她跟你爸爸今晚不去看灯展，吃完饭就会尽快回家陪着你。别害怕，有你妈妈陪着，你今晚肯定不会被杀死的。”

何幸心中很失落，她就知道这种荒唐的事情不会有人相信的。

她“哦”了一声，知道再说什么也没用了，还没有发生的事情怎么会被重视呢？

何幸道了谢，慢慢走出警察局。

何幸低着头，心中满满都是沮丧，冷不防与一个路人撞了个满怀。

她猝不及防，倒退两步跌倒在地上，脚腕扭到了，一碰就是钻心的疼。

那人一动不动地站在她面前，连句道歉都没有。

何幸揉着肿痛的脚踝，抬起头，看到一个长发女人低头看她。

她吓了一跳。

面前的女人化着令人惊悚的浓妆，脸白得像扑了面粉，嘴巴猩红得好像吃了人，仿佛戴了一张人皮面具，根本看不出年龄，散乱的长卷发遮住半张脸，唯独那双眼睛漆黑透亮，十分好看。

“你……”

何幸的话没说完就卡在了喉咙里，她隐约意识到了什么，眼中突然流露出惊恐。

女人慢慢地蹲下身看着何幸，冷漠的瞳孔中倒映出她苍白的脸。

“你是来杀我的吗？你到底是谁？”

4. 请放我去明天

何幸没有得到想要的答案。

女人一言不发。

何幸做出最后的挣扎：“我跟江应景真的没什么……”

小腹上一凉，接着又是一阵熟悉的疼痛。何幸知道她完蛋了，但她还是挣扎着说：“这位同学，不是我对你有意见，我实话实说，你这个妆化得有点儿丑啊，我能理解江应景为什么不喜欢你，刚才我看见你的时候都被吓到。那什么，我也不太会化妆，但应该比你好一点儿，要不然明天咱们交流交流，切磋一下化妆心得，说不定能成为好朋友。”

她的话激怒了对方。

女人二话不说，又给她补了一刀。

何幸软软地倒在了地上。

她到底怎么样，才能逃过这该死的厄运。

何幸站在静悄悄的天台上，洁白的裙摆被风吹起。

江应景说过不喜欢穿蓝色条纹裙子和白色帆布鞋的女孩子，虽然何幸知道他的话可能只是借口，但她还是换上了和初次表白时不同的衣服：一件白色及膝的连衣裙，脚上一双米色系带凉鞋。当然，江应景每天的打扮还是一样的，除了何幸，全世界都没有变化。

“你约我来要谈什么？”

江应景站在灿烂的晚霞中，面无表情地看着她。

时光好像在倒退，何幸从江应景的瞳孔里，仿佛看见了初次被拒绝的自己……

何幸鼓足勇气，对着江应景大声说：“我不喜欢你！”

“啊？”

江应景没反应过来，愣愣地看着她，冰川般的眸子终于有了些许波动。

“那封信是我放错了地方，不是给你的，能还给我吗？”

何幸朝江应景伸出双手。

江应景也没有多问，默默将粉红色信笺放在了何幸的手上。

封面上写着——江应景亲启。

这可真够尴尬的……

“我……我真的不喜欢你，我以后也不会喜欢你……”

何幸的声音带着哭腔，说话很大声，就是想让凶手能听到，明白她的决心。如果真的是因为江应景才发生了这一切，那个凶手可能就在附近监视着她。

江应景当然不知道她在干吗，他用一种看白痴的目光看着她。

何幸有种万念俱灰的感觉，再加上她这段时间遭遇的惨剧，她无处诉说，压在心里重如巨石，她几乎要崩溃了，突然很想发泄一下。

“江应景，我知道你不认识我，我现在自我介绍一下，我叫何幸，我从小就很善良，连只蚂蚁都不忍心踩，我这么纯洁善良的人，应该有好报的对吧？所以，她能放我去明天吗？”

“什么？”江应景满头雾水。

何幸突然哭出来：“你让她放我去明天吧！你答应我，不答应我们就一起在这里耗到明天。”她突然扑过去抱住江应景的大腿，“你不答应我，我就不放你走，呜呜呜……”

“你干什么？放开我，不然我要喊人了！”

“你喊啊！让大家都看看一个无辜女孩是如何被逼疯的！”

“我根本不认识你，怎么逼疯你？我看你本来就是疯的吧！”

“哇！我都这么难过了，你还冷嘲热讽，你是不是人啊？！”

“我……”江应景有口难辩，他要冤死了！

何幸悲痛欲绝，哭得肩膀一抽一抽的。

有些事情有了个开端，就无法回头，比如被她抛掉的尊严……

突然，有只手探上何幸的额头，突如其来的温暖，如一道光扫清了她心中的阴霾。

“没发烧啊，”江应景自言自语，“要不要我带你去医务室看一看？”

“我没生病，你别管我。”

“你确实病得不轻，我不能不管。去医务室肯定没用，去医院吧。”

江应景拉起何幸，看见她裙子上沾了灰，还帮她轻轻拍了拍。

他的动作很有修养，手的力度也很轻，没有碰到她的身体。

何幸惊讶地看着江应景。

要是平时，她肯定心花怒放，恨不得跳起来转几个圈圈，可如今她每天都生活在无限循环的绝望之中，哪里敢动心啊？

理智很快战胜了感情，她退后几步，避开了江应景的手。

“江应景，你真的不知道发生了什么吗？”

5. 她又死了

“发生了什么？”江应景看着她。

要不要告诉他呢？

何幸抿着唇，陷入纠结之中。

她突然看到天台的门口站着一个黑色的影子，隐约可以看到是一个长发的女人。何幸心中“咯噔”一声，下意识地要冲向门口，手腕却突然被拽住，一下子便撞进了江应景的怀里。

“你病成这样？要去哪儿？”江应景问。

“我没有生病！”

“没生病？你脸白得像鬼。我去外面的自助柜给你买瓶水，你等等。”他转身朝出口走去。

“等等！”何幸扑过去从江应景的后背紧紧地抱住他，“先别过去！”

江应景浑身都僵硬了，正想推开，但他感觉到背后的女生在发抖。

江应景慢慢地回过头来，看到何幸的目光并不在他身上，她的眼神定定地望着大门的方向，那扇敞开的铁门仿佛通往一片虚无黑暗。他张了张嘴想说些什么，但看见何幸的眼神后，所有话都卡在了嗓子里。

何幸紧张得手心都出汗了，她很怕不明真相的江应景走过去会遭到袭击，变态杀人魔可是什么都做得出来的！此时她已经平静了下来，知道现在出去没什么好处。

何幸左右看了看，看到地上有半截砖头，她一个箭步冲上去，将砖头捡起来死死捏在手里，一步一步地朝天台门口走去，表情因为紧张而显得有些扭曲。

这副样子简直像是受了刺激的疯子，江应景更不放心了。

他拉住她的手腕："还是去医院吧，你这样让人很担心。"

"那你担心我吗？你又不认识我。"

江应景神色复杂地看着何幸手里那半截砖头。

"我怕你出事，毕竟你是见过我以后才疯掉的。"

"我没疯，我是在救你！"

何幸用力挣脱他的手。

在江应景的眼里，她确实像一个疯子吧。

但是何幸也顾不得这些了，她不需要在江应景面前保持完美形象，因为她总是会重复这个星期四，不管她做了什么，一觉醒来一切都会清零，江应景也会将她忘得一干二净。

等何幸跑到那里，却只看到空荡荡的楼梯，没有任何人的影踪。

江应景跟过来，好心提醒她："你别拿着砖头在学校里乱跑，小心被保安抓住。"

砖头"扑通"一声掉在了地上，何幸蹲在地上，抱头痛哭。

"为什么啊？啊？啊啊啊啊啊！"

何幸的声音在走廊里回荡，很快就吸引了许多同学围观。

"怎么回事？这是分手现场吗？"

"不可能！江应景的眼光没有这么糟糕！"

"那他怎么会让这个女生哭得那么惨？"

"可能是他拒绝了表白，这个女生的心理承受能力太差了！"

何幸耳边传来形形色色的议论声，她发现自己身边围着的人越来越多，连光都被遮住了。

何幸用袖子抹了一把泪，撑着发麻的腿慢慢站起来，她泪流满面，哭着对大家解释："不是你们想的那样，我钱包丢了很难过。江应景只是路过安慰我几句。呜呜呜……"

她都已经这么惨了，围观群众却没有一点儿同情心，还在叽叽歪歪：

"我就说嘛，她怎么可能是江应景的女朋友呢。"

"不过就丢了个钱包嘛，有什么好哭的，一点儿都不坚强。"

何幸握紧拳头，气到不能自控。

她拨开人群，一瘸一拐地从楼梯上走了下去。

毫无防备之下，她身上中了一枪。

何幸低头看着自己白裙子上涌出的大片血花，在众目睽睽之下从楼梯上滚了下去。

失去意识之前，她看见江应景冲过来将她抱在怀里，他可真是个好人啊，明明只是陌生人而已……

何幸觉得自己还能被抢救一下，她努力想要撑下去，可她觉得现在她很容易死，被刀扎一下或者掉进井里，她总是会很快失去知觉，醒来又是新的早晨……

6. 再也不偷看你了

“丁零零……”

又是相同的一天。

时间真是漫长啊，何幸听课听得快睡着了，死撑到再也撑不下去，她看了看时间，才过了十分钟而已！老师讲的内容她都倒背如流了。这日子什么时候才是个头啊？！

好不容易度过了这一天，又到了面对江应景的时刻。

何幸抬着沉重的双腿走上了天台，江应景正站在那里，整个人都被笼罩在美到无与伦比的余晖中。

看见何幸的出现，他微微皱了皱眉，正要开口询问，何幸抱住了他的腿。

“我错了，我不该喜欢你！”

江应景的脸都红了，用力想要掰开她的手：“你是谁啊你，你干什么？”

何幸死死抱住他的腿不肯放开，呜呜哭诉：“我要是知道喜欢你会有生命危险，我绝对不敢。江应景，如果我活到明天，一觉醒来我们就是陌生人，我再也不偷看你了。”

何幸也不知道自己在说些什么，她哭得声音含混不清。

江应景突然蹲了下来，那张精致好看的脸距离她咫尺。

“虽然不知道你在说什么，但总觉得是我的缘故，让一个好好的女孩子疯了。我先送你去医院吧。”

江应景取出手机打开浏览器准备搜索，何幸一把夺过他的手机。

“我不去医院，我没有疯！”

“一般疯了的人不会说自己疯了。”江应景的神色充满同情。

何幸哽咽的声音夹杂怒气：“我没疯！为什么你们都不信我！我说的话就这么不被相信吗！”

她越说越激动。

江应景沉默片刻，似乎在斟酌言语。

过了好一会儿，他问：“那我送你回家吧？”

何幸一愣。

是她听错了吗？

今天的剧情怎么和平时都不一样呢！

“真的假的，你别骗我。”

“这种小事，至于骗你吗？”

江应景被何幸逗笑了，他扶着她站起来。

何幸哭得快要虚脱，软软地靠在江应景的身上。

是在做梦吗？

她竟然可以和江应景靠得这么近。

而且还是江应景心甘情愿的……

“江应景有女朋友了吗？那个女的是谁？”

“不知道啊，没听说过偶像谈了恋爱啊！”

“可是偶像挽着她的手！挽着手啊！”

耳边依然会传来讨厌的议论声……

但是江应景没有反应，何幸也假装听不到。

她隐约觉得有一双眼睛正在盯着她……

明明是来跟江应景说清楚的，为什么她现在会哭红双眼跟他靠得这么近呢？

可是与偶像亲密接触的机会太难得了，何幸实在没有办法推开他。

她心里有两个小人在打架。一个长着翅膀的白色小人说：“你清醒一点！不能这样啊！快点儿推开江应景，他是一切悲剧的源头！”

另一个头上长角的黑色小人却说：“死了又怎样？明天又是一条好汉！头可破，血可流，和偶像的亲密接触绝不能错过！”

只有几秒钟的时间，白色小人就被黑色小人打死了。

何幸眼前全是白色翅膀的羽毛……

她脖子僵硬，双眼直视前方，却用余光不断地偷瞄江应景。

在她心中，江应景像天边明月一样遥不可及，可是现在这轮明月就在她身边，他们呼吸着同一片空气，云层里透下的霞光散落在沥青地面上，泛出梦一般好看的颜色。

何幸在心里狂奔呐喊，表面上还要假装不在意，她快要分裂了。

“你刚才说什么？”江应景突然问她，“你喜欢我？”

何幸的表情一僵。

想起自己刚才在偶像面前哭着说的话，她觉得很丢脸。

可是事情都这样了，她还有什么可瞒的呢？

“是啊，我喜欢你。我叫何幸，我知道你不认识我。”

“何幸。”江应景重复她的名字，微微一笑，“我记住了。可是，抱歉，我不喜欢你。”

何幸：“……”

行了，她就不应该抱希望的！

7. 喜欢你不是我的错

为了缓解尴尬，何幸别开脸，呵呵笑道：“今天天气不错啊……哈哈哈……”

江应景抬头看了看天边镀上金边的云彩，很配合地说：“是不错。”

两人无话地走在路上，江应景已经松开了何幸，他们之间隔着一个拳头的距离。

何幸刻意放慢了脚步，看着脚下纠缠的影子，心里想了很多很多。或许今天是她和江应景距离最近的一天，要不然就把想说的话都说清楚吧，否则全都压在她心里实在太难受了。

她握紧拳头，平复了一下急促的呼吸，鼓足勇气开口：“喜欢你也不是我的错啊！”

“嗯？”江应景愣了一下，“什么？”

“那么多人喜欢你，为什么偏要针对我？”

“我没有针对你啊。”

“我不是说你。”

“谁针对你？我不明白你在说什么。”

“连我自己都不明白，你又怎么可能明白呢？”何幸自嘲地笑了，抬眼瞥了江应景一眼，“放心吧，我知道我不能喜欢你，我会控制我的感情，你让她放过我行吗？”

“你说谁？”江应景眉心皱起，“你越说我越糊涂了。”

何幸激动起来，跑到江应景面前伸手比画着：“你没有发现有个女人疯狂迷恋着你吗？她跟踪你，监视你，杀掉喜欢你的女生。我也是其中一个牺牲品！但我比较与众不同，因为我总是会复活，所以被杀掉一次又一次！”

“醒醒，你越说越夸张了。这是你噩梦的内容吗？”江应景怎么会信呢，他晃动她的肩膀，试图将她摇醒。

何幸被他摇得头昏脑涨，她内心充满绝望，气鼓鼓地推开江应景。

“这不是噩梦，我已经重复这一天好久了！”

“你是不是吃错东西了？”

“江应景，我说的每个字都是真的。”

“我从来没有见过什么变态跟踪狂。连你，我都是第一次见。”江应景拍拍她的肩膀，“别想太多，安安静静睡一觉，明天一切都会好的。”

“……”

他们两人站在染霞的树荫下，不知情的人远远看见了，还以为他们是一对打闹的情侣。

江应景说了半天，看何幸乖乖站在那里没挣扎，以为自己的劝说起效了，他拿掉放在何幸肩膀上的表示鼓励的手。

何幸心中已经不存在希望，这种荒唐的事情，说出去根本不会有人信！

脑中飘过无数念头，最终，她只说出一句话：“我叫何幸……”

江应景“哦”了一声，脸上没什么表情。

何幸垂头丧气地朝着家的方向走去，将一颗石子踢到了路边。

走到小区门口，何幸取出那串挂着毛绒小熊的钥匙，金属钥匙叮咚作响。

江应景停住脚步：“就送到这儿吧，你以后千万别做傻事了。”

谁做傻事了？你是不知道我被这桩怪事折磨到什么程度了！何幸在心中呐喊，但她表面不好表露出来，撇了撇嘴，小声嘀咕：“我做不做你也不知道。”

“也对。”江应景伸出手，“手机给我。”

何幸愣愣地将手机递给他，看到他在屏幕上输入一串号码。

他将手机还给她，说：“这是我的电话号码，有事可以找我，没什么事就别打了。”

随后江应景摆了摆手，与她告别，转身走了。

8. 我注意你很久了

何幸呆呆地看着他高大挺拔的背影，就这样看了很久，直到他的背影消失在拐角处。

虽然知道今天又会被杀死，但是莫名觉得圆满呢。

按照何幸的命运，在星期四表白，然后被拒绝，她就再也没有机会跟江应景有交集了。

可是因为她每一天都在循环着星期四，所以她和江应景相处的机会就越来越多，她可以抱他大腿，可以被他搀扶，可以跟他一起回家……

她真的很喜欢江应景，从高中的时候就很喜欢了。

那时江应景在一班，班里全都是尖子生。何幸在“吊车尾”的六班，可能因为她太喜欢江应景，太想接近他，所以她拼命地学习，吃饭睡觉时都默背着考试要点。

鬼知道她当时经历了什么。

她好不容易和江应景考入同一所大学，以为自己有资格表白了，可是新学校里依旧有很多优秀的女孩子喜欢他。何幸总是没有自信，她一直想，如果自己再优秀一点儿，她就可以在江应景投来视线的时候不去闪躲，有资格当面对他说，她喜欢他。

就这样一直拖到了大二，她还是只敢在路过江应景身边的时候，偷偷看他一眼。

直到那天，她看到江应景帮班花（类似于校花的说法，指被本班公认的最漂亮的女学生。下不赘注）拧开了绿茶盖子，班花笑靥如花，娇滴滴地说“谢谢”。

那两个人站在操场边谈笑风生，男俊女美，多么像一对般配的情侣。

那一瞬间，何幸心里的花全都枯萎了。

要不然，她怎么有勇气对他表白呢？

要不是班花事件，她说不定能憋到大学毕业！

何幸取出手机，努力背下那一串陌生的号码。

她知道，到了明天，一切都会回归原点，她的手机上也不会存在江应景的电话号码。

何幸正要走进小区里，突然看到秦星黎站在不远处的树影下。

她没有上前打招呼，因为她看见秦星黎面前站着个身材高挑的女人。

那女人虽然看似瘦弱，但颇有气质，夕阳照在她棕红色的长卷发上，侧脸蒙着一层光。何幸看不清她的五官，只能看到她肤色比一般的女人要白很多，嘴唇异常红艳。

不就是屡次杀掉她的女人吗？！

何幸愣愣地站在那里，突然明白，原来自己的方向一直错了。

凶手针对的不是江应景身边的女生，而是秦星黎身边的！

女人给了秦星黎一件东西，转身便跑了。

何幸本想追过去，但又害怕遇到陷阱，被那女人再次杀死。她迟疑了几秒钟，跑到秦星黎面前，朝他伸出手，没有多余的废话：“拿来。”

秦星黎惊讶地看着她：“什么？”

何幸毫不客气：“那个女人交给你的东西！”

秦星黎完全在状况外，将女人给他的东西老老实实地给了何幸。

居然是一封粉红色的情书。

真是出乎意料。

何幸拿着情书翻来覆去看了半天，可惜封面上没有署名，只是用红笔画着几个爱心。

她拆开信封看了看，内容很简单，又有几分令人毛骨悚然——

“秦星黎，我注意你很久了！”

何幸没有在信上找到任何蛛丝马迹，气得手中用力，情书被她揉皱了。

秦星黎不明白何幸为什么这么激动：“小星星，我不认识那个人。”

何幸脱口而出，带着几分埋怨：“你不认识她，那她为什么给你写信？”

话音落下，她的表情突然有些僵硬。

江应景也不认识她，她却给他写了情书。

秦星黎看着何幸，眼中忽而掠过一丝笑意，对她解释道："我也不知道她为什么会给我写信。我连她的名字都没来得及问。"

何幸叮嘱秦星黎："明天你一定要问清她的姓名啊！"

"明天？"秦星黎不太明白。

"如果有明天的话。"

秦星黎点了点头，虽然他也不明白什么意思。

"小星星，吃饭了吗？"

听到秦星黎这样问，何幸方才觉得饿了，她摸了摸自己瘪瘪的肚皮，想到了秦星黎的好厨艺，眼睛一亮："学长，可以去你家蹭饭吃吗？"

秦星黎比她还开心："当然可以。"

"我想吃可乐鸡翅，学长你会做吗？"

"会。你想吃什么我都可以做。"

"学长，你真是太厉害了！"

何幸嘴上夸着秦星黎，身体却呈现戒备状态，眼睛不断地扫视四周，耳朵也竖起来了。她知道那个女人可能正躲在角落里监视她，她今天就要试试看，凶手的真正目的是什么！

和秦星黎一起去超市买了菜，两个人有说有笑地从超市走出来。

秦星黎提着购物袋，何幸跟在他身边笑容满面叽叽喳喳。

当然，她是做给凶手看的！

她故意大大绽放着脸上的笑容，腮帮子都笑得疼了。

9. 我们不是陌生人

这次何幸跟着秦星黎一起来超市，所以买了许多她爱吃的菜。不得不说，学长各方面都很完美，有些菜他没做过，看了看菜谱便能做得色香味俱全。

何幸狼吞虎咽，看得秦星黎不由得问："小星星，你这么喜欢吃我做的饭啊？"

"嗯！"何幸重重地点头，"实在是太好吃了！学长，你可以教我做饭吗？"

秦星黎当然想答应，可他突然想起刚才何幸在厨房里打碎的那两个碗，还有她炒成焦黑的鸡蛋，不由得眉头一皱，思考了片刻，他假装没有听到她说话，埋头吃饭。

何幸哪里看不出学长的不情愿，她的自信心被打击了，沮丧地垂下头。

江应景没机会吃到她的爱心便当了。

"喜欢吃的话，你天天都可以来我家，想吃什么我做给你吃。"

"星黎学长，你真好。"

秦星黎愣了愣，耳朵突然红了。

吃完饭，秦星黎当然不让何幸收拾碗筷，厨房里传来哗哗的水声，他在洗碗。何幸拿着抹布擦完桌子，看了看时间，今天完成得比较早，妈妈在半小时后才会给她打来电话，她等不及了，对厨房喊了一声：“学长，我还有事，要先走了。”

秦星黎探出脑袋看她：“不再坐一会儿吗？”

何幸站在玄关处换鞋：“不用了，明天见。”

出了门，走廊里的声控灯亮了起来，橙黄色的灯光撒落一地。

何幸心里很紧张，她后背靠在冰凉的墙上，一点儿一点儿地朝电梯处挪动。

还没等她走到电梯处，那个熟悉的女人便从楼梯的拐角走了过来。

电梯处有灯，十分明亮，但角落里这一层的楼梯灯却在前几天坏了，楼梯间漆黑一片。很少有住户走楼梯，物业也就没有及时来修，倒是凶手藏匿的好地方，就算有住户从楼梯上来，两人擦肩而过，也看不清她。也不知道她在这里等了何幸多久。

何幸发现凶手换了一套衣服，是中性的灰色帽衫和牛仔裤，脚上穿了一双走路无声的软胶鞋。脸依旧白得像戴了人皮面具，蓬松的棕红色长卷发遮住她大半张脸。

何幸的心脏扑通扑通跳得飞快。

何幸盯着面前的女人：“你为什么要杀我？”

女人没有说话，只是慢慢朝他走来，煞白的脸离她越来越近。

何幸声音都抖了起来：“你杀了我，就会永远留在这个星期四！”

女人的脚步突然停了，站在离何幸几米远的地方看着她，忽然开口说话了。

女人的声音细弱而诡异：“我当然知道，我就是要你留在这个星期四。”

何幸想破脑袋都想不出她的动机：“你到底是谁？我们有什么深仇大恨吗？”

女人用毫无起伏的平静声音说道：“我只是单纯地讨厌你。”

何幸怒了：“你这是什么毛病啊？！对待陌生人就不能多一点儿善意和友好吗？”

女人突然“咯咯咯”地笑了起来。嘴角向上扬时，她脸上的粉底如同干裂的墙皮，掉了一地雪白粉渣。

“我们可不是陌生人。何幸，我很了解你。”

她越逼越近，何幸整个人像壁虎一样紧贴在墙上，恐惧无所遁形。

10. 我忍你很久了

何幸想了想，问：“你是为了秦星黎吗？”

女人不耐烦了：“你没必要知道这么多。”

何幸看到女人手里握着一把刀，她对这件道具眼熟极了。

想到自己每天的遭遇，何幸的腿又抖了，她仰起头，不想让自己的气势低人一等，可她说话的声音却忍不住在抖："你杀不了我！你应该清楚，我们每天醒过来都会重复今天，你何必要浪费精力对付我？"

女人低头看着何幸。

何幸也仰着脖子看她。

若不是化着这么浓艳的妆，或许她会是个十分美丽的女孩子。她个子比一般女生要高，目测在一米七五以上，给秦星黎递情书的时候就能看出，她只比秦星黎低了不到半个头。虽然穿着宽大的帽衫，仍然可以看出她身材清瘦，双腿修长笔直，简直是标准的模特身材。

"我不想杀掉你。"

女人缓缓地说着，每个字发音虽轻，却清晰无比。

那静静望着何幸的双眸，亮得像沉浸在海底的黑色珍珠。

"何幸，我只想要你永远活在今天。"

"为什么？"

何幸不明白。

女人眨了眨眼睛，没有回答。

"是不是你死了，我就能逃过今天？"何幸问。

"不一定哦。"

女人咧嘴一笑，脸上的粉底又裂开了一些，掉落在她的衣服上。

女人问："怎么，你想杀了我？"

"当然！"何幸愤然点头，"你杀我多少次了？我还不能还手了吗？！"

女人的视线从何幸脸上扫过，像是在思考着什么。沉默几秒钟，她给了何幸一个小小的提示："你做错了很多事。如果哪天我发现你做对了，我就放过你。"

何幸怒道："我到底做错了什么？"

女人从鼻间溢出一声嗤笑："这种事情当然要靠你自己参透。"

何幸简直要抓狂了："你有病啊！你不说我怎么改？！"

女人突然说出一个名字来："秦星黎。"

"啊？"

何幸一时没反应过来，惊讶地瞪大眼睛。

女人抿住唇没有继续说下去，眼神冷得像冰。

"什么意思？你喜欢秦星黎吗？你是为了他才杀我吗？我跟他又没有什么。"

"真的没有什么吗？"女人的语气中似乎带着讽刺。

“当然没有！”何幸脱口而出。

“那你为什么两次都去了秦星黎家里？”

“我家没有人，我又忘记带钥匙了，星黎学长说给我做饭吃。”

“为什么他就愿意给你做饭吃，怎么不给我做饭吃呢？”

“……”你直接问他啊，你问我干什么？！

何幸觉得自己很冤枉，如果她们之中真有人疯了，肯定是面前这个！

女人逼视她，又问：“你是什么时候喜欢上秦星黎的？”

何幸一愣，解释说：“我没有喜欢他啊！我喜欢的一直都是江……”

话音未落，她意识到了什么，硬生生止住说了一半的话！

虽然何幸猜测面前的女人有百分之九十的可能性是因为秦星黎才来对付她的，但她心里还有许多谜团没有解开，在她不清楚事情真相之前，她不能把话说得太死，以免激怒了这个疯子！

女人眯了眯眼睛，刷成扇子般浓厚的睫毛下露出一丝阴冷的目光。

“别解释了！你就是个水性杨花的女人！”

“不是啊，我怎么就水性杨花了？”

电梯上闪动的数字键在变化，有人正在上楼。

何幸望着电梯的方向，眼睛亮了亮。那一线希望仿佛以肉眼可见的速度在向她逼近。

然而，她小腹突然一凉。

何幸靠着墙，慢慢滑坐在地上，低头看着小腹上露出的刀柄，心中的愤怒燃烧成火焰。她用尽全力，对女人说出了最后一段话：“下次你化妆的时候能不能走点儿心？我忍了很久了，实在是忍无可忍，你这样走在路上会吓哭小孩子的……”

“闭嘴！死到临头话还这么多！”

女人恼羞成怒，用冰冷的双手掐住了何幸的脖子。

还是一样的配方，还是一样的结局……

···

Chapter 3

好人卡警告

1. 你继续睡吧

虽然每次结果都是死，但这次，何幸终于明白了，她的死因极大程度上跟秦星黎有关。

她想起自己第一次死去，就是在院子里遇到了秦星黎。他热情邀她去家里吃饭，接着他去超市购买食材，她坐在长椅上等他的时候被杀掉了。后来她又死了一次又一次。

一定是有个变态跟踪狂在监视着秦星黎，杀掉跟秦星黎走得较近的女生。何幸相信她在现实中并不认识这个人，否则，如此特别的声音，她只要听过一次就不会忘。

她死得也太冤枉了吧！

何幸无精打采地趴在课桌上，拿笔在草稿纸上无意识地乱画。

张老师突然出现，一把抽过她的试卷举在半空中，气急败坏地瞪着她："何幸！你给我站起来！从半个小时之前你就趴在这里睡觉，什么意思？明目张胆地不把老师放在眼里啊？"

何幸站起来，抹了一把溅在脸上的唾沫星子。

还没等她开口解释，夏夕颜突然也跟着她站了起来，在一旁着急地说："老师，何幸不是故意的。都怪我昨晚给她打电话，一直问她功课的问题，害她没有休息好。"

夏夕颜向来不会说谎，此时急得满脸通红，看起来很可疑。

"你是课代表，你还用问何幸功课？你平时成绩甩她几条街！"对夏夕颜说话时，张老师的语气稍微轻缓下来，将视线再次转到何幸身上时，他又瞬间切换成了老虎吃人一般的表情，"何幸，你上课睡觉也就罢了，老师可以不管，但你不能影响夏夕颜！”

“我没影响夕颜啊……”

何幸一脸无辜。

“还说没影响？夏夕颜都学会替你撒谎了。”

张老师此话一出，夏夕颜的脸更红了，咬着嘴唇没有说话。

何幸用袖子又一次抹了抹脸上的唾沫星子，萌萌的小圆脸皱成了苦瓜状。

张老师却还是不肯放过她，将试卷抖得簌簌作响。

“有的同学，不要以为考上大学就万事无忧。像你这种学习态度，连毕业都困难。开考多久了还是一张白卷，这么想要挂科，老师我就满足你的心愿。”

张老师正说着，眼睛瞄了一眼试卷，整个人都僵住了，仿佛活见鬼一般。他的眼睛瞪如铜铃，难以置信地看着手中的卷子，那上面写着密密麻麻的字，根本没有一道空下的题。

“你……你都做完了？”

“嗯。”

“什么时候的事？”

“就在上课的半小时内，老师您看报纸的时候。”

“……”

“你……你别以为写完了就能及格，我知道你们这些人的小伎俩，就算一道题都不会也能把试卷涂得满满当当。我现在就去给你批阅成绩！”

张老师说着，便拿着何幸的试卷，转身上了讲台。

过了一会儿。

“满分？”张老师将眼睛瞪到最大限度，充分表示出他的震惊。

片刻后，他尴尬地说道：“行，那你继续睡吧……”

于是何幸真的就睡了起来。

直到下课后，何幸才被夏夕颜摇醒，睁开眼，便看到夏夕颜亮闪闪的星星眼。

“小幸，你好厉害，那么难的题你都能得满分！”

何幸心虚地挠挠头：“哎哟，巧合啦。夕颜，刚才真的谢谢你帮我说话。”

何幸的谦虚令同学们更崇拜，纷纷围过来询问她测试的答案。夏夕颜也在一旁听着，笑得温柔如水：“我相信你，小幸，咱们认识那么久了，我知道你不会故意上课睡觉的。”

何幸的脸红了红。

她确实不是故意睡觉的，只是天天上同一堂课，实在太枯燥了！

2. 为了他去死吧

经过这一节课，何幸一战成名，从平日的差生，一举成为深藏不露的学霸。

中午在食堂吃饭时，听见邻桌几个女孩子在议论这件事，何幸心里喜滋滋的。说不定江应景也听说了这件事呢，不起眼的她或许在他心里的形象会变得耀眼一些。

何幸用筷子扎了一颗饺子塞进嘴里，一边嚼，一边认真思考。

既然凶手的目的是秦星黎，那她只要跟星黎学长保持距离就好啦！另一方面，她还要继续对江应景发动攻势，如果江应景答应了她的表白，凶手明白她的心意，自然会放心。

下午江应景打篮球时，何幸又去围观。

一场结束，何幸从一群女生的包围中挤过去，积极地给江应景递了矿泉水。

江应景接过矿泉水，说了声“谢谢”，并没有多看她一眼。

第一次她给他递水的时候，她就没勇气跟江应景说话，只听他说了句“谢谢”，她就在心中欢呼雀跃了。但今天再见到江应景，她总觉得两个人之间的距离更近了，她更熟悉也更了解江应景，毕竟他搀扶过她，跟她说过那么多话，还探过她的额头……

何幸声音拔高，努力想引起江应景的注意：“天气太热了，我特意买了冰的矿泉水。嘿嘿嘿。”

何幸的言下之意就是“看我体贴吧！快夸我”。

但江应景只是回头淡淡瞥她一眼：“你不知道吗？运动过后不能喝冰水，会引起胃痉挛。”

何幸动作一僵。

怪不得江应景从来就没喝过她递的水！

在她身后的几个女生听见江应景的话，又挤过来将自己手里的矿泉水递给他。

“喝这瓶吧！这瓶是常温的！”

“喝我这瓶吧！晒了一下午，跟我的心一样火热。”

何幸被推搡到了人群最后，眼见着偶像离她越来越远。

太心痛了！

她挤进人群，强行跟偶像搭话：“我叫何幸……”

江应景的态度依旧不冷不热：“哦。”

“没印象吗？”

何幸不抱希望，却还是忍不住问了一句。

答案在意料之中：“没有。”

何幸攥着衣角，小声说：“你昨晚收到的那封信，是我写的。”

周围的女生将注意力移到何幸身上，满脸的惊讶，而江应景也向她投来了视线。

何幸低头说道：“我就是想告诉你，我今天后悔了，所以你不用去天台等我了。”

江应景没有多问：“好。”

好冷淡的态度啊，但何幸并不觉得意外，反正江应景每天都是这种态度。

不过，她是不会放弃的！

她对他摇摇手，露出笑容：“明天见！”

放学以后，何幸以最快速度赶回小区，藏在树后面偷看。

今天会有个女人来向秦星黎告白，她决定揪住那个女人问个清楚！

何幸一眨不眨地盯着小区大门，可是直到秦星黎走进院子，身影消失在拐角，何幸都没有看到和昨天一样的剧情。何幸眼睁睁看着秦星黎回家，又离开小区去超市，再拎着装满食材的购物袋回家。直到夜幕降临，那个女人都没有出现，她的眼睛都要酸了！

不可能啊！

何幸冲过去，四处看了看，没有看到任何可疑的身影。

她知道，每天发生的事情是注定的，除非那女人做了什么，改变了事情的轨道，以致她今天没有参与秦星黎的人生。如果那个女人是无辜的，她就会像所有人一样，重复着这个星期四的所有剧情。然而她没有出现！她和何幸一样，可以随心所欲选择每天的行为。

没错，就是那个女人！

她是每天都杀掉何幸的凶手！

晚上，何幸敲开了秦星黎的家门。

他看见她，惊讶中带着一点儿惊喜：“小星星，你怎么会来？”

何幸站在门口没有进去，开门见山地问：“学长，最近有女孩子在追你吗？”

秦星黎愣住了。

“没有吧。怎么了？”

“你仔细想想，有没有哪个女孩子经常出现在你身边？”她努力向他描述着，“她个子很高，身材苗条，留着长长的卷发，脸特别白，不过她本人不一定那么白，主要是她的化妆技术特别差。”

秦星黎越听越糊涂了：“我真的没有印象。”

何幸心中还残留着一丁点儿希望：“你再努力想想？”

秦星黎摇了摇头：“我真没见过这种奇怪的女人。”

何幸沮丧地垂下头：“好吧，谢谢学长。没事了，再见。”

秦星黎问：“你吃晚饭了吗？”

何幸摇摇头，有些心不在焉：“我没胃口。”

秦星黎担忧地说：“不吃饭怎么行？我刚做好饭，一起来吃吧。”

何幸连忙拒绝：“不用了，我还有事。”

何幸转身，加快脚步，生怕秦星黎会拉住她，毕竟星黎学长的厨艺那么好，她已经闻到他家里传来的饭菜香味。她饥肠辘辘，害怕自己会抵挡不住诱惑。

那个女人已经等在电梯旁，她挡住了何幸的路，冷冷笑道：“秦星黎有这么大魅力？你天天都来找他。既然他比你的命重要，那你就为了他去死吧！”

何幸被逼在墙角，看着女人手里寒光四射的凶器。

她深吸一口气，说：“今天是最后一次。我再也不会来找星黎学长了！”

女人一愣，停在那里看着她。

何幸望着她，坚定地说：“我喜欢的是江应景！是不是他答应我的表白了，我就可以跳过这一天？我一定会做到的，不管你对我做什么，我喜欢江应景的心不会变。”

女人嘴角勾起不屑的笑意，似乎根本不相信何幸的话。

刀子扎在了何幸身上，她渐渐失去意识。

3. 下午茶

星期四，操场上。

江应景打完球，何幸第一个冲过去，将手里的保温杯递过去。

“江同学，给你！保温杯泡枸杞，养生！”

“……？”江应景一脸蒙。

“杯子是我新买的，用热水烫过消毒了，你放心，你是第一个用嘴巴接触它的人！”

江应景打开杯子，将热水倒在了杯盖里，喝了一口。

何幸用期待的目光望着他：“好喝吗？”

江应景下意识地回答：“不就是水吗？有什么好喝的？”

何幸取出随身携带的小本子，在上面写下了两个字：加糖！

江应景：“……”

下一个星期四，操场上。

何幸眼睛亮闪闪地望着江应景：“好喝吗？”

江应景皱了皱眉：“有点儿太甜。”

何幸取出本子，写下新的信息：五分糖！

下一个星期四，操场上。

何幸将保温杯递过去：“五分甜的热枸杞水！”

江应景望着杯口里冒出的腾腾热气，默默后退一步，满脸都写着抗拒：“天气太热，我喝常温的矿泉水就好了。”

何幸点头：“明白！”

下一个星期四，操场上。

何幸将保温杯递给江应景，眼巴巴地望着他：“五分糖的常温牛奶，有营养！”

江应景打开保温杯，鼻子稍微接近杯口，眉毛就皱了起来。

他将保温杯还给何幸：“牛奶不适合放在保温杯里。”

何幸隐约意识到了什么，她闻了闻保温杯的杯口，发现牛奶放在杯子里一天已经变味儿了。

何幸很是懊恼，她太没常识了，她将保温杯藏进怀里，脸红红地说：“明天我再来！”

“明天？”江应景望着她逃走的背影。

下一个星期四，操场上。

何幸将保温杯递给江应景，眼中充满喜悦：“这次你一定喜欢！美容养颜，也不甜。”

江应景打开杯盖，惊讶地望着杯子里的食物：“猪蹄汤？”他将保温杯退回给她，“太腻。”

何幸毫不气馁：“紫菜蛋花汤怎么样？”

江应景：“……”

何幸眨巴着眼睛：“番茄汤呢？酸菜汤？咖喱汤？菌菇汤？辣椒汤？”

江应景快被她打败了：“你以为吃火锅呢！”

“火锅？”何幸眼睛一亮，取出小本子记录，“对啊！我怎么没想到呢！牛油麻辣汤怎么样？我这保温杯的保温效果超强，保证放到下午都不会凝固，绝对不会腻哦！你要是喜欢，我再放几个牛肉丸子、毛肚和鸭肠怎么样？金针菇和玉米你喜欢吗？荤素搭配有营养嘛。”

江应景颇觉无奈：“谢谢，不需要！”

晚上，何幸路过火锅店时，看见江应景跟队友们在吃火锅。

他们坐在靠窗的位置，何幸看得很清楚。以前她也路过这家火锅店，从来没见过江应景吃火锅，看来是临时起意。她下午的话改变了江应景今天的事件轨迹。

啧，男人！

嘴上说着不要，身体却很诚实嘛！

何幸双手扒住玻璃窗，眼巴巴地看着江应景捞出肉卷、蟹柳、毛肚、金针菇和土豆……

她认真记下了他喜欢吃的东西，冷不防江应景突然转过头来，两人视线相撞。

何幸僵在那里，脸上馋馋的表情瞬间凝固了。

气氛很尴尬。

江应景站起身，走向何幸，他们两人只隔着一面玻璃。

何幸清晰看到江应景的面孔，他漆黑的眼眸里，倒映着惊慌失措的她。

“我……我不是故意偷窥的，这只是一个巧合。”

何幸试图辩解，也不知道她的声音能不能透过玻璃窗被江应景听见。

江应景的冰块脸上没有任何表情变化，他“唰”地拉上了窗帘。

下一个星期四，操场上。

何幸双手捧着容量两升的保温壶，仰着脸望着江应景。

“给你，麻辣火锅，你不喜欢牛油的，我换成清油的了，快尝尝吧！”

江应景还处于震惊状态，保温壶被何幸硬塞进了他怀里。

她帮他打开盖子，火锅的香味顿时飘了出来。何幸递给江应景一双筷子，充满希望地向他介绍：“里面有肉卷、蟹柳、毛肚、金针菇和土豆哦，都是你喜欢吃的！”

“我中午吃过饭了……”

“这又不是饭，这是下午茶呀！”

“……？”

“要不然你喝点儿汤吧。”何幸取出一只大勺子。

江应景好像被她吓到了：“你别这样，我打完球只想喝点儿水……”

“什么味道，好香啊！”

一个男生凑过来，看到江应景手里的保温杯，眼睛一亮：“哎哟，是冒菜呀！我刚好中午没吃饭，现在要饿死了！这位小姐姐，如果你不介意的话，嘿嘿嘿……”

何幸见过这个男生，是江应景的好兄弟许梦阳。

江应景好像不愿意吃呢，明明他很想吃火锅的。

难道他不是不喜欢吃火锅，只是不愿意吃她送来的火锅？

何幸有些沮丧，见江应景没有表态，心中的失落感更强烈了。她拿走江应景怀里的保温壶，盖上了盖子，递给了许梦阳：“你想吃就吃吧。”

许梦阳十分开心，正要接过去，江应景发话了：“等等。”

4. 他夸她了！

何幸惊讶地看着江应景。

江应景面无表情地说：“我突然饿了。”说着，他拿走了保温壶，顺便从她手里拿走了勺子和筷子。

许梦阳惊诧地盯着江应景："欸，你最近不是嗓子不太舒服吗？能吃辣的？"

何幸的心提了起来，她小心翼翼地问："你嗓子不舒服吗？"

江应景含糊地说："嗯，有点儿。"

何幸绞着手，轻声说："对不起，我不知道。你要是不能吃，别勉强。"

江应景若无其事地说："没关系，吃一顿辣的也不会怎样。"

对嘛，昨天她还看见他吃火锅了，应该问题不大。不过现在何幸仔细回想起来，记得江应景吃火锅的时候，好像确实是吃三鲜锅那边比较多一点儿……

"下次别给我保温壶里装冒菜了。"

"这是火锅。"

"不管是火锅还是冒菜，以后能别送了吗？"

"那我有没有成功地引起你的注意？"

江应景的嘴角抽了抽："要不是我手里拿着东西，我真想给你鼓鼓掌。"

何幸害羞地挠了挠头："哎呀，人家也没有那么优秀啦。"

许梦阳还在旁边眼巴巴地望着："江应景，你真的确定你要吃吗？说不定吃完嗓子就哑了。"

江应景将保温壶塞他怀里："一起吃吧，这么大一壶我也吃不完。"

许梦阳乐开了花，忙不迭地点头，小声嘀咕："我做梦都没想到，竟然可以在打完篮球的第一时间吃到火锅！"他望向何幸，声音兴奋地拔高，"这位富有创意的女同学，下次可以带烧烤吗？"

江应景拍了他脑袋一下："能不能不要提这种白痴要求？"

江应景回头看她一眼："答应我好吗，以后不要再给我送火锅了。"

"你不喜欢吗？"

江应景微微一笑："我很难接受你这种奇特的行为。"

何幸点头："知道了。"

江应景又补了一句："烧烤也不需要。"

虽然江应景的态度还是一如既往，每天都会在天台上拒绝她一次，而杀手也没有手软过，每天都会杀她一次，但何幸仍然很开心。因为江应景已经认识她了，他说的话从"我不认识你"变成了"你就是那个下午送保温杯 / 猪蹄汤 / 牛奶 / 火锅的"，尽管最后的答案依旧是"我不喜欢你"，但是她看到了希望！

何幸觉得很头疼。

她每天都会抽时间翻看手机上的食谱，研究各种美食，甚至中午不在食堂吃饭，跑去超市买菜，回到家里争分夺秒地冲进厨房，试着为江应景做爱心下午茶。

可惜，她实在没有厨艺天分，总是会搞砸。

爸妈白天需要工作，没有时间指导她做饭，她自己经常被锅里溅起的烫油吓得在厨房里乱窜。最终，她趁厨房着火之前放弃了。

何幸沮丧地躺在床上，用手擦了擦脸，手上的面粉粘在了脸上，像一只小花猫。

她好一段时间没有见过秦星黎了，每天回家的时候，她都尽量避免跟他见面。若是不小心被秦星黎看见了，他热情地跟她打招呼，她也会二话不说，飞奔离开。

其实她做饭遇到困难的时候，也想过打电话或者发消息，问问秦星黎到底该怎么做。又不是见面，只是隔空问些与感情无关的事情，凶手应该不介意的吧。

可最终何幸还是忍住了，那个凶手心理变态，说不定会以为她又故意接近秦星黎呢。

星黎学长说过她没有做饭天赋，何幸以为，只要努力就能看到希望的曙光。

是她错了，有些事情，真的要拼天分。

何幸取出自己的存钱罐，将里面的所有钱取了出来。

看来，她为江应景亲手做爱心便当的想法破灭了，只有去餐厅买现成的了。

同样的星期四，下午。

操场上依旧围着一群迷妹为江应景喝彩打气，尖叫声震耳欲聋。不过大部分女孩子看不懂篮球，只是为了看偶像在篮球场上帅气的身姿。

江应景打完球，走到场边，用毛巾擦了擦汗。几个胆大的女生连忙递来矿泉水，唯有何幸努力举着保温杯，让她在一堆塑料饮料瓶之中鹤立鸡群：“江同学，看我看我！”

她举得太高，离他太近，保温杯差点儿就要碰到江应景的下巴。

江应景顺手接过保温杯，一脸茫然地望向何幸：“这是什么？”

何幸笑得很甜，满脸都是讨好：“听说你嗓子不舒服，我带了冰糖雪梨银耳，五分甜，对嗓子好。保温杯是新买的，用热水消过毒了，你是第一个用的人，放心喝吧！”

“……谢谢。”

“我叫何幸。”

“哦，何幸。”

不知道是不是她看错了，江应景的眼神，竟然比平日里温柔一些。

他喝了一口炖得软糯的银耳汤，唇角微微勾起：“味道不错，你自己熬的吗？”

5. 好人卡警告

“我买的……”

“你怎么眼睛这么红？”

何幸擦了擦湿润的眼角：“看见你愿意喝我带来的银耳汤，喜极而泣！”

何幸跑到旁边，将她带来的巨大购物袋费力地拖过来。她打开袋子，将食物殷勤地分给那些刚才和江应景打篮球的男生：“这里有零食和饮料，大家不要客气！”

许梦阳走过来拍拍江应景的肩膀：“哎哟，你小子不错哦，嫂子这么体贴。”

江应景皱眉：“什么嫂子？我跟她第一次见面。”

许梦阳“嘁”了一声：“你刚才都惹人家小姑娘哭了，怎么可能第一次见面，骗鬼哦。”

另一个男生撕开了薯片的袋子，一边往嘴里扔着薯片，一边乐滋滋地说：“不得不说，嫂子很会做人，对待兄弟们简直太好了，一看就是个善良可爱的好姑娘，你可要珍惜啊！”

何幸用力点头表示赞同：“对，要珍惜。你们帮我说话，以后好处少不了你们的。”

江应景很郁闷，他双手插兜，低头看着何幸，冷酷地说：“跟我过来。”

今天的剧情和以往不太一样啊，何幸内心竟然有些期待。她的头点得像小鸡啄米，跟着江应景走到了旁边，距离那些看热闹的八卦群众有五六米。

“你刚才为什么哭？”江应景问。

“你愿意喝我带来的银耳汤，我很感动！”

江应景狐疑地盯着她：“你是不是太夸张了？”

她看着江应景，他打完球出了汗，没有平时的清爽俊秀，头发也微微有些蓬乱，可是这张脸还是好看得令人神魂颠倒。阳光洒落在他身上，他仿佛是从漫画中走出的美少年。

“你还记得我的名字吗？”她小心翼翼地问他，带着一点点期待。

“何幸对吧，我又不聋。”

“我昨天给你写了封信，你收到了吧，就是粉红色信封的那封。”

“原来是你写的。”

江应景说话的时候，似乎没有平日里那么冷漠了，看她的眼神也多了一丝丝耐心。当然，这变化微乎其微，说是何幸的错觉也能成立。

要不要把天台上的表白提前一点儿呢？就在现在说出来，也省得放学还要再跑去天台。何幸已经在天台上被江应景拒绝过太多次，她连楼梯上有多少级台阶都记得清楚。

可是这里好多人，她要是当面被拒绝多丢脸啊！

何幸内心陷入挣扎。

江应景等了十几秒，看到何幸的脸越来越红，却始终一言不发，他那仅存的耐心渐渐烟消云散，他索性直接问她："你是想要对我表白？"

何幸惊呆了！

"你……你怎么知道？"

"普通的事情当面说就好了，现在谁还会写信约见面。所以呢？"江应景抱肩看着她。

"我……其实……我……"何幸有点儿慌，她结巴什么呀？明明表白过无数次了，怎么站在江应景面前她还是会紧张！

江应景看出她的紧张，语气稍微软了一点儿，拍拍她的肩膀："我虽然不认识你，但我觉得你应该是个好姑娘。好好学习，不要把心思都放在感情上面。"

嘀——好人卡警告！

何幸不服："我没荒废学业呀，我只是在学习的过程中抽空来喜欢一下你。"

江应景若有所思："我知道你的学习不错，听说你不到半小时就写完了一张满分试卷。"

何幸一惊："这件事都传到你耳里了？"

江应景："嗯，张老师在我们课上夸了你。"

何幸眼中写满了期盼："那你刚才没见到我的时候，你就知道'何幸'这个名字了？"

江应景点了点头："你说出自己名字的时候，我想想确实有些印象。"

何幸高兴得跳了起来！

许梦阳一直徘徊在附近侧耳偷听，听到这样的对话，"何幸"这个名字在许梦阳脑中一闪，他连忙凑过来，惊讶地说："何幸，我也听过你的名字，今天是你救了小白！"

"小白？"何幸眨眨眼，"你说那只尾巴上有花纹的小白猫吗？"

许梦阳点头："对啊！我经常去喂它，听说今天它掉进了人工湖，是你把它捞出来的！"

6. 偶像的初恋

何幸不好意思地笑笑："我今天刚好路过。"

那只小白猫掉进人工湖的事情是她前一次经历星期四时听说的。小白猫在水里挣扎了很久，奄奄一息的时候，有位男同学去救了猫咪。何幸得知之后，决定尽量不让猫咪受难太久，便赶在男同学发现之前，第一时间冲到人工湖，自己救下了小白猫。这一次小白猫没有被淹个半死，被她救上来之后，惊魂未定地逃掉了。

另一位路经此处的女同学，听见他们的对话，惊讶地张大了嘴：“何幸？原来就是你啊！我同学今天差点儿从楼梯上滚下去，也是你抓住了她，要不然她肯定要骨折！”

何幸一愣：“也是刚好路过。”

女生有些疑惑：“不过人工湖和东区教学楼离得很远，真巧啊！”

何幸的笑容僵了僵。

根本不是巧，她可是争分夺秒冲过去的。

救小白的时候，恰好有摄影部的同学看见了，将她在湖边伸着树枝捞猫咪的画面拍了下来，还跟她说了些有的没的，差点儿耽误她的下一场行动。简单地客套完，她看了看表，知道时间差不多了，立刻以百米冲刺的速度赶去了教学楼，要不然那位女同学的腿就真的断了。

她被女同学拉住感谢了半天，好不容易才脱身，之后也无法有片刻轻松，她必须赶去最好喝的那家粥店，买冰糖雪梨银耳汤。

天气这么热，她的后背都被汗浸湿了，还好太阳热烈，很快把她的衣服烤干了，要不然现在站在江应景面前的她肯定浑身湿透，像从水里捞出来的，要多狼狈有多狼狈。

“呵呵呵呵，确实有点儿巧，真奇怪，都被我遇到了。”

余光看到江应景一直盯着自己，何幸莫名地觉得心虚。

唉，她本来可以不用管这些的，可是听说了这样的事情，心里总觉得，既然能改变这一切，怎么能什么都不做呢？如今天天重复星期四，小白猫每天都会遭受到快要被淹死的痛苦，那位女同学也会每天经历一次骨折的疼痛……

如果她可以做些什么，那些痛苦就可以消失于无形，那她愿意去做。

江应景的眼神变得柔软了一些，对何幸的行为表示了“直男”的赞同：“看不出来，你做了这么多好事。”

何幸立时如兔子般乖巧：“所以，你对我有没有多一点儿好感？”

江应景说：“我觉得你人不错。”

嘀——好人卡 +1 警告！

不过，何幸明白，自己做这些事，对她的求爱之路有很大帮助！江应景居然对她多了一些好感，他记得她的名字，语气也不再和以前一样那么冰冷，眼神甚至还有几分温柔！

只是何幸每天跑来跑去做许多事，她实在累得不行，每天晚上看到自己当日步数都在几万步。

追江应景真是太辛苦了，不是一般人能做到的……

何幸小声问：“那你会接受我的告白吗？”

江应景道：“我跟你才第一次见面。”

“可我认识你很久了。”何幸的脸一红，“啊，你别误会，我虽然注意了你很久，但是从来没有影响过你的正常生活。你可能没有印象，我们是同一个高中的，从高一开始我就对你有好感了，这种好感不是想要跟你在一起，而是想要成为像你那么耀眼的人。”

也不知道哪儿来的勇气，像气球一样充满了她的内心，何幸第一次对江应景说出她埋在心里的小秘密：“那时候我的学习并不好，为了能跟你的距离近一点儿，我努力学习，好不容易才和你考进了同一所大学。虽然我们不是同班同学，并不能经常见到面，但是我一直在默默关注你。是你改变了我的人生轨迹，你是我人生的指路灯，我很感谢你。”

江应景望着何幸，安静地听完她真心实意的表白。

何幸低着头不敢看他，眼睛一直盯着自己的鞋尖。

她一直没听见江应景的回答，心里紧张极了，她想听到答案，又怕被他拒绝。

她知道，她肯定会被拒绝的，虽然相比第一次冒冒失失的表白她多做了很多准备工作，但是在江应景看来，他只是遇到了某一个前来表白的陌生女孩，对他来说习以为常。

再说他性格总是那么冷漠，很少和女孩子走得太近，高中三年那么多女生喜欢他，不乏成绩优异的大美女，他都没有答应任何人的表白，怎么可能答应只见过一面的何幸？

“何幸。”江应景的声音很好听。

何幸抬起头来：“嗯？”

“我最近没有谈恋爱的打算。”

果不其然，江应景拒绝了她。

可江应景这次的态度和以前不一样，他语气多了几分温柔，并没有说“我不认识你”“我不喜欢你”“我讨厌你这种类型的女生”之类的话，给何幸留下了一点点希望。

何幸想了想，又找到了另一种可能让她逃过今天的方法。

“你能不能给我一个机会，今天先答应我的表白，明天再分手？”

她的话太不正经了，在江应景看来简直荒谬！他毫不留情地拒绝了：“我的初恋不可以这么随便。”

“初恋？”何幸一愣，“你还没谈过恋爱，真的假的？”

江应景也愣住了，尴尬地移开了视线。

助攻许梦阳又及时地插话了：“对啊！想不到吧！所以，他不一定是不喜欢你，他只是不懂得什么是爱。你可以用真心感化他，加油！”

他话音刚落，就被江应景重重地捶了一拳。

许梦阳夸张地弯下腰，一边喊疼，一边朝何幸挤眉弄眼："哎哟哟，疼死了，江应景你这家伙激动什么，第一次见到你这样。"

江应景又变回了冰块脸："没事我走了。"

何幸拉住江应景的衣角："哎，那个……"

突然，一颗球从空中飞过来，直接砸向何幸的脑袋，打断了她差点儿脱口而出的话语。她看到球的时候已经来不及闪躲，就僵硬地站在原地，脑袋里一片空白。

江应景反应很快，不愧是运动能手，篮球场上的健儿！

在篮球差点儿砸到何幸的时候，江应景一把将她揽入怀中，往旁边一闪，避开了那颗球，只是这一切发生得太快，他没能保持住平衡，重重地摔倒在地上。

何幸跌进江应景怀里，听见他闷哼一声。

7. 我喂你吃饭吧

许梦阳幸灾乐祸地说："刚才还打我，报应了吧！还好我躲得快，不然你就摔我身上了。"

何幸这时候才反应过来，她爬起来，慌张地扶起江应景："你没事吧？"

"没事。"江应景慢慢站起身，拍了拍裤子上的土，白了许梦阳一眼。

何幸眼尖地看见他手掌上的血痕，他刚才跌在地上用手撑地，手掌被地上的砂石划伤了。

"你受伤了。对不起，要不是为了救我……"

"干吗说对不起，球又不是你扔过来的。"江应景看了一眼自己的手掌，伤口上还沾着一些沙土，他随意在裤子上蹭了蹭，"小伤，不碍事。"

"都流血了，怎么是小伤呢？"何幸心疼地说。

许梦阳连忙附和："对啊，小伤不处理也会变成重伤，必须要去医务室！何幸，你陪他去！"

许梦阳对何幸疯狂使着眼色。

何幸明白许梦阳的意思，他想要给他们制造机会。

她拉着江应景，眼眸轻闪："走吧，我带你去医务室。"

江应景竟然没有拒绝她，就这样被她拉着走向医务室的方向。

何幸走着走着，空白的脑袋里突然绽开了一朵烟花。

她这是要去做什么？以往的每个星期四，都没有去医务室的环节啊！

何幸突然意识到，她又打开了新地图！

简直是激动人心的进展！

医务室里的门虚掩着，但是并没有人。

何幸自己从桌上找了一堆药水，紧接着打开手机翻看处理伤口的步骤，边看边碎碎念："如果伤口细小且深，需要打破伤风针，你的伤口不深，不需要打针。需要碘伏、棉签，这里有创可贴，可是太小了，好像遮不住你的伤口，还是用纱布吧。"

何幸离江应景很近，她的胳膊梗在他的肩膀上，有几缕长发落在了他脖子上。

他稍稍抬头便能清晰看到她的脸，连皮肤上微小极了的毛孔都能看见。她没有化妆，素面朝天的样子清新自然。

"好了！东西备齐，我要帮你处理伤口了！"

何幸将目光转向江应景，对他露出一个大大的笑容。

江应景愣了愣，移开了视线："嗯。"

何幸取出一根棉签，蘸了蘸碘伏，小心翼翼地拉起江应景的手。

他的手指真好看，指节修长，指甲也圆润干净，没有倒刺，手掌上的擦伤在皮肤上显得那么刺眼，何幸实在是心疼。她用碘伏清理着江应景的伤口，擦掉上面粘着的沙子，怕会弄疼他，她的动作极轻极柔，还一直问："疼吗？疼就告诉我。"

"不疼。"江应景是真的一点儿都不觉得疼，本来伤就不重，碘伏擦上伤口，就好像平时用纸巾擦手似的。

医务室里安安静静。

阳光从窗外投射进来，将他们的影子拉得纤长。

江应景坐在椅子上，何幸半蹲在他面前，认真地为他包扎。

江应景望着神色专注的何幸，她着急得额头都冒出了汗，虽然她看起来手法很生疏，手忙脚乱弄倒了桌上的东西，还将他的手裹成了两颗大馒头，但她终于还是完成了所有步骤。

何幸擦了擦头上的汗，满意地望着自己的包扎成果："用纱布绑蝴蝶结真有难度啊。不过我终于克服了所有困难，给你系了个超漂亮的蝴蝶结。"

江应景看着那两个扎得乱七八糟的蝴蝶结："真丑。"

何幸无视他的话，她知道"直男"理解不了蝴蝶结："你要好好休息。"

江应景语气淡淡："没那么严重。"

何幸皱起眉，神色十分严肃："万一感染了怎么办呢？难道你想截肢？"

江应景嘴角一抽："你也说得太可怕了吧，平时生活中总有些磕磕碰碰，哪有那么容易截肢？"

何幸嘿嘿笑道："以防万一嘛，注意点儿总是好事。"

"也是。"江应景站起身，举起手上两颗纱布团子看了看，自言自语，"不过我的手被你裹成了机器猫，筷子都拿不起来了，也不知道怎么吃晚饭。"

何幸眼睛忽闪忽闪，厚着脸皮说："不介意的话，我可以帮忙。"

不等江应景拒绝她，何幸自己先㞞了：“我开玩笑的，不用当真。”

却没想到江应景说：“本来打算答应你，既然你是开玩笑……”

何幸怔怔地看着江应景，他也在看着她，眼睛里映着她的脸。

她的心跳突然慢了一拍。

“不不不，只要你……愿意答应，我就不是开玩笑！你……你也不许开玩笑啊！”

江应景笑了。

他笑起来可真好看啊，那弯弯的眼眸中好像全是星星，砸落在何幸的心湖中。何幸又一次看呆了，她听见江应景清润的声音在安静的医务室响起：“今天我请你吃饭，就当作感谢你为我处理伤口，而且你下午买了那么多零食分给我同学，也花了不少钱吧？”

“钱？啊，我有钱！”为自己的偶像花一点儿钱怎么啦，多少人为遥不可及的偶像花钱都花得心甘情愿，她的偶像就近在眼前，她的付出也比别人多了些许得到回馈的可能性。再说，反正她一觉醒来，存钱罐就又满了，不花白不花！

8. 悲喜交加的何幸

然而，江应景并不领情：“那怎么可以，我不喜欢欠别人的人情。”

何幸想起秦星黎的话，付出是双向的，如果不喜欢对方，就不该理所当然地接受她的付出。江应景也是这样想的吧！何幸心中有小小失落，她明白，江应景是不想回报给她感情，所以才拒绝接受她的付出。不过，他能提出请她吃饭，已经是意外之喜了！

何幸乖巧地点头：“好好好，你说什么就是什么。你等等，我把东西收拾一下。”

她哼着小曲儿，将东西放回原位。

窗外突然传来小猫的叫声，何幸扭头看到小白竟然在窗外，人高兴的时候看什么都高兴，她跑向窗边，打开窗户把小白放了进来，摸摸小白的头：“小白，你喵喵叫什么？饿了吗？”

小白的眼睛像琥珀一样透亮，冲着何幸“喵喵喵”叫起来，好像在回答她。

何幸摸了摸口袋，充满遗憾地说：“我身上没有带吃的……对了，我上次看到隔壁办公室的孟老师在喂流浪猫，他那里可能有猫粮。江应景，你等我一下！”

何幸一蹦一跳地跑到了隔壁办公室，看见孟老师果然在。

“孟老师，你有猫粮吗？有只小白猫跑进医务室了，一直冲我喵喵叫，可能是饿了。”

提起猫，孟老师的眼睛里迸发出光芒，他提着一袋猫粮乐呵呵地跟着何幸来到了医务室。江应景正蹲在地上，用他的馒头手蹭小白的头，小白也很享受，用毛茸茸的脑袋蹭他。

孟老师环顾医务室：“王老师没在吗？”

何幸道：“没有。来的时候，医务室就没人。”

“哦。”孟老师找了一个塑料餐盒，将猫粮倒进碗里。

见到吃食，小白着急得快站起来了，等孟老师将小碗放在地上，小白立刻埋头猛吃。孟老师笑道：“果然是饿了。”

他抬头看到江应景被包得很夸张的球形手，望向何幸：“这是你包扎的？”

何幸点点头。

孟老师的表情变得严肃起来：“裹得这么厚，受伤很严重吧，要不要去医院看看？”

江应景笑了笑：“不用，就是简单的擦伤，刚才打球的时候不小心摔倒了，手上擦破了皮，就算不处理，过几天也能痊愈。”

“擦伤？”孟老师笑了。

他突然想到什么：“对了，江应景，我正好有点儿事要跟你说。”

何幸有种不好的预感。

孟老师没有察觉到何幸惊恐的眼神，他望着江应景，继续说道：“教室黑板报又要换了，这件事一直是你负责的，一会儿你组织同学换一下。你受了伤不能画画，就在旁边监督他们吧。这次黑板报的主题是……”

晴天霹雳！

孟老师说了一半，发现何幸还杵在旁边，他摆摆手说：“你先回去吧。”

何幸点点头，宛如失去了灵魂一般地走出医务室。

“等等。”

江应景居然追了出去，叫住了何幸。

何幸回过头，愣愣地望着他：“嗯？”

江应景语气带着一丝歉意：“今天没办法请你吃饭了，明天再请你吧。”

何幸下意识地点了点头，望着江应景离去的身影，心中悲喜交加。她喜的是江应景竟然还记得这件事！可见他不是敷衍她，是真的放在了心里。悲的是，她没有明天……

不行，她绝对不会放弃的！

明天，她一定要修改今天的错误，精益求精！

何幸脑袋里乱七八糟，她在规划着每一天的步骤。

她除了要写下满分试卷和在课堂上完美回答问题，还要在中午去食堂，制止两位因为插队要高声争执起来的同学，避开卖馄饨和红油米线的窗口，因为她上次吃馄饨的时候吃到一只小飞虫，吃红油米线时辣到痛哭流涕被江应景的朋友看到。

吃完饭去人工湖救小白猫，然后去东区教学楼救那位女同学，接着赶去超市买零食和饮料，顺便去买冰糖雪梨银耳汤，在江应景打完篮球之后给他，被他的同学们误会，被江应景拉到离原来的地点五六米远的地方，她顺势表白，接着差点儿被篮球砸到，江应景救了她，然后他们一起去医务室。

虽然心疼江应景受伤，但她必须要增加自己表白成功的概率，只有牺牲江应景，去了医务室，他们才能独处，她才可以温言软语安慰他、感动他。

9. 不亚于宫斗

不过下一次，她不能将江应景的手裹得太厚，他拿不了筷子怎么吃饭？但也不能包得太薄，如果江应景的手行动自如，话题也无法顺其自然地转接到他请她吃饭。

具体怎么包扎才能达到最好效果，她要好好地研究一番。

吃饭的时候，她再烘托烘托气氛，继续提高江应景对她的好感。

一整套复杂的流程记下来，何幸觉得自己的脑容量有点儿不太够。

下一个星期四。

何幸没能展开医务室的新地图，因为她说错了一句话，导致江应景顺着她的话聊到了其他话题。她甚至都没来得及表白，就眼睁睁看着江应景离开了……

再下一个星期四。

何幸救小白的时候脚下一滑，不小心掉进了人工湖里，虽然湖水只及腰深，但她还是耽误了很多时间。她来到东区教学楼的时候，看到那位女同学已经被其他男生背去了医务室。

等何幸拎着一大袋零食去买银耳汤的时候，银耳汤已经卖完了，她没空再换一家店，只好买了碗八宝粥。她手忙脚乱地将八宝粥倒进保温杯里，带着保温杯奔赴操场。

真惨，原本烂熟于心的计划，就像蝴蝶效应一样乱了套。

围观篮球赛的迷妹们第一次无法将注意力全都集中在江应景身上，她们时不时偷瞄何幸。

这个女孩子太奇怪了吧，浑身湿透，连头发都贴在了脑壳上，简直像一只狼狈的落汤鸡，也不回去换衣服，居然还有闲情逸致在这儿看球，手里还像老年人似的捧着个保温杯。

连江应景的视线都有几次飘到了何幸身上。

打完球，江应景走到场边，擦了擦汗。

何幸举着保温杯挤在迷妹中央：“江同学！看这里！”

这次她没有竞争对手，因为大家都离她很远，生怕会被她的湿衣服弄脏。

江应景微微仰头，避免自己的下巴被保温杯戳到。

何幸将杯子塞进他：“给你！今天冰糖雪梨卖完了，你尝尝别的口味吧。”

江应景打开杯盖，看到一大杯黏稠的东西，他抗拒地皱起眉：“这是什么？”

何幸眼睛眨了眨：“八宝粥。”

江应景将保温杯还给她：“我不喜欢八宝粥。”

“砰砰砰！”何幸的胸口仿佛被打了好几枪。

许梦阳打量她：“你怎么浑身湿透了？掉水里了？”他望向江应景，笑得很夸张，“江应景，你还不领情。”

江应景白他一眼：“你想喝你喝吧。”

许梦阳连忙摇头：“我也不喜欢八宝粥，还是冰可乐最过瘾！”

“砰砰砰砰砰！”何幸的胸口仿佛已经被射成了筛子。

再下一个星期四。

何幸万分谨慎，没有出什么错，终于来到了篮球砸过来的这一环节！

她站在那里，一边和江应景说话，一边偷瞄篮球砸来的方向。

何幸紧张极了，一直在心里默念：砸我砸我！

可惜已经过了两天，她忘记了当时站的确切位置，况且那天篮球飞来的时候，何幸整个人都呆了，脑中一片空白。她被江应景救了然后摔在他怀里，这可是难得的英雄救美啊，她哪有心思确定位置？！

于是这次，她果然站偏了，篮球从她和江应景中间穿了出去。

江应景将篮球扔回了球场里，问何幸：“你一直心不在焉的，想什么呢？”

何幸哭丧着脸看他：“没……没想什么……”

江应景：“那我刚才说什么？”

何幸：“……”不好意思，我没顾得上听。

江应景叹气。

再下一个星期四。

何幸又站偏了一点儿，篮球打在许梦阳头上，他额头被砸出了个包。

何幸脱口而出：“你受伤了！我送你去医务室。”

许梦阳神色古怪地看了何幸一眼：“没事，我经常被球砸，习惯了。”

何幸的计划又失败了，她失落地垂下头：“哦，那我走了。”

再下一个星期四。

何幸摔在江应景身上，压断了他的肋骨。江应景被许梦阳送去了医院。

连续十几个循环后……

何幸终于来到了医务室。

她想尖叫！想呐喊！想狂欢！

可是她实在太累了，身心疲惫啊！好想躺下睡一觉。

医务室里依然没有人，江应景不想等了，走到门口，被何幸拖了回去！

“这里有碘伏和纱布，还有棉签，你别着急，我保证很快就能处理好！”

“要不然还是等王老师……”

“不用！以前朋友受过伤，我有帮忙包扎，会一点儿。”

何幸话不多说，立刻进入状态，熟练地找到各种材料，帮江应景处理伤口，那细心的程度，不亚于外科医生在为病人缝针。

何幸生怕自己说错哪句话，导致江应景没有按照原定步骤来回应她下一句话，所以她要背下每次自己说过的话，简直是步步为营，如履薄冰，不亚于宫斗。

10. 共进晚餐

幸好，一切都很顺利，江应景又一次邀约她吃饭。

何幸忙不迭地答应，以最快的速度收拾好桌上的东西，拉着江应景便往门口走。

江应景长腿大步地跟着她，有些诧异地问：“你有事吗？走这么急。”

何幸的脚步慢下来，看着往医务室方向跑去的小白，轻出一口气。

“没什么事，我只是怕你反悔……”

江应景以为她饿了，问道：“想吃什么？”

何幸想起那天在火锅店里看见他，她也不知道吃什么，但应该没有人讨厌火锅吧？何幸直接说：“我们吃火锅吧！你嗓子不舒服可以吃三鲜锅。”

火锅店里很热闹，何幸选在窗口的位置坐下，她希望凶手能够看到，她已经约到了江应景！那女人至今还没有放弃，肯定是不相信她能追到江应景！

何幸将眼睛睁到最大，死死盯着窗外，眼中有着掩饰不住的激动。

她在以这种方式与凶手沟通。

江应景疑惑地问：“你模仿憨豆先生干什么？”

何幸转向江应景，眼中闪动着幸福的光芒：“跟偶像吃饭，太激动了，不好意思。”

“要不要这么夸张，”江应景看了一眼桌上的菜单，“你想吃什么，你点吧。”

何幸已经很久没吃过火锅了，来到火锅店，她是发自内心地开心。

江应景的手受伤了，何幸便不客气地承担了点菜大任。她捏着笔，一目十行，“唰唰唰”在菜单上打着钩，十秒钟后，她将菜单展开在江应景面前：“你看还想加什么？”

看着菜单上打了钩的菜品，江应景越看越惊讶：“不用加了，你点的都是我喜欢吃的……”

何幸甜甜地笑了：“谁让我了解你呢。”

江应景晃了晃雪白的纱布手，语气带着遗憾："可惜被你包成了木乃伊。"

何幸将菜单交给服务生，对江应景说："我说了我可以喂你，别不好意思。"

江应景半点儿犹豫都没有，立刻拒绝了她："不需要。"

菜品一一上桌，鸳鸯锅已经开始沸腾了，何幸帮忙将一部分菜品煮在了锅里。很快，肥牛卷变了颜色，何幸连忙提醒江应景："可以吃了！"生怕他错过最佳品尝时间。

江应景用僵硬的拳头握住崭新的筷子，在锅里搅来搅去。

他一块肉都没夹到，中途筷子还掉进了锅里！

江应景故作镇定："看我干什么？你先吃吧，我锻炼一下手指的活动能力。"

何幸实在不忍心，从锅中夹起一块肥牛卷，伸长了胳膊，放进江应景的碗里："你就别客气了，再这样，筷子熟了你也吃不到肉。"

江应景很固执："不用，我可以的。"

他握着筷子，看准时机，狠狠扎在了一块酥肉上面。这是江应景夹到的第一块食物，何幸忍不住为他鼓起了掌。可下一秒，江应景筷子上的酥肉又掉进锅里，溅起了几点辣油。江应景呆呆地看着空荡荡的筷子，片刻后，放下筷子："不吃了。"

他怎么这么可爱啊！何幸想想平日江应景冷面冰山的模样，忍不住笑了。

"你再试试，一定可以的。"

"我不饿。"江应景别过脸，不去看漂在锅里的肉。

"料碗都点了，钱也花过了，不吃多浪费啊。"察觉到江应景有些犹豫，何幸继续说。

江应景沉默片刻，又握住了筷子："那你离远点儿，别烫着了。"

这顿饭，江应景一直在和筷子搏斗，而何幸一直在偷看他，别提多开心了。

心情好的时候，食欲也特别棒，何幸吃了很多，吃到肚皮滚圆，她满足地拍了拍肚子。

江应景只吃了很少，还不到何幸的十分之一。结账时，他的手打不开指纹密码，只好费尽千辛万苦地输入数字密码，好不容易才顺利付款。何幸正在考虑能不能提出让江应景送她回家，再多一些相处机会，却听见江应景说："你快回去吧，再晚衣服就洗不干净了。"

何幸一愣，随着江应景的目光低下头，看到自己的衣服上密密麻麻的油点，才发觉她的白衬衣变成花衬衣了。想起从江应景筷子上掉下去的嫩牛肉、酥肉、土豆……在锅里溅起的红油都染在她衣服上了，虽然每次的量很少，油点也很小，没有被她注意到，但经不住积少成多啊……

江应景看何幸满脸懊悔，语气带了些歉意："刚才我没看见，溅了这么多油在你身上，没烫到你吧？”

“没事，你又不是故意的，你的手受伤了嘛，而且还是因为我才受的伤。”

“如果洗不干净，我赔给你新的。”

“不用，不用，”何幸连忙安慰江应景，衣服是小事，反正她一觉醒来衣服就干净了，根本不用洗，“下次我们不吃火锅了。”

江应景微怔：“下次？”

何幸小脸一红，江应景是不是以为她还想死皮赖脸地再约他一次？

• • •

Chapter 4

全世界都是甜的

1. 恶向胆边生

“没，我是说，将来有缘再约的话……我随便说说，你别放在心上，我回去了。”

何幸转身飞奔回家，她可不想穿着沾满火锅味的油点衣服，跟江应景走在大街上。

在院子门口，何幸偶遇了买完菜回家的秦星黎，这次她没来得及躲起来，被秦星黎看见了。他大步走过来，正要打招呼，突然愣住，低头盯着她的胸口。

“小星星，我从来没见过你穿这么脏的衣服。”

何幸不好意思地说：“学长，我去吃火锅了，白衣服就比较容易看到油点，我下次会注意的……”

秦星黎眼睛一亮：“火锅？好久没吃了，闻到你一身火锅味，突然就很想吃火锅。”

火锅味？

何幸撩起一撮头发闻了闻，果然闻到了浓浓的火锅味……

何幸并没有和秦星黎聊太多，她要尽量跟秦星黎保持距离。他们两家不在同一单元，于是何幸在楼下跟秦星黎告别，然后提心吊胆地走进她的单元楼。

虽然何幸每天都会见到那个女人，可她仍然要为自己做好心理建设。那副惊悚的妆容突然出现，真的很像吃了小孩的僵尸！太吓人了！

何幸刚从电梯里出来，迎面便看到了那张僵尸脸。

她吓得后退一步，背贴在冰冷的电梯壁上，惊魂未定地拍拍胸口。这家伙怎么知道电梯门打开就是她呢？化着这么丑的妆到处晃悠，也不怕吓到小朋友！

女人跟进了电梯里，皮笑肉不笑。

何幸盯着女人手里的凶器。

这次是……白绫？

要勒死她啊？

何幸仰着脸看那女人，第一次有了底气：“你看见没有，我跟江应景吃饭了！”

女人眸光深冷，冷冰冰地说：“我只看见你和秦星黎一起回来。”

原来这家伙一直在楼上窥视她！何幸扯着自己的衣服嚷嚷：“你看我的衣服，全是油点，我和江应景吃火锅去了！我跟星黎学长只是在院子门口遇到，出于正常人的礼貌，跟他客套一下！这都不行吗？难道学长说羡慕我去吃火锅的时候，我说那你羡慕着吧？”

何幸越想越气，怒道：“你这人怎么这样啊！你平时总是跟踪我，今天怎么不跟踪了？我好不容易才约到江应景的！不对，是他约了我！他约我吃饭！你知道有多难吗？我都快累死了，好不容易才办到的！为什么你不跟着啊！气死我了！我跟你拼了！”

何幸扑过去，却被女人推倒在地上。

她的力气太大了！一般女孩子跟她没得比！

女人低头看着何幸，刷成苍蝇腿的睫毛不断地掉渣。

“我看见你和江应景吃火锅了。你们坐在窗边，那么高调，想不看见也难。”

何幸气愤地瞪着她：“看见了你还要杀我？”

女人微微皱眉，似乎很不理解：“你跟江应景吃饭，为什么要和秦星黎一起回来？”

何幸：“……”跟这种人说不清，她的脑袋根本不正常！

女人恨恨地盯住何幸，不负责任地下结论：“怎么看都是个水性杨花的女人！”

何幸要被气死了！心中一股火气轰然升腾，她怒从心头起，恶向胆边生，扑过去狠狠咬住了女人的手。女人“啊”了一声，可能是太意外了，她的惊叫声甚至粗哑变调。

女人想推开何幸，但何幸咬得太深了，像疯狗一样紧紧钳住，根本推不开。

女人只好忍痛将白绫绕在何幸脖子上，牙咬住一头，手揪住另一头，狠狠地勒住……

何幸，卒。

闹钟声“丁零零”响个不停，何幸瘫倒在床上，很久都没有按下闹钟的开关键，直到厨房里传来妈妈的声音：“小幸，起床了吗？快去洗漱一下过来吃饭！”

何幸有气无力地应了一声：“知道了。”

妈妈将早饭放到桌上，没有听到何幸洗漱的声音。

“小幸，怎么还不来？又睡着了吗？”妈妈打开卧室的门，看到闹钟还在响，女儿在床上一动不动。妈妈关掉闹钟，掀开了被子，“别赖床了，快起来，要迟到了。”

何幸疲惫地闭上眼：“妈妈，我好累……”

妈妈诧异地看着她：“你刚睡醒，有什么累的？”

何幸将手放在了心脏的位置，声音仿佛瞬间苍老了几岁：“这里累……”

妈妈完全不能理解，揪了揪她的耳朵：“是不是想偷懒不去学校？快来吃饭！牛奶要凉了！”

下午的篮球比赛依旧开展得如火如荼。

场外围了一群激动的小姑娘，欢呼雀跃着。

何幸靠坐在一大袋零食上，捧着保温杯，一脸呆滞。

一颗篮球砸了过来，何幸不闪不避，仰面倒下。篮球砸在了她的鼻子上，然后从她的鼻子上弹开。

罪魁祸首正是许梦阳，他没想到那颗篮球丢得那么低，也会砸到人。话说这姑娘为什么坐在场边？就算被篮球砸了也没反应，如咸鱼般躺在地上，一副生无可恋的样子。

比赛中断了，许梦阳跑过来看着满脸鼻血的何幸：“你没事吧？哎呀，你怎么不躲？”

何幸慢慢抬起手摸了摸鼻子，看到手上沾满了血，这时才感觉到疼。她是不是毁容了？

心里想了很多，但何幸浑身无力。她在衣服上擦了擦手，鼻血深浅不一地涂在了上面：“我打扰到你们的比赛了吗？不好意思，我往旁边挪一下，你们不用管我，继续吧。”

2. 她的骨头碎了

何幸往旁边滚了几圈，换了个位置，灰头土脸地躺在那里，继续发呆。

虽然今天她又按照以往的步骤走完了流程，可是真的好疲惫。

许梦阳担忧地看着她：“你一直在流血，真的没事吗？”

何幸头顶的阳光被遮住了，她望着围在她眼前的一圈脑袋。

还是江应景的脸最好看……

江应景？

江应景伸出手，递给她一包纸巾。何幸呆呆地盯着他的脸，甚至忘了去接。

江应景索性帮她拆开了纸巾，取出一张纸，轻轻擦拭她的血：“你流鼻血了，我送你去医务室吧？”

医务室地图即将展开！

何幸突然活过来了，双眼瞬间注入灵魂！

她猛地站起身，吓得一圈围观群众连忙闪开。

她脑中混乱，脱口而出：“我们今天不吃火锅了！吃别的吧！”

江应景愣住：“什么？火锅？你受伤了啊……”

啊！她搞混了，现在还没到吃饭的阶段！

许梦阳问：“你刚才是不是睡着了，梦见自己吃火锅，所以才被球砸了？”

“嗯，差不多就是这么回事吧……”何幸顺着许梦阳的话，勉强为自己挽回些许尊严。

江应景很细心地问围观的女生要了一包湿巾，取出一片湿巾递给何幸：“擦擦脸吧。”

何幸接过湿巾，往脸上抹了抹。她自己看不到，所以有些地方擦干净了，有些地方却还有些血迹。江应景又取出一张湿巾，帮她擦干净所有残留的血迹。他的动作很轻，湿巾在她脸上痒痒的。

何幸愣在那里，看到江应景的脸离她那么近，心里那只奄奄一息的小兔子，突然又活蹦乱跳起来。

江应景将湿巾塞到许梦阳手里：“我送她去医务室，你们先打吧。”

“行。”许梦阳刚答应，突然意识到有哪里不对劲，“咦？球是我扔的，要送她去医务室也是我送吧。你可是这场篮球赛的主力，你留下，我去！”

许梦阳转过身，严肃地看着何幸：“走，我送你去医务室。”

何幸摇摇头，一步步退后：“不用不用，我没事！”

她太累了，如果对象不是江应景，她甚至懒得从这里走到医务室。但她也不能主动提出换成江应景送她去医务室，太刻意了！再说现在她的形象这么差，衣服上都是土，能做些什么啊？江应景肯定不会对这样的她产生好感！

今天就算了！

明天！她会成为焕然一新的自己，重新进行原定计划。

许梦阳却不让何幸逃走，一步步逼近：“怎么可以不去医务室呢？你鼻子都出血了！”

何幸干笑两声：“我身体不太好，很容易流鼻血，不是因为你砸到我的缘故。”

许梦阳仍然很担心：“那我送你去医院看看。”

何幸用袖子擦了擦鼻子，快步后退：“你们不用送我，别因为我耽误了比赛，我能跑能跳的，自己就可以去医院。”

她说着，转过身，像逃命一般大步奔跑。

操场上尘土飞扬。

“这姑娘怎么了，好像我们会吃人似的。”许梦阳从口袋里掏出一把皱巴巴的钞票，松了口气，“她刚才满脸是血地倒下，吓我一跳，还以为她要碰瓷。太险了，我差点儿倾家荡产。”

江应景瞥他一眼：“是你用篮球砸她，你还把她想得这么坏。”

许梦阳不好意思地挠挠头：“哎呀，我又不是故意的，我当时也惊呆了。是我以小人之心度君子之腹了，她宁愿自己去医院，也不肯让我送，这世上还是好人多啊！”

江应景：“那不一定，说不定明天她拿着医院开的证明讹你几万块。”

许梦阳说道：“啊！江应景，你别说了！给我受惊的小心脏留一点儿关爱行吗！”

下个星期四。

何幸又打起了十二分的精神，按照每天的剧本来行进，让自己离终点再近一点儿。

她做的一切都是想逃过这不断循环的星期四，可是在这过程中，她那无望的付出突然开始得到了点滴回应，就像在黑夜中奔跑，看着远处亮起微光，再一点点变得更加明亮耀眼。

她已经很累了，可望着那光，却无法停下脚步。

她想要接近光，想要触碰光，想要从黑暗中逃脱。

江应景是何幸努力的动力，是她在这孤独的星期四里，唯一期盼的光。

同样枯燥的每一天，因为江应景的存在而沁入了淡淡甜味。

江应景走出医务室，低头看着手上缠得很紧的纱布。

何幸担心是不是自己勒太紧了，她小声问：“不舒服吗？”

江应景摇摇头：“没想到你包扎得这么专业。”

3. 水煮鱼和小松鼠

何幸想起自己第一次将江应景的手裹成了大馒头，那时还被他笑话了呢。好在她善于学习，虚心进步，在一次次的实践中，终于得到了江应景的认同。他对她的态度，似乎越来越好了，甚至还夸了她几次……

江应景问：“你想吃什么？”

何幸不假思索，说出那个在她心中早就确定的答案：“我们吃盖浇饭吧！”

“盖浇饭？”江应景有些意外，“我请你吃饭，不用替我省钱。”

何幸笑道：“我觉得盖浇饭吃起来很方便，你可以握着勺子往嘴里刨饭。”

江应景一怔，但很快，表情又变得和以前一样淡漠：“我不饿，吃不吃都无所谓。再说我是为了感谢你帮我包扎伤口，当然要吃你想吃的。”

何幸笑得很甜：“盖浇饭也是我想吃的呀。我知道有一家盖浇饭超好吃的。你嗓子不舒服，不适合吃辣，你可以点西红柿炒鸡蛋盖浇饭，或者宫保鸡丁盖浇饭，都很好吃！嘿嘿，或者我们单独点菜也可以。”

看着何幸充满期待的眼眸，江应景最终没有反对。

何幸带着江应景来到了一家简陋的小店，门头油腻的牌匾有些掉色，一看就是家老店。虽然地理位置偏僻，但店里食客仍然很多，不过本来店就小，桌椅不多。

江应景站在门口，抬头望着那褪色的招牌：“这种地方好吃吗？”

“当然了！”

何幸眼疾手快，拉着江应景坐在店里剩下的最后一张空桌旁。

她推着他坐下，语气里有着掩饰不住的快乐：“我们今天来得早，有地方坐，再晚一点儿就要排队了！”

这样的小店生意火爆，服务员却没几个，每到饭点时，总是忙得不可开交。于是他们开始自助式点餐，桌子上有纸质的简易菜单，点好以后叫服务员过来就好了。

江应景将菜单推向何幸，像上次一样将点菜的主动权交给了她：“你想吃什么，随便点。”

何幸又将菜单推了回去：“今天你来点菜，我喜欢惊喜。”

江应景完全不能理解：“点菜能有什么惊喜？”

何幸看了看四周，大家似乎都是熟客，桌上放着的都是点餐率比较高的几款菜品，还有今日可以三元换购的优惠菜品——酸辣土豆丝，总之看起来大同小异。

“我经常来这家店吃饭，点来点去就是那几道菜，没什么新意，这次换你来点菜，你点到什么我就吃什么，也算是一种惊喜吧。”

江应景挑了挑眉：“如果我点到你不喜欢吃的菜呢？”

何幸笑道：“那也没关系啊，反正都是同一个厨师做的，也不会很难吃。”

见状，江应景也就不客气了：“番茄炒蛋、鱼香茄子、红烧牛腩、回锅肉……”

他慢慢地在菜单上画着。已经画了四道菜，他还没有停下的意思，何幸连忙阻止他：“够了够了，我们两个人足够吃了！”

江应景抬眼看了她一眼，又用铅笔在纸上画了一笔：“水煮鱼。”

何幸急忙说：“哎呀，我们吃不下了！”

江应景问：“你不喜欢吃鱼吗？”

“不是……”

何幸从小就喜欢吃鱼，也喜欢吃重口味的菜，所以江应景点的这道菜，简直太合她的胃口了！

可是他们已经点了四道菜，这家馆子的菜量很大，一人一盘菜就够吃，点这么多绝对会浪费！

“你嗓子不舒服，水煮鱼太辣了；再说你的手受伤了，不方便拿筷子；鱼肉里面有刺，你也不方便吃。”

江应景看着何幸的眼睛，又重复了一遍：“你不喜欢吃鱼吗？不喜欢我就不点了。”

何幸的坚持崩溃了，她小声说：“水煮鱼也可以……我喜欢的……”

江应景的眼眸弯了弯，将菜单交给了服务员。

何幸取了筷子，又帮江应景取了勺子，细心地摆在他面前的餐盘上。

美食一一上桌，何幸闻到了水煮鱼的辣椒香味，她的口水都快流下来了。果然，点这道菜是没错的。看起来就超好吃的样子！

江应景握着筷子试图夹菜，何幸看他依旧用不好筷子，便伸手拿起他的餐盘，将每道菜都分了一部分，然后把小碗里的米饭也分出一部分，倒在了菜旁边，看起来很像一盘荤素搭配完美的单人餐。

“这样就不用夹菜了，你用勺子直接扒着吃吧。吃完我再给你分。”

何幸只是提出建议，没想到江应景真的按照她的说法，低头用缠着绷带的手握着勺子刨米饭吃。谁要见到平时高冷的偶像用这种呆萌的方法吃饭，一定要惊讶死了。

何幸忘了吃饭，就这样看着江应景。她勾起唇角，轻声说：“你好像小松鼠。”

江应景的动作一僵。

他放下勺子，艰难地撕下一张卷纸，擦了擦嘴。

“哪里像了？”

何幸忍着笑：“嘴里塞着饭，脸鼓鼓的，好像偷吃坚果的小松鼠。”

江应景看了她一眼，依旧是那张毫无表情的冰块脸，但是何幸感觉到了杀气！

强烈的求生欲让何幸连忙补了一句：“我在说你可爱呢……”

江应景冷冰冰地回怼她：“男人不需要可爱。”他看了一眼桌上的菜，何幸竟然还没动筷子，“吃你的饭吧，你盯着我，我都吃不下去了。”

4. 全世界都是甜的

“我不是故意给你压力的，你千万别紧张。”

“我才没有紧张。”

何幸夹起一块水煮鱼，吃到嘴里，眉毛也舒展开了：“哇！你点菜的水平一流，水煮鱼超好吃！辣油也好香！”

她吃完，还不忘夹起一块放进江应景的碗里：“这块看起来没有刺，你尝尝。”

江应景用勺子将鱼肉送进了嘴里，配着米饭吃得很香。

他之前还说他不饿，这男人，一点儿都不坦率。

“这家炒菜是不是很棒？没有失望吧！”

“还不错。”

“嘿嘿，好开心，好像在做梦一样。”

“什么？”

江应景疑惑地看着何幸。

面前的女孩捧着萌萌的小圆脸看着他，眼角眉梢都是笑意。

“和你一起吃饭呀。好开心，就像我做过的那些梦都成真了。吃着番茄炒蛋感觉是甜的，吃着水煮鱼也甜甜的，心里也甜甜的。哇，全世界都是甜甜的！”

江应景被何幸的话带动了情绪，嘴角勾起了忍耐不住的弧度。

“全世界都甜甜的，只有你傻傻的。”

何幸不好意思地挠了挠头，她很傻吗……

她突然想到江应景还没有过初恋，虽然他待人确实冷漠了些，但他看起来不像是情商很低的男人，他会主动让她先点菜，在她受伤的时候，会帮她擦血，还会提出送她去医务室。上次何幸看见江应景为班花拧开饮料瓶，脸上还带着少见的笑容呢。

何幸忍不住问：“江应景，你为什么不想谈恋爱？”

江应景好像对她的问题并不吃惊，若无其事地说：“没有遇到想谈的人。”

何幸更好奇了：“学校里不是有好多漂亮的女生吗？”

江应景放下勺子，望着她：“所以呢？”

何幸眼眸闪耀：“你不动心吗？”

江应景淡淡道：“漂亮就要动心的话，我的心忙不过来。”

何幸“扑哧”笑出声来：“怪不得你从小到大学习都超好，你们这种学霸，天生就这么自律。能忍受住手机的诱惑，周末别人睡懒觉，你们早早就醒了，好像脑袋里那个贪图享受的开关坏掉了。对待女生也一视同仁，仿佛她们全都是无脸人。”

顿了下，她又小声说：“真羡慕你。”

江应景下意识地问：“羡慕什么？”

“羡慕你的自律呀。”

她偷瞄他一眼，低下头，厚脸皮地说：“我也想把你当无脸人，可是看见你的时候，心跳总会变快。好像周围来来往往的全是无脸人，只有你是丰富多彩又立体的。”

何幸说完，不敢抬头去看江应景的表情。

她到底怎么了，总是把心里话说出来，真是肉麻兮兮。可她说的是实话，刚才看着江应景的时候，何幸只觉得周围全是灰暗，只有江应景在发光。

何幸的心跳声“咚咚咚”，她埋头吃饭。

江应景看她吃得腮帮子都鼓起来，脸色红通通，明明是她更像松鼠。

“无脸人，这个称呼很贴切。”

“是吧！”何幸眼睛亮了亮！

江应景微微一笑：“不过你已经不是无脸人了，我记住你了。”

何幸愣了愣，抬头看见他眼眸明净，似乎带着一种对她的肯定。

“试图送我礼物的女生很多，没有像你这样准备周全的。买那么大一袋零食分给我同学，如果单独给我，我可以拒绝，但分给他们就没办法了，许梦阳那个贪吃鬼满脸都写着‘想吃’，我还没说话他们就一哄而上把零食各自分了。

“你还知道我嗓子不舒服，给我带来现熬的冰糖雪梨；我不喜欢太甜，你带的恰好就不太甜；帮我包扎伤口的样子很专业；带我来的餐厅味道也不错。”

那当然啦，她实践了那么多次，在一次次失败中找到了经验，她太难了。

不过能得到江应景的肯定，她付出的一切都值得。

何幸笑靥如花：“嘿嘿，许梦阳今天还叫我嫂子呢。他真有眼光。”

听见此话，江应景的脸黑了下来：“你别听他瞎叫，他只是吃了你的零食不好意思，再加上你救了小白，他感谢你，所以顺便讨好你。那家伙太容易被收买了！”

“可是，”她委屈中带着期待，“既然你的朋友这么满意我做嫂子，你不考虑一下吗？”

江应景沉默了几秒钟，露出一个没有感情的笑容：“何幸，你不要得寸进尺。”

这一次，江应景比上次吃得多了些，应该能吃饱吧。

何幸也很努力地吃了很多，最后实在吃不下了，可桌上还剩下很多菜。

果然，他们点得太多了，好浪费。平时何幸会选择打包，但和偶像约会，怎么好意思打包呢？算了，明天还有机会，一定要说服江应景减去一两道菜……

江应景准备结账了，何幸听见耳边传来一个怯生生的声音：“这些菜，你们还要吗？”

何幸扭过头，看到身边站着一个衣衫褴褛的老婆婆，周围的食客都嫌弃地掩住了口鼻，老婆婆尴尬地站在那里。她的背已经驼了，眼睛一直盯着何幸桌上剩下的饭菜。

何幸愣了愣：“这些菜是我们吃剩下的。”

“我知道。”老婆婆显然非常不好意思，声音很小，“如果你们不吃了，能不能给我？吃剩下的也没关系，我很饿。”

老板娘担心老婆婆影响生意，连忙走过来赶她：“你别打扰到客人了，你在外面等着，我给你打包点儿剩饭。”

老婆婆千恩万谢，转身正要走，江应景突然问老板娘：“菜单呢？”

何幸有些惊讶：“你还要点菜吗？”

5. 触手可及

老板娘将菜单递给江应景，他低头打着钩：“我单独点几个菜，让婆婆带走吃。”

老婆婆受宠若惊，摆动着干瘦的手：“不用了，我吃剩下的就好。”

江应景头也没抬：“没关系。反正我正要去结账，刚好一起结了。”

说完，他将菜单递给了老婆婆：“这些菜可以吗？您有没有什么忌口的？”

老婆婆看到他又加了四个菜，全是荤菜，还有好几份米饭，够她一大家子人吃了。她的眼睛有些红了，拿着菜单的手微微发抖：“没……没有忌口的。谢谢你。”

她将视线转到墙上，那里贴着一张纸：

今日特价菜，酸辣土豆丝，三元。

老婆婆红着脸说：“这个土豆丝，我可以加一份吗？三块钱，我有。”

她从口袋里掏出一个布包，一层一层地打开，露出里面一沓数额不多的零钱。她拿出三块钱递给老板娘，有点担心老板娘会生气，毕竟这道菜是在店内消费的食客才能点的。

“对不起，我家里人多，我看这道菜便宜，想加一份。”

何幸问：“要不然再多点几个菜？”

老婆婆连忙拒绝：“不用不用！真的不用！已经够吃了，我就是看这道菜便宜……”

“多大点儿事儿，我送你一份酸辣土豆丝，不要钱！”老板娘将菜单交给厨房，还大着嗓门喊了一句，“荤菜多放肉！”

江应景扶着老婆婆坐在他之前的座位上，见她盯着桌上的剩菜，口中喃喃念叨：“还剩那么多，扔了太浪费了。”

江应景笑了，语气里带着几分无奈：“好好好，一会儿这些也给您打包。”

老婆婆忙不迭地道谢，自己取出几个皱巴巴的塑料袋。

她的动作很慢，何幸便帮着她将剩菜倒进袋子里，顺便交代：“婆婆，这个水煮鱼就不要了，汤汤水水的不好带，而且鱼也吃完了，我把别的给您装进去。”

“好的，谢谢，谢谢。”老婆婆一直在道谢，她笑着看何幸和江应景，“你们真是好心肠。你们一定要好好的。”

江应景竟然脸红了，并且试图解释：“她不是……”

他话没说完，就被何幸愉快的声音盖住了：“老婆婆，我知道！我一定会对他好的！”

江应景：“……”

她又占他便宜。

闹哄哄的小饭馆里，气氛和谐得不像样。

江应景帮老婆婆将打包的饭菜提了出去，随即迎上来两个小姑娘。

“奶奶，你怎么进去这么久，我们还担心你又被老板骂了……”

小女孩声音轻弱，看了一眼何幸和江应景，似乎有些怕生。

她们衣服上打着补丁，却洗得很干净，连那蓝色的布料都洗得泛白了。

老婆婆笑道：“奶奶今天遇到几个好心人，给奶奶装了好多好吃的！”

小女孩眼睛亮起来：“哇，好吃的！”

她们抢过鼓鼓囊囊的塑料袋，脑袋凑过去，夸张地吸了吸鼻子，脸上是满满的期待。

“别乱翻，小心撒了，我们带回去吃！”老婆婆接着又看了一眼何幸和江应景，神色满是感激，对小女孩说，“快感谢哥哥姐姐！”

两个小女孩齐声说：“谢谢哥哥姐姐！”

江应景：“不用谢，也没帮多大忙。”

道别后，何幸看着她们的背影，心里也觉得异常满足。江应景不但长得好看，人也很好，不愧是她喜欢的男生！

天色已经暗了下来，小吃街的灯光五颜六色，照亮了半边天。

江应景扭头看着何幸：“你家在哪儿？我送你回去。”

何幸怕他只是象征性地问一下，于是毫不客气地接受他的好意：“不远，就在前面。”

江应景什么也没说，跟着何幸走向那条灯火通明的街道。

她终于开启了新地图，也创建了更多的可能性！

想起这段时间她的辛苦操劳，何幸真想仰天长啸！

太不容易了！

何幸偷看江应景，灯光映在他脸上，侧颜清秀俊雅。

她一直喜欢江应景，从第一眼看见他单纯觉得他好看，到后来慢慢了解他。看到他在篮球场上奔跑的身影，看到每一次他的名字都在成绩榜单前几名，看到他在辩论比赛上侃侃而谈，看到他坐在图书馆里看书，看到他和朋友说话时的笑容，看到他学习时的专注……

他的所有优点都在她眼里放大。

或许是他离她的世界太远了，所以她在脑海中美化了他，可是现在，她和江应景的距离越来越近，他不再是镜中月、水中花，他变成了她触手可及的人。

何幸发现，江应景就是她想象里那个满身优点的人。

越是喜欢他，就越是小心翼翼，什么都不敢说，什么都不敢做。

好在现在情况特殊，就算何幸不小心说错什么话，一觉醒来江应景也会忘记。

不过，经过了这一系列的铺垫，今晚她再一次表白，江应景会答应吗？

以他的性格，很悬啊。

当初，何幸约江应景在天台上见面，也是她一时冲动，并没有想过江应景真的会答应她。

她本来想，要么被拒绝以后心灰意冷，从此远离他的世界。

要么，就得做好持久战的准备，开始漫长的苦追之旅。

可是谁知道，她遇到了如此匪夷所思的事情。

她必须要表白成功，否则她逃不过今天。

但她每天都会死，只有一天时间追到他。

这简直是不可能完成的任务！

何幸心乱如麻，正想着，突然听到身后传来的议论声。

“是江应景！他竟然也会来小吃街！”

“陪女朋友来的吧。”

6. 她被保护了

“怎么可能！我从来没听过江应景有女朋友！”

“你瞎啦！他身边不是有个女孩吗！”

“哦，没注意。我眼里只有江应景。”

“那女的是不是下午给江应景送零食的那个？”

“好像是的……”

“他们竟然走在一起？”

“不会吧，我的偶像被一袋零食收买了？”

“传言江应景很难追，高中的时候，校花都没追到他。”

“可能上了大学，他看开了，想谈个恋爱试试。”

“但是好歹也找个校花级别的啊，这么普通。”

何幸抿住嘴唇，不由自主地握紧了拳头。

江应景突然停下脚步，转过身，望着身后那几个女孩子。

她们吓了一跳，差点儿没收住脚步撞在他身上。

江应景的语气一如既往的冷淡：“背后说人坏话，你们这么闲吗？”

为首的女孩格外瘦，她连忙解释：“我们知道她不是你女朋友，肯定是她故意黏着你！”

她身边一个白白胖胖的女孩附和道：“说不定还是被她讹了。”

瘦女孩用力点头。

江应景声音冷淡：“是我主动带她来吃饭的，不是你们说的那样。而且背后说人坏话很没素质。”

何幸僵立在原地。

江应景居然在帮她。

女孩们神色尴尬，不敢再多说，看了何幸一眼，转身跑掉了。

何幸轻声说：“其实你不用帮我说话的，万一传出去了，别人会误会我们的关系。”

江应景反问道：“误会了也没什么关系，难道你不喜欢我？”

何幸一愣，声音拔高，脱口而出：“我当然喜欢你！”

有些路人听到了何幸没能控制住音量的表白，纷纷投来惊讶的目光。

周围一下子静下来。

风将她的声音带到了四面八方。

何幸的脸发烫，紧紧闭上了嘴。

她怎么能这么大声说出来，好像对着全世界表白了。

但她怕江应景怀疑她的真心，过了几秒钟，她又小声重复了一遍：“我是真的喜欢你。”

周围依旧安安静静，她柔软的声音荡漾在夏夜的微风里。

江应景勾了勾唇角：“既然是事实，怎么能叫误会呢？”

江应景居然不在意被别人看见他和她在一起，甚至被以为他们在交往也没关系吗?

何幸慢慢地走，过了一会儿，轻声说：“谢谢你。”

江应景望着她：“谢什么？”

何幸说：“谢谢你站我这边。”

她笑得很甜，眸心月光清明：“其实，他们说什么没关系，我不生气。”

江应景诧异道：“为什么？”

何幸开心地说：“我第一次被嫉妒了！”

江应景一时居然不知道该说些什么。

何幸双眸透亮：“没想到我竟然会被当作假想敌，说明我们还是有几分般配的吧！”

江应景叹了口气，根本懒得回应何幸。

他岔开话题：“你吃饱了吧？”

何幸点点头：“吃得超饱！”

她摸了摸微鼓的小肚皮，心想还好自己的小裙子是高腰款式，看不出小肚子。

江应景："那就快点儿回家。"

他加快了脚步，何幸跟在他身后一路小跑。

江应景的腿太长了，她要是不跑起来，很难追得上。

"干吗走那么快啊？刚吃完饭，走太快胃会不舒服。"

也不知道是不是她的话起效了，江应景放慢了脚步。

何幸想再说点儿什么，拉近她和江应景的距离，可一时竟不知该从何说起。表白的话已经说过了，她还能再说些什么呢？总不能以死相逼，非要做他的女朋友吧！

以死相逼？

何幸脑袋里一热！

她还没试过这样，要不要试一下？

说不定江应景会可怜她这条无辜的生命呢！

出丑丢脸什么的，她又不是没经历过，反正一觉醒来也不会有人记得。

7. 我杀我自己

"江应景！"

何幸突然大吼一声。

江应景停下脚步，回头看她："怎么了？"

何幸捡起一根细软的枝条，横在自己脖子上。

"做我男朋友，否则我死在你面前！"

江应景被她气笑了："你没事吧！刚还好好的，怎么突然疯了？"

"严肃点儿！江应景，我是认真的！"何幸用枝条勒住自己的脖子，努力露出"凶神恶煞"的表情，威胁道，"你不答应我，我就勒死我自己！"

江应景抱着肩膀看她："那你给我演示一遍，怎么样用柳条自杀？"

他也太冷漠了吧！何幸有点儿尿了："你不怕我真的死了？"

江应景冷冷一笑："我没见过自己把自己勒死的人，比较好奇。"

既然江应景已经这样说了，何幸骑虎难下。

她一狠心，用树枝勒住自己的脖子，双手用力。

谁说树枝不能杀人？

十秒钟后，树枝断了。

江应景竟然笑出了声，虽然他马上收起了笑，但何幸还是觉得有被冒犯到。

"你笑什么？！我不是在逗你笑，我是在威胁你！"

"哦。"

"能别这么敷衍吗？"

“……”

何幸环顾四周，看见不远处站着一个熟悉的瘦高女人。

她挥手大叫：“我在这儿！快过来一刀了结了我吧！”

江应景有些诧异，随着何幸的目光看过去，似乎看到一个黑影闪没在树丛中。

但是天色太晚了，高大的树木又投下深暗的树影，江应景什么都看不清。

那家伙躲什么啊？何幸很生气，她站起身，拍拍裙子上的灰尘，朝着女人隐匿的方向走去，大声说：“你看见了吧，我在对江应景表白！我是认真的。可他的心简直是石头做的，怎么样都不肯接受，你快来用刀逼着他答应啊！”

江应景跟在她身后：“你在说什么？你疯了吗？”

何幸回过身，拉住他的手，很认真地问：“再给你最后一次机会，做不做我男朋友？”

江应景断然拒绝：“不做。”

何幸露出受伤的表情，她轻声问：“如果我今晚死了，你会后悔吗？”

江应景一愣：“什么意思？”

何幸说：“我是说，如果你拒绝了我，我就会死，你会不会有一些后悔？”

江应景嘴唇紧抿，他不喜欢这样的何幸，却又察觉到她的不正常。

“你是不是哪里不舒服？你爸妈电话号码多少，我打过去，让他们接你回家。”

“啊？不用，我……我只是开玩笑。”

“有这样开玩笑的吗？”

“我就是心血来潮，想试试你的反应。”

江应景沉默了几分钟。

月亮钻进了云层里，四周都是暗色的影。

良久，他轻轻叹了口气，语气中带着疲惫：“先送你回去吧。”

他将何幸送到院门外，但这一路上，他没有再跟何幸说什么，似乎刻意跟她保持一定距离。

两人分别时，何幸挥手向江应景告别，眼看着江应景的背影越离越远。

地上有些柳条，何幸弯腰又捡起一根比较粗的树枝，不信邪地勒住自己，但一直下不了手。

果然，人类无法用这种蠢办法勒死自己。

那个女人从树影中慢慢走了出来，站在何幸的面前。

她穿着款式十分保守的黑色长裙，全身遮得严严实实，脚上穿着一双很适合逃跑的白色运动鞋，和周围格格不入。

“果然是你。你刚才躲什么，我还以为你很胆大呢。”

“看见我的人越少，我就越安全。”

依旧是尖细古怪的声音，刺进耳膜里，格外难听。

何幸鄙夷地说：“杀人都不怕，你竟然还怕见人。”

女人冷哼一声：“你在做什么，你是死得上瘾了？”

何幸白她一眼：“你天天都来杀我，挺累的吧，所以我想帮帮你。”

8. 行走的泔水桶

女人笑道：“你真是善解人意。我都有点儿不忍心杀你了。”

虽然嘴上这样说着，但她手上动作根本没停，取出了一根针管，里面不知道注入了什么可怕的药物：“看在你这么体贴的分儿上，今天我就让你死得舒服一点儿。”

都是死，还分什么舒服不舒服。

何幸正想着，脖子上就被扎了一针。

液体被推入血液的时候，依旧疼得她倒吸一口凉气。

骗子！根本不舒服！

又一个星期四。

何幸跟着江应景走进饭馆，看着他点了和前一天相同的菜，她赶紧开口：“我今天不想吃红烧牛腩和回锅肉。”

江应景停下菜单上画钩的那只手：“那你想吃什么？”

何幸看了一眼别桌的饭菜：“换成鱼香肉丝和红烧鸡块吧。”

江应景毫无异议，换成了何幸想吃的菜。

等点好的菜被端了上来，何幸开始热心地为江应景分菜。

鱼香肉丝里面有很多花椒和辣椒，江应景一口咬碎了好几颗花椒，他整个舌头都麻了，表情难以形容。何幸盯着他皱成苦瓜的脸，好心询问：“怎么了？”

江应景没说什么，只是试图把花椒挑出来，但他的手不方便拿筷子，吃饭速度慢了很多。

何幸看在眼里，明白江应景的表情为什么会有那样的变化。

鱼香肉丝不适合他，明天必须换成别的菜！

此时，何幸想起，红烧鸡块呢？她都快吃饱了，红烧鸡块还没上桌。

何幸大声问：“老板娘，红烧鸡块什么时候好？”

老板娘一愣：“刚才已经端上来了啊。”

她环视店内，这才发现她忙中出错，将红烧鸡块端错到别人的桌子上了，对方也没有指正出来，已经快将鸡块吃完了。

老板娘埋怨道："上错菜了，你们怎么不吭声？"

那桌客人一听便怒了，将筷子"啪"的一声摔在桌子上。

"怎么说话呢？是你上错还是我上错？"

老板娘也是个暴脾气："你们点没点红烧鸡块，你们自己心里不清楚吗？"

一个膘肥体壮的男人站起身，撸起袖子，露出满臂文身，一看就不好惹。

"我们忙着聊天，谁知道谁点了什么菜！你是故意上错菜，想讹我们吧！"

老板娘见他喝了酒，醉醺醺的，怕他在店里惹事，只好退让几分："一盘菜而已，我至于讹你们吗？这盘鸡块你们吃了就吃了，我让厨房重新给客人做。"

男人却不依不饶："你冤枉我们，还没道歉！"

老板跑出来，一边赔礼道歉，一边戳了戳妻子，暗示她别再说了。

老板娘小声说了句："行了，大哥，是我上错了菜，给你们打个折吧……"

文身男一脚踩上椅子，怒气冲冲地说："打折就完了？当我们老实好欺负？"

一桌人全站起来了，用凶恶的眼神瞪着老板娘，其中一个尖嘴猴腮的男人突然躺在地上抽搐，嘴里很浮夸地说："你这鸡有毒！"

文身男愣了一下，忽而大怒："我哥们儿对鸡肉过敏，你们这是杀人！"

老板有苦难言："对鸡肉过敏就不要吃啊。"

文身男揪住老板的衣领："你说什么？要不是你们上错菜，他会中毒吗？"

老板娘怕老公受伤，连忙上来拉架："我们这就送他去医院，店不开了。"

文身男松了手："不用你们送，我信不过你们这家黑店，万一在路上杀人灭口怎么办？！我自己会送他去医院的，你们把医药费出了就行。"

老板气愤地说："你这不是敲诈吗！"

文身男怒道："你们害我哥们儿快死了，现在还污蔑我！"

一桌人将店里的桌椅都砸了，店内一片混乱。

想想前一天温馨的氛围，何幸心中充满自责，她试图护住老板娘，被文身男将一盘菜扣到了头上。

江应景将她护入怀中："小心。"

何幸眼看着江应景干净的衣服上，沾上了她脸上的牛肉片儿。

她自己更惨，脑袋上全是饭菜的油，整个人都散发着一种炒菜味儿。

江应景看着何幸，皱了皱眉："你真像一个行走的泔水桶。"

何幸擦了擦脸上的菜汤，气呼呼地说："我讨厌红烧鸡块！"

下一个星期四。

江应景点菜的时候，何幸没敢多说。她按照流程，假惺惺地说点太多了吃不完，但她没有坚持减少两道菜，反正最后会遇到老婆婆将剩下的菜打包带走。

何幸不想再冒险了，想起前一天的混战，她心有余悸。

吃完饭，又遇到那几个讨厌的女孩子在背后议论她，何幸不得不再听一次别人对她的诋毁。好在江应景仍然会维护她，她被伤害以后又满血复活了。

9. 爱的强吻

江应景到底喜欢哪种性格的女孩子呢?

何幸默默跟在江应景身后，低头望着他被路灯拉长的影子。

她脑中盘旋着无数想法，眉毛紧紧地皱起来。她想起江应景说过，他喜欢性格温柔文静、说话轻声细语、热衷于学习的短发女生。

不如投其所好?

何幸取出一根小皮筋，将自己的长发盘了起来，假装她不是长头发。

至于性格温柔文静，她逼自己一把，也是可以演出来的吧!

江应景将她送到了院门外。

他说了声“再见”就转身要走，完全没有发现何幸换了发型。

何幸一着急，死死抓住他：“你就这么走了?”

江应景被何幸抓得手都有点儿疼了，他掰开她的手：“不然呢?”

何幸努力将自己的声音压得又细又软，问江应景：“要不要来我家一起学习?”

“一起学习?”江应景以为自己听错了，这是什么奇怪的借口。

何幸眨巴着眼睛：“对呀，有几道题，我想请教一下你。”

江应景轻易拆穿她：“我看你不像是爱学习的样子。”

你看人能不能别这么准。

江应景抬头看了看天色：“太晚了，我要回宿舍了。有什么题不会，发给我就好了。”

何幸不死心，她摇头晃脑，试图让江应景看到她改变了发型。

“你有没有发现我有什么变化?”

江应景左看看她，右看看她。

何幸绞着手，露出她自以为温柔的笑容。

江应景：“你怎么突然变得这么奇怪?”

何幸声音也更加甜美：“哪里奇怪?”

江应景微微一笑：“刚才很正常，现在很做作。”

何幸：“……再见。”

什么温柔文静，行不通嘛!

明天，她要换一种性格来攻略江应景!

下一个星期四。

夜晚的小路，风也轻，云也淡。

江应景扭头看何幸："你不是说这家炒菜很好吃吗，我看你吃得并不多。"

天天吃，已经腻了！

何幸故意笑得很豪爽："可能是我饭量小，不过还是非常感谢你请我吃饭。江同学，今天真是愉快的一天！"

江应景望着她，神色古怪："怎么突然笑这么大声？"

"你不觉得这样笑起来很豪爽吗！哈哈哈嗝！"

何幸豪迈地打了个饱嗝儿，水煮鱼的味道飘在空气里，江应景默默后退了两步。

他看着何幸，她穿着一件枣红色的紧身上衣，高高的领子包住了脖子，领口缝着两颗闪闪发光的金色纽扣，很像是老年人喜欢的款式。

江应景问："你穿的是你妈妈的衣服吗？"

何幸一惊："你怎么知道？"

江应景道："和你一点儿都不配。"何幸的脸圆圆的，眼睛也圆圆的，模样显然是甜美可爱的女孩，却非要将自己打扮得如此老气，就像是偷穿妈妈衣服的小女孩。

何幸低头在口袋里翻找："等等，道具不齐全！"

江应景诧异地等在那里，看到她取出来一支口红，往嘴上涂了一圈，油润光亮的大红色将樱桃小嘴涂成了血盆大口。

何幸收好道具，自信满满道："正红色只要一上唇，成熟女性的范儿就出来了！"

江应景的脸色变了变，最终开口问她："阿姨，您贵庚？"

何幸低头看了看自己的打扮，遗憾地说："还差一双高跟鞋。"

江应景冰冷地摧毁她的想象："有高跟鞋你也不像成熟女性。"

何幸仰起脸，她在江应景的瞳孔里，看到了自己模糊的影像。

由于看不清，何幸便脑补自己此时妖娆美艳，她撩了撩长发，大红唇一张一合："江应景，如果你和我在一起，就可以感受到霸道女总裁般的爱，你不想试试吗？"

江应景皱了皱眉："那是什么？"

"是疯狂的占有欲！爱吃醋，每天壁咚你，不许你和异性接近……"

何幸没说完，江应景就果断拒绝："不喜欢。"

何幸不甘心地问："你没试过，怎么知道自己不喜欢？"

江应景毫不留情地给她重重一击："那不是霸道女总裁，那是变态。"

何幸很不服气："那是你没见过真正的变态。"

她突然想起什么，脑中一颗灯泡"啪"地亮了起来！

何幸露出猥琐的笑容："如果我毁了你的清白，你就只能跟我在一起了！"

江应景一愣，不明白她的意思：“什么？”

何幸突然扑过去，双手死死扣住他的脑袋，试图来一个爱的强吻。

10. 成熟姐姐的初吻

江应景反应很快，单手按住何幸的脑袋，他个子高，胳膊也长，轻而易举便将她固定在了距离他半米远的地方。何幸双手胡乱晃摆，怎么都碰不到江应景，直到自己筋疲力尽。

她后退几步，一屁股坐在地上，满地树枝落叶，硌得她屁股疼。

“想亲你一下，你反应那么激烈干吗？你又不吃亏。”

“我非常吃亏！”

“一个成熟姐姐宝贵的初吻啊！你不心动吗？”

“不心动！”

何幸的计划又一次失败了。

江应景很绅士地送她回家，但他一路上都离她很远，而且眼神里充满警惕和戒备，仿佛随时准备将她制服！

温柔文静的性格不好发挥，霸气四溢的性格，江应景又不喜欢。

何幸实在是头疼，男人怎么这么难追！

一次又一次的试验失败后，何幸的耐心被消磨得所剩无几。

以前最喜欢吃的水煮鱼，现在，她闻起来就反胃。

小饭馆还是那么热闹，老板娘忙碌地穿行其中，隔壁桌的文身大哥正在和朋友们碰杯。

何幸面前依旧是那熟悉的五道菜，可她却有些羡慕邻桌三元的特价菜——酸辣土豆丝。

桌子对面坐着江应景，他低着头慢慢地吃着饭，黑发垂下来，微微遮住他的眼睛。

何幸看了江应景一会儿，然后转过头，望着窗外深浓的夜幕。

她好像从来没发现这个星期四的夜晚，天是那么黑。

耳边的笑闹声，像是从不属于她的另一个世界里传来。

“你怎么不吃？你不是说这家饭馆的菜很好吃吗？”

对面传来江应景的声音。

何幸“哦”了一声，低头夹了一筷子牛腩，木然地放入口中，味同嚼蜡。

江应景放下了勺子：“怎么了？不喜欢？”

何幸想起这段时间发生的一切，心头百般滋味涌上，她突然掉下泪来。

“我不想吃水煮鱼了。”

“……”

“我也不想吃番茄炒蛋、鱼香茄子、红烧牛腩和回锅肉了。”

“是点的菜不合你胃口吗？”

“我挑食。”

“你确实挺挑食”

“除了这几个，别的都能吃。”

“刚才你怎么不说……”

“你为我点的菜，我不能拒绝。”

“有什么不能拒绝的。你说你要吃别的，我也不会生气啊！”

“我真的好累，呜呜呜……”

何幸突然哭出声来，周围的食客都转过头来看着他们，还以为是恋人吵架。

江应景有些慌：“好了好了，我以后不点这几个菜了！”

何幸一点儿都没有被安慰到，放声大哭：“我没有以后了！”

“怎么会没有以后了呢？”

江应景好不容易用他缠着纱布的手撕下了一张卷纸，为何幸擦拭眼泪。

“真的好累，”何幸哭得肩膀一耸一耸的，口中含混不清地说着，“救小白好累，看你打篮球好累，去医务室好累，吃水煮鱼好累，追你好累。”

江应景神色复杂。

他张了张嘴，好像想说什么，最终却什么都没说出口。

何幸知道江应景无法理解，可是她好难过，悲伤的情绪在心中膨胀，仿佛下一秒就要炸裂，她越哭越大声，几乎撕心裂肺：“我知道，对你来说，我只是表白过一次，根本算不上追求。但是在我的世界里，我每天都很辛苦。我看不到希望，我不知道该怎么办。我做了一场永远无法结束的梦，每日每夜，不断循环，停不下来，醒不过来。”

整个饭馆的人都在看何幸，仿佛在看一场青春校园言情剧。

隔壁的文身大哥停下了举着酒杯的手，一桌人跷着二郎腿看戏，甚至嗑起了瓜子。

何幸哭得太大声了，江应景捂住了她的嘴。

“别哭了，别人还以为我欺负你了呢。”

何幸在他手心抽泣，鼻涕糊了江应景一手，渗透了纱布。

江应景换了一只手捂她的嘴，将那只黏糊糊的手在她后背不着痕迹地抹了抹。

“虽然不明白你在说什么，但是如果你愿意，你可以对我倾诉。”

他慢慢地松开了手，何幸忍住情绪，她也不想被整个饭馆的人当猴子看待。

“倾诉又有什么用？我都报过警了，连警察叔叔都没法帮我。”

“报警？”江应景吓了一跳，“出什么事了？”

“我每天都会被人杀死。”

“……”

“各种死法！只有你想不到的，没有做不到的。”

“……”

看他的表情，还是不信的吧。

当然，谁会相信这种匪夷所思的事情呢？

何幸抓住江应景的手，楚楚可怜地哀求他：“你帮帮我好不好？”

江应景一愣：“怎么帮你？”

眼泪悬在她的睫毛上，像星星般闪烁：“你今天就答应我的表白好不好？你明天早上再甩了我，我发誓我会保密的！不会让任何人知道我们交往过。”

江应景掰开她的手：“何幸，你又来了，这都是什么烂理由。”

她知道他不会答应的，她本来也没抱希望。

可是……

“为什么要说‘又来了’，我们今天才认识，我又没有对你说过类似的话。”

· · ·

Chapter 5

恭喜闯关成功

1. 她放弃了

何幸泪汪汪地看着江应景。

他的表情僵了僵。

为她擦泪的纸已经湿透了，变成了一团软浆，她脸上沾着些纸屑。江应景没有再去撕纸，他用袖子给何幸擦了擦脸。

“我的意思是，从我们认识开始，你就很不正经。”

顿了下，他用怀疑的目光看着何幸：“我们刚刚认识，你就一定要我和你交往，需要这么着急吗？你有什么目的？是不是和同学打赌说要追到我？你身上不会带了录音笔吧？”

“我没有打赌，更没有带录音工具，你不信的话，你自己搜。”

何幸张开双手，迎向江应景，眼泪一串串落下来。

江应景很尴尬。

何幸的姿势十分诡异，她一边哭，一边做出拥抱的姿势。

很多人都用奇怪的目光看着他们。江应景不得不将椅子往后挪了挪，以示避嫌。

“我只是随便说说而已，不是怀疑你。你别哭了，好不好？”

他的声音比往日里温柔许多，像春天的风融化了她心底的积雪。

何幸泪眼蒙眬地望着他：“你会心疼我哭吗？”

江应景委婉地说：“我们才认识一天，你没有必要因为我哭。”

何幸小声抽泣：“你只认识我一天，可是我认识你很久了，高中我就喜欢你，只是那时候你离我很远。那时候的我，虽然喜欢你，却称不上是真正的了解你，直到现在，你就在我面前，我能看到最真实的你。”

她的声音很轻，淹没在吵闹的饭馆里：“你善良有爱心，你比我想象里的更好。虽然你不太会说甜言蜜语，会气得我半死，但我知道，这就是真正的你。你没有坏心思，也不花心滥情，甚至还没有谈过恋爱。”

江应景：“……是明夸暗讽吗？你怎么知道我没谈过恋爱，谁跟你说的？”

何幸擦了把泪，坚定地说：“你别问了，我是不会出卖许梦阳的！”

江应景表情不太好：“许梦阳话怎么那么多！”

何幸盈满泪的眸子望着江应景。

他们离得很近，近得就像一对恋人。

但他跟她的距离，却又隔得好远。

“江应景，其实我并没有要你一定跟我在一起，只要是你喜欢的，我都会尊重你的选择。如果我的世界是正常的，当你第一次拒绝我后，可能我就会退缩了，我会在心里祝福你。真的，你值得全世界最美好的幸福。”

眼泪掉落一颗，却又迅速汇聚了一颗，她的视线始终是模糊的。

“只是，我不知道该怎样从这个噩梦里逃出去。我现在做的一切，也许都很自私吧。我想逃离今天，却忽略了你的感受。我每天都纠缠你，你一定很烦吧？”

她一边说，眼泪一边流下来，怎么也止不住。

江应景一直在为她擦眼泪：“你在说什么，好像临终遗言似的……”看她哭得这么伤心，江应景的语气软下来，“我又没说拒绝你。只是我们刚认识，不可能那么快……”

何幸惊讶地看着江应景，江应景从来没有对她说过这样的话。

如果她不是被陷在这无望的星期四里，听见江应景这样说，她一定激动到不行！可是现在的她，没有资格再对未来怀抱希望。她没有时间跟他相处，她只有短短一天，每天都会重置。

江应景的话看似是给了她希望，但细想却是更深的绝望。

何幸擦干眼泪，沉默了一会儿以平复心情，让自己的声音不再哽咽。

“对不起，我也不知道我在说什么，你就当我胡说八道，别放在心里。”

她看了看手机上的时间，对江应景挤出一个笑容。

“我吃饱了，我们走吧。”

“你吃饱了吗，还有这么多剩着。”江应景看了一眼桌上的饭菜。

“没关系，一会儿如果有人想要，我们就把它打包送给别人。”

“谁会吃剩菜？”

江应景话音刚落，突然听到一个苍老的声音：“这些菜，你们还要吗？”

他抬起头，看到一个衣服破烂的老婆婆站在旁边。

……

这相同的剧情，已经在何幸的世界里发生了很多次。

她早就将每一句台词倒背如流。

江应景为老婆婆重新点了四道菜，又将没有吃完的饭菜打包给老婆婆，还帮忙把袋子提了出去。目送老婆婆跟孙女离去，江应景问何幸："你家在哪儿？我送你回去。"

何幸无精打采地垂下头："不用了。"

江应景抬头看了看天："天黑了，你一个女生回家可能会不安全。"

何幸低头看着脚下的砖石："放心吧，我不会出事的。"

这条路她走过很多次了，每次都有他，可惜他不记得。

江应景很坚持："还是送你回去吧，我得负责你的安全。"

何幸握住拳头，肩膀微微发抖。

2. 偶像不追难道供着？

"你别管我了好不好？"

何幸仰着脸看江应景，不知道从哪里来的怒气喷薄而出。

"你又不喜欢我，为什么要给我希望呢？"

也许，何幸气的不是江应景，而是她自己。

明明决定要放弃，却因为他的一句话而动摇。

何幸不想去看江应景的表情，她怕自己会难过。她转过身，看到那群说她坏话的女生又来了，她们惊讶地盯着何幸和江应景，嘴里正在小声议论着什么。

何幸隐约听到"江应景""来小吃街""女朋友""太不起眼了"等字眼。

还是上次的对白，她已经倒背如流了！

平时，何幸都忍了，反正有江应景帮她出气，可今天她遭受打击，满腹怒气无处发泄，于是她直接迎上去，声音拔高："你们怎么这么闲？天天看见你们！"

女生们惊呆了，张大嘴，却一个字都说不出来。

几秒钟后，她们才反应过来。

胖女孩说："我们从来没见过你！"

何幸恶狠狠地说："我每天都看见你们！你们简直无聊至极。说人闲话那么有意思吗？"

她一步步向前，逼得她们只能后退。

"没有校花那么好看！怎么，非要校花才有资格恋爱？长得不够美还不能喜欢别人了？我带零食分给同学，你们说我心机，我这叫会做人！你们嘴上说喜欢江应景，说他是偶像，你们做过什么吗？就会嫉妒别人！偶像不拿来追，难道刻个牌位放在家里供着？"

几个女孩被她吓得不轻，转过身，撒腿就跑。

何幸骂完她们，算是出了口恶气，情绪有些激动，胸口起伏不定。

突然有只手拉住了她，纱布的触感，粗糙却温暖。

她一怔，回过头，看到江应景清俊的面孔在夜晚的繁华灯火中竟然异常明媚。

何幸知道，自己还是喜欢江应景，只看他一眼便会溃不成军。

表白需要莫大勇气，放弃也一样。

何幸甩开了江应景的手，她低着头，不敢再对上他的眼睛。

她的声音虽然轻，却很坚定，在晚风中掷地有声："江应景，我放弃了，以后不管我死多少遍，我都不会再来找你，我们以后会是陌生人了！"

她也不管江应景能不能听懂，一股脑儿说完，转身就跑了。

她的人生从一开始，就不应该与江应景有所交集。现在她不过是看清了现实，决心顺从于自己的命运。

可是，为什么她会这么难受呢？

何幸不知道自己跑了多久，她跑不动了，停下来，捂着胸口大声喘气。

这是一条偏僻陌生的小路，并不是何幸回家的必经之路，连路灯都只有零星几盏。昏黄的光柱散落下来，给路边的灌木丛镀上了一层浅金色，树旁有着老旧斑驳的长椅。

何幸坐在长椅上，低着头，难过地哭了。

"我喜欢江应景不行，不喜欢他也不行，我该怎么办？"

没有人回答她，只有风声呼啸而过，吹乱了她的长发。

"为什么我这么倒霉？为什么偏偏是我，不是别人？每天都跟偶像告白，每天都被杀死，每天都循环这一天，只有我自己保留记忆，什么独一无二、与众不同，这种设定我不想要啊！

"我以后不想再认真地过这一天了，不想写卷子，不想救猫，不想去看江应景打篮球，不想再跟他说一句话……"

隐约中，有脚步声传来。

是那个女人找到她了吗？

何幸抬起头，泪眼蒙眬地看着面前的人。

"小妹妹，你一个人在这里哭什么？"

原来不是那个变态杀人凶手，而是几个陌生的男孩子。

为首的男孩黑胖高大，长得像黑熊，脸上的肉堆成了一层层褶子，最为引人注意的是他脸上那颗凹凸不平的酒糟鼻，令人满眼只能看到他通红的鼻头。

其他人应该是他的跟班，站在他身后，似笑非笑地盯着何幸。

他们竟然叫她"小妹妹"，明明一个个穿着校服，年龄比她小。

是因为她坐在这里显得比较矮吗？

何幸站起身，试图拿出大姐姐的气势来，只可惜黑熊太高了，她站起来也才到对方的肩膀。她擦了擦眼泪，没有说自己失恋了："我跟家人吵架了，心情不太好。"

3. 理想型

黑熊从口袋里掏出一团皱巴巴的餐巾纸，递给何幸："别哭了，妹妹，有什么不开心的，吃一顿就开心了。走，哥哥请你吃饭。"

何幸没接，她觉得那张餐巾纸像是用过的，上面还有些黄色油渍。

黑熊的朋友听到他说请吃饭，高兴极了，围在一旁起哄道："熊哥真大方！"

熊哥？怎么和她的初始印象一模一样？何幸小心翼翼地问："你不会叫黑熊吧？"

熊哥身后的小弟板起脸来："你瞎说什么呢，我们熊哥叫熊晶晶！"

何幸无语，还不如叫熊黑黑呢。

熊哥面露不悦，回身给了小弟一个栗暴："谁让你提我大名的！"又转身看着何幸，笑得很殷勤，"妹妹，你可以叫我阿熊，小熊也可以，随便你。你说话声音好听，甜甜的，我爱听。"

何幸仰头望着熊哥，露出一个客气且不失礼貌的笑容："我已经大二了，你得叫我姐！"

几个男生有些惊讶，面前的女孩看不出年龄比他们大啊。

熊哥平时对比自己大的女孩子没什么非分之想，但是此刻，她看起来楚楚可怜，格外令人心疼。

他摸了摸黑红发烫的脸，嘿嘿笑道："我不介意。"

何幸颇觉无奈。

"我们才第一次见面，你都想什么呢？小屁孩，一点儿都不尊敬长辈。叫姐！"

黑熊乖乖叫了一声："姐。"他看着何幸，那副模样宛如小狗，就差没摇尾巴了，"处对象不？我乖巧黏人听话可爱。"

"我跟你都白说了。"

何幸懒得理他，她扭头看了看这条陌生的小路，想要往回家的方向走，却一时摸不清该从哪个方向走，熊哥又一直挡在她面前。何幸有些烦躁，忽然看到远处的路口站着一个身形高挑的女人。

那个女人没有站在路灯下，身形隐于暗夜，所以看不清五官，但是那副奇怪的打扮和一头蓬松的卷发，让何幸远远就能猜出还是那家伙！又在跟踪她，真是阴魂不散！

何幸突然想起女人说过的名言，水性杨花……

看见她和这几个小男生一起说话，估计也会觉得是她水性杨花，死有余辜吧。

虽然她今天的结局同样注定是要死，但她死也要死得有尊严，绝对不能被人误解！何幸试图拨开黑熊：“让一让，我跟你不熟。”

黑熊纹丝不动：“告诉我你的手机号码，我们很快就熟了。”

这是什么霸道总裁般的对白，但是黑熊说出来，有一种扑面而来的油腻感。

何幸被几个男生堵在中间，怎么也走不掉，她心中有些急，突然朝着路口的方向喊：“姐！你怎么来了？”

凶手一时没有意料到何幸竟会来此一出，整个人都愣在那里。

几个男生纷纷将视线移向了路口的方向，何幸添油加醋地大喊：“看见没，我姐来接我了！我姐是校花，比我好看多了。”

黑熊的神色缓和下来，原来不是救兵，而是另一个美女，他眯着眼睛远远看过去：“离得太远，看不清，不过皮肤好像还挺白的……”

“那当然！真正的肤白貌美大长腿！”何幸拍着胸口，语气真诚，“我们学校的百大美女排行榜，我姐第一，我第七十五！”

一群男生动心了，虽说何幸称不上大美女，但是她长着一张清纯甜美的娃娃脸，气质清新俏丽，就这样也只能排在第七十五名，那么第一名该是何等绝色？！

“我姐不喜欢同龄人，觉得同龄男生都太无趣，最喜欢乖巧黏人的弟弟，因为我姐特别有爱心，喜欢照顾人。她最欣赏身材高大、皮肤健康黝黑的男生，看起来有安全感。”

何幸说着，抬起头上上下下打量熊哥，突然眼睛一亮。

“熊哥，我看你正好是我姐的理想型！”

熊哥又心动又犹豫，心动的是，这位校花显然比面前的女孩子条件好得多，而且他这个向来没有女人缘的家伙竟然还是校花的理想型，这也太难得了吧！犹豫的是，刚刚才对妹妹表达了爱意，马上就变心，是不是有点儿“渣男”倾向？

何幸偷偷看了熊哥一眼，从他闪烁的眼神中看出他内心的煎熬与挣扎，何幸又补了一句：“实不相瞒，我有喜欢的人了。”

她的这句话让熊哥坚定下来，他抓了抓油光发亮的头发，颇为害羞地笑道：“既然如此，把你姐姐介绍给我吧。”

这句话正合了何幸的意。她朝路口招手大喊：“姐，介绍我朋友给你认识。你的情况我都跟他说过了。哎，你害羞什么啊，你不过来，我就让他过去了。”

她推了推熊哥：“你愣着干什么？追女孩子要主动，快去问我姐要联系电话呀。”

熊哥恍然大悟，带着小弟走向路口。

何幸躲在长椅后偷看，本想趁机逃走，可是想想，难得有熊哥这个帮手。那女人脾气不好，熊哥也不是好说话的人，说不定两人说完开场白，她就激怒了雄哥，于是两人扭打起来。她那瘦弱的小身板，能打得过黑熊般魁梧的熊哥？到时候，何幸便趁机过去补刀，也许她就能从凶手的魔掌中逃脱，远离今天了！

熊哥越走越近，起初的紧张渐渐化为惊恐。

这位校花的脸也太白了吧，好像戴着厚厚一层面具似的。

虽说他经常在网上刷视频看见过许多美女，都一样是大眼红唇、肤白胜雪，但是没有一个像她这样脸僵的，完全没有美女的灵动！

4. 我答应你

这校花扯着嘴角给他来了个皮笑肉不笑，整张脸都掉下了一片片雪花般的白渣子，可见涂了多厚一层粉底。

熊哥走不动了，停在原地，紧随其后的小弟撞在了他宽厚的后背上。

路口的风冷飕飕的，吹在熊哥身上，他从头到脚都感觉到一股渗骨的寒气。

一群人愣是不敢再往前走一步，互相小声询问着对方：

“这是人是鬼？”

“咱们都能看见吗？”

“反正我看见了。”

“那……应该不是鬼吧……”

“可是长得也太像鬼了吧！”

安静了几秒钟后。

传来一群男孩子惨绝人寰的叫声：“救命啊！”

他们连滚带爬，跑到何幸身边，躲在她背后颤颤巍巍地问：“你确定这是你姐姐？不！你确定她是人？”

何幸撺掇他：“这是科学社会，怎么可能有鬼！你不信的话过去碰一下，有温度的。”

“怎么敢碰？！”

熊哥越想越怕，随后又燃起深深的恼怒。

他可是弟兄里的大哥大，什么时候怕过，如今被两个女孩吓成这般样子，以后在他的小江湖里怎么立足！

路口的女人消失了，来无影去无踪，简直太像鬼了！

熊哥揉了揉眼睛，仔细看了几遍，那原来站着疑似女鬼的地方，此刻空荡荡的，只有摇摇晃晃的树影还落在地上。熊哥慢慢站起身，强迫自己的双腿不要颤抖，他怒视何幸：“这肯定是你的恶作剧，故意让人扮成女鬼吓我！”

何幸很无辜：“我跟你无冤无仇，干吗要吓你？只怪你胆子太小，一点儿都不符合你外在的模样。算了，你们无缘，我就不做媒了。”

她想离开，却被熊哥一把拎了起来。

“那是校花吗？你家校花长这样啊？！”

“那是大家选出来的，代表众多男生的眼光。”

“我不信，你不许走！”

熊哥抓紧了何幸的衣领，满脸凶相，和刚才吓得腿软的模样大相径庭，果然是欺软怕硬！

何幸的脚悬在空中，鞋子晃晃悠悠掉了一只。突然她身体一轻，有人抱起了她。接着，熊哥被人打倒，摔在了地上，发出一声痛呼。

何幸落在了江应景的怀里。

她惊讶地看着他，他好像一路跑来，好不容易才找到她，还在喘着气，鼻尖上渗出细密的汗，但那张脸依旧是好看得不像样。

“江应景？你怎么会来？”

“你对我说了奇怪的话就跑了，我很担心你。”

“你担心什么？我没事的啦。”

何幸挤出一个笑容，她想摆出若无其事的模样，可那笑容却并不自然。

她并不希望江应景来找她，她怕自己那快要焚烧成灰的希望，被风一吹，又燃了起来。

何幸一只脚没了鞋子，赤脚踩在地上，白皙光润的脚丫，沾上了尘土。

江应景弯腰捡起她的鞋子，一只手握住了她的脚踝。

何幸一愣，没有反应过来他想做什么。

江应景抬头看她：“抬脚。”

何幸呆呆地抬起脚，江应景为她穿上了鞋子。他抬眸看着她，黑亮的眸子盯着她惊讶微红的面孔。

他轻声说：“我答应你。”

清冷的声音，像火花在夜空中绽放。

何幸的脑袋炸了。

江应景答应她了？她不是在做梦吧！

她惊喜又震惊，期望又害怕，小心翼翼地向他确认：“你说的‘答应’，和我想的‘答应’，是一回事吗？”

江应景站起身，给了她明确的答案：“你不是说要我跟你交往一天吗？我答应你了。”

何幸差点儿跳起来！她不知道江应景为什么答应她，也没有心思追究这些，她的心跳太快了，脸颊烫烫的。

熊哥骂骂咧咧地站起来，揉揉自己的屁股，气急败坏：“浑蛋，在你熊爷爷这儿秀恩爱！想死啊！”

江应景冷冷道：“熊晶晶，你在对我女朋友干什么？”

熊晶晶虎躯一震，瞪大眼睛看着江应景，这才发现居然是熟人：“江……江哥……这是你女朋友？你什么时候有了女朋友，我怎么不知道？”

江应景瞥他一眼：“我有女朋友要向你汇报吗？”

熊晶晶赔笑道：“不是这个意思，我就是太惊讶了，没想到江哥不声不响就谈了女朋友。嫂子漂亮可爱，江哥眼光很不错啊！”

何幸耳朵里反复萦绕着那句：“你在对我女朋友干什么？”

她没幻听吧？

江应景称呼她为女朋友！

一瞬间前尘往事浮上心头，何幸“哇”地哭出来。她太辛苦了。

江应景轻轻拍了拍她的后背，声音轻得像叹息：“你怎么这么爱哭呢？”他伸手拭去她眼角晶莹的泪珠，泪水渗入他包裹着手指的纱布里，“熊晶晶跟你说什么呢，他是不是欺负你了？”

熊晶晶连忙说：“没有，江哥，你听我说。我刚才看姐姐一个人在这里哭，很可怜，就好心问她要不要一起吃饭。后来我们聊得太开心了，一见如故，姐姐说我又乖又可爱，要把她们学校的校花介绍给我。我特别激动，一时没控制住，就把她举高高了……”

他露出故意讨好的僵硬笑容，眼睛使劲眨啊眨。

江应景狐疑地望着他：“真的？”

5. 安慰你的哭

熊晶晶用力点头：“绝对是真的，不信你问姐姐！”

他朝何幸疯狂挤眉弄眼，何幸也不想再生枝节，点了点头。

江应景扶着何幸坐在长椅上，他坐在她身边：“在我面前哭我还能安慰你，跑这么远哭有什么用，差点儿找不到你。”

何幸的声音轻软：“我怕听见你的安慰，会失去离开你的勇气。”

江应景挑了挑眉，清冷的声音被风吹得飘忽起来：“你这么急着离开我？不是说了很喜欢我吗？你喜欢我的期限只有一天吗？”

何幸咬住嘴唇，她喜欢他的时间确实只有一天，可她对他的喜欢，却有很多很多啊。

何幸自嘲地笑了笑：“我是喜欢你没错，可你又不喜欢我，就算看到我哭也只会觉得烦吧。我……不想惹你烦。”

江应景低垂着眼，细密的睫毛如扇子般在他的眼睑上投下一片暗影。

“有时候看到女生哭，确实会心烦。”他顿了下，抬起眸子望向她，眸心明亮，“但不知道为什么，看到你哭的时候，好像会心疼。”

何幸愣住了。江应景一直是她梦中高悬的明月，如今却近在咫尺，他说的每一个字都在她脑中反复回荡。本来她只是他生命里的过客，现在，他居然会心疼她的眼泪。

她的努力终于有回报了！

刚才何幸说自己有喜欢的人，原来就是江哥啊！

熊晶晶摸了摸自己的胸口，有点儿疼。不过还好，江应景只是捶了他一拳，没给他脸上来一巴掌。他肉厚，影响不大。江哥还是顾及他们的友谊的。

熊晶晶嘿嘿一笑。

江应景的眼神朝熊晶晶飘来："以后不许欺负我女朋友。"

他的声音带着些懒散，却震慑力十足。

熊晶晶抹了抹额头的冷汗，笑得很谄媚："谁敢欺负江哥的女朋友？"

何幸好奇地问："你们认识啊？"

江应景淡淡道："熊叔叔跟我爸一个公司。"

熊晶晶补充："江叔是我爸的老板，我跟江哥一个院儿里长大的！"

江应景抬头看了看天色，对何幸说："已经很晚了，我送你回家。"

何幸"嗯"了一声。

跟在江应景身边，她觉得有无限的安全感。他知道回去的方向，她这个路痴只要跟着他就好了。

她一点儿一点儿地靠近他，当然不敢对他做出牵手之类冒失的举动，但是她的胳膊偶尔会碰到江应景的手，那一瞬间的接触，就像一只小兔子以光速冲进她的心里。她面红耳赤，又默默离他远了半步。

想太多，担心的就更多，何幸的心像暴风雨中起起伏伏的小船。走了一段路，她忍不住问："你今天答应我，明天不会反悔吧？"

话音刚落，她就后悔了："不用回答我，我不想知道！"

江应景从路灯下走过，俊美面孔上交织着错乱光影："如果想反悔，我就不会答应你了。"

何幸松了口气，又听见江应景低沉好听的声音散落在耳边："反正你只要我答应你一天。一天而已，也没必要反悔。"

"真的只有一天啊……"

"不是你说的吗？"

"嗯，一天也很好。"

何幸并不想去考虑其他，只要她能先度过今天，其他的事情，以后再想办法。

江应景送她到了小区大门外。何幸看着夜色覆盖的院子，虽然一盏盏庭院灯亮着，偶尔也有邻居路过，可她想到要走进那无人的楼洞，双腿就打战。

她厚着脸皮问："你可不可以送我上楼？我怕黑。"

江应景这次竟然没有拒绝，或许因为她成了他女朋友，他再拒绝就显得太冷酷了吧。

何幸的心情有了难得的轻松，可她又有些担心，万一那个穷凶极恶的家伙突然出现，看到江应景的存在，连江应景都杀了怎么办?

应该不会吧,那女人的目标是秦星黎,何幸表白成功了,就不再是她的情敌。

楼道里，声控灯应声而亮。

江应景陪何幸走进电梯，按下了电梯按钮。

她愣了一下：“哎，你知道我家在七楼吗？”

江应景的动作有些僵硬，他收回手，插进口袋里。

“我家也在七楼，刚才忘了我是送你回家，顺手就按了。”

“这样啊。”

何幸看着亮灯的数字从“1”跳到了“2”，她突然又想到一个问题：“回来的时候，你也没多问，就把我送回来了，你知道我家在哪儿？”

江应景抬头望着那亮闪闪的数字，脸上没什么表情。

“在长安路骊雅小区，你说过的。”

“我说过吗？我怎么一点儿印象都没有了。”

电梯门开了，何幸还没想通，下意识地走了出来。

江应景依旧站在电梯里，顺手按下了关门键：“我回去了。”

电梯门缓缓关上。

何幸突然反应过来，猛然去按开门键，手指甚至出现了残影。

“说好了送我到家门口，差一步、差一厘米都不算到家门口！”

然而，电梯门仍旧在她的疯狂敲击下，无情地关上了。

安安静静的七楼，一个女人靠墙而立。

何幸哭丧着脸，跟她打了个招呼：“嗨，又见面了。”

女人挑了挑眉毛，语气里似有讽刺：“妹妹？”

何幸露出尴尬但不失礼貌的笑容：“姐……”

6. 恭喜闯关成功

女人取出一把刀，在自己黑色的帽衫上来回磨了磨。

刀子很锋利，她的衣服被割烂了，露出一点儿小蛮腰来。

何幸看见了她黑色衣服里露出的雪白肌肤。

她的皮肤确实比一般人白一些，腰部是自然的奶油色，而脸和身体完全是两个肤色，有些像……京剧艺术家。

女人看见何幸肆无忌惮地盯着她的腰，她眸光一暗。她将刀叼在嘴上，腾出手来，把破烂的衣服往裤子里塞了塞。刀刃割破了她的嘴角，一抹艳红的血渗了出来。

“……”

何幸无语，最后还是打破尴尬：“那啥，人都有失误，我就当作没看见。不过姐，你身材真好！”

她羡慕地竖起大拇指，又恨铁不成钢地问：“干吗总把自己包裹得严严实实，你不热吗？你看你那小蛮腰、大长腿、瓜子脸、杏仁眼，绝对是校花级别，星黎学长怎么可能不喜欢你！”

“谁是你姐，别跟我套近乎！”女人一点儿都没有因何幸的吹捧而膨胀，眼中似乎还多了几分怒意，她逼近何幸，“来吧，按照惯例，你是想我动手还是你自己来？”

何幸吓得连忙后退，靠在了电梯旁边的白墙上：“你不能杀我，江应景已经答应了我的表白。只要你放我去星期五，我就可以跟他甜甜蜜蜜，你也可以放心地跟星黎学长恩恩爱爱了。”

女人停在原地，若有所思。

“听起来，似乎有些诱惑力。”

何幸充满期待地看着她：“咱们的恩怨也该两清了，对吧！”

女人垂下眼睑：“可是我不太放心你这个水性杨花的女人。”

何幸怒道：“我怎么又水性杨花了？！”

女人“扑哧”一笑：“我都看见了，你和那几个男生有说有笑。”

何幸恨不得指天发誓：“是他们跟我搭讪！”

“你要是没问题，他们为什么跟你搭讪？怎么就不跟我搭讪呢？”女人的话气得她半死。

“这什么理论？我太冤枉憋屈了！也太冤了！”

她眼神楚楚可怜：“姐，我为了避嫌，特意把熊晶晶介绍给你，他也试图去跟你搭讪，难道这说明你水性杨花？”

女人冷笑：“我跟你不一样，我行得正坐得端，与那熊晶晶连话都没说一句，他就自惭形秽，转身走了。”

何幸脱口而出：“那是因为你太难看了，他不敢对你下手。你没看见，你走以后，他在我这儿吐了多久，说我找人假扮女鬼吓唬他，差点儿把我生吞活剥了。要是你漂亮点儿，他会是这样的反应？”

何幸话说得太快，一股脑儿说完，脑子才反应过来。她僵立在那里，天旋地转，仿佛看到了死神。

女人阴沉沉地盯着她。

空气里充斥着浓重的怒气，如同重度污染的雾霾天。

就这样过了几秒钟，电梯的灯突然亮了，显示有人进了电梯，数字慢慢变化。

女人的神色突然变得缓和，她对何幸微微一笑，嘴角一滴血沿着下巴滴落在地上：“我没想到你真的有本事，在一天之内让江应景对你产生了好感。何幸，恭喜你，对你的考验到此为止。”

“我可以活到明天了？”何幸惊喜交加。

女人点了点头，却没有收回手中的匕首：“但该有的流程不能变，我必须要扎你一刀，这个诅咒才会结束。你已经习惯了，应该不会介意。”

一只飞蛾在空中扑闪着翅膀，落在了女人厚厚的头发上，像是一枚花纹斑斓的发卡。女人没有察觉到那只肥大的飞蛾，她盯着何幸，越来越近。

在电梯到达五楼的时候，她扎了何幸一刀。

何幸倒在了她的怀里，听到她的声音带着一种少见的温柔，不再是平日里尖锐刺耳的尖细声音，微微有些沙哑低沉。她伸手盖住了何幸的眼睛，像哄孩子一样轻声说：“睡吧，等你醒来，就会看见明天的太阳。”

何幸充满希望地死去。

这是她死得最安详的一次。

早晨，何幸幸福愉快地醒来。

窗外的晨光温馨灿烂，天上白云朵朵，天幕湛蓝。

外面传来妈妈的声音：“小幸，起床了吗？快去洗漱一下过来吃饭！”

“来啦来啦。”

何幸冲到餐桌旁，看到戴着围裙的妈妈正在忙碌，她忍不住抱住了妈妈，湿润的双眸如小兔子眼一般发红：“妈妈，我好想你！”

妈妈愣了一下，笑着推开她：“你怎么了，妈妈不是天天都在嘛。”

何幸看到桌上摆着牛奶和麦片，心里面好像有根指针突然停了。

她下意识地觉得有哪里不对劲，可是又说不清到底是哪里不对劲……

“怎么天天吃牛奶麦片和鸡蛋面包？我早就吃腻了。”

妈妈皱了皱眉，完全不懂她在说什么：“你哪有天天吃牛奶麦片？昨天喝的是豆浆，前天喝了稀饭，每天都不一样啊。”

何幸的头发丝都立起来了，一股凉意从头到脚袭来。

“今天是星期几？”

她的声音在发抖。

她慢慢地扭过头，听见自己脖子关节僵硬的响动声。

房间里的一切都没什么变化，桌子上的杂志还翻开着，停留在那熟悉的一页，穿着金色长裙的女明星笑得雍容大方；玄关处整整齐齐地摆放着一双黑色皮鞋，旁边是歪倒的红色高跟鞋……尽管已经猜到了答案，何幸仍然想听到妈妈将她从恐惧中解救出来，然而她那微弱的希望终究还是破灭了。

妈妈说：“今天是星期四。”

“不可能，我已经度过了星期四，今天应该是星期五……”

“小幸，你是不是睡糊涂了？你自己去看看手机上的日历。”

何幸拿起手机，看到了那个令她绝望的日期——

星期四。

7. 太丢猫脸了

妈妈不安地问："小幸，你怎么了，脸色这么差？"

"我……我想起来我作业没写，妈妈，你先吃吧。"

"这么短时间你要补作业？"

何幸充耳不闻，冲回自己的卧室，"啪"的一声关上了门。

何幸靠着门，慢慢滑落在地上，地板冰冷，如同她的心。

不应该是这样的，那个女人明明说她过关了。为什么，她付出那么多努力，还是逃不过这一天。

何幸还记得江应景的手机号码，她忍不住拨通了他的号码，短暂的提示音后，那边传来了清冷到不带一丝感情的声音："喂。"

何幸没头没脑地问："今天星期几？"

"星期四……你是谁？怎么有我的电话号码？"

"我是何幸。"

电话那边静了下来。

几秒钟后，江应景说："不认识。"

"你昨晚答应了我的表白，你记得我的！你再想一下啊！"何幸在哀求。

这次，江应景连思考都没有思考，就果断否认了："没有这回事！"

何幸的心碎成了玻璃碴儿。

"江应景，我上辈子是不是欠你的？"

她呜呜地哭起来，怕被妈妈听见，声音细软如小兽。

"我知道你不认识我，也不喜欢我，你肯定不会答应我。可是我每天都要对你表白，每天都要被你拒绝，再厚脸皮的人也受不了啊！"

她越说越气，压低的声音里有着压抑不住的愤怒。

"但是我终于表白成功了！你知道有多难吗？就好像我挖了个直径十米的坑，下一刻就有一颗流星刚好砸在坑里！就这么小的概率！结果一觉醒来你就不认识我了！你是要我再挖个坑等流星吗？"

电话那边很安静，但江应景没有挂。

他一定不知道她在说什么，不懂她的痛苦与绝望，她打电话只是想做最后的挣扎，想发泄心中无尽怒火，并没有要他回答的意思。

这男的懂什么，他每天都是新的！她已经为他上天入地降妖除魔，拖着疲惫的身躯回来，他却还是一块硬邦邦的石头！

何幸对着手机恶狠狠地骂了句："'渣男'！"

这是何幸最放飞自我的一天。

上午她交了白卷，还在张老师和徐老师的课上睡觉，被老师当众点名，引起一片笑声，得到了“睡神”称号。中午，她坐在食堂，盘子里放满了大鱼大肉，摆满了整整一张桌子，显然不是她能吃得下的分量。她左手抓着鸡腿，右手捏着猪蹄，大口放进嘴里撕咬，假想自己嘴里啃的是那个变态面具女！

江应景和一些男生走进了食堂，引起一片女生小小的惊呼。

平时江应景目不斜视，是不会往何幸的方向看的，可是今天的何幸太显眼了，所有人的注意力都被她吸引了。路过她的桌子时，许梦阳甚至凑过来，很八卦地问：“你是大胃王吗？在这儿做直播？”

何幸胃口不大，可是她已经不需要用零花钱为江应景的同学买零食了，这钱不花白不花！她咕嘟咕嘟喝了一大口水，努力咽下嘴里的炸鸡腿，咧开油腻的嘴，对许梦阳露出微笑：“我只是有暴食症而已。”

江应景看了她一眼。

昨天他还是她男朋友呢，今天就成陌生人了。何幸的心好痛。

她问许梦阳：“我点多了，要不要一起吃？”

吃货许梦阳露出心动的表情，就在他快要坐下的时候，江应景拉了拉他：“想吃什么，我请客。”

许梦阳的屁股还没沾到板凳，就猛地弹起来了：“真的假的？那我要吃炸鸡腿、卤猪蹄、烤鸭卷饼……”他实在太饿了，忍不住说了一大串。

江应景神色冷淡地瞥了何幸一眼，许梦阳点的食物，何幸的桌上都有。江应景将饭卡递给许梦阳：“想吃什么，你自己去刷吧。”

江应景怎么对许梦阳那么好，兄弟情深？何幸别过脸不想去看江应景的脸，狠狠咬了口猪蹄。

人工湖里，小白使劲扑腾，溅出水花朵朵。

何幸跳进了湖里，半截身体被浸在水中。湖水因为不流通的缘故，看起来不太干净，水面发绿，漂着水藻。之前几次何幸是用木棍将小白救出来的，今天她已经懒得再费劲了，直接将浑身湿透的小白抱了出来。

小白惊魂未定，拼命挣扎，却无法逃脱这只“两脚兽”的“魔爪”。

何幸死死抓着小白的两只猫爪，将它悬空，满脸凶狠，训斥道：“小白，你怎么天天掉水里？你是猫！飞檐走壁身手灵活的猫！你看看你有没有一只猫的尊严，你简直太丢猫脸了！”

想起这段时间惨痛的经历，何幸的声音不由自主地拔高：“我每天大老远跑过来很累的！为了救你，我自己还掉进湖里一次！你看看我，你不觉得愧疚吗？”

小白无力地挂在空中，惊恐地“喵喵喵”，一声比一声大。

终于有人听到小白的求救，几个女孩冲了过来，她们看到一个情绪失控的女疯子将湿漉漉的小猫咪举在空中使劲摇晃。

大家惊呆了，竟然有人在校园中虐猫！

一个身材比较好的女生大声呵斥何幸："放开猫咪！"

何幸气愤道："我是小白的救命恩人！我抱它一会儿怎么了！"

女生根本不相信她的话，一个箭步过来抢走了何幸手中的小白猫："怎么可能！看你的面相就知道你不是什么好人！肯定是你把小白扔进水里的吧！你不知道猫怕水吗！你还这么凶地骂它，太过分了。"

8. 小江又在打球

另外几个女生也跟过来，义正词严地说："跟我们去教务处！"

大家想要将何幸扭送到教务处，但她衣服都湿了，发梢还挂着水藻。众人担心自己的衣服也沾上污水与淤泥，一时感到束手束脚，没能直接上手。

何幸估摸着时间已经快要来不及了，她转身冲向东区教学楼。

见义勇为的爱猫小分队紧追不舍，在她身后大喊："虐猫女逃走了！大家追啊！千万不能让下一只小猫咪受到伤害！"

何幸是所有人里最熟悉路线的人，她七拐八拐，行动灵活，绕过一切障碍，来到了最终目的地。

楼梯上的女同学崴了脚，差点儿滚下来，何幸冲上去用身体当护盾，将她牢牢地护在了自己怀里，自己却撞在了墙上，后背被撞得生疼。

女生回过神来，忙不迭地感谢何幸。

何幸被撞得差点儿连午饭都吐出来，早知道就不吃那么多了！她的脸上完全没有显现善意，怒冲冲地说："我都快被你压死了！上楼就专心上楼，吃什么汉堡，玩什么手机！一心三用，能不摔跤吗？"

女生的眼睛瞬间红了，她吃着汉堡上着楼，没招谁没惹谁，凭什么突然被劈头盖脸骂一顿，谁还不是个小公主了？！

她将手里剩下的半块汉堡塞进嘴里，腮帮子鼓鼓囊囊："我胖怎么了？吃你家汉堡了吗？我又没让你扶我！"气愤让她口不择言，将一切责任推在何幸身上，完全没有考虑到实际情况，"要不是因为你横冲直撞吓到我了，我会一脚踩空吗？都怪你！"

何幸心里的火从早上开始就没有消掉："拜托，你知不知道你摔下来多少次了？还污蔑我？"

女生更生气了，觉得她是存心来找碴儿的！

"真没见过你这种睁眼说瞎话的人！脾气这么差，一定没有男朋友！"

这句话刺到何幸的痛处了："没男朋友怎么了？我尽力了！江应景都答应我的表白了，一觉醒来他不记得了。我有什么办法？"

女生翻个白眼：“你白日做梦了吧！”

爱猫小分队此时终于追了上来，看到何幸跟一个女生正吵得不可开交。

魁梧女生抓住何幸，在人来人往的楼梯间大声说：“曝光这个虐猫的浑蛋！”

小白在另一个女生的怀里，附和一般地“喵喵”叫着。

虐猫这种恶劣的行为，绝对不可原谅！路过看热闹的同学热血沸腾，跟着爱猫小分队一起，试图将何幸扭送到教务处。何幸被许多人拉扯着，竟然还以顽强的毅力来到了操场上。

篮球比赛刚刚开始。

何幸的衣角被人攥在手里，鞋带也开了，白色的鞋带沾着土变成了灰色。她蓬头乱发，死死抱住一根柱子，对江应景打了个招呼：“小江，又打球呢，球技一般般嘛。”

江应景看都没看她一眼，一扬手，篮球落进了球框里。

现场响起了迷妹们兴奋的尖叫声，宛如海浪般，一波高过一波。

爱猫小分队试图将何幸拉走：“就算你是疯子，也不是你虐猫的理由！”

何幸拼命挣扎，冲到球场上，抱着篮球架的杆子不肯再走，所有人都停了下来。何幸以一己之力，打断了这场如火如荼的篮球比赛。

“江应景，我就是何幸！早上给你打过电话的。”

“哦。”

“昨天是我在你书包里塞了封信，约你去天台见面。”

在场所有人纷纷倒吸一口凉气。

这个看起来精神错乱的女孩子，难道打算向江应景表白？

她脑袋被雷劈了吧！江应景怎么可能答应！

何幸：“你不会以为我想表白吧？哈哈哈哈！其实这只是一个恶作剧。我业余时间想做一名吃播，可是中午我试了试，实在没有那种天赋，吃几只炸鸡就撑得不行了。我只好捆绑一位本来就很有名的人来帮我提升名气。大家都说你是校草，关注度那么高，我本来想在地上涂上胶水，粘住你的鞋子，然后偷拍你尴尬的小视频发到网上，说不定咱俩就都火了。”

何幸笑到落泪，眼中泪花闪烁。

许梦阳眼睛一亮：“小姑娘很有创意嘛！怎么没继续下去？我支持你啊！”

何幸望向许梦阳，无惧无畏，一门心思地黑江应景：“可是后来我想了想，江应景也没有多帅，一张路人脸，街上一抓一大把，我干吗要浪费这个时间？”

在场的女生颇为不满——

“江应景这样算路人脸的话，这世上就没有路人了吧！”

“年纪轻轻，眼神不好！”

何幸耳朵里是吵闹的杂音，她看着江应景。就是他这副看起来冷静的模样，让她心里煎熬。她受到那么大的伤害，他却一点儿感觉都没有。

“所以我放弃了，我就是过来跟你说一声，没别的。你千万别误会！我不喜欢你，一点儿都不喜欢你！”

何幸抹了抹眼角的泪水，露出满不在乎的表情。

有女生怒道：“不喜欢就不喜欢，你还特意跑来说一句，你是来污蔑江学长的吧！”

身后抓着何幸的人，也将她扣住准备送到教务处。

她仰面望着天空的阳光，有些刺眼。还是同往常一样的蓝天白云，像一面巨大的墙，将她禁锢在了不可能逃脱的世界。

何幸伸手遮住了眼睛，指缝里视野狭窄。

突然，有人遮住了她眼前的光。

剩下的光忽而变得温和，丝丝缕缕，不再强烈到刺眼。

何幸放开手，看着面前出现的男生。

竟然是秦星黎。

9. 我相信她

秦星黎平时就是校园里的风云人物，此时突然出现在操场上，两大校草齐聚，大家都忘了说话，只是看着秦星黎将虐猫女救了下来，仔细检查着她的伤势！

魁梧女生连忙向秦星黎告状：“学长，这个女人刚才虐猫！”

秦星黎不假思索：“小星星绝对不会虐猫的。”

大家惊呆了，秦星黎怎么会袒护这个女人，而且还叫得那么亲昵。小星星？他们到底是什么关系？

何幸也很惊讶，她最近都没有再去找秦星黎。当然，在秦星黎脑中，也没有他们两人一同做饭吃饭的回忆。他们并不是很熟，顶多算是见过几次的邻居罢了，可是他竟然愿意在所有人的面前选择相信她。

何幸再也忍不住了，哭得一把鼻涕一把泪：“学长，我是被冤枉的。我救小白那么多次，骂一次不行吗？我不骂它，它怎么知道它做错了？”

秦星黎轻轻拍她颤抖的后背，虽然不明白她在说些什么，却还是很温柔地安慰道：“好了。别哭，我信你。你肯定不会去欺负一只小猫咪的。”

何幸抽泣着点头：“还是学长懂我。”

看热闹的女生不太乐意了，有人冒出来指责道：“秦星黎，你怎么会帮这个疯子说话？她刚才还诋毁江应景！我们全都看见了！”

秦星黎放下何幸，取出纸巾为她擦了擦眼泪，然后回眸看了那女生一眼：“可能她和江应景之间有什么误会吧，小星星不会无缘无故去诋毁别人的。”

操场上静悄悄。秦星黎的声音不大不小，却稳稳传入众人的耳里。虽然他平日里性格开朗，比江应景好接近多了。但是大家从来没有听说过秦星黎有什么暧昧绯闻，也从未见他跟某个女生走得太近。

此刻，秦星黎竟然在大庭广众之下，如此呵护一个女孩子。

那女生问："你们是什么关系？"

秦星黎大大方方地回答："我们是好朋友。"

何幸低头整理衣服，她从来没有这么狼狈过。但她这段时间做过太多丢脸的事情了，以前还会尴尬难堪，现在她的脸皮早就厚了，反正醒来一切清零，所有人的记忆都没有了，她就像是在只有她自己的世界里为非作歹，不用考虑后果。

"你衣服怎么湿了？小心吹了风会感冒。"秦星黎脱下外套，披在何幸身上，他自己只穿了一件白色的短袖T恤。

他上上下下打量何幸，担心地问："有没有受伤？"

何幸摇了摇头。

她的鞋带有一只开了，湿透的鞋带混着灰土，宛如一根泥带子。她自己都有些嫌弃，秦星黎却直接蹲在她的面前，帮她系起了鞋带。

何幸往后退了半步，秦星黎却又跟着她的脚步往前挪了半步，他抬头，笑望何幸："你别乱跑呀，我才系了一半。"

何幸看着他透彻通亮的眼眸，突然想起昨晚江应景帮她穿鞋子的画面。

秦星黎将她的鞋带系成了漂亮的蝴蝶结，站起身，笑盈盈地看着她："我给你系了死结，这样就不会开了。"

何幸的表情一僵："那我要怎么解开？"

秦星黎说："当然是我帮你解开了。放学我们一起走吧，我送你回家。"

秦星黎竟然主动提出要送何幸回家，他们的关系肯定不一般！

人群沸腾了，大家叽叽喳喳地议论起来。

秦星黎却神色自若，又往沸水里扔了一颗炸弹："你衣服都脏了，回到家阿姨会不会生气？要不然你先到我家洗个澡，我帮你买套换洗的衣服，再送你回家跟阿姨解释。"

这是要见丈母娘的节奏啊！

何幸发现所有人都在盯着她，江应景也在看着她。或许是阳光太热烈，何幸看不清江应景的表情。

何幸对秦星黎轻轻"嗯"了一声。

江应景突然大步走过来，在何幸面前停下。

她仰起脸，目光撞进他眼底。

"我有话跟你谈，放学以后等我。"

江应景的声音不大，语气也很平静，可就是有种令人无法拒绝的气场存在。

何幸的心脏猛地一跳。

“谈什么？”

“谈你想要对我恶作剧的事情。”

“那只是一个想法，我又没有实施。你……你不能报复我。”

“难道要等你实施了才能报复你吗？”

何幸突然无言以对，江应景说得也有道理，但这是她的世界，她随心所欲！

“没什么好谈的，我不想跟你说话。”

何幸不想再跟江应景有所瓜葛，她今天是太生气了，所以才骂了他一通。发泄过后，她心情稍微好了一点儿，她不想再招惹江应景了！

江应景皱了皱眉，何幸转身想走，他却拉住了她。

何幸怔怔地低下头，看到江应景箍住了她纤瘦的手腕，他的指骨修长好看。他今天不会受伤了，不会救她，不会跟她去医务室。

何幸甩开了江应景，她扬眉笑道：“都说了不想跟你说话，你还非要跟我私约，不会是故意找理由想接近我吧？难道你也喜欢我？”

10. 蝴蝶

“也？”江应景一针见血地找出了何幸话语中的敏感词。

何幸只是想嘲讽他，没想到不小心说漏了嘴，轻而易举地被江应景发现了。

“哼，我今天很忙，没空理你。”

何幸露出一副傲娇的模样，拒绝了江应景跟她单独见面的要求。

远远传来一个清脆动听的声音：“小幸。”

夏夕颜着急地朝她跑过来，清爽的黑色短发在耳边飘飞，白裙子在烈日下开出了一朵花，一出现就成了众人眼中的焦点。

“夕颜？”

何幸一怔，之前她从来没有在江应景打球的时候看见夏夕颜。

夏夕颜很紧张，抓着何幸仔细看：“我听说你在操场和别人吵架。你衣服怎么湿了？谁欺负你了？有没有受伤？”她漂亮的眼睛里溢出泪来，“我就说你今天怎么这么奇怪，上课睡觉，考试交白卷，听说你中午还暴饮暴食，你怎么了，是不是受到欺负没告诉我？”

何幸有些尴尬地推开夏夕颜，干吗当着这么多人的面说出她的糗事！

不过，何幸心里感觉很温暖，她被星黎学长保护了，夕颜又这么关心她，有朋友的感觉真好！

何幸笑了笑：“没有人欺负我，我救了一只掉进人工湖的小白猫，被别人误以为我虐猫。”

夏夕颜完全没有考虑，便坚定地对周围同学说：“不管发生了什么，我相信小幸绝对绝对不会做虐猫那样的事情！”

秦星黎和夏夕颜在校内的口碑一向很好，既然他们都为何幸说情，大家也没什么好说的。那一直抱着小白的女孩拨开它湿透的猫毛，仔细检查了一番，轻声说道："好吧，或许真的是我们误会了。我们看见她举着小白晃来晃去，但是小白身上并没有伤，没有确切证据证明她虐猫。"

何幸终于洗清了嫌疑，夏夕颜第一个为她高兴。

何幸抬眸看着夕颜，她个子很高，但此时站在秦星黎身边，竟然有了几分小鸟依人的感觉。何幸莫名觉得，夕颜和星黎学长很般配呢。

"小幸，你和星黎学长认识？我怎么从来没听你说过。"

"星黎学长是我的邻居，也不算很熟。"

何幸在夕颜耳边轻声说道。

余光看见江应景的目光一直停留在她身上，她很怕被他抓住教育一番，便轻轻扯了扯秦星黎的衣角："学长，你送我回家，好不好？"

秦星黎笑盈盈地说："好！"

秦星黎与何幸并不是住在同一栋单元楼里，他走到自己那栋楼前担心地问："小星星，你要不要先去我家洗个澡？"

何幸顺着秦星黎的视线，低下头，看见自己的牛仔裤湿漉漉的。就这样回家，妈妈肯定会骂她！不过好在爸妈不在家。

她摇摇头："没关系，今天我家里没有人。"

"那你晚上吃什么？"秦星黎问。

"我随便煮包泡面吧。"

"泡面这种垃圾食品，少吃为妙，要不要来我家，晚上我亲自下厨。"

何幸："下次吧。"

秦星黎可能察觉到她情绪不佳，也没有强求，他将她送到了家门口。

站在防盗门前，何幸突然愣了愣。

这是第一次，她有机会来到家门口没有被杀死。难道是她和秦星黎在一起，对方没有机会下手？只要快点儿逃回家就不会死了吧！

何幸加快了手里的动作，在包里翻找了好久。

秦星黎等了一会儿，疑惑地问："小星星？"

何幸懊恼地垂下头："我……我没带钥匙……"

她今天没有盯着王美萱，钥匙又被拿走了。

秦星黎语气愉悦："那就先来我家吧！"

也只好这样了。

何幸跟着秦星黎来到他家，可她衣服脏兮兮，都不好意思坐在他家沙发上。

"星黎学长，冰箱里有食材吗？"何幸明知故问。

“啊，你这么一说，我想起家里一点儿菜都没有了。”

“那我们去超市吧，我还想买条裤子换一下。”

“湿裤子穿着不舒服吧。我找一条干净的睡裤给你。”

何幸被秦星黎逗笑了，眼眸弯弯如月：“你一米八五，我才一米六五，怎么可能穿下你的裤子？”

秦星黎挠挠头：“也对……”

他走到门口，回头看何幸，纠正她：“是一米八七。”

学长真可爱，和他的外表有种反差萌，何幸沉闷压抑的心情明朗了几分。

她笑道：“好好好，我缺了你两厘米，我道歉。”

何幸跟秦星黎又下了楼，一路上都很安全。

小区里的业主关系都很好，偶尔有认识他们的邻居招手问好，何幸和秦星黎也会笑着回应。

树影飘摇，几只蝴蝶扑扇着翅膀飞了过来。何幸从来都害怕这种昆虫，她本能地避了一下，手肘撞在了秦星黎的身上。

“星黎学长，你没事吧？我不是故意的……”

何幸回过神来，连忙对秦星黎道歉。

秦星黎笑着看她：“你害怕蝴蝶？”

何幸躲在秦星黎身后，小声说：“嗯，我害怕这种长翅膀的昆虫。”

“别怕，我会帮你挡住的。”

何幸对他感激地笑了。走在路边，看着枯叶色的蝴蝶落在灌木丛上，她突然想起，昨晚有只飞蛾落在了那个面具女的头发上。

为什么那个女人就不怕呢?

那么大的飞蛾，落在头上也会有坠感的吧，可她仿佛没有感觉似的，连伸手挥打的动作都没有……

何幸的脚步突然僵了僵。

她脑中浮现那个女人的身影：高高瘦瘦，身材很不错，脸虽然很小，但那头蓬松的卷发披散在两侧，显得脑袋大了很多，头发的颜色深得有些不自然。

难道是假发？！

Chapter 6
520 颗星星

1. 凶器呢

为什么要化那么浓的妆呢，顶着一脸的白腻子，不觉得闷得慌吗？

或许，她们两人认识，对方是怕被她认出来，才做了伪装……

何幸的脸色越来越白，她停在了原地，听见自己心脏剧烈的跳动声。

“小星星，你在想什么？”

耳边传来秦星黎的声音，何幸回过神来，看见秦星黎在前面等她。

“星黎学长，我突然想起来，我还有重要的事情没有做，今晚不能陪你吃饭了，抱歉！”她满脸都是歉意。

“什么重要的事？需要我帮忙吗？”

“不用不用，实在是太抱歉了。”

何幸转身，一边跑一边取出手机，拨通了夏夕颜的电话。

听筒里传来下夏夕颜的声音：“小幸，怎么了？”

何幸问道：“夕颜，你在宿舍吗？”

“没有。”

“那你在哪里？”

“我在长安路。”

何幸一惊：“离我家很近啊。”

夏夕颜笑道：“嗯，我来文具店买笔。”

“你可以在茉莉奶茶店等我吗？我有事找你。”

“什么事啊？刚才在学校你怎么没说呢？”

“我刚才忘了……”

“星黎学长呢，他不是送你回家了吗？”

“你怎么会认识星黎学长？”

“很奇怪吗？秦星黎那么有名，学校里很多女生都认识他。”

何幸心中的猜测像一团雪球越滚越大，她停在街道中央。

天已经彻底暗了下来，夜色笼罩在她苍白的面孔上。

夏夕颜似乎听出了些什么，问道：“怎么啦，小幸，听你气喘吁吁的。”

何幸突然问她：“你是不是喜欢秦星黎？”

那边静了下来。

似乎过了很久，又似乎只有一瞬间。

电话里传来夏夕颜惊慌的声音：“你在说什么啊？我……我怎么会……”

她没有直接否认，那声音竟然有些语无伦次，也不知道是紧张还是害羞。

何幸只觉得自己的心一点点沉了下去，她有很多话想说，却又不知从哪里开头。最终，她垂下眼，轻声说：“我们当面再说吧。”

透过奶茶店透明的落地玻璃窗可以看到里面的顾客。

夏夕颜就坐在玻璃窗旁的座位上，她面前放着两杯奶茶，一杯应该是买给何幸的，还没有拆封，另一杯是她自己的，已经喝了一半。

何幸隔着一条窄窄的马路，看着奶茶店里的夏夕颜，她依旧穿着那件纯洁的白裙子，双腿修长笔直。夏夕颜喝了口奶茶，撩起头发别在耳后，几缕短发俏皮地翘了起来。

何幸突然意识到，夏夕颜和那个女人的身材很相似，只是夕颜留着短发，所以她从来没有怀疑过夕颜，如果那个女人戴了假发，那么……

何幸的呼吸有些急促。

玻璃窗里的夏夕颜对何幸招了招手，脸上浮现花一般的笑容。

何幸走进了奶茶店，夏夕颜诧异地看着她：“出什么急事了吗？你怎么满头都是汗，跑过来找我的吗？你的裤子怎么也没换，你没回家吗？……”

夏夕颜问了一大堆问题。

何幸说不出话来，她的心跳得太快。

夏夕颜扯了扯她的衣角：“小幸，你怎么不说话，你这样我很不安。”

何幸看见夏夕颜的包就放在桌子旁边的空椅子上，那是一个白色的帆布包，尺寸能放下大号杂志。她直接将夏夕颜的包翻过来，东西噼里啪啦地掉了一地。

包里有书本、文具、纸巾、充电宝、数据线，还有唇膏和镜子。

夏夕颜惊呆了：“小幸，你到底在干什么？”

“凶器呢？你今天用什么杀我？”何幸蹲下身，明知包里藏不下更多东西了，她还是在里面翻找着，“假发和你换穿的衣服呢？你藏在哪儿了？”

“什么假发？我没有假发，我也没有杀你，你今天一整天都很奇怪。”

何幸望着她：“是我奇怪还是你奇怪？为什么你会出现在我家附近？”

夏夕颜皱眉："我出现在你家附近也有错吗？我的笔坏了，想要买几支新的。"

何幸道："那你为什么不告诉我，我们可以一起来买的。"

"我临时想买，所以忘记告诉你了。"夏夕颜的神色稍稍缓和，"就因为这样，你生气了吗？"

何幸的脑袋里很乱，她不想怀疑夏夕颜的，可是有那么多的相似之处。

何幸问："你是不是有什么事瞒着我？"

夏夕颜咬着嘴唇，眼神有些闪烁。

何幸忍不住问道："你喜欢星黎学长对不对！"

虽然是问句，她却用了肯定的语气说出来。

夏夕颜的脸红了。

奶茶店里还有一些顾客，可能是何幸的声音太大了，大家纷纷望向夏夕颜。

夏夕颜局促不安，蹲在地上，捡起满地的杂物，头发垂落下来，遮住了她好看的侧脸。

何幸站在那里，看着眼泪从夏夕颜的眼中涌出，她开始后悔。

她和夏夕颜是好朋友，每次受到委屈，夏夕颜都会毫不犹豫地站在她的身边，今天夏夕颜还在操场上维护了她。或许事情根本不是夕颜做的！就算是夕颜做的，也许有某些原因呢？

何幸蹲在了夏夕颜身边，捡起唇膏想要放进她的袋子里。

夏夕颜推开了何幸。

"是的，我喜欢秦星黎。我不像你运气那么好，可以跟星黎学长住在同一个小区。"

"你怎么知道我们住同一个小区？"

"因为我喜欢他呀。"夏夕颜看着她，泪眼蒙眬，"关于他的一切，我都会去了解。我看到你们一起来学校，看到秦星黎跟你有说有笑，看到他看你的眼神那么温柔，他还会揉你的头发，叫你小星星，这一切一切，都让我羡慕。"

2. 我嫉妒过你

夏夕颜擦掉眼泪，平静地说："不是羡慕，是嫉妒，我嫉妒你。"

何幸脑袋里嗡嗡作响，夕颜居然会说出这样的话，这是她从来没有想过的。

"所以，是你杀了我吗？"

"我没有。"

夏夕颜这时反应过来，何幸的话有点儿超出她的认知。

"你不是活得好好的吗？为什么要说我杀了你？"

何幸皱起眉，试图从夏夕颜的眼中观察出什么："你知道这个星期四每天都会循环吗？"

夏夕颜惊讶地摇了摇头：“什么循环？”

何幸问：“昨天星期几？”

夏夕颜有些迷茫，下意识地说：“星期三。”

何幸皱起眉，看夏夕颜的表情，好像真的什么都不知道。

何幸想起凶手面对她时嚣张的气焰，再看看夏夕颜盈满泪的双眸，她心中开始动摇。

“夕颜，”何幸看着她的眼睛，“你有没有恨我恨到想要杀了我的程度？”

“我怎么会想杀你！”夏夕颜震惊极了，“小幸，你在乱说什么？”

或许杀人凶手的外形跟夕颜有几分相似，可是她们的神态和语气却千差万别。夕颜不可能有这样高深的演技，否则就太可怕了。

夏夕颜收拾好了包里的东西，转身跑出了奶茶店。何幸也跟了过去，她看见夏夕颜跑了一段路，坐在树下的花坛边默默流泪。

何幸不知道该说什么，她可能冤枉了夕颜。

何幸心中挣扎了很久，取出纸巾递给夏夕颜。

“夕颜，我跟秦星黎什么都没有，我们只是偶尔会见到。”

“你不用对我解释，我也不是他的谁。”

夏夕颜没有接何幸手里的纸巾，她像是在努力忍着伤心，肩膀微微颤抖。

何幸坐在她身边，想帮她擦掉眼泪，夏夕颜抬起眸：“你知道吗，我爸爸妈妈离婚了，就在昨天。”

何幸惊呆了。

“你为什么没有告诉我？”

“因为我不想告诉你。你的爸爸妈妈感情那么好，你不会理解我的。”

夏夕颜的声音在风中发颤，她紧紧抿着唇，嘴唇泛出青白色。

“夕颜，都怪我，我们关系这么好，我却不知道你家里出了事。”

夏夕颜努力挤出一个笑容，但那眼中却有着无限悲伤：“他们天天吵架，离婚了也好，至少我不会再听见他们吵架砸东西，不用担心会突然飞来一把勺子打在我头上。小幸，你不用道歉，我家的事情又不是你造成的。”

“可我们是最好的朋友呀！我希望你把所有的心事都倾诉给我。”

夏夕颜紧紧抿着唇，眼泪又一颗一颗落了下来。

“小幸，我们还是最好的朋友吗？”

“是呀。”

“可是我……”

夏夕颜沉默了很久，哽咽着说：“可我嫉妒过你，我并不是一个值得交的朋友。”

何幸：“那你做过伤害我的事情吗？”

夏夕颜摇了摇头：“没有。”

何幸笑了：“这不就结了嘛。你惹我生气的时候，我也会吐槽你，但这不代表我不喜欢你。”

夏夕颜怔怔地看着何幸，泪光在眼中闪烁。

何幸又给她擦了擦眼泪：“别哭了，你哭起来一点儿都不好看。说真的，你这么优秀，应该是我嫉妒你才对。”

夏夕颜握紧了手里的包带，紧得连那帆布都皱了起来。

她沉默了一会儿，小声说：“我没有你开朗自信，你可以跟秦星黎说说笑笑，我却不敢。你会跟我说你爸妈斗嘴的趣事，而我家只有无尽的争吵。我不想让你知道我不幸福，我一直在你面前努力装作开心……”

她的声音开始哽咽：“可我真的很过分，听到你那么幸福，我心里居然会难受。”

何幸按住夏夕颜的肩膀，抛给她一个坚定的眼神。

“其实我也一样嫉妒你啊！你长得漂亮，性情温柔，成绩也很棒！你是我的偶像！”

夏夕颜睁大了眼睛：“真的吗？”

“当然！我什么时候骗过你？！”

何幸拉住她的手，对她温柔地笑：“是我的错，明明是你的朋友，却没有发现你家里出了事，我真的太不称职了。以后如果你不开心，希望你能告诉我，可能我也没什么用啦，但是我会努力逗你开心。”

夏夕颜忍不住了，伏在何幸肩头大声哭起来。

何幸轻轻拍拍她不断抽动的肩膀，半开玩笑地说道：“周围很多人呢，要是知道咱们系花在街头号啕大哭，还以为你失恋了。”

夏夕颜轻轻捶了何幸一下，抽泣着说：“别乱开玩笑。我低着头，没有人认出我。”

何幸笑了，意味深长地问了句：“那你试着抬起头看一眼？”

夏夕颜慢慢抬起头，发现有些熟面孔在对她打招呼。

“你怎么哭了？哇，看得我好心疼。”

“是不是何幸欺负你？要不要我帮你报仇？”

夏夕颜脸一红，低头捂住了脸。

何幸对大家大声吆喝：“我没有欺负夕颜，她也不是失恋了，她丢了钱包，心情很不好。谁要是捡到夕颜的钱包，记得通知我们。”

3. 吃饭

夏夕颜低着头，轻轻踢了何幸一下：“别乱说啦。”

何幸站起身，拉起了夕颜：“你还没有吃晚饭吧？”

夏夕颜点了点头，眼神又变得落寞。

何幸突然问："要不然我叫星黎学长一起来吃饭？"

夏夕颜愣了："真的吗？星黎学长会来吗？"

"我问问他，刚才他说要去超市买菜，在家做饭吃呢。"

何幸取出手机，在微信里找到秦星黎的名字，给他发送信息："学长，你在哪儿？"

秦星黎很快回复她："我正在超市呢，你忙完了吗？吃过饭了吗？"

何幸的手指在手机屏幕上打字："还没，我和闺蜜在一起，要不要来小吃街一起吃饭？"

等了几秒钟，秦星黎回复："我买了菜，给你们做饭吃吧。"

何幸看了夏夕颜一眼："可是我们有两个人，会不会不方便……"

秦星黎："方便方便！既然你们要来，我就多买点儿菜，你们在院子里等我，我买完就回去。"

何幸举着手机，让夏夕颜看她和学长的聊天内容，笑盈盈地说："学长人很好的，而且他厨艺也超棒，做饭超好吃！"话音刚落，又怕夏夕颜误会，连忙补了一句，"我没有吃过，我是听说的。"

夏夕颜也没有多想，她的脸红红的，低头跟在何幸身边，紧张又不安："我就这样去可以吗？我们是不是需要买些礼物？空手登门不好吧……"

何幸掩唇笑道："你好像要去见公婆一样。"

夏夕颜轻拍了她一下："才没有呢，我是在考虑礼节的问题。"

何幸道："他爸妈不在家，我们放心地去吧。"

"等等！"夏夕颜突然停下，"我今天都没有化妆，也没有好好打扮……"

"你这样就很好看啊。"

夏夕颜在嘴上涂了一层唇膏，唇膏颜色很淡，粉粉的，还没有她脸颊的红霞颜色深呢。

何幸不由得莞尔。

她看出夏夕颜的情绪明显变好了起来。

一起来到院子里，何幸跟夏夕颜坐在长椅上等秦星黎。

晚风吹拂她的长发，何幸又想起第一次被杀死的时候，就是在这张长椅上。这次，那家伙不会又在这里偷袭她吧！

她条件反射一般站起身，瞪大眼睛看着身后，可身后只有她自己的影子在墙上晃动。

夏夕颜惊讶地看着何幸："小幸，你怎么了？"

何幸摇摇头，怕吓到夕颜，她又坐下了："没事，我想看看会不会遇到老朋友。"

“小星星！”

熟悉的声音传来。

何幸抬头看见秦星黎回来了，他提了一大袋食材，笑盈盈地看着她。

“学长，你终于回来了。哇，你买了好多菜！”

秦星黎笑道：“我怕你们不够吃。”他将一只纸袋递给何幸，“你拿着。”

何幸接过袋子，好奇地问：“这是什么？”

秦星黎道：“给你买的睡衣，回去你先换上。”

“学长你真是太贴心了！”

夏夕颜慢慢地走向何幸，她低着头，脸红得像苹果，还好秦星黎主动跟夕颜打了招呼。

“你是小星星的闺蜜吧？我今天在操场看见你了。”

夏夕颜一惊：“你记得我？”

秦星黎点点头：“对呀，我还知道你叫夏夕颜。你是舞蹈社的吧，校庆上我看见过你跳舞。”

夏夕颜捏紧了手里的包带，连手指都在颤抖。

何幸轻轻拽了拽她的衣服：“夕颜，你不会忘记了吧，你那支舞跳得超好，校庆结束后你成了名人，我还在学校表白墙上看见你的名字了。”

秦星黎点头附和：“连我们班男生都在议论你呢。”

夏夕颜的自信终于回来了，她挽住何幸，笑得眼睛弯起来：“星黎学长，你好。”

三个人一起回家后，秦星黎做饭，夏夕颜帮他打下手，他们在一起做饭的样子，像极了一对恋人。何幸也试着想切萝卜丁，结果切的模样十分丑陋。

夏夕颜笑了她几句，秦星黎也说不需要何幸帮忙，让她只负责吃就好了。

何幸默默退了出去，把厨房让给了秦星黎和夏夕颜。

4. 厨艺超棒

听到厨房里传来的欢声笑语，何幸觉得很开心。即使只有一天的快乐，她也希望夕颜能感受到。

何幸趁他们做饭的时候，简单地洗了个澡。换上睡衣，棉布质地轻薄，尺寸很合适。

她吹干了头发，夏夕颜也宣布开饭了。

何幸跑到餐桌旁，看着满桌丰盛的菜肴，夸张地吸了吸鼻子：“看起来就超好吃！我能吃了吗？”

秦星黎递给她一双筷子：“吃吧吃吧。”

何幸毫不客气，狼吞虎咽起来：“超好吃！你们简直太厉害了！”

夏夕颜被何幸夸得脸都红了，坐在一旁小口地吃起饭来。

她在家里总是被忽略，爸爸妈妈三天一小吵，五天一大吵，经常是爸爸摔门离去，妈妈也哭着跑出去，厨房里也是冷锅冷灶。

时间久了，夏夕颜学会了自己做饭，果腹而已，并没有太多花样。有时候爸妈也会吃到她做的饭，但是饭桌上没有人说话，气氛沉重。甚至有几次，他们吃着吃着又吵起来，碗都砸了。

夏夕颜只有一个希望，安安静静吃完饭，不要吵架。

这是她第一次跟秦星黎一起做饭，也是第一次听到有人夸赞她的厨艺。

吃完饭，夏夕颜帮秦星黎洗了碗，秦星黎说送她回去。

何幸在院子门口朝着秦星黎和夕颜远去的背影挥了挥手，一直洋溢在脸上的笑容渐渐消失。虽然短暂的快乐能麻痹神经，但她终究还是要面对现实的。

何幸转过身，看着她家的那栋楼，楼洞里面漆黑一片，像野兽狰狞的嘴。

她知道，她一定会在回家路上被杀死。

每天都是这样，她早就习惯了。

她只是想问问那个女人为什么要骗她，明明说好她已经过关了，醒来就会来到星期五，结果什么都没有变，她要一直活在这无尽绝望的循环中吗？还有什么办法能逃脱?

何幸走进了电梯，上方的数字从“1”慢慢变成了“7”。

电梯门开了。

同时，走廊里的声控灯也亮了。何幸深吸一口气，慢慢地走了出去。安静的楼道里亮着灯，没有声音，也没有人影。何幸一步三回头来到了家门口，竟然没有人跟踪她？！那家伙不会埋伏在她家里面吧！

何幸满头细汗，甚至不敢敲门，她生怕打开门，露出的是那张苍白惊悚的脸。

可是站在这楼道里更可怕啊！

三秒钟后，何幸受不了了，“啪啪啪”地敲打着门。

门开了，露出一张惨白的脸，两颗漆黑的眼洞盯着她。何幸吓得一屁股坐在地上。

她刚想逃，就听见熟悉的声音：“怎么不自己开门，没带钥匙吗？”

是妈妈的声音！

何幸抬头看着那张惨白的脸，这才发现，妈妈敷了一片面膜。

何幸又惊又喜，爬起来紧紧抱着妈妈，放声大哭：“妈妈，你终于回来了！”

妈妈有些不知所措，爸爸也走了过来，夫妻俩诧异地看着她。

“小幸，你怎么了？”

何幸顾不得多说，生怕身后突然有人捅她一刀，她钻进门内，关上了门。

妈妈打量她：“你身上的衣服怎么是睡衣？和早上出门时候的不一样？”

何幸道：“我在星黎学长家里洗了个澡，顺便换了衣服。”

妈妈一听便激动起来："你为什么在他家洗澡！你有没有跟他爸妈好好地打招呼啊？作为我杨雪怡的女儿，一定要有修养、懂礼貌……"

何幸无奈："学长家里没有人，我和夕颜去他家混了顿饭。都怪妈妈抛下我，要不是学长救济，我都要饿死了！"

妈妈丝毫不愧疚："这不是帮你和学长拉近关系嘛。"

何幸认真地强调："我跟学长才没有那种关系呢！"

回到自己的房里，何幸看着窗外的夜色，实在是难以置信。

这是她第一次顺利回到家里！

但何幸不敢放松警惕，那家伙不会半夜爬上楼来杀掉她吧！

她跑到窗边，看到窗外是铁的防护网，窗户也已经反锁过了。但何幸还是不放心，她将所有玻璃瓶、易拉罐全都放在窗台上，以便有人进来的时候会发出响动惊醒她。

何幸打算整晚不睡，观察情形，可是到后半夜她实在坚持不住了。

"丁零零……"

早晨的闹钟响了，何幸猛地坐起来。

她居然睡过去了？

看着窗户，窗帘紧闭，她看不到天色，也不知道时间。

5. 健忘症

何幸取出手机，怎么按都是漆黑一片。

何幸给手机充电，听到外面传来妈妈的声音。她一个鲤鱼打挺，从床上坐了起来，穿上拖鞋就飞奔了出去。

客厅里，爸爸坐在沙发上喝牛奶，餐桌上摆着的不再是牛奶麦片，一切都和以前不一样。

何幸站在客厅里，声音发抖："妈妈，今天是星期几？"

妈妈诧异地看着她："星期五啊。你怎么了，睡糊涂了？"

何幸僵立在原地，突然之间泪流满面。她平安度过了星期四，来到了星期五。

这是梦吗？

何幸喝了一口鱼片粥，香喷喷的，入口即化，口感太真实了！

太好了！这一切都不是梦！

可是她过关的契机是什么呢？她真的不明白她昨天到底做了什么。是因为夏夕颜吗？她跟夏夕颜在一起，所以凶手才没有动手？

除了夕颜，其他都和往日一样！她在星黎学长家里做了饭，还在学校里对江应景表白……

等等!

表白?!

何幸的脸色突然煞白。

她想起了混乱的昨天，想起自己在许多人面前出丑，想起自己被当作虐猫犯，想起对江应景说的那些乱七八糟的话……

啊!她苦苦维持的形象!

何幸没脸再面对江应景了。可星期五的选修课，偏偏是跟江应景一个教室。江应景坐在何幸的右边，中间隔着一个许梦阳。何幸伏在桌子上，不敢看江应景一眼。

许梦阳凑过来朝她竖起大拇指：“喜欢江应景的女生那么多，我第一次看到有女生想整蛊他，还在大庭广众之下大声告诉所有人。你这个女同学很有想法啊!佩服佩服!”

何幸露出一个比哭还难看的笑容：“如果我说，昨天那个人不是我，是我的孪生妹妹，你信吗?”

“信信信!”许梦阳用力点头，眼珠转了转，“不如这样，今天晚上我请你和你妹妹一起吃饭，我有好多话要问这位巾帼英雄。一定要来啊!”

“妹妹她有事……”

许梦阳一拍桌，露出柯南的眼神：“我就知道，你没有妹妹!”

教室里很静，江应景离得也不远，他肯定听见了何幸跟许梦阳之间的交谈。但是江应景一点儿反应都没有，始终低头看书。

何幸心中忐忑不安，江应景一定讨厌她了。

何幸一咬牙，决定先抛下自尊，跟江应景说清楚。

她跑到江应景旁边的座位坐下，心里纠结了半天，小声说：“那个，我想跟你道歉，我昨天不是故意说你坏话的。”

江应景“哦”了一声，没有抬头看她一眼，修长的手指翻动书页。

她自嘲地说：“我也不知道我昨天是怎么回事，可能疯了吧。”

江应景点了点头：“看出来了，需要我介绍医生给你吗?”

何幸表情一僵：“倒也不必……”

沉默。

尴尬的沉默。

何幸低声下气地给江应景道歉，而他这样不冷不热的态度，更是践踏了何幸为数不多的自信。何幸心里酸酸的，如果从来没有得到过，她也不会这么难过。

她慢慢站起身，想要回到自己的位置。

江应景突然合上书，抬眸看她：“昨天帮你解围的，是你男朋友吗?”

何幸一愣：“星黎学长?他不是我男朋友。”

“哦，他对你很好。”

江应景为什么会问她这样的问题？难道他吃醋？

她眼睛亮闪闪地看着江应景：“你在意他对我好吗？”

江应景微微一笑：“我觉得你们很配，要珍惜。”

何幸的心碎了，她试图解释：“我和星黎学长只是朋友。”

江应景不感兴趣：“不用向我解释。”

何幸咬了咬嘴唇：“我怕你误会……”

江应景勾起唇角：“你这么讨厌我，还要在乎我有没有误会？”

何幸越发尴尬，轻声说：“我没有讨厌你……”

江应景挑眉：“你忘了你昨天说我什么了？”

6.520 颗星星

许梦阳一直在旁边竖着耳朵偷听他们的对话，此时过来补刀：“你说江应景路人脸！街上一抓一大把！”

江应景看着她，微微皱了皱眉：“你昨天早上还给我打电话，叫我……‘渣男’？”

许梦阳震惊：“‘渣男’？！”

江应景淡定点头：“‘渣男’。”

何幸欲哭无泪。良久，她才艰难开口：“这只是一个误会。”

许梦阳神色夸张地望着她，脸上是一副“看你怎么编”的表情。

何幸还真不知道怎么说。

几个女生走进教室，看见何幸坐在江应景身边，纷纷露出惊讶的表情。

何幸站起身，回到了自己的位置，余光察觉到江应景似乎在看她，何幸抬眸望去，却只看到江应景扭开脸。

教室里窃窃地响起些不和谐的议论声，让何幸的心情越发低落，还好夏夕颜的出现转移了大家的注意力。

夏夕颜坐在何幸身边：“小幸，你发什么呆？”

何幸发现今天的夏夕颜比往日里开心许多，她也被夏夕颜的情绪带动，微微一笑：“我在想，中午要去吃什么。”

夏夕颜笑盈盈：“我们一起去食堂吃冒菜，好不好？”

何幸点了点头。

漫长的一节课。

何幸努力想要听课，可是脑子里却乱哄哄的。她偷看夏夕颜，心想夏夕颜不是凶手，那么凶手又是谁呢？

何幸忍不住掀起夏夕颜的衣服，看她的腰部有没有受伤。雪白细腻的肌肤上却没有伤痕。

夏夕颜下意识地躲避，一下子摔到了地上，老师快步走过来，问道：“怎么了？”

夏夕颜扶着桌子站起身，脸颊通红：“没……没什么……”

等老师回去继续上课，夏夕颜才轻轻推了推何幸：“小幸，你为什么掀我衣服？”

何幸回过神来，尴尬地笑了笑：“夕颜，你的皮肤真好。”

夏夕颜：“……”

下课铃声响起。

何幸心事满满，磨磨蹭蹭地收拾东西。

等她收拾好，抬头看到教室里只剩下她和夏夕颜了。江应景坐过的地方空空的，只有桌子上放着一个大容量的矿泉水瓶。

夏夕颜拉着何幸离开教室，路过江应景的座位时，何幸鬼使神差地拿起了那个瓶子。何幸想起自己曾在江应景打完篮球后，给他递水。那些情节，恍如隔世。

夏夕颜诧异地看了何幸一眼：“瓶子都没有水了，你拿它干什么？”

何幸小声嘟囔：“我帮他扔进垃圾桶。”

于是，这一扔，就扔进了她自己的书包里。

今天的课结束很早，何幸回家时，天还是亮的。她一步三回头，观察会不会被杀死，可是那个女人完全没有出现。何幸今天没忘记找王美萱要她的钥匙，她冲出电梯，拿着钥匙，以最快的速度打开了门，然后冲进屋里，并顺手将门反锁。这一系列动作她一气呵成，简直惊险刺激！

何幸站在客厅里，半晌回不过神来。这么顺利吗？是不是那家伙不幸遭遇意外，所以没有办法来杀她？还是说，她真的做了一个很长很长的梦？

爸爸妈妈还没有下班，何幸来到自己的卧室，从床底下取出一个空的饼干盒。

她打开铁盖，里面是五颜六色的纸星星。

这是她叠了很久的小星星，每一张拆开，都写着简简单单的一句话。

何幸本来想过，如果告白成功，就把这盒星星送给江应景。他每天拆开一颗，都是新的惊喜，不过她也只是想想而已。

何幸坐在干净的木地板上，一颗一颗地数星星：“……517 颗星星，518 颗星星，519 颗星星。”

刚好 519 颗星星，还差一颗就 520 颗了。

何幸走到书桌旁，从抽屉里取出一张叠星星的纸。

她坐在桌边，手中握着笔，伏案疾书：“江应景！你气死我了！”

这句不好，揉掉！

“天高水远，后会无期！”

太矫情了！撕掉！

“我不讨厌你啊，听我解释！我每天都对你表白，你终于答应我了，可是我被杀……”

写不下了，她已经把字写得很小可还是挤得满满的。这张纸作废，扔掉！

“小江啊，你不知道吧！你的初恋早就被夺走了，就是我！”

这句毫无意义，扔掉！

何幸写了很久很久，手腕都疼了，地上满是揉成团的纸条。

7. 暗恋再见

夕阳透过薄纱似的云彩，洒下浅浅淡淡的光。何幸看着面前最后的一张纸，柳眉蹙起，就这样保持着提笔的姿势。

良久，何幸写下了一句话：“我依然喜欢你。但是，再见。”

她的暗恋结束了。

何幸很想哭，咬紧了嘴唇，才让自己没有哭出来。

她从书包里拿出江应景喝过的矿泉水瓶，将瓶子擦干净，把所有的星星都倒了进去。

何幸打开窗户，赌气地对着天空大喊：“江应景，我再也不喜欢你了！”

她举起瓶子想扔出去，看到楼下隐约有人，何幸连忙收回了手。

不能高空抛物，七楼也不行！

何幸将星星瓶子小心翼翼塞回床底。

树影下，那穿着一身黑的高挑女人仰头望着何幸家的窗户，脸色依旧白如雪。有几个小朋友路过时，看到她的脸，被吓得“哇”一声哭了出来。

这个星期五就这样过去了。

何幸醒来的时候，拿着手机再三确认，手机屏幕上显示：星期六。

何幸欣喜若狂，跑到客厅，看到爸爸妈妈穿好了衣服准备出门，桌上放着早餐，是辣白菜和煎包子，还有一碗蛋花汤。

妈妈惊讶地看着何幸：“周末你怎么不睡懒觉？”

何幸：“我以为今天要去学校……”

妈妈笑了，指着桌上的早餐说：“既然你醒了，那就趁热吃吧。我和你爸出去散步，顺便去买点儿菜。”

何幸点点头，目送爸爸妈妈离开。

她简单地吃了早饭，回到卧室里，躺在自己温馨的小床上，心脏扑通扑通跳得飞快。

这个世界似乎已经变得正常，只是她和江应景的距离越来越远了。

手机“嘀嗒”响了一声。

何幸拿起手机，看到秦星黎给她发了条消息，约她今天去看油画展。她不假思索地答应了。相同的行程已经重复太久了，她好想做点儿其他的事情，什么都可以！

何幸换好衣服，跑到楼下看到秦星黎已经等着她了。

他靠着那棵粗大的榕树，微笑着看她，身上背了一个大大的双肩包，典型的理科男生装扮，但他五官好看，皮肤白净，个子又高，浑身都透露着一种清爽优雅的气质。

何幸盯着他身上的包：“星黎学长，包里装的是什么呀？”

秦星黎说：“零食和矿泉水，外面太阳大，我还带了墨镜和帽子。”

“学长你好贴心！我都没想到带点儿吃的出来。”

秦星黎笑道：“没关系，我包里有。”

何幸跟着秦星黎一起从树下走到石头小路上，没有了树木的遮掩，阳光直直地照在了她头上。秦星黎停下脚步，取下双肩包，从里面掏出一个草帽，戴在了何幸的头上：“今天太阳很大，戴上帽子吧，我怕你会晒黑。”

何幸眉眼弯弯：“谢谢学长！”

刚刚走出小区，何幸突然想起夕颜应该也没事，不如叫她一起来看油画展！可以制造夕颜和星黎学长相处的机会，说不定能增加他们彼此的好感度。

何幸停下脚步：“学长，我可以叫夕颜一起来吗？”

秦星黎愣了愣，点点头：“没问题啊。”

何幸拨通了夏夕颜的号码。

过了很久，夏夕颜才接起来，迷迷糊糊地说：“小幸？怎么了？”

何幸：“夕颜，要来油画展吗？”

夏夕颜不假思索地拒绝：“不去了，我好困。”

何幸趁她挂电话之前，飞快地提醒她：“星黎学长也一起哦！”

手机那边沉默了一会儿，传来夏夕颜有气无力的声音：“虽然我很心动，也做过了努力，可我还是起床失败了。熬夜写论文写到早上，睡下没多久。呜，我后悔写论文……”

美术馆里的游客并不多，何幸不太懂油画，她一边听着秦星黎对他讲解，一边不住地点头：“嗯嗯嗯，原来是这样！”

秦星黎讲得很好，有些枯燥的知识，在他的讲解下，变得生动精彩了许多。不知不觉，有些游客跟在了后面，旁听秦星黎的讲解。

走着走着，何幸竟然看到了江应景。

他推着一架轮椅，轮椅上坐着个孱弱的少年，那少年腿上盖着一块薄毛毯，低垂着头，黑色短发微微散落下来，半遮住他的眼睛，五官竟与江应景有几分相似。

8. 平安符

何幸愣在那里，江应景也看到了她。他的目光在何幸身上停了一秒，又移到了秦星黎身上。

何幸知道江应景在想什么！虽然她和秦星黎没什么，但她周四向江应景表白，周六就跟别的男生来看油画展，看起来很花心啊！

何幸想要解释，但江应景又没问她，她解释就显得很刻意！再说她已经决定放弃了，多说无益。可是不解释，她又觉得难受，她很不喜欢被误解的感觉……

无数想法飘过，何幸空白的脑袋里一下被填满。

江应景越走越近。

何幸握紧了拳头，话卡在嗓子眼。最终，还是什么都没说，他们擦肩而过。

等江应景走远了，何幸转过身，看着他的背影。那轮椅上的少年是谁呢？何幸发现，她对江应景的家庭一无所知。

秦星黎发现何幸落在了身后，又折返过来，拍了拍她的肩膀：“你发什么呆？”

何幸回过神来：“啊，没有啦。你讲得很好，我听得入神了。”她不遗余力地吹捧着，“其实我根本不懂油画，但你讲了以后，我听懂了好多，对油画的兴趣都多了几分，感觉学长好适合做老师！”

秦星黎被她夸得脸色微红，他递给她一瓶矿泉水：“渴了吧？”

何幸点点头，接过矿泉水，发现秦星黎已经帮她把瓶盖拧开了。

学长怎么这么体贴！何幸咕嘟咕嘟喝了一大口水。

何幸很久没有这样开心过了，只要她不去想江应景，她就还是一条好汉！

中午和秦星黎一起吃饭，这次她选了烧烤。秦星黎一直烤肉，何幸只负责吃。看到学长一直在忙碌，何幸也想帮忙，可是她这个厨房杀手根本看不出肉到底熟了没有，如果换她来烤肉，估计肉要烤到焦黑，她才确定能吃吧。

为了弥补心中的愧疚，她只好边吃边夸秦星黎：“厨艺好的人烤肉都这么好吃！”她用筷子夹起一块肉，眼睛亮闪闪，“你看这肉片，火候刚刚好，外焦里嫩，一口咬下，汁水入舌，口感滑嫩……”

“行了，你夸得我都要膨胀了。”

秦星黎在何幸的形容词快用完之前，打断了她。

不过，她虽然说得夸张，但那眼中崇拜的神采是绝对真实的！就像差生崇拜学霸！

秦星黎知道，何幸不是在拍马屁，她是真的觉得他烤的肉好吃。

何幸用生菜卷了块牛肉放在嘴里，发出好吃的惊叹声。

秦星黎笑眯眯地看着她。

她看起来总是这么容易满足，好像一阵风就能吹散她的烦恼。

秦星黎突然有个想法，他愿意每天做饭给她吃！自己做的饭能被人喜欢，是多么幸福的一件事。

下午，他们两人一起看了电影。

何幸靠在座椅上，手里捧着一杯冰凉爽口的草莓芝士茶。巨大的屏幕明暗变幻，何幸正看得入神，秦星黎突然将手伸了过来，握拳放在她面前。

她一愣，扭头看他。电影院中光线昏暗，她看不清秦星黎的表情。

“这是？”

“送你的礼物。”

“为什么要送我礼物？”

秦星黎问：“你有没有觉得你最近很倒霉？”

何幸虎躯一震：“确实很倒霉！”

秦星黎张开手，将一个小小的袋子放在何幸的手上。那是一个藏蓝色的小锦囊，上面绣着三个字——平安符。

“我想送你一个护身符，可能并没有什么作用，就是求个心安。”

何幸将平安符从密封袋里取出来，上面连着一根长绳子，看来不是系在包包或者腰间的，而是挂在脖子上的。虽然戴起来傻傻的，但星黎学长送的礼物，她一定要戴上！

何幸心里十分感动，她把平安符挂在自己的脖子上，收紧后面的绳结。绳子扯到了她的长发，一时拉不开，她疼得皱起了眉毛。

秦星黎察觉到了，他靠近她，帮她拨开脑后的头发。

9. 愿得一人心

秦星黎很专注地帮何幸解开绳结，手碰到了她的脖子，痒痒的。

何幸歪了歪头。

秦星黎停下手，小声问：“疼吗？”

“不疼。”

她只是，莫名有些紧张。

秦星黎把何幸的头发拨向肩膀两侧，收紧了她脖子后面的绳结，那小巧玲珑的锦囊就悬挂在她胸前。

秦星黎轻声说：“这个护身符，希望能保护你。”

何幸低下头，握住小小的护身符，希望这个护身符真的能让自己平安顺利地度过每一天。

愉快的一天结束了，何幸和秦星黎一同回家。

天色已经彻底暗了下来，树影如魂，在暗夜中飘摇。

在腿迈入院子的那一瞬间，何幸积累一天的好心情突然烟消云散。

她总是在这个院子里被杀，这些花花草草、树木长椅、夜灯楼道，充斥着让她不安的回忆！何幸停下脚步，环顾四周，不安地揪着衣角。

秦星黎察觉到她的不对劲，扭头看她："怎么了？"

何幸小声问："学长，可不可以送我上楼？"

秦星黎轻笑道："这么大还怕黑吗？"

何幸没有解释，点了点头，假装自己很柔弱。

何幸又一次活着回到了家！

她看着客厅里正在看电视的妈妈，心情难以言喻！

星期四，她在大庭广众之下说了江应景的坏话，于是她度过了那一天。星期五，她遇到江应景，他态度冷淡，他们之间的误会并没有解释清楚。星期六，她也见到了江应景，但是彼此都没有说话。其余时间，她都和秦星黎在一起。

如果凶手喜欢秦星黎，应该会杀了她吧？

难道，真的是要让江应景讨厌她，她才能活下来？

"小幸，你站在那里发什么呆？"

妈妈从沙发上站了起来，望着呆若木鸡的何幸："刚才送你回来的男生是秦星黎吗？你关门太快了妈妈没看清楚。你们今天出去玩儿了吗？去哪儿了？你们什么时候这么熟了？……"

一连串的问题，连环炮似的，打断了何幸的思绪。

她回过神来，撇撇嘴："你们这些中老年人怎么那么八卦。"

妈妈不服："谁是中老年人？妈妈我老当益壮！不对！徐娘半老？不对……"她越说越不自信，碎碎念起来，"美人迟暮？好像有点儿那意思……"

何幸知道，如果她没有被杀死，大概率是会活到第二天的。但她仍然提心吊胆，磨蹭到半夜才睡着。

早晨，何幸猛地坐起来，拿起手机看时间：星期日。

她不但又来到了新的一天，而且还一觉睡到了早上十点半！

她跑到客厅里，桌上有早饭，爸爸妈妈出去了，给她发了消息让她自己吃饭。

虽然活着来到了星期天，但是想到不能再喜欢江应景了，何幸心里又空落落的。

何幸回到卧室，望着那瓶纸星星发呆。彩色的星星，像糖果一样缤纷。每一颗星星，都拥有一桩她的心事。

何幸垂下眼，撕了一张小小的便利贴，在上面写下："愿得一人心。"

10. 丑陋的谢礼

何幸想要将这张便利贴叠成星星，放在瓶子里，给自己的梦留下一个希望的尾巴。可是这张小纸条不够长，她没办法叠成星星。她低下头，看见自己胸前的护身符，这好像是个小锦囊？于是，她将纸条叠得很小，放进了小小的护身符里。她会努力忘记江应景，希望彼此都有各自的幸福。

秦星黎送了她礼物，何幸也应该回礼才对！

可是，送什么好呢？

何幸在客厅里走来走去，脑袋里不断地跳出一些礼物种类，又一一被她否决。

冰箱里有一块新买的黑巧克力，可送一块现成的巧克力，似乎缺少一些诚意？不如，做手工巧克力吧，刚好冰箱里有冻冰块的硅胶模具！

何幸觉得自己很机智，可她高估了自己的动手能力。她把巧克力放在小锅里差点儿烧干，还好剩了半块巧克力。打开手机搜索，原来不能直接放在锅里烧，要隔水加热。

果然，厨房杀手，做什么都很困难。这次何幸不敢再乱来了，她严格按照步骤，捣鼓了很久，终于做出了一块形状丑陋的巧克力。何幸将模具放到冰箱的冷冻层，抹了把头上的汗，瘫倒在沙发上，再也不想起来。

手机“嘀嗒”响了一声。

何幸拿起放在桌子上的手机，看到秦星黎发来了一条消息：“小星星，起床了吗？”

已经十二点半了，她居然用了一个多小时做巧克力，还做得这么丑，早知道就直接送那块巧克力了。

何幸内心满是懊悔，她回复：“早就起床了，我连饭都吃过了。”

秦星黎：“要不要来我家玩？我姐出去旅游了，把她养的哈士奇放在了我家。”

何幸眼睛一亮，“啪啪啪”在手机上打字：“是那种会拆家的哈士奇吗？！”

秦星黎：“对，它叫软糖。”

何幸：“好软萌的名字！”

刚发出这句话，秦星黎发来一张照片。

照片里的软糖，呃，怎么形容呢，贼眉鼠眼？总之，它有着一张堪比表情包的脸，一点儿都不软萌。不过何幸还是很感兴趣。

她跑到冰箱旁边，看了一眼巧克力，还没有定型。

何幸给秦星黎发了一条消息：“现在不行，有点儿事没做完，等一会儿我就去！”

何幸没有养过狗，但她对毛茸茸的小动物没有抵抗力。

软糖虽然不软萌，但是非常热情，没有半点儿对陌生人的警惕。

秦星黎刚刚打开门，软糖就摇着尾巴扑了上去。成年哈士奇的体重可不轻，而且还是一只胖乎乎的成年哈士奇。何幸差点儿被扑倒，秦星黎连忙收紧狗绳，将软糖拽了回去。

“吓到你了吗？”

何幸卸下肩头的挎包，笑道：“没有呀，软糖很可爱。”

软糖似乎听懂了，摇着尾巴又要扑上去，被秦星黎死死拽住。

何幸慢慢走过去，等激动的软糖稍微冷静下来，她弯下腰抚摸它的脑袋。软糖很享受地闭上了眼，尾巴仍然摆个不停。

秦星黎笑道：“它应该很喜欢你。”

他的视线掠过她的脸，停留在她胸口。那里挂着他送给她的护身符。秦星黎的心情突然变得很好。

何幸从包里取出一个小袋子：“星黎学长，谢谢你送我的护身符，这是谢礼！”

她将小袋子递给他，巴掌大的碎花塑料袋，颇有少女气息。

第一次展示厨艺，何幸内心有几分期待，但想起自己丑陋的做工，她又有些心虚。她看着秦星黎打开袋子，取出那块奇形怪状的巧克力。何幸不敢抬头，怕他会笑话她。

客厅里安静了几秒。

何幸怕秦星黎会嫌弃，努力推销着自己的手工小成果：“虽然看起来形状奇怪，但味道很不错，不是代可可脂，你可以放心吃……”

秦星黎并没有吃，他将巧克力又放回了袋子里。

何幸的心碎了。是她做得太丑了吗，他都没有食欲。

Chapter 7

鹿和小老虎

1. 初次的礼物

“你实在不喜欢，也可以扔掉。”

秦星黎疑惑地问：“为什么要扔掉？”

何幸轻声说：“反正放着也是放着，不扔掉还能干吗？”

秦星黎道：“我又没说不喜欢。”

何幸愣了愣，她抬起头，看到秦星黎笑着看她。

他眉眼弯弯，笑得温柔，好听的声音荡漾在空气里：“虽然很想吃，但又有点儿不舍得。小星星第一次送我礼物，我要留作纪念。”

何幸破碎的心又自动痊愈了，不管学长说的是真是假，起码让她内心得到了安慰！

她盯着秦星黎手中的巧克力，不好意思地说：“巧克力都有保质期的，放着会过期。”

秦星黎毫不在意：“那我过段时间再吃。”他将巧克力放在了桌上，回眸看了何幸一眼，“你饿吗？要不要吃点东西？”

何幸摇头：“我吃过饭了。”

秦星黎低头看见软糖那双蓝色的小眼睛盯着他，笑了笑，走到柜子旁边，取出一袋狗粮。

软糖虽然看起来傻乎乎，但在“吃”这件事上可一点儿都不马虎！它听见塑料袋的响声便明白那是什么，摇着尾巴扑了上来，扑得秦星黎一个趔趄差点儿撞在墙上。

何幸连忙拽住狗绳，将软糖控制在离秦星黎十厘米远的位置。

“这狗不好养啊。”她深深叹了口气，“我终于明白你为什么在家里还牵着狗绳了。”

秦星黎蹲在地上，将袋子里的狗粮倒在碗里：“软糖实在太活泼了，我怕你刚进门就被它扑倒在地，所以把它拴起来了。它今天还没有出去玩，等它吃完饭，我们出去遛狗吧。”

何幸立刻答应了秦星黎的提议。

遛狗，听起来是一项有趣的活动。

等到软糖吃完饭，何幸打开了门。软糖欢快地冲向门口，又停下脚步，回头看秦星黎，似乎在观察他是否同意让它出去。直到秦星黎也走到门口，软糖才摇着尾巴，自行跑到了电梯旁。

何幸牵着软糖，跟秦星黎一起走在路上。

路边有各种小贩，何幸买了一串糖葫芦。秦星黎说不吃，她却还是将第一颗糖葫芦塞进秦星黎嘴里，笑眯眯地说：“草莓糖葫芦，不酸。”

秦星黎呆呆地站在那里，看着何幸。草莓伴随着糖的甜味，在他舌间化开。

她笑得开心肆意，低头问软糖：“吃不吃糖葫芦？”

软糖虽然不知道那是什么，却还是高兴地摇起了尾巴，跳起来表示想吃。

何幸将糖葫芦背在身后：“你是狗，不能乱吃东西，谁知道有什么禁忌。”

她将狗绳交给秦星黎，退后几步避开软糖，将糖葫芦放进了嘴里，“嘎嘣”一声咬碎。

软糖的眼睛瞬间失去了光彩，它垂下尾巴，“呜呜”地轻叫。

何幸揉了揉软糖的狗头，哈哈笑道：“小馋狗，回去给你吃肉。”

秦星黎视线里的一切都变得暗淡，只有何幸的笑容越发明亮。她鲜艳的红色连衣裙在灰暗的世界里飞扬，就像是这个世界的焦点。

何幸吃完糖葫芦，将签子扔进垃圾桶，问秦星黎：“我们什么时候回去？”

秦星黎回过神来，发现他们已经走了很远，便说：“现在回去吧。”

回家的路上，何幸又遇到了江应景。

她是在遛狗，江应景则是在“遛”轮椅。

没错，他仍旧推着轮椅，轮椅上坐着那个瘦弱的少年。

天气晴朗，阳光炽热。

江应景站在树荫下，低头看着少年，而少年却望着两只落在电线上的麻雀发呆，他的腿无力地耷拉下来，没有穿鞋，只穿着一双白袜子。

何幸看着江应景俊雅的侧脸，有些发呆。

此时的江应景，和她以往见过的模样都不一样。

曾经他面对她的时候，有高傲，有冷漠，偶尔也有温柔。现在，却只有一缕淡淡的忧伤。

“小星星？”

秦星黎察觉到她停下了脚步，不知道她在想什么，轻轻揉了揉她的脑袋。

江应景也听到了这声“小星星”，他扭过头来，正巧看见秦星黎和何幸一起遛狗。这情景太像情侣了，而且他还揉乱了她的头发，动作真是宠溺。

江应景微微眯了眯眼。

“你们在交往吗？”

何幸没想到，江应景居然主动跟她说话。

她摇了摇头，愣愣地说：“没有啊，我跟星黎学长是好朋友。”

江应景“哦”了一声：“你们很配。”

秦星黎竟然脸红了，不知道为什么便脱口而出：“谢谢。”

她嘴巴张了张，最后还是什么都没说。

轮椅上的少年甜甜地说：“姐姐，这个哥哥一看就很在乎你。”

何幸一愣，她看着少年的脸，发现他长得很好看，虽然五官与江应景酷似，却不带半点儿高冷气质。他明澈的眼眸天真烂漫，笑容和声音都有种男生少见的纯真软糯，说不清的清爽干净。

何幸微笑着对少年说：“我和这个哥哥是好朋友。”

少年歪了歪头，似乎不太理解：“好朋友不能交往吗？”

何幸愣了愣，她完全没想过这一点。提起“交往”这两个字，何幸只想起江应景。她有些心虚，眼神飘向了江应景。

2. 狗头很软

江应景也在看着她，尽管脸上没什么表情，但那眸光却隐含着一种难以形容的情愫。

两人目光相撞，江应景一怔，移开了视线。

何幸隐隐觉得哪里不对劲。

她对少年解释：“好朋友不是一定要交往的。”

少年“扑哧”一声笑了：“但是你们真的很配。”

他的话和江应景如出一辙。

何幸忍不住问江应景：“他是你弟弟吗？”

江应景垂下眼，声音轻若烟云：“他叫江路遥，是我弟弟，十七岁。”

何幸心里疑惑，她注意江应景也有很久了，但她并没有听说过江应景有个弟弟。不过她并不好意思问江路遥的腿是怎么回事，这样无所顾忌地窥探别人隐私，可能会刺痛对方吧。

她沉默了几秒钟，指着牵引绳尽头的哈士奇说：“它叫软糖，三岁了。”

江应景：“……”

江路遥：“……”

空气似乎凝固了，弥漫着一股说不出的尴尬。

何幸也察觉到了，她试图补救：“它很可爱，你要不要摸摸？”

江路遥将头后仰，有些抗拒，但何幸还是费力地抱起了软糖，将它抱到江路遥面前。

“你摸摸嘛。它的毛很软，而且它脾气也很好，不咬人，你看它尾巴摇得多欢！”

江路遥抬头看了哥哥一眼。江应景轻轻点了点头。

江路遥犹豫了很久，直到何幸快要抱不动软糖，他才试探着伸出手，摸了摸软糖的脑袋。

狗头真的很软！

江路遥的眼睛亮了起来，疯狂蹂躏着那颗毫无反抗之力的狗头。软糖一脸蒙，被揉来揉去，发出委屈的“呜呜”声。看到江路遥这个样子，何幸笑了，眼眸弯弯如月。

秦星黎看她抱着一只大狗，累得额头都冒了汗，有些心疼：“软糖太重了，我来抱吧。”

江路遥突然意识到什么，收回了手。他仰着脸，笑眯眯地看着他们：“还说没有在交往，哥哥，你明显很宠姐姐嘛。”

秦星黎愣了愣。

何幸此时已经抱不动软糖了，她放下狗，擦了把汗。想起江路遥的幼稚言论，何幸摇了摇头，摆出一副大姐姐的姿态：“你不懂，这叫绅士风度。”

她瞥了一眼脸红红的秦星黎：“对吧！”

秦星黎点头：“对……”

江应景推动轮椅：“我们回去了。”

何幸看着他的背影发呆。

其实他们两家住得不远，江应景平时住校，周末回家，何幸有时也会遇到江应景，不过她从来没见过他推轮椅。而且江应景也根本不认识她，没有跟她打过招呼，甚至没有多看她一眼，他们一直都是同校不同班的两个陌生人。而现在，他已经对她有了深刻印象。

她确实在不断的循环中改变了历史，改变了她和江应景的关系。

但这改变微乎其微，他们的结局也不会发生任何变化。

回到秦星黎家，何幸解开了狗绳，坐在沙发上休息。秦星黎去厨房里做饭。

何幸正在看电视，听见有东西摔在地上的声音。她转过身，看见软糖正在地上吃什么东西。何幸脑中一道闪电划过，她冲向软糖，掰开它的嘴。

果然，它嘴里全都是巧克力！

何幸慌了，她虽然没养过狗，但她也听说过狗不能吃巧克力！

何幸大声呼救："星黎学长，软糖偷吃巧克力！"

秦星黎跑出来，看见软糖在何幸手下挣扎，狗嘴黑不溜秋。他立刻放下手头上所有的事情，抱着软糖就跟何幸出了门，打车以最快的速度赶到附近的医院。

软糖不知道发生了什么，但从秦星黎和何幸的表情中，它明白肯定是自己犯错了，耷拉着脑袋，一动不动地躲在宠物医院的角落里。

兽医小姐姐拖着软糖，它撕心裂肺地叫了起来。

何幸看着它惊慌的狗头，心中焦急不安，小声问秦星黎："它不会有事吧？"

"不会的，医生都很专业。"秦星黎安慰她。

……

催吐的软糖奄奄一息，趴在冰冷的瓷砖上，和初见时"判若两狗"！秦星黎询问兽医，得知软糖没有大碍，松了口气。

何幸板着脸训斥它："长记性了没，知道巧克力不能吃了吧！"

软糖："呜呜……"

秦星黎叹口气："它可能是在报复你不给它吃冰糖葫芦吧。"

何幸气鼓鼓地说："那它可以偷吃别的，干吗偏要去吃狗不能吃的东西。再说，那块巧克力是我辛辛苦苦做出来，送给你做礼物的。"

秦星黎很认同她的话："是啊，可怜了我的珍藏版小星星手工巧克力。"他盯着软糖，严肃地说，"这三天你都没有牛肉干吃了！"

软糖"汪"的一声哭出来。

他们拦了一辆出租车，带软糖回家，天都快黑了，暮色洒落大地。

秦星黎抱着狗，根本没办法腾出手开门。秦星黎侧过身，冲何幸努了努嘴："小星星，帮我拿一下钥匙好吗？"

何幸没有多想，将手塞进了他的裤兜里。

隔着薄薄的一层布料，秦星黎感觉到她的手指乱动。他突然意识到，他们离得很近，近得，就像一对情侣。秦星黎想到今天江应景兄弟俩说的话，脸颊微微发烫。

何幸掏出来一串钥匙，在手里晃了晃："你们男生的钥匙都这么单调，连个挂饰都没有。"

秦星黎低下头，轻轻"嗯"了一声。

何幸抬眸看了他一眼，突然发现异常："学长，你的脸怎么这么红？"

她举起手，轻轻摸了摸秦星黎的额头，露出疑惑的神色："没有发烧啊。"

他什么都没说，加快步伐，朝单元楼的方向走去。

软糖知道错了，不敢再捣乱，趴在自己的窝里默默养病。

厨房里摆着秦星黎之前切了一半的食材，他加快速度做好饭，将两荤一素一汤放上餐桌，饭菜香气顿时弥漫在客厅里。

软糖还是馋，可是它经受了催吐的折磨，心态还没有恢复，在窝里“呜呜”叫了两声，没有像以前一样去蹭饭。

何幸又饿又累，捧住碗狼吞虎咽起来，丝毫不顾忌形象。

秦星黎微微一笑，看着她大口吃饭。虽然何幸抛弃了淑女包袱，但他却没有半点儿反感，心情反而越发好了。整整一天都和何幸在一起，听着她的欢声笑语，平时冷清的家，也因为她的存在，多了许多生动的烟火气息。

“小星星，以后想吃什么就跟我说，我做给你吃。”

何幸眼睛一亮，鼓着腮帮子问：“蛋糕甜品也可以吗？想吃芒果千层。”

秦星黎笑道：“可以呀，我家有烤箱，你想吃的时候提前告诉我。”

何幸满脸惊喜：“学长你太厉害了吧！那下次你做蛋糕，我买奶茶过来，我们一起吃！”

秦星黎温柔地看着她：“好。”

吃完饭，何幸和秦星黎聊了一会儿，看了看时间该回去了，便告别了秦星黎。

连着几天都没有死，何幸放松了警惕，自己一个人开开心心地下楼。

楼道里站着一个女人，黑发白裙，脸如雪，唇如血，像极了女鬼！

何幸吓得一屁股坐在地上，不自觉地握紧脖子上的护身符。

女人逼近她，那张惨白的大脸越来越近。

何幸颤声问：“你……你你你……又来杀我吗？……”

女人冷笑一声，声音虽然压得很低，却依旧尖锐：“你放弃江应景了吗？”

何幸抿住嘴唇，她想起今天看见的江应景，和平时都不一样。

3. 保质期真短

何幸是打算放弃了，可她却又想要搞清楚，江应景心里埋着怎样的心事。

“我是准备放弃的。昨天我在美术馆遇到江应景，彼此连招呼都没打。今天虽然也看见他了，但我没有主动跟他说话！是他和我说话的，我本来打算装作没看见他。”

何幸努力解释着，想让对方明白，她绝对没有主动接近江应景。

女人喉间溢出一声冷笑：“你的喜欢保质期真短！”

“那你要我怎样？喜欢他会死，不喜欢了也要死吗？难道什么都是我的错？”

何幸怒极，扶着墙壁晃晃悠悠地站起来。

她离这女人很近，近到可以闻见女人身上的味道。

虽然女人化了不合时宜的浓妆，但她身上并没有任何浓艳的香水味，甚至连洗发水的味道都闻不到。

对了！何幸突然想起，这家伙戴着假发，不会有洗发水的味道。

“你到底是谁，你认识我对吧！你肯定不是这种发型！化这么浓的妆也是为了伪装。”

何幸伸手想抓掉女人的头发，但女人反应很快，立刻侧身避开了何幸的手。

“哦？已经想要调查我了？看来我不能留下你这条命了。”

女人取出了刀子，尽管在光线阴暗的楼道里，也能看到那森森寒光。

“不不不，我没有调查你。我们萍水相逢，谁都不认识谁。”

何幸慢慢后退，那女人却一步一步逼近，伸手将何幸按在墙上，手劲大得令她肩膀生疼。

“我说你水性杨花，说错了吗？如果你真的喜欢江应景，为什么又跟秦星黎纠缠不清？”

何幸疼得皱起了眉：“什么纠缠不清，我们是朋友啊，一起吃饭怎么了？”

女人又跟她杠上了：“那他为什么和你吃饭，不和我吃饭呢？”

何幸一时语塞，简直想骂脏话。

她强忍着没有发飙，咧嘴一笑，用最温柔的语气问道：“你告诉我你到底是谁，明天我让星黎学长约你一起吃饭，好吗？”

女人阴阳怪气地说：“哟，这么快就要介绍男朋友给我认识了？”

何幸差点儿吐血：“你的脑回路怎么和正常人不一样啊！”

女人冷冷道：“你要是对他冷酷到底，他怎么可能邀约你去他家里？一个巴掌拍不响。”

何幸彻底被激怒了，伸手一个耳光便扇了上去。

“啪！”

清脆的巴掌声，震亮了楼道里的声控灯。

何幸气到爆炸：“你听听响不响？！响不响？！”

女人惊呆了！脸上传来火辣辣的痛感。

她怒不可遏，将刀扎进了何幸身体。女人松开手，将血在白裙子上抹了抹，素白的裙子好像开出了妖娆的花。

“我本想祝福你和秦星黎幸福，但我觉得我做不到！”

早晨，何幸猛然惊醒，从床上坐了起来。今天到底是星期四还是星期天？如果只能在星期四和星期天选一个，她宁愿选星期天，因为周末不用上课啊！

何幸拿起手机，深吸一口气，用指纹打开了手机。

屏幕亮了，上面显示星期天。

何幸松了口气，虽然她又开始了日复一日的循环。

何幸知道了，她的命运跟那个女人有关。只要她被那个女人杀掉，她就一定会重生循环这一天；如果那女人没有杀她，她就会平安来到第二天。

可那女人到底是谁啊？！

何幸开始仔细思考昨晚凶手对她说的话。凶手说没办法祝福她和秦星黎幸福？事情真的跟秦星黎有关？可是，为什么她星期四当众跟江应景产生矛盾，凶手会手下留情，放她一马？那天她明明还去了秦星黎家里吃饭，凶手不嫉妒吗？凶手知道夕颜喜欢秦星黎吗？如果知道的话，为什么没有去杀夕颜？夕颜根本没有被牵扯进来，她什么都不知道。

何幸脑袋里乱成了一团麻，无数思绪掠过，她自己差点儿疯了。

这比考试还难啊！

何幸躺在床上，脑袋陷进蓬松的枕头里。

突然，一个想法掠过。

难道那个女人是为了夏夕颜？

那个女人恨她“夺走”秦星黎，希望秦星黎属于夏夕颜？

所以她带着夕颜跟星黎学长吃饭的那天，没有被杀死。

这个说法可能真说得通！

何幸忍不住拨通了夏夕颜的电话。

夏夕颜还没睡醒，迷迷糊糊地应了一声。

何幸开门见山：“夕颜，你有没有姐姐妹妹？”

夏夕颜说：“没有，我家只有我一个。”

何幸又问：“你有其他闺蜜吗？比如那种特别喜欢你、爱你爱到痴狂的女孩子。”

听见此话，夏夕颜的困意减轻了几分：“没有吧，我的闺蜜都很正常……”

何幸追问：“那有没有身高跟你差不多，腿长腰细皮肤白，但是说话阴阳怪气的那种？”

夏夕颜听得越发迷茫：“怎么会有那样的人呢……”

何幸压低声音：“你喜欢秦星黎的事情，告诉过别人吗？”

夏夕颜沉默了几秒，说：“我没有告诉任何人，只有你知道这件事。”顿了下，她又轻声请求，“小幸，你千万别告诉别人。”

“知道了，我肯定不会告诉别人的。没事了，拜拜。”

她挂掉电话，又陷入了沉思中。

今天肯定是不能再和秦星黎相处了，所以他发消息问她要不要和软糖玩耍，她拒绝了。

她坐在沙发上，吃着从冰箱里取出的黑巧克力，咬一口嘎嘣脆。

午饭后，何幸跑到了昨天遇到江应景的地方。他当然还是站在那棵树下，低头看着弟弟。而江路遥望着电线杆上的两只麻雀。他望了很久很久，直到麻雀飞走。

何幸假装在跑步，只是她的步子很慢很慢，在江应景面前绕了好几圈。她想等江应景主动跟她打招呼，这样她就可以自然地展开话题！

可是她跑了一圈又一圈，江应景都没有理她。

何幸累得不行，在江应景面前停下，“哼哧哼哧”喘了好半天，连江路遥都注意到了她，但江应景也只是淡淡打量她，完全没有想要开口询问的意思。

何幸只好生硬地打了个招呼：“嗨，这么巧……”

江应景问：“找我有事？”

原来他知道她在故意引他注意啊！何幸顿觉尴尬。

“那什么……你带弟弟出来晒太阳？”她强行展开话题。

“嗯。”

江应景没有问她怎么知道轮椅上的是他弟弟，可能他不想和她多说吧。但是她一定要制造他们的相处机会！

她厚着脸皮提议：“一起晒吧！”

江应景诧异地看着她。她裹得严严实实，大夏天还穿着长袖长裤，连运动衣上的帽子都戴在了头上，下巴处系着绳结，显然是怕晒黑吧，竟然还提出要跟他一起晒太阳。

江应景问：“你不热吗？”

何幸擦了把脸上的汗，讪笑道：“是有点儿热……”

江应景环顾四周：“你男朋友没陪你跑步吗？”

“我没有男朋友……”

“哦。”

“你什么表情啊，明摆着不信嘛。”

“只是不懂你为什么否认，你那位学长不像是拿不出手的样子。”

“……”

行了，她不想跟江应景纠结这种问题！

她站在旁边，死死盯着江路遥，心想该如何同他聊起来！

几分钟后，江路遥抬起头，露出一个温柔的笑容：“姐姐，你一直盯着我，我害怕。”

4. 负担

很好，江路遥开了个头，她便不客气了！

何幸紧紧握住江路遥冰凉的手：“你好，我叫何幸，跟你哥哥一个学校！A 型血，水瓶座。喜欢火锅、烤肉、小龙虾……”

江路遥一脸蒙，看着何幸对他自我介绍。直到何幸说完，他抹了把脸：“你好，我叫江路遥……”

“还有呢？”

江路遥："我十七岁，高三了，A 型血，天蝎座。"

何幸在自己的小本本上记了要点，接着又追问："小遥啊，你知道你哥为什么一直没谈恋爱吗？是不是有什么难言之隐？"

"我哥很正常啊，至于他为什么不谈恋爱，大概是……"他垂下眼，神色突然变得落寞，"因为我吧。我是负担，哥哥为了照顾我，放弃了很多……"

江应景神色一冷："你别乱说！你从来都不是负担！"

何幸也认真地附和道："绝对不是！知道你哥哥照顾你，我反而觉得江应景很有责任心！更喜欢他了！"

"喜欢？"江应景盯着她，"你那天不是说讨厌我吗？"

何幸表情一僵，发生的事情太多了，有时候记忆会错乱，她选择性遗忘了她那天做的丑事。可能因为太尴尬了，她不想再记起，但是江应景没忘啊！

"那天是误会……"何幸绞尽脑汁，努力将自己的话圆起来，"我承认，以前我对你有偏见，以为你除了长得好看没什么优点。"

江应景的脸色不太好。

何幸连忙补救："但是今天看见你这么照顾弟弟，我觉得你人超好，温柔善良有爱心，我对你的态度也完全扭转了！"

何幸朝他鞠了一躬："抱歉，是我的错！"

何幸从口袋里取出一个小袋子，郑重其事地交到江路遥手里。

"小遥，从现在开始，我们就是朋友了！这是送你的见面礼！"

江路遥打开袋子，手伸了进去。

几秒钟后，他取出自己的手。原本洁白干净的手指，沾着黏糊糊的黑色糨糊。江路遥神色复杂，欲言又止。

何幸一惊，夺过袋子："我的巧克力呢？"

江应景眯眼看了看天上的大太阳："天太热，化了吧。"

是她失算了。

江路遥的手沾满了融化的巧克力，脏兮兮的，他有些无措地举着手。何幸用袖子帮他把手擦干净，巧克力慢慢转移到了她袖口的衣料上。

江路遥试图挣脱开："不用这样，你的衣服脏了不好洗。"

何幸紧紧握着："没关系，我这衣服是一次性的，明天就不穿了！"

江路遥抽不回手，只好接受："好吧，谢谢了，有钱姐姐。"

何幸擦干净江路遥的手，她白色的袖口已经变得污渍斑斑。

她将手背到身后："小遥，你喜欢姐姐吗？"

江路遥一怔。

他抬头看了哥哥一眼。

江应景依然没什么表情，只是嘴角微微抽了抽，极其细微。

江路遥垂下头："我不能喜欢你……"

“为什么？！”

“姐姐喜欢我哥，我当然不能喜欢你了，不道德。”

何幸略觉无语：“不是这个意思，你觉得……”

何幸偷瞄了江应景一眼，老脸一红：“你觉得姐姐长得像不像你嫂子？”

江路遥的嘴角跟哥哥一样抽动起来。

何幸疯狂使眼色：“虽然你哥能照顾你，但是男生怎么会有女生细心呢？小遥，以后姐姐经常来找你，带你出去玩。比起你这个冰山哥哥，姐姐更能活跃气氛。”

江路遥迟疑了一秒，露出抱歉的神色：“我哥好像不太喜欢你。”

这句话简直像一把剑，刺得何幸体无完肤。

“这你都看出来了？”

“刚才你们不是说了吗，你以前觉得他丑。”

“我那天说他是路人脸，这是一种夸张的修辞手法。”

“你为什么会说他丑？是为了引起他的注意吗？”

“都说了不是丑。”

“我哥不喜欢你这种目的性强的女生。”

江路遥的话将何幸的心捅了一刀又一刀。偏偏他的神色还是那么纯良无辜，好像只是在转述他看到的事实。何幸欲哭无泪。

“我没什么目的性啊。上次我说错话了，我跟他道歉。我这个人爱憎分明，喜欢就是喜欢，不喜欢就是不喜欢。”

江应景听不下去了，捂住江路遥的耳朵：“你别把我弟教坏了。”

“我只是想跟咱弟拉近距离。他都十七岁了，和我交流点儿经验，对他将来谈恋爱有帮助。”

“何幸，你脸皮真厚。”

何幸捂着胸口，看着江应景推着轮椅越走越远。

何幸回到家，闻了闻自己的衣服，眉头皱起来。外面真的太热了，她穿着厚厚的运动服，捂出了一身汗。她连忙将衣服扔在洗衣机里，洗了澡，换了新睡衣。

客厅的桌子上扔着她粉色封皮的小本子，她坐在椅子上开始研究本子上记录的要点。

江路遥还蛮可爱的，喜欢吃酸奶味的雪糕，喜欢夹心饼干，喜欢甜滋滋的小零食。

比起冷冰冰的江应景，还是乖巧天真的江路遥更容易被攻破吧。可是今天江路遥的态度就好像在告诉她：“我哥对你没有好感，你也不会是我嫂子，陌生人，再见。”

何幸垂下头，半死不活地趴在桌子上。

没关系，明天她可以修复自己的错误，她会继续讨好江路遥，她想从江路遥嘴里知道更多关于江应景的事情。

何幸合上本子，伸了个懒腰，突然听到门口钥匙响。

她站起身迎向门口：“妈妈，你们回来了！”

话音刚落，何幸突然看到开门走进来的并不是她爸妈，而是那个模样可怕的怪女人！

蓬松的假发显得她脑袋巨大，宽大的黑裙子穿在她身上，就像披了一件暗黑哥特风的黑袍子。裙子不够长，只到她的小腿处，露出一截裤子，和一双非常适合逃跑的白色球鞋。

还是一样奇怪的打扮……

谁会在裙子里穿长裤啊，而且现在天气这么热。

5. 宇宙之神

何幸知道自己今天可能又会被杀死，但她躲在家里，还存有那么一点儿侥幸心理，觉得只要不出门就有机会活下来。万万没想到，这家伙居然打开门大摇大摆地走进来。

何幸死死盯着她手上的钥匙：“你怎么有我家钥匙？”

女人“啪”的一声关上门，一步步朝她走来。

“你忘了吗？王美萱拿走了你的钥匙，我偷走，配了把一模一样的。”

何幸的脸色越来越差，这家伙为了杀她，竟然能做到这种程度，太可怕了。

“这个星期四我没有死，是因为你有了我家钥匙，想杀我随时都可以，所以不急于一时……”

“没错。如果哪天我没来杀你，你也别高兴得太早，我只是有事耽误了，等我忙完就会来。”

“为什么要把话说得这么死？就不能给我点儿希望吗？”

女人“呵呵”冷笑两声，取出了一把刀。

何幸看到刀子就发抖，总觉得自己腰疼。她试图做最后的挣扎：“我今天没找秦星黎啊！我是无辜的！”

“可你找江应景了。”

女人面无表情地将刀子插进何幸身体里。

女人的嘴角咧开，露出一个极度诡异的笑容，森白牙齿上沾着一些口红。

“雪崩的时候，没有一片雪花是无辜的！”

“我不懂啊，能说点儿容易理解的话吗？……”

何幸慢慢滑在地上，心中泪水逆流成河。

何幸醒来的时候，当然还是星期天。

她在家待了一天，哪儿也没出去。当星黎学长问她要不要去他家看软糖的时候，她特意站在窗前，按下语音消息，声嘶力竭：“星黎学长，谢谢你的好意，我今天哪儿也不去！”

她响亮的声音回荡在小区里，楼下玩耍的小朋友甚至抬头看向她家的窗户。

秦星黎非常诧异：“怎么突然这么大声音？”

何幸对着手机大喊道：“我永远都不会去找你了！永远！”

她希望那个女人可以听见，她永远不会招惹秦星黎了！但凶手有没有听见，她不知道，倒是惊吓到了秦星黎。

秦星黎：“我哪里惹你生气了吗？昨天不是还好好的吗？”

秦星黎：“小星星，不要拉黑我。有什么错，你说，我改。”

接着，屏幕上跳出来可怜兮兮的表情包：一只圆脸猫咪在哭泣。

何幸想要将手机扔在一旁不去理睬，可是内心的愧疚感折磨着她，星黎学长又没错。她思前想后，伸手关上窗户。

何幸低头飞快在手机上打字：“不是，我刚才看小说看入迷了，忍不住想念几句台词试试。怎么样，情绪还算到位吧？”

秦星黎发来大哭表情包：“吓死我了，以为你要和我绝交。”

何幸安慰了秦星黎几句。

今天她没出门，总不会死了吧？不过何幸心里还是不安，便用几张桌椅堆在门口，封住了那扇门。为求自保，她还从厨房里找了把菜刀。

下午，门外又响起了钥匙清脆的声音。

何幸谨慎地盯着门口，只见桌椅被一个个推开，椅子脚摩擦地面发出难听的声音。

何幸举着菜刀，手抖得厉害：“姐，你这么瘦力气却这么大？”

女人面色阴沉，“啪”的一声关上了门，客厅里只剩下她和何幸两个人。

她推门用了很大力气，此时出了汗，汗水混合着粉底流下来，像牛奶一样浸湿了她黑色的帽衫，有点儿像漫画里的无脸男。

“长本事了？给我堵门？你以为这样我就进不来了？”

“我只是一个人在家里害怕，防贼而已，不是防你的。”

“呵呵！别白费力气了，不管怎样，我都能进来。”

何幸泪流满面：“到底是谁给你的能力啊？”

女人一步步走近，手里拿着一根双截棍，在空中挥舞了几下，发出铁链撞击的金属声。

何幸越发害怕：“怎么还换凶器了呢？我觉得匕首就可以。”

女人勾起唇角：“中国武术，博大精深，以后有的是你没见过的。”

何幸更害怕了：“我不想见，人还是专一一点儿比较好。”

今天的女人戴歪了假发，显得脸不太对称。

何幸知道自己凶多吉少，索性跟凶手拼了！她鼓足勇气，举刀劈过去，却被轻易地反杀。别看这女人身形窈窕，力气真是大如牛！

何幸倒在地上，菜刀“啪”地滚了很远。

她盯着女人歪斜的刘海，做最后的挣扎：“我……我今天谁也没找啊……”

女人将冰凉的双截棍缠在她脖子上，语气竟然带着几分少见的温柔：“我本来没打算杀你，可是到点儿就想起你了，不做些什么，总觉得愧对我新买的双截棍。”

“咔嚓”一声。

何幸，卒。

下一个星期天。

既然待在家里也不安全，而江应景和秦星黎都不能找，何幸只好去找夏夕颜。她和夏夕颜开开心心玩了一天，晚上提着几只购物袋，愉快地回家。

风轻轻吹过院落里的树木，叶子打着卷儿落在地上。何幸突然感觉后背一凉，再一次倒下。何幸用最后的力气转过身，看见那个凶残成性的女人站在背后。

“我……我找夕颜也不行吗？”

女人慢慢弯下腰，残忍地掰开她的手指。

“你找谁都可以，这是你的自由。”

“那你为什么要杀我？”

“我想杀你就杀你，这也是我的自由。”

何幸，卒。

下一个星期天。

何幸赖在床上，很久很久都不愿意起床。她不知道自己该何去何从，既然做什么事都会死，那何必要做呢？不如每天睡到晚上，被杀死，醒来继续睡。睡不着了可以看看动漫小说，学些技能，反正她的记忆不会被抹去。说不定她看的书越来越多，知识也越来越丰富，最后成了无所不知的宇宙之神。

何幸越想越多，近乎魔怔。

肚子咕咕叫起来，何幸想起自己还没吃饭。她猛地坐起来。既然找谁都逃不过死的命运，不如……她爱找谁就找谁！

何幸跳下床，从冰箱里取出面包，夹着厚厚的黑巧克力就吃了。吃完，她换了衣服，出去找江应景。

她出来得有点儿早，树荫下没有江应景的身影。何幸边走边看，突然看见江应景推着轮椅迎面而来。路边有卖小金鱼的，拇指大的金鱼，在玻璃缸里慢慢地游。江路遥的视线停在了小金鱼身上，江应景察觉到弟弟的目光，便不走了，陪着弟弟看小金鱼。

何幸突然跳出来，手上举着一根白色的雪糕。

“小遥，中午好。”

江路遥一愣：“你认识我？”

何幸点头：“我见过你，知道你叫江路遥，是江应景的弟弟。你不用回忆了，你不认识我。我跟你哥是同学，我叫何幸，今年大二，A 型血，水瓶座，我喜欢吃……”

何幸一股脑将自己的情况对江路遥说了一遍，好在她已经将自己的资料背熟了，根本不需要临时组织语言，说完一大段话只用了不到十秒钟。

江路遥一时没有反应过来。

何幸语速太快了，他耳朵听懂了，脑袋还没转过弯来。

何幸将雪糕塞进江路遥手里，笑眯眯地说：“酸奶味，刚买的。”

江路遥一脸震惊，看着手里的雪糕，又看了看面前的女孩子。

“你是怎么知道我喜欢酸奶味的雪糕？而且刚好是这个牌子……”

“啊，我随便买的，你喜欢吗？”

何幸露出惊喜的神色，伸出手掌对着江路遥。

江路遥也不知道她是什么意思，下意识地伸出手。

何幸热情地与他击掌。

江路遥：“……”

6. 他们牵手了

雪糕还在江路遥另一只手里，何幸催促他：“快吃吧，不然会化掉。”

江路遥想吃，又有些犹豫，抬头看了江应景一眼。

江应景似乎有些无奈，但他还是说：“吃吧。”

江路遥轻轻咬了一口雪糕，满足地眯上眼。

路边小贩的推车上，放着一个个透明小鱼缸，可爱的小金鱼在水里摆动尾巴。何幸半弯下腰，靠近江路遥，让自己的距离与他不太远，她温柔地问：“你想买小金鱼吗？”

江路遥摇了摇头：“我只想看它游来游去，自由自在。”

何幸低头看了一眼江路遥的腿，如果他身体健康，现在也应该跟江应景一样，是个耀眼到发光的男孩子吧。

等江路遥吃完一根雪糕，何幸帮他扔掉雪糕棍，继而热情洋溢地提议：“我们去河边走走吧！”

江应景神色古怪地重复她的话：“我们？”

就是我们啊！一家三口，听起来多亲密！

何幸凑近江路遥，将攻略对象重点放在了他身上：“小遥，你喜欢小动物吗？”

江路遥点了点头，何幸趁热打铁：“那我们去公园吧，说不定能看到天鹅！”

她无视江应景的存在，推着江路遥往公园的方向走。江应景跟在身后，倒也没有强硬拒绝。

人行道上的砖石路不太平整，轮椅也有些颠簸，何幸看出江路遥坐得不太舒服，便小心翼翼地推着轮椅下坡，走在了道沿外，但路上时不时有汽车开过。

何幸紧张地看路，江应景默默走到了靠近车辆的那一边，护住了她。

马路对面就是公园，何幸站在路口等红绿灯。

江应景突然问：“你不是很讨厌我吗？为什么要和我们去公园？”

江路遥疑惑道：“哥，你们之间发生了什么？”

江应景低头看着弟弟，微微一笑，他的眼神只有在看着江路遥的时候才会变得温柔。

“没什么，她只是导致我们班的篮球比赛中断，还在所有人面前骂我丑，仅此而已。”

“仅此而已”……

轻飘飘的四个字，却听得何幸心里“咯噔”一声，怎么从江应景的语气里听出了几分咬牙切齿呢？

“我没说过你丑。”何幸不得不再解释一遍。

“哦。”江应景盯着前方的红灯，没有看她一眼。

“那天，我确实觉得你长得一般，但是你耐看，越看越好看……”

何幸瞄了一眼江应景。

他的眼眸幽深，侧脸洁白光润，在阳光下仿佛会发光。她忍不住上手去捏了一把，弹性十足。

“你用什么护肤品？皮肤真好。”

江应景抓住她的咸猪手，迫使那只手从他的脸上离开。

“绿灯了。”

江应景就这样拉着她的手，走过熙熙攘攘的马路。何幸愣愣地跟着他。她一只手推着轮椅，另一只手，竟然在江应景的手里！

他们牵手了！

刚走过马路，江应景就松开了她，那般自然的态度，仿佛只是普普通通的关照。

江路遥坐在轮椅上，看不到身后两人的小动作。江应景走到售票口买票，何幸垂头看着自己的手，手背上似乎还残留着他的温度。她蜷起了手，抿着唇，嘴角忍不住笑意洋溢。

江应景买好票，回头朝何幸招了招手。

何幸脸上还没散去的笑意，一下子被他看见了。

何幸低下头，视线只敢落在江路遥的头顶。

“小遥啊。”

“嗯？”

“你发质真好，用什么牌子的洗发水？”

“……”

公园中心有一大片湖泊，阳光落在碧绿的湖面，水波潋滟。

何幸不敢让轮椅离湖边太近，怕轮椅不小心滑进水里。她在离岸三米远的地方，指着漂在湖面上的鸭子，对江路遥兴致勃勃地指点：“那两只鸭子好可爱！”

江路遥微微一笑：“那是鸳鸯。”

何幸的笑容僵在脸上，连忙取出手机搜索“鸳鸯”，干笑两声，强行为自己挽回尊严：“我……我知道是鸳鸯。鸳鸯也是鸭科，我叫它们鸭子，没毛病！”

午后的风吹过树梢，一片叶子落在江路遥的头上。

他看得很专注，视线顺着鸳鸯而动，嘴角甚至不自觉地浮起了笑容。

何幸捡起他头顶的叶子，抛在了风里。

她看见江应景正望着弟弟，便压低声音问他：“你弟弟的腿……”

她没有说完，但江应景明白她的疑惑：“他患有脊髓性肌肉萎缩。”

何幸不太明白这些医学术语，她再次在手机上飞快搜索，大致明白，这是一种由脊髓前角运动神经元变性导致肌无力、肌萎缩的疾病。

何幸轻声问：“你不谈恋爱，是因为他吗？”

江应景否认：“当然不是。”

但他的表情，却有着细微的僵硬。

他手插兜：“你为什么这么关心这个问题？”

“可能是因为，你做什么都很棒，只有感情生活一片空白，所以就会有一点点好奇。”

如果江应景跟她没关系，她才不管他有没有谈过恋爱呢！比如星黎学长，她从来没有问过他的感情生活。

江应景望着水波荡漾的湖面，他清冷的声音在她耳边飘散：“我不确定我有照顾好一个女生的能力。”

何幸不太理解，江应景为什么这样说？她皱起眉，小声嘀咕：“爱情又不是一方照顾一方，是互相付出的啊……”

江应景微怔，扭头看她。

她抬眸看他，笑意盈盈：“爱情是两个人彼此进步，一切是为了让自己和对方变得更好。如果谈一场恋爱要辛苦地照顾别人，自己也不会开心吧，既然不开心，为什么要坚持？”

江应景揉揉她的头：“小丫头，说得好像很懂谈恋爱似的。”

何幸的头发被他揉乱了，她抓住他的手：“什么小丫头啊，我们一样大！”

话音刚落，她突然呆住了。

她跟江应景的距离，在这一瞬间亲密得有些离谱。何幸松开江应景的手，脸颊微红。她大气不敢喘，沉默了几秒钟，抬眸去看江应景。他早已别开了脸，她只看见他发红的耳朵。

一群群色彩鲜亮的锦鲤从水里游过，有些孩子蹲在湖边，撕下面包屑喂给锦鲤。

江路遥也很心动，回头看了哥哥一眼，何幸很有眼色地说：“你想喂鱼是吗？你等等，我去买鱼饵！”

湖边就有卖鱼饵的，何幸买了一袋，喜滋滋地跑过来，交到江路遥手里。

江应景推着轮椅走到湖边，江路遥解开塑料袋，将鱼饵扔进水里，他面前聚集了一片贪吃的鱼儿。何幸趁他心情好，在一旁热情地拍马屁：“小遥，你好有爱心……哇，那条鱼肚子好鼓，一定是吃太多了……”

7. 锦鲤争斗史

虽然江路遥没有回应，但何幸一直叽叽喳喳，比鱼都着急。

渐渐地，江路遥身边围着的人越来越多，大家都在听何幸讲述锦鲤的故事。

“大金速度很快，以一个神龙摆尾夺得新鱼饵的品尝权；阿橙位置落后，没有吃到这粒鱼饵，伤心地吐起了泡泡。小遥小遥，你快给阿橙吃点儿啊，它多可怜。

“哇，黑子太无耻了吧，居然偷袭，这就叫撑死胆大的，饿死胆小的。黑子是鱼群中最强悍的了，完全不顾及同族情谊，抢食的时候心狠手辣！

“不，它没有手……是心狠嘴辣！明明胖得像颗地瓜，抢食的时候却这么灵活，一点儿都不照顾阿橙，女士优先的道理我都明白，它居然不明白，活该是条单身鱼！

“不过，也许鱼类也觉得应该雌雄平等，都是两只眼睛一条尾巴，凭什么要让雌鱼先吃？嗯嗯，想想也能理解。黑子的设定，大概就是鱼类中的霸总——霸道锦鲤。

“阿橙突然加快速度，跳出水面抢走了黑子势在必得的鱼饵。干得漂亮！阿橙战胜了自己！雌性的柔弱在这一刻荡然无存！这是足以载入史册的光辉瞬间！

“黑子终于明白了被伤害的滋味，它仿佛一瞬之间长大……”

有个小姑娘扯了扯何幸的袖子："姐姐，阿橙是那条橙红色的鲤鱼吗？"

何幸蹲下身，与小姑娘齐平，笑盈盈地说："对呀，最漂亮的那条就是它了。"

一个小男孩凑过来，气呼呼地说："黑子又丑又胖，居然还欺负阿橙，太坏了！"

何幸点头附和："可不就是！丑鱼多作怪！"

小女孩问："黑子好吃吗？"

何幸惊讶道："这么可爱的鲤鱼，你居然想到吃？"

说到"吃"这个字的时候，她忍不住吞了口口水："这么胖，肉应该挺多，肯定好吃！可以做红烧大鲤鱼。实话告诉你们，姐姐最喜欢吃鱼了！健康有营养。不过鲤鱼的刺很多，我更喜欢吃黑鱼、龙利鱼……都很好吃！鲫鱼汤乳白浓郁，炝锅鱼鲜香可口，辣椒油泼上去，吱啦作响。"

江应景眼睁睁看着何幸将温馨的喂鱼现场，变成了鱼的美食科普……

那些孩子居然还听得津津有味，跟何幸有问有答，现场气氛十分活跃。

江路遥手里的鱼饵快喂完了，袋子不小心掉在地上，何幸看见了，帮他捡了起来，却不知谁撞了一下江路遥的轮椅，江路遥的身体稍稍前倾，好像要掉进湖里了。

何幸吓了一跳！

她下意识地挡在轮椅前面，用自己的身体做了一道墙。

江应景眼疾手快地抓住了轮椅后杠，并用一只手捞住江路遥的脖子，紧紧将他固定了回来，避免他摔下去。江路遥的身子摇晃了两下，最终坐稳在轮椅上。

何幸看着江应景将轮椅拉回安全线内，她松了口气。

手里的鱼饵还有几粒，何幸也想喂鱼，自己刚才一直看江路遥喂鱼，心里痒痒的。

她转过身，扬在半空的手里捏着一粒鱼饵。

可是还没等她放手，她的表情瞬间变了。

她怎么离水这么近啊？鞋尖都冒了出去，露出小半截在水面上。

不知道的时候还无所谓，一旦发现自己离危险这么近，何幸突然慌了。她越想稳住，身体就越发丧失平衡感，腿一软，晃晃悠悠跌进了湖里。

丢脸至极！

这是何幸第一次没有被变态女杀手杀死，是她自己不小心作死……

还好，她醒来的时候依旧在自己床上，手机屏幕里也依旧显示星期天……

昨天成果喜人，令何幸念念不忘！

她和江路遥相处十分愉快，和江应景也发展顺利。本来想接近他们探听一些秘密，万万没想到，江应景居然牵了她的手！还揉了她的头发！

她决定延续昨天发生过的一切，去找江应景，带他们去公园看金鱼。

就当是在做梦吧，日复一日的美梦，总比重复千万遍的绝望要好。

何幸从衣柜里找出一条碎花连衣裙，还偷偷喷了点儿香水，今天的打扮和昨天截然不同。虽然江应景不会知道。

何幸依葫芦画瓢，重复了前一天的步骤。

尽管中途偶有瑕疵，但她还是顺利来到了喂鱼的时刻。

这次，何幸特意让江路遥离湖比较远，还叮嘱江应景看好他。

她蹲在湖边，和小朋友们聊得很开心，俨然成了孩子王。

江路遥跟湖离了好几米，鲤鱼聚集在一起，他有些看不清楚它们，江应景又不许他靠近，他只好远远地将鱼饵一粒粒扔进湖里，鱼饵在阳光下划过一道抛物线。

一袋鱼饵喂完，江路遥捏了捏空瘪的塑料袋，哗哗作响。

何幸跑到他身边问："小遥，你有没有想去的地方？"

江路遥想了想，眼神掠过一丝迷茫，摇头说道："我不知道。"

何幸提议："想不想去看电影？"

江路遥垂下眼眸，看着他搭在双腿上的手："我坐着轮椅，不方便。"

何幸觉得这都不是事儿："没关系啊，让你哥把你抱上座位就好啦。"

江路遥："电影院的人太多了，这样会妨碍别人。"

何幸抬头看着不远处高过树木的摩天轮，眼睛一亮："我们去那边的游乐场吧？"

江路遥顺着她的目光，也看到了那缓缓运行的摩天轮，他黯淡的眸子似乎亮了亮。

何幸拍拍他的肩膀，笑得大大咧咧："我知道你想去，你的眼神出卖了你自己！"

江路遥不知道在想什么，恍惚了一瞬，轻声说："很久没去过了……"

"走吧走吧！"何幸推着他往游乐场的方向走去。

她想带江路遥开心疯狂地玩，让他好好地放松一回。可是到了目的地才发现，现在的公园，大部分都是惊险刺激的项目，比如过山车、大摆锤、跳楼机……别说江路遥了，就连何幸自己都不敢玩啊！看来看去，只有旋转木马还算温和安全。何幸跑到售票处，跟工作人员软磨硬泡了许久，工作人员都不同意江路遥玩，怕他不小心从木马上摔下去。

何幸不死心，继续商量："我可以在旁边扶着他。"

工作人员内心也有些动摇，可是安全要紧，万一出了事，倒霉的就是他。他犹豫了几秒，仍然狠心拒绝了："不行，从来没有这样的，不能坏了规矩。"

何幸眼圈一红："可是我弟大老远跑来，就让他这样走了，他多难过呀……"

她直接将江路遥认作了弟弟，说谎连草稿都不打。

“小时候，我家就住在这里，我跟弟弟经常来玩，这个公园承载了我们太多太多的童年记忆。我弟弟就是因为有一次想来公园玩，横穿马路被车撞到，受伤了才坐在轮椅上，”何幸声音有些哽咽了，她埋着头，消瘦的肩膀微微颤抖，“他只是想回来再感受一次无忧无虑的童年，你们要让一个单纯无辜的少年就这样寒了心吗？”

江应景的嘴角抽了抽。

那工作人员居然真的心软了，紧皱的眉头泄露了他内心的纠结。

良久，他揉了揉发红的眼睛，对何幸说：“小妹妹，哥哥也是为你好，旋转木马确实不安全，不然哥哥带你们去坐摩天轮？”

何幸回头看了江路遥一眼，她想征求他的意见。

江路遥眸光清亮，朝她点了点头。

于是，等摩天轮停下来，木马工作人员跟摩天轮管理者商量了一番，便为江路遥放行了。

江应景将弟弟抱了上去。盛夏的游乐场，游客并不少，但不像电影院那般人流密集，江路遥虽然有些脸红，却没有太排斥的意思，闪烁的眸子里反而带着几分期待。

8. 因为有你在

摩天轮缓缓升高，透过干净的玻璃窗，可以看到窗外的景物全都在慢慢下沉。

江应景担心弟弟会害怕，搂住他的肩膀，但是害怕的并不是江路遥，而是坐在他们两人对面的何幸。她低着头不敢看窗外一眼，双手紧紧抓着裙子，柔软的布料被她抓出了褶皱。直到摩天轮升到最高点，江路遥仍然没有听见何幸叽叽喳喳的声音。他好奇地看着何幸：“话痨姐姐，你怎么不讲话了？”

江应景也察觉到不对劲：“你的脸怎么这么白？”

何幸鼓足勇气抬起头，她当然知道摩天轮没什么可怕的，可她脑袋里总是浮现各种可怕的画面。

何幸转动脖子往外看了一眼，又立刻收回目光，盯着坐在她对面的江应景。

“我……我忘了我恐高……”

江路遥指着窗外，笑道：“姐姐你看，外面风景多好。”

何幸对风景不感兴趣，江应景比窗外的景色好看多了。

她试着看了眼窗外，脑中“嗡”的一声，她连忙转过头：“我们会掉下去吗？”

江路遥认认真真地说：“不会的。上次出事故的是另外的项目，摩天轮肯定没事！”

干什么啊，就不能不说后面这段话吗？何幸想起这所公园确实出过事故，越想越害怕，脸也更白了，她强颜欢笑：“小遥，你别说了，专心看风景吧。”

不过摩天轮并没有危险迹象，从升高到降落一直都稳稳当当，唯一的弊端就是它太慢，用时太久。何幸全程正襟危坐，心里默念快点儿结束，她很怕锁链松动导致这个小箱子掉下去。

她是易死体质，这种事情很可能会发生！

对面是看起来很亲近的江氏兄弟，只有她一个人孤零零地坐在这里，好没有安全感。

何幸盯着江应景的手，如果江路遥不在，她就可以抓着江应景的手寻求保护。

江应景看着她，问：“既然你这么怕，为什么还愿意坐摩天轮？”

何幸眼眸轻闪，小声说：“因为有你在呀……”

小小的空间，安安静静。何幸甜软的声音，像棉花糖融化在牛奶里。

江应景怔了怔。

江路遥觉得自己成了一颗大号电灯泡。

摩天轮降落下来，江应景抱着弟弟坐回到轮椅上。何幸的腿还有点儿软，她站在一旁，调整呼吸。等到江应景看向她的时候，她已经换上了甜甜的笑容。

“弟弟累不累？”她关心地问。

江路遥并没有反感她口中的“弟弟”两个字，摇头说：“不累。”

何幸看了看时间，现在离开还太早，江路遥只玩了摩天轮，不如再带他去玩些别的吧。她看到不远处有一座古堡，眼睛一亮：“我们去古堡探险吧！这次我买票！”

她蹦蹦跳跳地跑过去，在窗口买了三张票。

可能是她太开心，竟然忽略了这里并不是探险的古堡。

古堡外面看起来豪华，里面却只有一条昏暗的小路，伴随着阴森的音乐。墙角有落满灰尘的蛛网，路边站着几个穿着长袍看着像道士的人，地上散落着带血的手脚……

何幸没走几步，就感觉到了扑面而来的恐怖气氛。

她慢慢靠近江应景，就差一点点就要贴在他身上了。

“我想问你个问题。”

“说。”

“这里有鬼吗？”

“这是鬼屋，你说呢？”

何幸吓得一哆嗦，她抓住了江应景的衣角。

“我……我不是故意的……”她牙关打战。

“你道什么歉？”江应景瞥她一眼。

何幸不好意思地说："我怕你以为，我是为了接近你才故意来鬼屋的。"

江应景若有所思："你没说的时候我还不觉得，你说了，我突然明白了什么。"

何幸："……"

眼前似乎有鬼影飘过，音箱里的声音突然拔高，尖锐得像破音的鬼叫。

何幸吓得脸都白了，她紧紧抓住江应景的胳膊，这绝对不是趁机吃豆腐！

江应景能感受到她有多害怕，她的手劲大得几乎将他的胳膊勒断。

"真……真的有鬼……快保护好弟弟……"

江应景低头看着她抓紧他的手。

何幸的声音都带上了哭腔："早知道就不进来了……"

江路遥被她的样子逗笑了："姐姐，一点儿都不可怕。"

何幸哭丧着脸："你怎么胆子这么大？"

音箱里又响起故意加大声音的鬼叫，何幸肩膀抖了抖，她想转身逃出去，可是身后那段路同样可怕！

江应景突然对她说："过来。"

何幸一怔，不太懂他的意思，站在那里没动弹。

"你站那么远，不怕吗？"他朝她伸出手。

何幸小心翼翼地走近，捏住他的袖子："可……可以吗？"

江应景拉住了她的手，将她塞在自己身前。何幸被夹在了他和轮椅的中间。

江应景低下头，清润的声音掠过她耳畔："我护着你，走吧。"

恐惧感顿时消减了一大半。

何幸有些难以置信，她狠狠掐了一把肉。

不疼？！原来她在做梦！

江应景的声音低低响起："你掐我干什么？"

何幸："……对不起。"

虽然有偶像保护，可鬼屋始终是鬼屋，何幸紧紧抓着轮椅，生怕自己的身体会软下去。

走廊窄而长，七拐八弯后，他们走进一个大房间。大面的镜子将他们三人反射成了无数人，天花板上吊着一根根丝线，轻飘飘掠过何幸的脸，绿色的灯光照射在这些道具上，幽森瘆人。

何幸缩着头，完美诠释了"缩头乌龟"这个词。

江应景脚步不停，推着轮椅穿过镜子。

江路遥也不害怕，还一直左顾右盼，满脸都是新鲜好奇。

何幸小声问江应景："为什么你不怕？"

江应景若无其事："这种简陋的鬼屋，什么都没有，当然不用怕。"

"可是，万一有鬼……"何幸顿了下，她心里知道这世上没有鬼，可她就是害怕，“就算是工作人员扮的鬼也很可怕啊。”

江应景用手捂住了她的双眼：“看不见就不会害怕了。”

她几乎在他的怀里，全程黑暗，通过了鬼屋。

他的手很暖，带着一点点粗糙的触感。他的胸膛也很暖，纯棉布料丝柔绵软，带着洗衣剂的柠檬香。她似乎能听见他的心跳声，和她心跳的频率差不多。

虽然音乐依旧恐怖，但何幸已经听不到音乐声了，她的心跳声压过了一切。

走出鬼屋，她才发现，这段路其实很短，并没有人类扮演的鬼怪。

刚才她太害怕了，现在细细回忆，意识到这确实是个简陋的鬼屋，一张十元的票价，也请不起扮鬼的工作人员。

9. 鹿和小老虎

何幸想起自己刚才孬种的样子，真想挖个地洞钻进去。

如果她还有明天，她还会来的，但她一定会勇敢起来，不在江应景和弟弟面前丢脸！何幸暗暗发誓！

江路遥玩得很开心，不管是摩天轮还是鬼屋，他都非常配合。

何幸看着江路遥的笑脸，心里也甜滋滋的。

她想起第一次在美术馆看见江路遥，他安静地坐在那里，看起来乖巧温顺，但他眼里没有光。第二次在那棵银杏树下看见他，他望着电线上蹦蹦跳跳的麻雀，眼底似乎有一闪而过的渴望。

是她让江路遥的脸上出现了笑容。

江应景也因为弟弟的开心，眼中浮起了几许笑意。

鬼屋附近有卖气球的，各种卡通形象的气球，一大堆系在一起。

江路遥问哥哥能不能给他买一个气球，他很少提出要求想要什么，江应景二话没说就过去买了气球。怕气球会飞走，他将绳子绑在了江路遥的手腕上。

何幸勾起唇角。

江应景真的很疼弟弟呢。

弟弟也是够可爱的，这么大了还会喜欢气球，好像没长大的小孩子。一根雪糕、一个气球，就能开心好久，像她这么成熟稳重的女生，对气球一点儿兴趣都没有！

何幸正想着，江应景突然抬起了她的手。

他将一根细细的线，系在了何幸的手腕上。

何幸顺着线，慢慢抬头，看见她头顶飘着一只粉红小鹿气球。

江路遥晃了晃手，他头顶的橙色小老虎气球碰到了小鹿。

她喃喃道：“我没要你买气球啊……”

“你不喜欢？那我解下来了。”

江应景作势要解开她手腕的绳结。

何幸猛地后退了好几步，谨慎地盯着他："送人的礼物，哪有收回去的道理？！"

江应景挑了挑眉："那就是喜欢了？"

何幸脸一红，没说话，手指细细抚摸那根线。她还是喜欢得不得了，连带着走路都跳了起来！

三个人一起走出公园，何幸和江路遥手上都系着可爱的气球，唯独江应景没有气球。他推着轮椅，一边走，一边安静听着何幸和江路遥聊天，简直像是他们俩的家长。

"小遥，"何幸问，"今天开不开心？"

"开心。"

江路遥手指勾着气球线，绕来绕去，气球在他头顶来回晃悠。

何幸凑近江路遥："还想不想和姐姐玩？"

江路遥"嗯"了一声。

何幸厚着脸皮说："那你记得多在你哥面前说姐姐好话。"

"知道了，姐姐，你太主动了，女孩子矜持一点儿才有吸引力。"

"小屁孩，懂得真多。我还以为你没谈过恋爱呢。"

"我确实没谈过恋爱啊。"

"那你怎么知道……"

"因为对我哥主动的女孩子太多了，你不是与众不同的。"

何幸的心口一痛。

"你的话确实有一点儿道理，女孩子当然要矜持点儿。可是姐姐矜持很久了，你哥连姐姐的名字都不记得，再矜持下去，我们这辈子都是陌生人……"

话音刚落，何幸的表情突然一僵。

她说什么呢，在江应景的记忆里，他们认识没几天。

她没有对他表白过，只是情绪反反复复，那天说想恶搞他，今天又喜欢他，简直像个疯子。何幸甩甩头，强迫自己忘掉那段记忆。

"我随口说说，你千万别放在心上。对了，你们晚上吃什么？"

江应景："水煮鱼。"

何幸："……"

告辞！

江应景想了想，又改口："算了，我今天不想吃辣的。"

何幸立刻化被动为主动："我知道有家牛肉面超好吃，要不要尝尝？"

大家都没什么异议，于是何幸带他们来到了一家小面馆。

她总是能发现很多味道好的苍蝇小馆，这家面店比上次的炒菜馆还要小，店里面只有四张桌椅。进门之后先点餐，他们一人点了一碗招牌牛肉面，又点了凉菜和卤蛋。

何幸想要付款，当作江应景送她气球的谢礼，但江应景没有给她这个机会。

他立刻扫码支付，顺便嘱咐何幸："我在这里等餐，你去拿几双筷子。"

牛肉面很快就上桌了。香喷喷的牛肉汤，铺着两片卤牛肉。

何幸顺手就把自己碗里的牛肉放在了江路遥的碗里。

江路遥愣了愣，抬头看她。

何幸笑眯眯地说："你太瘦了，多吃点儿肉。"

她确实不介意，主要是想起那段被水煮鱼支配的人生，万一她这次又要连续吃很久的牛肉面呢？想到这些，何幸就不稀罕碗里的牛肉片了，干脆拿来做个人情吧。她觉得自己很机智。

突然，一片卤牛肉被夹进了她的碗里。

她扭头望向坐在自己身边的江应景。

他神色淡定，将自己碗里的肉都夹给了她。

"你也太瘦了，多吃点儿肉。"

"我……我不饿……"

"你陪阿遥玩了一天，还跟那些小孩子疯狂聊天，浪费了不少体力吧。"

"说得好像我话很多似的。"

何幸想把牛肉片还给江应景，筷子刚夹起来，就听见他说："是不是肉不够？我再去买一盘吧。"

她手一抖，牛肉掉进了碗里。

何幸拦住起身的江应景："不用了！这家牛肉面的量很大，点太多我们吃不完！"

江路遥确实饿了，拿起筷子就要吃，刚出锅的牛肉汤滚烫，江路遥烫到了舌头。

江应景连忙打开冰可乐递给弟弟，让他含在口中。何幸也跑到消毒柜旁边拿了小碗，放在江路遥面前："你把面条捞出来放在碗里，慢慢吃就不烫了。"

江路遥很听话，放慢了吃饭的速度。

"好吃吗？"何幸忐忑地问。

"好吃。但是太烫了……"

江路遥又喝了一口可乐，笑道："我哥平时不让我喝碳酸饮料，今天居然主动给我喝。"

何幸觉得自己挺对不起江路遥的，明天她一定要提前告诫江路遥。

等等！

她明天可以不吃牛肉面了啊！

当初吃水煮鱼，是因为她好不容易走到那一步，饭馆里的相处至关重要！

可是这次在公园玩得那么愉快，她和江应景发生了许多甜甜的小故事，来到面馆反而没什么进展。只要她明天从公园里出来，带着气球换一家餐厅就好了。

何幸低头捞面。

牛肉真好吃，肉质筋道紧实，可惜两片太少了！江应景的碗里甚至连肉都没有。她快速吃掉了碗里的牛肉，起身又去买了一整盘肉。

她给自己夹了几片肉。然后，将半盘肉倒进江路遥碗里，又将剩下的半盘肉倒进江应景碗里。牛肉面变成了牛肉山。

江路遥：“……”

江应景：“……”

何幸爽快地说：“快吃吧！”

何幸吃得很饱，晚上提心吊胆地回到家，居然没有遇到凶手。

她满心喜悦，将手腕上的绳子放开，气球飘上了天花板。

躺在自己温馨的小床上，何幸看着上方的小鹿气球，越想心里越甜。

今晚，她要跟小鹿气球一起睡觉。

“啪！”

什么东西爆炸了！

何幸吓了一跳！一片塑料掉在她脸上，糊住了她整张脸。

何幸抓住塑料，猛地坐起身，看着手中变形的小鹿，脑中空白一片。

江应景送她的礼物，爆炸了！

何幸全身都在抖，盯着窗外拿着弹弓的女人。

女人如蝙蝠一般倒挂在窗外，一身利落的黑衣黑裤，隐没在黑夜里。

10.甜蜜的鬼屋

女人的穿着比平日正常些，只是头发看起来有些奇怪，似乎快要掉下去了。

“你是忍者啊？挂我家窗外是什么意思？”

女人没说话，用那张面无表情的僵尸脸看着何幸。

换作平时，何幸肯定会害怕，但此刻，气球的爆炸激怒了她。她从床头抄起一个马克杯就砸了过去：“你打我就打我，射我气球干什么？气球招你惹你了？”

女人侧身闪避，却还是被砸到胳膊，疼得闷哼一声。

马克杯从她身上滚了下去，她抓住杯子，面色阴冷地看着何幸。

何幸又拿起厚厚的字典准备砸她。

这次，女人没有多余的废话。

一枚弹球直射何幸眉心。

何幸，卒。

或许这就叫作乐极生悲吧……

早晨，何幸醒来，呆呆地望着天花板。

白色的天花板上只挂着一盏吊灯，没有粉红色的小鹿气球……

昨日真实发生过的那一切，就像是梦一般了无痕迹。

那可不是一般的气球，那是江应景送给她的！

何幸难过极了。

没关系，重来就重来，她可以修复昨天的失误，让自己做得更好！

何幸准时去找了江应景，努力跟江路遥套近乎，她以为熟知当天剧情的她，会再次刷新江应景和江路遥对她的好感度。可是上了摩天轮她才发现，该害怕还是会害怕，恐高这种事情又不是练过一遍就能克服的。

她紧张地坐在那里，话都没说几句，和昨天基本无变化。

何幸心里有些懊恼，于是她在鬼屋努力弥补，试图成为大家的靠山。

刚进门，她就踩到一只软绵绵的橡胶手，这次她胆子大多了，直接将断手踢到墙边，大大咧咧地为江路遥打预防针："小遥，别怕，这都是假的！"

江路遥望着她，眼眸清亮："姐姐，你胆子好大。"

何幸诚实地说："因为姐姐来过。这鬼屋又小又简陋，除了我们，连个人影都没有，纯粹靠音乐声吓人。你要是害怕，捂住耳朵就行了。"

她一路上带领他们，穿行在镜子屋里时，还详细地讲解。

"镜子里是我们自己的倒影，不用怕！"

"那个大蜘蛛是假的，塑料的。"

"玻璃试管里装的是橡胶器官，做工太差了！"

她一边解说，一边迅速穿过了鬼屋。

用时，只有昨日的五分之一。

古堡外阳光灿烂，不复内里的阴冷。

何幸沐浴在阳光下，突然觉得哪里不对劲。今天江应景没有将她护在怀里！她丧失了和他的亲密接触！

不远处，小贩依旧在叫卖着气球。

可是江路遥完全没有想要气球的意思，百无聊赖地打了个哈欠。

江应景推着轮椅，走过阳光普照的青石小路。何幸跟在他身后，眼看着走过了那一大束可爱的动物气球，江路遥都没有提，江应景也没有买的意思。

何幸着急了。

她拉了拉江应景的衣角。

他停下脚步，回头看她："怎么了？"

何幸望着气球："你不觉得很可爱吗？"

江应景"嗯"了一声，但他显然不感兴趣，语气像是敷衍。

何幸又问江路遥："弟弟，你看那个小老虎气球是不是超级可爱？"

江路遥看都没看气球一眼，懒懒地靠在轮椅上：“哥，好无聊，什么时候能回家？”

何幸：“……”

她明白了，她不应该表现这么勇猛的……

她根本没有给江应景留下保护她的机会啊！

下一次鬼屋之行，何幸学聪明了。

她躲在江应景身后，刻意将自己的声音压得软软糯糯：“我害怕……”

江应景回过头，他将她拉到了自己怀里：“我护着你，走吧。”

何幸缩在轮椅后面，用气声说话，不遗余力地渲染着气氛。

“谁在拉我？”

“没人拉我吗？那是什么东西在抓我的脚？”

本来不害怕的江路遥，甚至被何幸唬住了。

“姐姐，这里是不是真的有鬼啊？”

何幸颤声说：“我也不知道。刚才飘过去的鬼影是什么，你们都看见了吗？”

江路遥不敢再左顾右盼了，他低头看着自己的鞋子：“什么鬼影？我没看到。”

何幸干笑两声：“哦，可能是我看错了，没事，我们继续走吧。”

江路遥一声不吭，抓紧了轮椅的扶手。

走过镜子的时候，何幸假装害怕，江应景便捂住了她的眼睛。

红毛线垂下来，落在了何幸的脸上，软软的，痒乎乎。她低呼一声，扭进了江应景的怀里。江应景轻拍她的后背，安慰她：“没事，只是些绳子。”

何幸“嗯”了一声，却一直抓着他不撒手。江应景也没说什么，就这样护着她离开鬼屋。直到温暖的阳光落在她脸上，她才放开了江应景，脸红红地看了他一眼。

他正在和弟弟轻声说着什么，完全没意识到自己被何幸吃了豆腐。

没想到鬼屋也可以这么好玩，可惜这家鬼屋太小了，玩得不尽兴。何幸心中略有遗憾。

江路遥被她故意一吓，倒没有再觉得鬼屋无聊了。男孩子胆子都很大，他很快便忘了恐惧，回头看了鬼屋一眼，逞强地说：“一点儿都不害怕。”他脸上露出笑容，带着几分兴奋，“蛮好玩的。”然后又看到了卖气球的小贩，兴奋地指着气球说，“哥，我想要那个。”

于是，何幸沾了江路遥的光，拥有了可爱的小鹿气球。

一切都在向好的方向发展。

手腕上的绳子被江应景系成了蝴蝶结，何幸一扬手，气球就在她头顶飘来飘去。那根细细的绳子，好像在跟她的脉搏一起跳动。

江应景看到她脸上的笑容藏都藏不住，也微微地笑了："一个气球而已，这么开心？"

何幸嘟起小嘴，不服气地说："这可不是普通的气球，是你送给我的。"

走出了公园，江应景看了看时间，问弟弟："晚上想吃什么？"

何幸连忙说："现在还太早，我们在街上走走，看看弟弟想吃什么吧。"

她的建议合情合理，于是江应景便跟她一同在街边慢慢走着。

何幸抬头看着气球，粉色的小鹿气球很配她粉红色的连衣裙。江应景不会知道，她为了搭配这个气球特意挑了件裙子，棉布的裙子上还绣着一只小小的梅花鹿。

没有她的推荐，江应景便没有去路边的苍蝇小馆吃饭，他们来到了一家商场。

商场一楼便有各式各样的餐馆，显眼处有一家很大的电玩城，入口处摆着两排抓娃娃机，透明的钢化玻璃橱窗里摆着五彩缤纷的毛绒玩偶，看得江路遥眼睛都亮了。

何幸察觉到江路遥的神色变化，便停了下来："弟弟，想抓娃娃吗？"

江路遥指着娃娃机里的绿色恐龙，笑容在唇角漾开："我喜欢那个！"

江应景很宠弟弟，听完什么都没说，便去买了一筐游戏币，他将整筐游戏币都给了弟弟，让他抓自己喜欢的娃娃。何幸在旁热心指导："抓娃娃是有诀窍的，要看娃娃的摆放位置、娃娃的长相，还要看夹子松不松……"

江路遥用手指戳了戳玻璃窗，询问何幸："这只好抓吗？"

何幸点头："这个恐龙就不错，脑袋很大，而且离掉落口很近！"

江路遥投了币，盯着娃娃机上方的铁夹子，一脸的紧张。

何幸也盯着娃娃机。

但她的目光，却停留在玻璃窗上模糊的人影上。他真好看，虽然站在那里不言不语，那张脸却仍然耀眼得令人移不开视线。

江应景似乎察觉到什么，目光飘过来。

她吓了一跳，连忙低下头，看着自己的鞋尖。

江路遥没抓到娃娃，又投进去了两枚硬币。

何幸鼓励他："第一次都是这样，你再试几次。"

江路遥一连试了几次，仍然没抓到。

何幸在旁叽叽喳喳："往左边……太过了，右边一点点……啊！好可惜。这个娃娃不难抓的，最多抓三次，绝对能抓到！"

"三次？"江路遥已经试了好几次，每次都离成功有好大一段距离，他开始怀疑何幸的话，他将放着游戏币的筐子递给她，"姐，我抓不到，你来吧。"

何幸接过筐子放在娃娃机的台子上，摩拳擦掌："好！看姐姐给你抓个恐龙！"

Chapter 8
女孩与猫的相遇

1. 你是我的小朋友

何幸自信满满地投下了两枚硬币，开始为江路遥做示范！

第一次：夹子没有抓住恐龙，空夹子在娃娃机里晃了一圈。

第二次：恐龙在半空晃着晃着就掉了下来。

第三次：恐龙被晃到了娃娃机的角落里，离掉落口差了十万八千里。

江路遥挑了挑眉毛："三次？"

何幸努力挤出一个尴尬但不失礼貌的笑容："太久不玩，有些手生，再来三次，肯定能抓到！"

何幸伸手抓了一大把游戏币。

江路遥欲言又止。

有些小朋友看见她抓娃娃，都围了过来，兴致勃勃地旁观。

何幸又抓了三次。

战绩依然为零。

小朋友们发出了"嘁"的声音。

江路遥很懂事，轻声说："姐，要不咱就不玩了吧……"他放低了声音，可能是怕伤她自尊。

何幸义正词严地说："说要给你抓个恐龙，怎么能说话不算话呢！放心吧，这家商场的娃娃机很好抓的，我再练上三次，绝对能抓到！"

三次又三次，筐子里的游戏币越来越少，何幸一个娃娃都没抓到。

她将最后几枚硬币握在手里，看着娃娃机里乱七八糟的小恐龙，有些无从下手。

如果用掉最后的几枚硬币，还是抓不到呢，到时候怎么圆场？

江应景突然朝她伸出手："我试试吧。"

何幸顿时松了口气，有台阶下，她当然要珍惜！

她连忙将硬币放在他手上，讨好地说："还有四枚游戏币，够抓两次。"

江应景投下硬币，找准时机，按住按钮，稳稳地抓住了一只小恐龙。

何幸惊呆了！

她大气不敢喘一口，生怕自己不小心震到铁爪，导致娃娃掉下来。没一会儿，一只绿色的小恐龙从娃娃机下方掉了出来。

何幸开心地跳了起来："太厉害了！"

围观的小朋友们也发出了惊呼声："大哥哥好棒！大哥哥好帅！"

何幸弯腰将小恐龙取了出来，毛茸茸的小恐龙，手感超棒，而且做工也很不错！

她揉了揉小恐龙的脑袋，将它塞进江路遥的怀里："真的超可爱！"

江路遥也揉了揉恐龙脑袋，将它抱在怀里蹂躏："超级超级可爱！"

江应景看了孩子般欣喜的两人，嘴角浮起淡淡笑意。

他将最后两枚硬币投了进去，眯了眯眼，计算方位，按下按钮。

夹子夹住了一只粉红色的小恐龙！

何幸紧张地看着小恐龙摇摇晃晃来到洞口。

掉落的那一瞬间，她的心差点儿蹦出来了。

小朋友们爆发了一阵小小的欢呼声。

何幸蹲在娃娃机下面，将小恐龙取了出来。

"早知道这些硬币都给你玩，这样整个娃娃机里的娃娃都是我们的了！"何幸贪心地幻想着。

"可能娃娃机有设计过，你抓了太多次都没抓到，最后掉下来两个当作安慰。"江应景淡淡道。

他的话让何幸心里舒服了几分，仿佛这两个娃娃也有她的功劳。

她捧着粉色的小恐龙，觉得比绿色恐龙更可爱，她也想要。可她是为了给江路遥抓娃娃才玩的，刚才她浪费了那么多游戏币，连根毛都没抓到，怪不好意思的，江应景都没有怪她，他自己抓到的娃娃，她怎么能霸占呢……

何幸依依不舍，将小恐龙放在了江路遥怀里。

"小遥，好羡慕你有一个这么厉害的哥哥。"

"你也可以有啊。"

江路遥没有抬头看她，揉捏着两只小恐龙，玩得很开心。

何幸盯着被江路遥揉到变形的小恐龙："我是独生女，没有哥哥……"

江路遥抬眸看她："你可以认我哥当干哥哥。"

"不要！"

何幸脱口而出。

她才不要和江应景做兄妹！

江路遥“扑哧”一声笑了：“你嫌弃我哥？”

“当然不是，”何幸连忙解释，“我是觉得他那么厉害，肯定不愿意让我这么笨的女生做干妹妹。”

江路遥若有所思：“这倒也是。”

何幸：“……”

江应景从弟弟手上拿起那只粉色的小恐龙，放在了何幸怀里：“这个给你。”

何幸愣住了。

“没关系，弟弟喜欢，你就给他吧。”她瞟了小恐龙一眼，言不由衷地说。

江应景道：“他已经有一个了。”

何幸心中有小小的挣扎：“我是姐姐，应该让给弟弟。”

“你们两个小朋友，一人一个，这样才公平。”

江路遥抱紧了怀里的绿色小恐龙，对何幸笑了笑：“姐姐，今天玩得很开心，这个恐龙送给你。”

何幸感动地摸了摸江路遥毛茸茸的脑袋。

她和江路遥一人抱着一个恐龙，两个人都开心极了。

江应景虽然没有什么战利品，但他应该也很开心吧，向来冷漠的眸中融入了淡淡暖意。

身后突然传来爽朗的笑声：“小景，你说不回家吃饭，原来在陪小女朋友啊。”

何幸回过头，看到一对夫妻正在打量她。

女人穿着优雅得体的黑色套裙，留着一头蓬松的大波浪，头发一侧慵懒地别在耳后，露出一颗莹白圆润的珍珠耳钉。妆容精致，但不艳俗，颇有种女强人既视感，还是那种风情万种、魅力无限的女强人！

她挽着身边西装笔挺的男人，两人外表气质都很出众，而且长相与江应景也有几分相似。

怪不得江应景长得这么好看，气质还这么棒，原来是遗传了他爸妈！

何幸有些慌，连忙打招呼：“叔叔阿姨好！”

江应景皱眉：“什么小女朋友，别乱说。”

江妈妈点头：“知道了，只是异性好友对吧？”

江应景道：“连好友都称不上，前几天我还不认识她。”

江爸爸一脸诧异，看着何幸手上的气球，再看看她怀里的玩偶：“刚认识就已经送娃娃和气球了？发展挺快啊，看不出你这小子泡妞挺有一套，有你爸我当年的风范！”

江应景试图解释：“我今天陪阿遥去公园了，他要气球我就买了两个，总不能只给阿遥吧，所以他们一人一个。娃娃是刚才抓的，刚好抓了两个……”

江妈妈摆了摆手："好啦好啦，不用解释了，妈又没说不让你谈恋爱。你这孩子，有什么心事也不跟爸妈讲，妈妈还以为你的性取向……"

江应景声调拔高："妈！"

难得看到江应景这种表情，何幸掩唇而笑。

江妈妈松开老公，很自然熟地搂住了何幸的肩膀："丫头，我家小景就是这种性格，越在乎越否认，你别放在心上。"

江应景板着脸："都说了我们没有那种关系。"

江妈妈笑靥如花，伏在何幸耳边："看吧，又否认了。"

江应景："……我不说了还不行嘛。"

江爸爸问："吃饭了吗？"

江路遥摇了摇头，乖巧地说："我们正准备去吃饭。"

"一起吧，"江妈妈望向何幸，"丫头，想吃什么？"

何幸一愣。

"我……我不饿……"

其实她不是不饿，只是还没做好准备，跟江应景的家人一起吃饭。

江妈妈无视她的拒绝，愉快地做了决定："一起吃火锅吧。"

何幸就这样糊里糊涂地被江妈妈带进了火锅店，和他们一家人坐在一起。

2. 地狱里的阳光

"丫头，你多大了？"江妈妈问。

"我和江应景同岁。"

"你们是同学？"

"嗯，从高中开始就是同学。"

"认识这么久了？"江爸爸眉头一皱，"这孩子，从来没说过他早恋了啊。"

"没有没有，"何幸生怕他们误会，着急地解释道，"虽然一个学校，但以前并不认识，最近几天才认识的……"虽然她早就认识江应景了，但他确实是才认识她。

江应景扭头看他，这丫头端端正正坐在那里，显然很紧张，鼻尖都渗出了汗。

他望向妈妈："爸、妈，你们这是查户口呢，还让不让她好好吃饭了？"

江妈妈戳了老公一下："别问了，儿子心疼了。"

江应景："……"

他侧身，在何幸耳边低低地说："你不想回答就别回答，我爸妈不会凶你的。"

何幸莞尔一笑，小声说："没事。"

江妈妈又戳了老公一下，笑得很暧昧："看，说悄悄话呢。"

江应景："……"

火锅终于沸腾了，有几点红油溅在了桌上。江应景从桌下的抽屉里找到一团蓝色的围裙，他将围裙递给何幸：“系上吧，小心油溅在你身上。”

何幸接过围裙，系在了自己身上，甜甜地笑道：“谢谢。”

江妈妈看了自己老公一眼，眼中露出哀怨的神色：“我的围裙呢？”

江爸爸正将一盘鱼豆腐倒进锅里，听见这话，他突然意识到自己还没有儿子体贴。他颇有深意地看了儿子一眼，从桌子下面取出围裙递给老婆：“这下面不是有吗？”

江妈妈哼了一声：“就是想让你给我拿！”

何幸忍不住笑了，江妈妈真是个可爱的人。

火锅很好吃，可是她和江应景的爸妈坐在一起，有些放不开，拿起饮料很矜持地喝了一小口。江妈妈很热情，涮了肉之后立刻想要夹给何幸，但她离得有点儿远，不太方便，而且也容易被溅出的红油烫伤，江爸爸制止了她：“小心。”

江妈妈便开始指挥儿子：“别只顾着自己吃，给女朋友夹肉啊！”

江应景已经懒得解释了，夹了一大筷子牛肉卷，在锅里烫熟，放进了何幸的料碗里。

何幸有些害羞，连忙拒绝：“不用了，你吃就好。”

江应景道：“想吃什么，我帮你涮。”

何幸小声说：“我又不是没有手，我自己就可以……”

江应景瞥了江妈妈一眼：“我知道，是我妈以为你没有手。”

江妈妈小声嘀咕：“我这不是想培养你成为一个好老公嘛。”

江应景无奈道：“妈，你想得太远了吧，我都说了我们只是同学。”

江爸爸在老婆耳边低声说：“老婆你别说了，激起孩子的逆反心理就不好了。”他看向儿子，微微一笑，“爸爸知道你们是同学，别听你妈瞎说，吃完饭送女朋友回……”

江应景的目光冷冰冰瞥过去。

爸爸立刻改口：“送女同学回家！”

江应景放弃解释了。

他将一块涮熟的肥牛卷随手放进何幸的碗里：“别理他们。”

何幸碗里的食物就一直没有下去过，堆得像座小山，都是江应景夹给她的。何幸觉得最近的江应景对她很好，但她并不明白是为什么，按理说江应景的记忆每次都会清零，对她的感情和好感也无法累积。是她每天都在修复上次的不足，渐渐变成了他所喜欢的人的样子吗？

不，她还没成为他喜欢的人，他只是不排斥了而已。

但是，他喜欢的明明是温柔文静的短发女生，跟她并不是一类啊……

何幸心里想东想西，眉头紧皱。

“你怎么不吃？”江路遥好奇地问。

“我在等肉凉，”何幸一慌，夹起肉，“现在能吃了。”

她将肉放在口中，麻麻辣辣的肉卷儿蘸着香油，也太好吃了吧！

她想起她曾经也和江应景一起吃过火锅，回忆又浮上心头。为了掩饰她现在扑通乱跳的小心脏，她从锅里夹了一颗鱼丸放到了江路遥的碗里：“弟弟，多吃点儿，你还在长身体。”

江妈妈和江爸爸又议论起来。

“小丫头很体贴。”

“小景从哪儿骗来这么可爱的小姑娘。”

“从今天开始，我对儿子刮目相看。”

江应景无语。

江路遥知道，爸妈之所以是这种反应，并不是因为没有人喜欢哥哥，而是哥哥从来没有跟女孩子走得这么近。

他放下筷子，看着妈妈：“妈，你们不应该是这样的反应吧？”

江妈妈一愣：“那应该是什么反应？”

江路遥用手比画着，绘声绘色地说：“一般公公婆婆看儿媳妇都是越看越不顺眼的，比如取出一张支票，‘啪’的一声拍在桌子上：给你五百万，离开我儿子！”

江妈妈翻了个白眼：“你这孩子瞎说什么呢？咱家有几个五百万，就这么轻轻松松地拍在桌子上？你以为是市场上买菜呢？再说我为什么要花五百万拆散儿子和儿媳妇？有这五百万，我能吃多少顿火锅？”

江路遥的思路被妈妈打乱了。

“妈，你也太爱吃火锅了吧……”

江爸爸微笑着看了老婆一眼，对江路遥说：“爸妈只希望你哥能遇到一个彼此喜欢的人，过得开心幸福就好。”

江应景低着头默默吃饭，并没有反驳什么。

何幸听到这番话，脸都红了。但很快，她的心又像是从云霄飞车上直落而下。有什么用呢？一觉醒来，她什么都留不下。

“怎么了？”江应景察觉到她情绪低落。

何幸摇摇头，对他笑了，眸儿弯弯：“没什么。”

“真的吗？”江应景看着她的眼睛，他压低了声音，轻软的声音飘入她耳中，竟带着浅淡的温柔，“是不是我爸妈说的话让你误会了？你别胡思乱想，他们只是开玩笑而已。”

何幸小声说：“话也别说得那么绝对嘛，我挺愿意胡思乱想的……”

江应景叹了口气，别开了脸，显然对她很无语。

吃完了饭，江路遥和爸妈一起走了，江应景奉命送何幸回家。

“江应景，你知道吗，和你在一起，我心里好甜。”

何幸突然抬头看他，摸了摸心口的位置，笑靥如花。

江应景一怔。

“你像是阴暗地狱里，唯一照进来的一缕阳光。”

虽然她在笑，但那眼中，却流过如水的哀伤。

“阴暗地狱？你过得不开心吗？”

“我也不知道怎么形容……总之，谢谢你带给我的快乐。”

何幸停下脚步，看着不远处那栋熟悉的楼。

她快到家了，梦又要醒了。

她低下头，手腕上的绳子有些松动，气球飘上了天。

那是江应景送她的气球，她很喜欢，如果可以的话，她想将气球放在家里，等它慢慢地瘪下去，哪怕变得皱巴巴，她也想要收藏起来。

可她没有这个机会。等她醒来，什么都没了。

气球、恐龙玩偶、江路遥对她的记忆、江应景对她的好感……荡然无存。

何幸的声音竟然带着些许哽咽：“我真的不知道该怎么办。”

他沉默几秒钟，轻声说：“有些事情，也许放弃就能迎来转机。”

话音刚落，他又觉得自己说得太多，抿住了嘴唇。

3. 你是理想

“如果有人告诉我，放弃就能逃出噩梦，我当然愿意放弃……”

何幸仰面望向天空，气球不知道飘到哪里去了，头顶只是一片深黑的夜幕。

“可是相处久了，感情会越来越深。我以前喜欢你，现在更喜欢了……”

何幸的声音越来越小，像蒲公英轻飘飘地飞散在空气里。她好像又表白了，但这次她并不忐忑，因为她没想过得到答案，她只是在描述自己的心情。

她曾经放弃过，却还是被杀死了，她只能日复一日重复当天。

不知不觉中，她居然跟江应景有了更多的相处机会，更了解他这个人。

何幸自嘲地笑了：“我不是故意说这些的，你千万不要有压力，我回去了。”

她走向小区大门，江应景却没有离去，他跟在她身后：“我送你上楼。”

一路上，他们都没有说话。她抱着恐龙玩偶，盯着电梯里不断变化的数字。

出门以后会不会遇到那个变态女人呢？或许她正在楼上监视着她，看到自己和江应景一起上楼，她应该不会出现，毕竟多一事不如少一事，可如果真的遇到了，她会对江应景做些什么吗？

何幸心乱如麻，突然想到如果真的三个人狭路相逢，她可以当着江应景的面问那个女人为什么要杀掉她，是因为江应景还是秦星黎，到底怎样才能够放过她。

何幸心中想了很多，可是直到走到家门口，都没有看到那女人。她又怕女人会埋伏在她家，虽然已经习惯了被杀死，可是猛然看见一张惨白的大脸出现，就跟撞鬼一样，还是会害怕啊！

何幸拿着钥匙的手在发抖，钥匙半天都插不进锁眼里。江应景从她手中接过钥匙，帮她打开了门。

灯的开关就在门口，何幸打开灯，看到客厅空无一人。

她回头，看到江应景要走，她小心翼翼地问："我家没人，进来喝杯水吧。"

江应景竟然没有拒绝，迟疑了几秒钟，走进了何幸的家。

她跑到饮水机旁边，用纸杯倒了杯开水，放进去一个茶包，茉莉花的香气飘散开来。

江应景在客厅沙发上坐下，看着何幸将纸杯放在他面前的茶几上。

"那个……谢谢你送我的气球和娃娃。我有回礼。"

何幸灵机一动，跑回卧室里，取出放着小星星的塑料瓶。她捧着瓶子，双手递给江应景："这是我亲手叠的星星，送给你吧！"

她没好意思说这里有520颗星星，毕竟这个数字很暧昧。

江应景接过了星星，捏了捏瓶子，发出塑料咔咔的响声。

"我没见过纸星星放在矿泉水瓶里的，不都放在玻璃罐里吗？"

"哎呀，不要在意细节。"

"谢谢。"江应景没有嫌弃，起码表面上没有。

"你愿意收啦？"何幸满脸惊喜。

"这有什么不愿意？叠这么多星星，很累吧？"他晃了晃瓶子，满满一瓶星星，像流沙般震动。

"不累不累，我每次叠得不多，就是写很多字比较累。"

"写字？"江应景疑惑地看着她。

何幸一怔。

糟糕，说太多了，暴露出每颗星星上都有字这件事了。

她连忙岔开话题："水凉了，可以喝了。"

江应景并没有被她糊弄过去，他竟然打开了瓶盖，取出一颗星星仔细端详。

何幸的心都快跳到嗓子眼儿了！

要是被他当面看见，也太羞耻了吧，就好像被他当面念情书内容似的。

担心什么就来什么，也不知道江应景怎么联想到的，竟然真的拆开了一颗星星，而且他真的念了出来："今天看见江应景走路，他居然会走路！"

江应景露出难以理解的神色："这是？"

何幸笑得很尴尬："因为每次看你上学放学都是骑单车，你骑车的样子真的好帅，半趴在赛车上，'唰'一下就从我身边飞过去了！所以有一次看到你放学的时候竟然没有骑车，是走回家的，我就夸张了一下！"

江应景："……"

何幸拿起瓶盖拧在了瓶子上，她已经不愿意让江应景再多念几颗了。人嘛，都有黑历史。

"你回去再看吧，看完了记得叠起来。对了，你会叠星星吗？要不要我教你？"

"可以啊，你教我。"江应景将拆开的那颗星星递给何幸。

何幸拿着皱巴巴的小纸条，跃跃欲试，却听见江应景又说："再取一颗拆开吧，我照着你的样子叠起来。一颗星星可能学不会，我能多拆几颗吗？"

何幸脸上的笑容瞬间凝固："不能！"

她把矿泉水瓶塞到江应景怀里："你回去吧，网上有叠星星的视频，你自己研究研究。"

江应景走了以后，何幸将自己关在卧室里。其实她对今天没什么期望，应该还是重复与往常一样的命运吧。

她坐在窗边，紧张地望着窗外，有一点儿风吹草动都会被惊到。

但什么都没发生。

早晨，何幸是被闹钟吵醒的。

何幸迷迷糊糊地想，如果今天是周末，她的闹钟不会响。难道……她睡意全消，猛然坐起身，拿起手机解锁。

真的是星期一！她度过了周末！

何幸不知道是为什么！这其中的规律她还没摸清楚。

何幸突然想起，那女人说过，如果她没来，只是因为她有事耽误了，忙完了还会来。

何幸的心又跌入谷底。

算了，走一步看一步吧，虽然时间流逝很缓慢，但至少不是静止不动的。

她起身换好了衣服，看见床角的毛绒玩偶，心里甜甜的。

她扑上床，摸了摸小恐龙毛茸茸的脑袋，又把小恐龙塞在怀里使劲蹂躏。这是江应景送她的礼物，简直太棒了！虽然他们只认识几天，但在她一天天的修正中，他们进展飞速！

何幸想起飞到天上的小鹿气球，又有些可惜，那也是江应景送她的礼物，如果早知道昨天是最后一个周日，她肯定要把气球绑得紧紧的！

不过，她好像忽略了什么。对了！回礼！她的星星在江应景手里！

何幸整个人都僵住了！

她并不是真心想要将星星送给江应景，她以为跟她衣服上的油渍一样，一觉醒来万物归零！谁知道她送完星星就会来到星期一啊！

现在糟了！江应景拿走了她的星星，他会看到她在星星上写的所有话。

何幸写字的时候，根本没想过这些星星有朝一日会到江应景的手里，所以她一通瞎写。

“看见你帮班花拧开了绿茶，羡慕！好想做那瓶绿茶。”

“你又考第一，那么难你也能满分？你是不是计算机成精了？”

……

希望江应景还来不及看完那瓶星星。

何幸来到学校，查了江应景的课程，特意守在教室外。等到下课铃响起，江应景一出来，便被何幸拉到了墙边。

“那瓶星星，能还我吗？”

江应景低头看着她：“送我的礼物，怎么还有要回去的道理？”

何幸硬着头皮说：“我想起那里面写了些不可描述的话，你不能看。我改成其他礼物吧。”

江应景没有上当，饶有兴趣地挑了挑眉：“什么不可描述的话？”

何幸脸红红：“反正少儿不宜，你就别问了。”

江应景露出困惑的表情：“我都拆了半瓶，没看到有什么少儿不宜的话啊。”

4. 女孩与猫的相遇

何幸难以置信地瞪大眼睛：“你手速也太快了吧！”

“不快，”江应景微微一笑，“我慢慢看，拆到凌晨实在太困就睡了。”

事已至此，她还是想要小小地挣扎一下：“剩下的半瓶还给我吧，那里面有我的秘密。”

江应景低了低头，额前的碎发遮住了他深沉的眉眼：“什么秘密？”

何幸没想到江应景非要打破砂锅问到底，只得信口瞎说：“有我的银行卡密码。”

虽然这个理由比较扯，但江应景为了避嫌，肯定会把星星给她的！

却没想到，江应景完全不按常理出牌：“哦，那张我已经看过了，都记在脑袋里，还给你也没用了。”

你这家伙怎么能面不改色地说谎啊？！

江应景又问：“送给我的礼物，为什么会写你的银行卡密码？”

何幸强装镇定：“我根本没想过会把它送给你，就写给我自己看的，相当于我的日记。昨天因为你送给我了气球和小恐龙，我一时激动，就把星星拿出来当谢礼了，你走了以后我才清醒过来，后悔得一夜没睡。”

她指着自己的眼睛，神态夸张：“你看我这黑眼圈！都是愁的！”

江应景轻笑出声，好听的声音在何幸耳边低低回荡。

“我以为你把银行卡密码给我，是对我有什么企图呢。”

她连忙摆手：“你别误会，除了银行卡密码，我还写了微信密码和QQ密码。”

江应景敛起唇边微不可见的笑意：“星星不会还给你的，我还没看完。”

何幸一张俏脸涨得通红：“哎呀，都说让你别看了。”

“你回去改个密码就好了。”

他没有再看何幸，目光扫过不远处议论纷纷的同学。明知道他和何幸成了瞩目的焦点，他却仍然没有远离她。

何幸秀美的眉毛皱了起来：“改密码很麻烦。”

“不改也可以，你的卡又不在我身上，我知道密码也做不了什么。”

“我没有怀疑你的意思，我是担心，万一出现什么问题……”

“没有万一，如果你丢了钱，我赔。”

江应景很淡定。

何幸越说越解释不清。

她只是不想让江应景看到太多她愚蠢的一面，怎么说到最后，好像她在防着他？

何幸只能怪自己，昨晚得意忘形，做了让她万分后悔的事。

为什么每次她做了蠢事，都能跨越当天，来到第二天呢？

难道，活着逃过当天的秘诀是，她必须要做蠢事？！

这是什么鬼设定？

这样下去，她留在江应景印象里的，永远都是糗样了！

走廊里很安静，于是那些细细碎碎的议论声便明显起来。

“那不是变态虐猫女吗？听说上新闻了！警察都出动了。”

“那她怎么没有被关起来，还在学校晃来晃去的。太危险了吧！”

何幸的表情一僵。这几位同学到底是从哪儿听来的谣言啊？

她连忙松开江应景，此时她也意识到他们的距离太近。为了避嫌，她刻意退后一步。

“我没有虐猫，那是误会。”何幸小声为自己辩解。

人群中传来更大声的回应：“我都看见你把无辜的小猫扔进水里了！”

江应景走过来挡在她身前，淡然开口：“何幸没有虐猫。”

有个短发圆脸的女孩子急迫地说：“江学长，你肯定被她骗了！我都看见了！”

何幸这才发现，人群后面藏着个身材娇小的女孩子，刚才的话也是她说的。

江应景走向她，问：“你看见什么了？”

女孩子眼神闪躲，似乎有些心虚：“我看见她把小白扔在水里了。”

江应景疑惑地问：“既然她把小白扔进了水里，为什么她的衣服会湿呢？”

女孩子一慌，她哪里记得何幸当时的衣服有没有湿呢！

“可能是她扔猫的时候，不小心掉下去了。”

江应景挑眉：“你确定你看到了吗？”

女孩低声说："我确定……"

江应景继续问："你当时在场吗？"

女孩没想到自己会被江应景当众逼问，她明明是站在他这边的，为什么他步步紧逼来质问她？难道他以为她在说谎？她越发不忿，仰起头望着江应景。

然而，江应景的眼神中并无戾气，似乎不是在针对她。

他只是静静看着她，等待她的答案。

她一咬牙，掷地有声地说："在场！"

江应景取出了手机，扬起手在众人面前晃了晃，播放里面的视频。

"我这里有现场的视频，大家可以看看，何幸到底做了什么。"

那女孩子脸色变得苍白，她退后几步，靠在了走廊的墙壁上。

江应景问："为什么视频里没有你呢？"

女孩摇了摇头，不敢看他："我不知道……"

她的朋友看不下去了，出来打抱不平："没人诽谤她，大家都说她虐猫。"

江应景反问："大家是谁？"

"……"

"别人说什么就是什么吗？"

"就算何幸没有虐猫，就算……她是做了好事被误会，怎么会那么巧被拍下来呢？"

"不是她拍的，"江应景将自己的手机递了过去，"你们自己看。"

短发女孩没敢接，她的朋友一把接过手机，发现并不是一个单独的视频，而是校新闻部的公众号在一小时之前所发的内容，标题很煽情：《女孩与猫的相遇，感动无数人》。

视频里，确实是小白自己掉进了人工湖，正在水里扑腾。拍摄的同学刚说了一句"你帮我拿着手机，我去救猫"，便看见一个身影冲过去，干脆利索地跳进河里，溅起漫天水花。

那人正是何幸！

她的动作英姿飒爽，一气呵成。

只是不知道为什么，她抱着湿漉漉的小白爬上岸，没有第一时间安抚小白，竟然抓着小白的两只爪子训斥它。这画面有些搞笑，但看起来却又有几分可爱。

5. 低调做人

前因后果，在视频里交代得仔仔细细。

被真相打脸的同学们都僵在了那里。

新闻部肯定不会编造谎话帮何幸塑造好形象，而且小白自己掉进了水里，并没有人将它扔下去，谁会知道一只猫就在那个时候那个地点落水呢。

短发女孩脸上滚烫，像是被人打了一巴掌。确实是她的错，没有经过核实就说何幸虐猫。最尴尬的是，她明明没有目睹真相，却为了让旁人相信她的话，硬说她自己亲眼所见。

她咬了咬嘴唇，想为自己解除这难堪的境遇，却又不好意思直接承认她错了，她表情有些别扭："那天我看她疯疯癫癫，还以为她真的虐猫……谁让她在操场上说你坏话……"

何幸挤出一个僵硬的笑容："我那天为了救小白，自己跳下水衣服都湿了，却被人认为是虐猫，为什么做好事没有好报呢？我好难过，所以才做出了一系列疯狂举动，我不是故意的……"

听了何幸的解释，大家倒也能理解。

那天她是被爱猫小分队拖到操场上的，当众受了这么大委屈，一般人都难以承受吧。

有个戴眼镜的胖女生率先开口："是我们误会你了，谢谢你救了小白。"

和她有冲突的短发女孩也是羞愧难当，向她道歉："我听到谣言就当真了，对不起。"

何幸连忙摆手："没事没事。"

大家你一言我一语地夸着何幸，她有些飘了。

她没想到竟然会有视频为证，让她洗脱了冤屈。

虽然很感谢新闻部，但这个公众号并没有多少人关注，影响力也很小，也不知道江应景怎么翻出来的。要不是他，她估计会一直被误解。

何幸最感谢的是江应景，她眼睛亮晶晶地看着他，衷心地说："谢谢。"

江应景笑了笑，眸心熠熠生辉，仿佛万千星光落在他眼中。

"就当是你送我星星的回礼吧。"

她的付出有点儿大啊。

很巧，何幸今天有跟江应景相同的选修课。

她刚刚成了舆论中心，许多人都在看她呢，虽然她和江应景之间已经发生了很多事情，可是他们好像并不是非常熟，何幸不太好意思坐在江应景身边。为了避免同学们说闲话，她悄悄坐在了他的身后，这样正好可以看到他的脑袋，还不会被他发现！

何幸正美滋滋地想着，江应景突然回头看她："怎么离我这么远？"

何幸一愣，看见他指着自己身边的座位："坐过来。"

她默默收拾了东西，坐了过去。

虽然距离更近了，但这种位置，她不能肆无忌惮地偷看他了。

江应景低头翻书："吃过早饭了吗？"

何幸本来没什么饿意，被江应景提醒以后，她顿时觉得肚子里空瘪瘪的。

何幸揉了揉肚子，小声说："我忘记了……"

江应景瞥了她一眼："我看你出门这么急，就知道你可能没吃饭。"

何幸一惊："你怎么知道我出门着急？"

江应景低头看着她的脚。

何幸顺着他的视线往下看，她脚上赫然穿着两只颜色不同款式不一的鞋子！

"你刚才怎么不提醒我？"

"提醒了又能怎样，马上就要上课了，难道你要回家换鞋？"

"如果我发现自己穿错鞋，我会夹着尾巴低调做人，不会当着那么多人的面来找你了。"

江应景若无其事："我又不在意。"

"可我在意啊！"

江应景继续翻书，顺便与她闲聊："中午想吃什么？"

何幸哪有心情吃饭，小嘴委屈地噘了起来："我没有胃口。"

江应景诱惑她："食堂里的香辣鸡腿饭很好吃。"

何幸假装没有听见，但她吞咽口水的声音格外明显。

江应景抬眼看她一眼，继续说："炸酱面和红油千层肚也不错。"

何幸听不下去了："你可不可以有点儿同情心？我不想这样去食堂。"

一只圆头红色皮鞋，和一只白底涂鸦帆布鞋！违和感太强了。

"我今天不吃饭了，我不能去食堂丢脸。"

"你刚才横冲直撞过来找我，怎么没见你觉得丢脸呢？"

何幸低着头，沮丧地说："刚才我没有发现，我要是发现了，我会回家换鞋子的。"

江应景眼中似有笑意，他轻轻叹了口气："好吧，是我的错，你忘记我刚说的话。"

"我忘不掉！"

"你总不能一直待在教室吧，下课了怎么办？"

"我给夕颜发消息，让她去校门口的鞋店里帮我买双鞋子！"

何幸取出手机，想要和夕颜联系，江应景突然问："多大的鞋码？"

何幸一怔，没有反应过来。

"什么？"

"我问你穿多大的鞋码。"

"……"

"下课以后我买给你。"

"不……不用了。"

何幸连忙拒绝，在和夕颜的聊天框里输入求助的话语。

江应景望向她的脚，三秒钟后，他问："36 码？"

何幸虎躯一震，停下了疯狂敲击屏幕的手指。

“这你都能猜出来？！”

江应景点点头：“看出来的。”

何幸干笑两声，继续在手机上打字，“我跟夕颜说一下，她刚下课，应该在回宿舍的路上。”

何幸马上就要按下发送键，就差那么一下子！江应景拿走了她的手机，装进了自己兜里。

“好好上课，别玩手机。”

何幸悲伤地看着手机被江应景占为己有。她没办法抢回来，因为老师已经走进了教室。这门课的老师平时非常严厉，她不敢再和江应景说话了，决定先专心听课。

可是知识它不过脑啊……

何幸怎么也集中不了注意力，只觉得越听越困，眼皮都快要耷拉下来了。

她的眼神忍不住移向江应景。他比她专心多了，一边听课，一边还在本子上记下要点。

冷不防江应景突然扭头看她，她连忙低下头，看着面前的书。

6. 高跟鞋

老师背过身在黑板上写字。

何幸刚才已经听得很吃力了，现在回过神来，突然发现黑板上出现了一大片天书！虽然数字和符号都看得懂，可是连在一起怎么就这么陌生呢？

江应景伸出手将她的书翻了两页：“已经讲到这一节了，你还在发呆。”

何幸：“……”

都怪你，害我集中不了注意力。

终于熬过了一节课，下课铃声响起，何幸昏昏欲睡的灵魂被点燃了。

已经到中午了，她肚子饿得咕咕叫，想去食堂吃饭，可脚上的鞋子太丑，她又觉得头疼。

同学都走得差不多了，江应景怎么还慢吞吞地收拾着呢，他什么时候走啊。何幸看了一眼江应景：“可以把手机还给我吗？”

江应景并没有要还给她的意思，收拾好东西背上了书包：“你坐在教室里等我。”

何幸一惊：“你去哪儿？”

江应景看了一眼她的脚：“你不是要买鞋吗？”

何幸慌忙站起来：“不用麻烦你，我自己去就好了。”

她怎么好意思让江应景给她买鞋，何幸顾不得其他，便穿着一双完全不对称的鞋走出了教室。只要她跑得快，就不会有人看清她的鞋！何幸一路小跑，跑出了学校。而江应景大步跟在她身后，他腿长，不用跑就可以赶上她的速度。

校门口有几家鞋店，何幸想要速战速决，随便走进一家店。

这家店并不大，两面墙上都摆着新款的鞋，但没有折扣。何幸想了想自己卡里的余额，周四买了一大堆食物花了不少钱，周末又跟江应景和江路遥一起去游乐场，她的小金库已经快被掏空了，只能放弃新款了。

有一处鞋架上摆着过季的断码鞋子，因为被人挑剩下了，所以款式很一般，颜色也是一言难尽。不过她只穿一天，只要暂时缓解尴尬就好，也不用买太贵的。

何幸决定随便挑一双便宜的鞋，可是江应景就在她旁边，何幸不好意思表现得太寒酸，她也是要面子的！她装模作样地拿了几双鞋子看，心中很是纠结，该怎样把江应景支开呢？

江应景见她犹豫不决，指着一双黑色的高跟鞋问：“这双你喜欢吗？”

那是一双造型简约的高跟鞋，系带处两颗有晶莹光亮的小珍珠坠落下来，宛如夜空中的流星。

他的眼光，没有她想得那么差嘛。

她抬眸望着他：“原来你喜欢女孩子穿高跟鞋啊。”

江应景淡淡道：“也不是，单纯觉得你穿着很好看。”

何幸脸颊微红，小声说：“我也觉得好看。”

江应景将高跟鞋从鞋架上拿下来，提议道：“要不要试试？”

何幸点了点头，坐在了矮矮的小方椅上，弯腰换鞋。

店员热情夸赞：“你男朋友眼光也太好了，这款鞋是我们店里卖得最好的！”

何幸下意识地想解释江应景不是她男朋友，可她抬眸偷看他，却发现他并没有想要解释的意思，还顺着店员的话点头问道：“确实很漂亮，你喜欢吗？”

何幸害羞地点了点头，默默享受这种被误会的甜蜜。

她站起身，从面前的镜子里看到了自己的双腿。

她的腿原本就直，配上这双高跟鞋，突然将她的气质提升了许多。虽然鞋跟很高，脚背呈现陡坡状，却显得她的双腿更加纤细修长，就像是跳芭蕾舞的优雅舞者。

何幸从来没有穿过高跟鞋，这是第一次，她觉得自己有几分女人味了。

何幸得意忘形，忍不住在江应景面前走了几步。

这一走，立刻破功了。

鞋跟又高又细，何幸走得歪歪扭扭。她凭借强大的毅力走了几步，实在走不下去了，腿一弯，差点儿扑倒在地上，还好江应景及时扶住了她。

前一刻营造出的优雅气质，瞬间灰飞烟灭。

她委屈地看着他：“高跟鞋好难穿……”

江应景被她逗笑了，却又立刻收起笑容，他扶着她坐在椅子上：“有没有受伤？”

何幸甩了甩脚，虽然有一点儿疼，但是脚腕依旧灵活，应该没受伤。

“没事没事，我第一次穿不习惯，多走几步就好了。”

她扭头望向店员：“这双鞋多少钱？”

店员笑着说：“799 元，如果你要的话，我现在给你包起来。”

何幸表情一僵。

为什么这种看起来简陋的小店，价钱一点儿都不低呢，简直跟商场专柜有一拼。

何幸的眉毛皱成一团，违心地说：“虽然很好看，但是穿着不太舒服，我还是再看看吧。”

店员看到何幸摔倒的那一幕，知道她驾驭不了高跟鞋，倒也没有露出不满的神色，立刻热情地为她介绍其他鞋子：“我们这里还有这种粗跟鞋，走路也很稳，并且显气质。”

何幸的眼神刚刚飘向打折的球鞋，思绪就被店员拉回来：“小姑娘，现在已经不流行学院风了，你穿高跟鞋特别好看，你男朋友也说你漂亮，对吧？再配上一条黑色连衣裙，太美了。高跟鞋很提气质，可以不会，但一定要学会！第一次穿都是不熟练的，我第一次穿也不会走路，你看我现在走路多稳，这鞋就像长在我脚上一样。”

店员喋喋不休地讲起来，堪称小型洗脑现场。

何幸看到鞋架上的高跟鞋，价位从 499 元到 999 元，贫穷女孩不配拥有。

她问江应景要回手机，决定先把他支出去：“那个……我有点儿口渴，你可不可以给我买瓶水？”

话说出口，她又觉得不妥，隔壁便利店就有矿泉水，江应景只要三分钟就能买回来！何幸改口道：“就是十字路口东边的那家奶茶店，我要桂花奶绿，七分糖，加冰块，谢谢。”

她完全不给江应景拒绝的机会，还好，江应景没有拒绝，只是叮嘱她：“买完在这儿等我，别乱跑。”

何幸重重点头，乖巧如同小白兔。

等江应景走了以后，何幸立刻一目十行扫过所有打折鞋，她想以最快的速度买下鞋子，等她提着鞋盒出去的时候，正好看到江应景带着奶茶回来，时机完美！

可是，打折鞋子真的太丑了，怎么会设计这种丑到惨绝人寰的款式呢？

何幸心里一直在疯狂吐槽。穿这种鞋子，还不如她自己穿来的这双，起码别人看见后会知道她是穿错了鞋子。买这些鞋，别人就会知道是她品位差，就算断码打折价几十块钱，她也不想浪费这个钱。

店员看到何幸一直在犹豫，忍不住问：“还没选好吗？是在等你男朋友回来一起选吗？”她热情地指着椅子，“你坐下休息一会儿，慢慢等他吧。”

何幸咬了咬牙，狠心抛开面子，指着丑陋的打折鞋问："这种清仓打折的鞋子，还有其他款式吗？"

店员道："全都在这儿了。因为断码有瑕疵，所以我们一折价出售。小姑娘年纪轻轻，当然要穿一些青春洋溢的款式，这些太丑了，不适合你。"

原来你们也知道丑啊。

这么丑为什么要进货呢，真是令人迷惑。

7. 选择困难

店员以为何幸有选择恐惧症，所以才久久没有挑到心仪款式，她又指着一排凉鞋介绍道："你如果不喜欢高跟鞋，我们这里还有新款的凉鞋，只要699，两双还打九五折！很划算的！"

何幸很敷衍地"嗯"了一声，店员更来劲了，笑眯眯地说："如果你办我们店的会员，只需要预交3000元钱，今天可以免费赠送你一双499元的鞋子！超级实惠！"

何幸听不下去了，怎么感觉钱数在噌噌噌上涨呢？

她想想银行卡里所剩无几的金额，不敢再磨蹭了，随便拿起一双球鞋："就这双吧。"

做出这个选择，何幸的心在滴血，虽然这双鞋是正价鞋里最便宜的，但也要499元。

她厚着脸皮问："可以打折吗？"

经常有学生来买鞋，都会杀价，店员早已习惯，脸上依旧是程序化的笑容："看你是学生，就给你打个九五折吧。"说着就打算把鞋子给她装起来。

这种普普通通的鞋子卖499元本来就是暴利了，竟然只给她打了九五折，根本没有便宜多少啊！何幸可怜巴巴地说："姐姐，我身上的钱不够了，还要吃饭，再便宜点儿吧。"

店员姐姐拎着鞋子的手停在半空，皱了皱眉，露出犹豫的神色。

"我们这都是高档鞋，进价高，再给你便宜，我们就没什么利润了。"

"哎呀，薄利多销嘛，你这回给我优惠了，我下次带同学来买。"

"那……再给你便宜20元钱吧，把你的晚饭钱给省出来了。"

"姐姐，这鞋子这么薄，成本肯定没那么高。"

"这是夏天款，所以特意做成薄款，透气舒适。"

"夏天都快过去了，很快天就要降温，到时候就不好卖了。"

"夏天才开始啊。这是我们卖得最好的一款了。"

"我进来这么久，就只有我一个顾客嘛。"

"现在不是营业高峰期，晚上顾客多，这鞋分分钟就卖完了。"

"不如你先卖给我，卖一双少一双嘛，你也可以早点儿休息，吃顿午饭。"

两个人就这样开始讨价还价，颇有种宫斗戏的感觉。

江应景回来的时候，看到何幸正说得起劲。她杀价的时候，还真是伶牙俐齿，比上课时智商提升了十倍。

店员已经招架不住了，余光看到江应景回来了，仿佛抓到了一根救命稻草："呵呵呵呵呵，你女朋友真是会过日子啊。"

何幸整个人都僵住了。

她缓缓转过头，看到江应景提着袋子正站在门口望着她。

她这么辛苦终于砍到258元，如果他晚来一会儿，等她砍到158元的时候，她就果断买了，为什么他要现在回来！

江应景走向她："还没有做决定吗？"

何幸尴尬得脚趾头都缩了起来："我正在考虑呢……"

江应景波澜不惊地说："已经四十分钟了。"

何幸瞪大眼睛："这么久吗？"

她这时意识到了一个重要问题，从头到脚一阵发麻："你是什么时候回来的……"

江应景看着地上那双平平无奇的球鞋："在这双鞋395元的时候，我回来了，但是看你还在犹豫，我想你一时半会儿应该做不出决定，就出去逛了逛。等我回来的时候它已经变成了273元，我就站在门口等你，直到它变成258元。"

他居然全程看见了她的杀价过程……

"你回来怎么不叫我？"

"你正在激烈地讨价还价中，我也就没打扰你。"

"……"

"你应该是有选择恐惧吧，没关系，我不急，你继续挑。"

谢谢江应景给她找了个台阶，其实哪有什么选择困难，还不是因为穷吗？

何幸弯腰捡起地上轻飘飘的鞋子："我选好了。"

这种质量的鞋子，网购绝对不超过80元钱，她却要花258元，想想就痛心。

可是没办法，谁让她急需呢，258元就258元吧。

她打开微信，看了看自己的剩余零钱。

连零钱都那么尴尬——250元。

她又打开支付宝看了看：余额5.2元。

难道要问江应景借钱了吗？

她不要！

她背过身，腰弯得像虾米一样，将手机藏在身前疯狂打字。

"夕颜，借我100块钱！"

"速速回复我！"

"快啊！"

“我要死了啊啊啊！”

江应景戳了戳何幸的肩膀：“怎么了？”

何幸头也没回：“你坐着休息一会儿，我临时有重要的事情和朋友讲！”

江应景走到她面前，突然递给她一个环保袋：“给你。”

何幸愣住了，试探着问：“奶茶？”

江应景哭笑不得：“有放在鞋盒里的奶茶吗？”

何幸惊讶地看着他：“鞋子？”

江应景点点头：“我刚好看见有双鞋很适合你，就买了下来。”

他语气平淡，好像在说“我路过便利店买了瓶矿泉水”一样随意，可是却如此自然地化解了何幸的尴尬。她的心脏怦怦跳动起来。这种莫名的心动是怎么回事？！

江应景太贴心了！

她放弃了这双258元的鞋，红着脸捡起自己的鞋，向店员姐姐说了句抱歉，转过身就拽着江应景的手腕，快步走出了鞋店。她实在不好意思在鞋店里再待下去。

路人都在看她，因为她的样子很奇怪。她一只手拎着两只造型完全不同的鞋子，光脚踩在地上，另一只手拉着个帅气的男孩子，这男孩子穿戴整齐，气质高冷，与她截然不同。

江应景怕石子硌到她的脚，命令她：“别走了，快把鞋子穿上。”

路边有休息的长椅，何幸坐在椅子上，将鞋盒放在了双腿上。

江应景坐在她身边，淡淡道：“随便买的，不知道你会不会喜欢。”

“当然喜欢！”何幸不假思索，“就算很丑我也会穿的！”

江应景挑了挑眉：“你怎么知道很丑？不相信我的审美吗？”

何幸打量江应景。

他脚上穿着一双很好看的白色球鞋，浅蓝色衬衣将他的气质衬托得干净清爽。

说实话，江应景的审美没什么问题，可她不是衣架子啊，好看的东西放她身上也可能不好看。

何幸的手放在鞋盒上，深呼吸，平息内心的激动。

“你买了什么鞋子给我？”

“你猜。”

何幸撇撇嘴，毫无悬念地说：“肯定是高跟鞋！”

他刚才还说过她穿高跟鞋好看。

果不其然，江应景笑了，漂亮的眼眸弯了弯：“你真聪明。”

“是豹纹款式吗？”

“你喜欢豹纹？”

“啊，不是不是，我不喜欢豹纹！”

“那你喜欢什么？蕾丝？亮片？珍珠？宝石？蝴蝶结？”

江应景知道的少女元素还不少。

何幸猜想盒子里是一双有着蕾丝、亮片、珍珠、宝石、蝴蝶结的高跟鞋。

她的心情十分复杂。但她还是会穿的，绝对不会在江应景面前露出嫌弃的表情，因为这是他的心意。就算穿起来像一只鹌鹑，她也要坚持穿着走回家！

何幸打开了鞋盒。

出乎意料！

鞋盒里并没有高跟鞋，而是一双非常漂亮的运动鞋，鞋子的大面积配色是白色，却加了些许彩虹色的点缀，那是很淡很淡的彩色，透露着少女的元气。

好像跟江应景的鞋子是同一系列。

何幸的脸微微发烫，低头看江应景的脚。

他的鞋沿有些蓝色，而她的偏粉色，真的很像情侣鞋呢。

虽然她知道男孩子可能没有注意这些，但她还是控制不住自己脑中的小剧场。

“我还以为是高跟鞋……”

“高跟鞋你怎么走路？”

“你不是喜欢女孩子穿高跟鞋吗？”

“我可没说过。”他的声音低低地掠过她耳畔，吹动了她轻盈的长发，“白色很适合你，只要你穿着舒服就好，不需要为了迎合别人而去穿高跟鞋。”

仿佛一朵棉花糖，在她的心湖里化开，润透了她的整颗心。

8. 情侣鞋

何幸取出一只鞋子拿在手上，系在鞋带上面的吊牌晃晃悠悠，她突然看见了标价——2999 元。她的手抖了一下。

江应景察觉到何幸的表情有些凝固，问她：“怎么了？”

何幸小声说：“这双鞋好贵。”

他好像没有理解她的为难：“你不喜欢吗？”

“喜欢，但是真的好贵。”

“喜欢就好。”

这不是重点啊。

何幸在心里小心翼翼地计算着，499 元的鞋子都让她心疼，2999 元，这个价钱简直让她心疼到滴血。她家境普通，当然不可能随随便便买双几千块的鞋子。好在江应景的眼光不错，鞋子很漂亮，而且这个牌子很少有折扣，价钱向来如此，也不算是买亏了。

事已至此，何幸只能为自己做做心理建设了。

她望向江应景，眼眸黑亮透彻。

“钱我会还给你的，虽然还的时间会比较慢……”

“什么钱？”江应景疑惑地看着她。

“这双鞋的钱啊！”

“哦，”江应景恍然大悟，朝她伸出手，“一块钱。”

何幸愣住了。

江应景看着她的眼睛，神色依旧淡然：“没有零钱吗？转账给我也行。”

何幸回过神来，忙说：“不是，你干吗问我要一块钱，不是三千块吗？”

江应景眼中似有笑意，一闪而过：“因为这双鞋是我主动买的，不是你想买，所以我不能问你要钱。但是听说送鞋的寓意不好，所以你要给我一块钱，这就不是送的了。”

何幸的心脏扑通扑通跳得飞快。

她轻声说：“我转账给你。我……我还没有你的微信……”

江应景取出手机，打开了自己微信的二维码：“你加我吧。”

何幸终于加到了偶像的微信！

何幸的脸滚烫，什么都不敢想，以最快的速度给他转了自己所有的零钱——250 元。

江应景看着微信界面里的转账，并没有点开：“这个数字，是在骂我吗？”

“不不不，”何幸手忙脚乱地解释，“我不能花你的钱，我微信钱包里只剩下这么多钱了，先给你二百五，剩下的以后再给。”

何幸越说，声音越小，她是不想占江应景的便宜，可是为什么气氛越发尴尬呢？

她试探着说：“要不，你加我支付宝？我还有五块二的余额。”

话说完，何幸又有些懊恼，她这不是暴露了自己的经济实力了嘛！江应景就会知道她刚才砍价那么久，是因为囊中羞涩。

“都说了，你只需要给我一块钱。”

“可是这鞋子太贵了，我不能收。”

江应景侧头望着她，她低头坐在长椅上，长发泻落下来遮住她半边红扑扑的小脸。

“我都已经买了，你不收，我只能扔掉了。”

他拿起鞋子作势要走，何幸抓住他的手：“哎，你怎么能扔呢，太败家了！”

江应景道：“这双鞋是用我的奖学金买的，不能算败家吧。我是特意给你买的，可惜它的主人不想要它，想抛弃它。”

“我没有。”何幸内心在做着激烈的心理斗争。

“那你就收下。”顿了顿，江应景又开口了，“不过听说，送鞋子的寓意是分手。你确定不需要用一块钱买下来吗？你转给我大于一块钱我是不会收的。”

分手?

何幸慌了。

可是她的微信里没有钱了啊。

何幸低头捣鼓手机，将支付宝里仅剩的几块钱转到银行卡里，又从银行卡里转到余额里，虽然她手速飞快，可是银行到账却没那么快。她僵坐在那里，心里着急得不得了。

突然，手机传来一条消息。

夕颜终于回复她了，还转给她 100 元钱。

何幸感动极了，谢过夕颜，连忙转了一块钱给江应景。

他秒收。

“这样就好了。”他心满意足地收起了手机。

何幸自己的鞋子歪歪扭扭地扔在地上，江应景俯身将它们放进了袋子里，又让何幸穿上他刚才买的新鞋试试大小。

她正想试，动作突然僵住。

“我没穿袜子呢，现在脚很脏，你可不可以给我找两只塑料袋？”

何幸的想法很简单，她用塑料袋包住自己的脚，就可以穿鞋了。

等江应景回来的时候，他手里提着一个四四方方的小纸袋。江应景从纸袋里取出一双棉袜。温柔的紫色小格子，上面绣着可爱的小草莓，看上去与何幸的格子连衣裙是一套的。

他将袜子递给她：“穿上吧。”

他早就察觉到她的窘迫了吗?

何幸红着脸说：“谢谢。”

她握紧了棉袜，久久没有动弹。虽然江应景的行为很贴心，可她双脚脏兮兮的，这双袜子干干净净，手感柔软，又是江应景亲手挑给她的，她不想糟蹋。

突然，面前递过来一张湿巾。

何幸抬起头，江应景手上拿着一包湿巾。见她没有反应，他半蹲在地上，好像要给她擦脚。她将脚往后缩了缩，江应景的动作僵住了，他突然意识到不对劲。

他将湿巾塞进她手里，脸居然微微发红：“你自己擦擦。”

何幸用了半包湿巾，擦得脚丫连缝隙都干干净净，这才穿上棉袜和鞋子。在地上走了走，鞋子不但合脚，而且很舒服，鞋底有蓬松的气垫，仿佛踩在棉花上一样轻盈自在。

江应景用期待的目光看着何幸：“合适吗？”

何幸重重点头。

解决了鞋子的问题，何幸放下心来，突然听见自己肚子咕咕响。

她决定请江应景吃午饭，便拉着他来到了食堂，此时已经过了最热闹的吃饭时间，食堂里的人不太多。

何幸太饿了，在窗口点了一大堆好吃的，江应景准备付钱，她连忙推开他：“你找地方坐下等我，我请你吃饭！”

很快，桌上摆满了小蒸碗。

清蒸龙利鱼、红烧狮子头、梅菜扣肉、糖醋里脊……

明显已经到了吃不完的程度，何幸却还是觉得不够。她问：“你还想吃什么，我再去买。”

江应景将他刚才买的奶茶推向她，摇头说道：“已经够了。”

何幸坐在他对面，将筷子分给他。

江应景看着面前丰盛的食物：“怎么全是肉？”

何幸笑盈盈地说：“你还在长身体，要多吃肉！”

他们坐在靠窗的座位上，小小的桌子，只有她和江应景两个人。

她以为自己坐在角落很不起眼，可是有江应景存在，怎么会不起眼呢，很快就有人注意到了他们。

食堂里人来人往，有人惊讶地议论起来。

“那不是江应景吗？他居然和女生单独吃饭。”

“哎，真的是！难道是女朋友？”

“等等！那个女生不是何幸吗？她上周好像和江应景闹过矛盾，这么快就和好了？”

“不会吧，我还以为何幸讨厌江应景呢！”

“可能是误会吧，同学之间也可以一起吃饭啊。又不代表什么。”

“但是，他们穿了情侣鞋啊……”

食堂里突然安静下来。

何幸觉得无数目光射来，仿佛一根根箭，将她刺成了一株仙人掌。

她浑身不自在，低头默默吃饭。她知道自己没有校花那么漂亮，所以跟江应景走得太近，就会有人觉得他们不般配。如果她可以像夕颜一样美丽耀眼，和江应景坐在一起，也会令人羡慕吧？

突然，一只手伸过来，旁若无人地将她的头发撩在了耳后。

“你想什么呢，头发都快掉在米饭上了。”

江应景好像没听到那些议论声，望着她，眼神专注。

他的动作太亲密了，甚至有些暧昧。余光看到那些女生惊讶的眼神，何幸总觉得江应景好像帮她证明了什么。

9. 他讨厌巧克力

“头发太长就是容易影响吃饭。都怪这桌子太小了，东西摆不开。”

何幸有些语无伦次，慌忙取出一根皮筋，将头发扎成了一个高高束起的马尾。

她心里太乱了，头发扎得歪歪扭扭，根本不在脑袋正中央。

何幸低头吃饭，发尾正好落进米饭碗里。

何幸猛地坐直，发梢沾着几粒白米饭，掠过空中。

江应景正看着她，何幸解释："这里没有镜子，我看不到，可能头发扎得有点儿歪了。没事没事，吃完饭我就把发绳取下来。"

"我来帮你扎吧，我看得见。"

他伸手解开了她的马尾。

乌黑柔顺的长发散落在她肩头，像丝绸般荡漾开来。

何幸浑身都僵硬了，她端坐在那里，感受到四面八方震惊的眼神。

"不……不用了，好多人都看着。"

"那又怎样，又没做犯法的事情。"

"这倒也是，可你又不会扎头发，不会比我扎得更丑吧？"

江应景笑了笑："我确实不会，但说不定以后我会有女儿，要给她扎辫子，先拿你练练手。"

他已经想了这么多了？会不会，他所想的未来里也有她？

何幸心中小鹿乱撞，江应景只要一句话，就能让她构想出一部电视剧来。

江应景轻轻推了推何幸的肩膀："你转过去。"

窗户上映着他们两人的轮廓，她偷偷看着江应景模糊的倒影。

他显然不太擅长为女孩子扎头发，手法生疏，只是用皮筋一圈一圈缠绕着她的长发。偶尔还会拉扯到她的头皮，这时他会抱歉地问上一句："疼吗？"

但他真的很认真，心无旁骛。

何幸全程都只能听见自己心脏怦怦跳动的声音。

大概只有几十秒钟的时间，他为她扎好了头发。

可这短短的几十秒，对她来说，却漫长得像一个世纪。

"看上去没有歪，还不错。"

何幸听到江应景满意的声音。

她用手摸了摸那条马尾辫，就在脑后正中央，不偏不倚，确实比她扎得好！

何幸诚恳地认同："我觉得我整个人的气场都上来了，眼皮紧绷，眉毛飞扬，神采奕奕！"

江应景沉默了几秒钟，又解开了她的头发："不好意思，我绑太紧了。"

他重新给她绑好了马尾，这一次不松不紧刚刚好，却没有刚才的端正。何幸当然不介意，可是江应景追求完美，一定要再试，他突然问："还有皮筋吗？"

何幸找到一根黑皮筋递给他，不太明白为什么他还要一根，难道之前的皮筋断了吗？

江应景将她的长发分成两撮，为她扎出了一对青春洋溢的双马尾。

“这是……”

“双马尾。”

“我从小学三年级以后就没有绑过双马尾了。”

她都大二了，扎双马尾会不会太幼稚？

可是江应景却说：“很可爱，你本来长得就像小姑娘，这样毫无违和感。”

“你不是喜欢短头发的女孩子吗？”

身后静了几秒。

何幸回过身，看到江应景若无其事地垂下眼眸：“我说过这种话吗？”

她突然想起来，那天他们的对话，根本不存在于他的记忆之中。

何幸低下头：“你没说过，只是我以为你喜欢短发女生。”

江应景想了想，点了点头：“我确实喜欢。”

何幸的心，突然从云端落到了地下。

她手指绕弄着自己的发梢：“那你觉得，我短发好不好看？”

江应景目不转睛地看着她的脸，很认真地回答：“应该不好看。”

何幸：“说几句好听的话敷衍我也可以啊。”

江应景坐回自己的座位，两个人面对面吃饭。

和偶像坐在一起，饭都香了许多。何幸狼吞虎咽，她实在太饿了，也没有再去维持淑女风范。只是不知道，明天早晨醒过来，是否还会重复今天？

这一切都太玄妙了，她猜不透，索性不去猜了，只想享受跟江应景相处的每个时光。

中途，江应景接了个电话。

何幸不是有意要偷听的，不过他们离得太近了，她想听不到也不可能。

电话是江妈妈打来的，让江应景去给江路遥开家长会。

江应景挂了电话，何幸问：“是蓝山高中吗？”

他点点头，她满怀期待地说：“就在我回家路上，我们顺路，一会儿一起走吧！”

何幸本来是想直接回家的，可是想想今天也没什么事，不如去看看小遥。如果以后弟弟在他面前多说说她的好话，那就更好了！

江应景没有拒绝她，吃完饭，他还很绅士地帮她拎着鞋袋。

何幸为了讨好江路遥，特意买了个花朵形状的彩色棉花糖。

两人一起来到了蓝山高中。教室里吵吵闹闹，都是穿着校服的高中生。

何幸站在窗外，看到江路遥一个人坐在那里。他的座位和其他同学的都不一样。他没有同桌，周围的位置很大，可能是为了方便他一个人自由出入，毕竟他的轮椅比一般同学的椅子要大很多。

何幸仿佛又回到了自己的高中时代。她每次路过江应景的教室时，都会放慢脚步，偷看教室里的他。江路遥和江应景的五官有些相似，虽然穿着和大家一模一样的校服，但他的侧脸洁白俊美，有种干干净净的少年气质，太令人瞩目了。在这个学校，他应该也是校草级别的人物吧。

“我们是不是来太早了，都没有家长来呢。”何幸小声说。

江应景道：“我妈说这不是正式的家长会，老师只找了个别人的家长。”

何幸有些诧异：“小遥犯什么错了吗？”

江应景摇摇头：“他学习成绩优异，身体状况决定了他也犯不了什么错，但是他平时沉默寡言、孤僻、不合群，所以很多同学不喜欢他，他几乎没有朋友。”

正说着，一个女孩跑到了江路遥面前，给了他一块金色包装的巧克力。

何幸掩唇笑道：“还说他没有朋友，我看他很讨女孩子喜欢嘛。”

那女孩子很漂亮，留着过耳的短发，肤色白白净净，娇小玲珑。

江路遥低头翻书，根本没看女孩一眼：“我吃过饭了。”

女孩依旧笑得很甜：“巧克力又不是饭，是零食啊，我帮你剥开吧。”

她三下五除二便剥掉了包裹在巧克力外面的锡纸包装，捏着巧克力放在了江路遥唇边。江路遥不但没有吃，反而露出了嫌恶的表情：“我不喜欢吃零食，尤其是巧克力。”

何幸作为一个旁观者，着急得想要捶胸顿足，恨不得冲进去掰开他的嘴，让他将那颗巧克力吞进去，再向可爱的女孩子说声对不起。

他态度也太差了吧，这是自杀式单身啊！

虽然他年龄还小，不用考虑恋爱的问题，可是基本的礼貌应该有啊！

女孩有些失落，她自己吃掉了巧克力，小声说：“很好吃啊，你不尝尝，太可惜了……”

江路遥看她一眼：“你站在这里挡了我的光。”

10. 只是同情他

女孩连忙躲到一旁：“我不是故意的，我有道题不太会，想问问你。”

江路遥冷冷地说：“问就问，不要再带巧克力了，我闻到巧克力味儿不舒服。”

竟然有讨厌巧克力味的人?

何幸小声问江应景：“你弟弟对巧克力过敏吗？”

江应景摇头：“没有，他只是不吃陌生人给的东西。”

何幸突然想起自己手里还握着个棉花糖，有些心虚：“那他会不会也不吃我带的棉花糖，说他闻到棉花糖味儿就不舒服……”

“应该不会，他上次还吃了你买的雪糕。”

“对哦。”何幸松了口气，小声嘀咕，“平时我看小遥也不像是没礼貌的人啊，怎么对这个女生这么冷淡？你说他没有朋友，大概是他不想交朋友吧，这种态度怎么可能交得到知心朋友？”

想了想，她又很懂事地说：“我们等一会儿再进去找他吧，先让他跟女同学单独聊聊。”

江应景站在她身后，随她一起望着窗里：“可是他们好像聊不起来。”

何幸撇撇嘴：“你没看到那个女孩子正在努力找话题吗！”

没错！

即使江路遥态度冷漠，女生依旧在他身边，叽叽喳喳地说话，就像围在江应景身边不气馁、不放弃的何幸一样。

何幸感动得要哭了。

她决定，一定要找机会开导开导江路遥，让他对朋友敞开心扉！

有个男生走进了教室，本来正与朋友说笑，看到那女生凑在江路遥身边，他脸色一变，甩开了身边的男同学，大步走了过去。他个子很高，身材微胖，像一座山似的压了过去，投下一片阴影。

女孩子吓了一跳，差点儿倒在了江路遥怀里。

江路遥完全没有同情心，竟然伸手推开了她。

她有些尴尬，慌忙逃开，站在离江路遥三米远的地方。

男生不怀好意地看着女生：“陈梦，你是不是有病啊？”他声音很大，像是故意想要让全班人都听见，“你怎么总是跟江路遥说话，是看没人理他，你可怜他吗？”

陈梦显然有些怕他，声音柔弱发颤：“我没有……”

男生嗤笑道：“我就说嘛，你好端端的一个女生，有手有脚，怎么会喜欢一个瘸子。”

陈梦看了江路遥一眼，他依旧波澜不惊，盯着面前的书本，仿佛什么都没听见似的，但他的视线一直停留在那张书页上，没有做翻书的动作，嘴唇抿得紧紧的，隐隐泛白。

“你别这样说。”陈梦不敢大声和此男生争执，却又不忍江路遥平白无故遭受恶言。

“你心疼了？你不会真的喜欢他吧？”

男生肆无忌惮，眼中的轻蔑赤裸得不加修饰。

“陈梦，我看你是疯了。我给你发消息约你出去，你都不回我，却整天缠着这个瘸子，你图什么？”他打量江路遥，阴阳怪气地说，“哦！听说江路遥家里挺有钱，你图他的钱吧！”

陈梦用力摇头：“我没有……刘绪，你小声点儿，别让老师听见了。”

他语气却越发恶劣：“是不是只要有钱，你就愿意凑过来？想要多少，你说，我给你啊！”

陈梦被他气到了，大声说：“我根本不知道他家有没有钱，一直提钱的人是刘绪你自己。”

“不是因为钱吗？难道你是真心喜欢他？”刘绪哈哈大笑，仿佛听到了最大的笑话，“你要是为了钱接近他，我倒是能理解；可是如果你单纯喜欢他这个人，我就没办法理解了。

他不屑地看了看江路遥的腿，目光又移到神情恐惧不安的女孩身上。

“怎么不说话？你也觉得喜欢他很丢人吗？那你还要犯贱！”

她的声音哽咽了：“不是那样的。只是月考要到了，我问问他有没有做笔记。”

刘绪逼近她，质问：“你怎么不问我有没有做笔记？”

“冯老师说了，班里能考上大学的不到二十个人，你是最没希望考上大学的。你都不做作业，怎么可能做笔记？”

刘绪愣住了，万万没想到心仪的女生竟然这么不给面子，当着同学的面说他学习差，明摆着看不起他。

他确实长得没有江路遥好看，成绩也没江路遥优秀，但是他身体比江路遥好啊！在球赛上挥汗如雨的时候，听到女孩子为他加油打气，他觉得自己帅得无人能及！

也有过几个女生对他有好感，给他送饮料，约他吃饭。可他不感兴趣，他不喜欢太主动的女生，偏偏喜欢陈梦这种不爱搭理他的。她说话轻声细语，有时温柔婉约，有时活泼开朗，笑起来还有一对甜美的酒窝。

他是体育课代表，打架小能手，蓝山高中扛把子，陈梦和他在一起，绝对没人敢欺负她，她怎么就不稀罕呢！

上次他骑自行车说送陈梦回家，陈梦拒绝了他，转身就问江路遥要不要一起回家。她在他面前总是冷冷淡淡，对江路遥却满脸堆笑，那种对比太惨烈了！

可惜有司机开车来学校接江路遥，陈梦没那个机会，只好眼睁睁看着轿车绝尘而去。

刘绪不记仇，又推着自行车屁颠屁颠地跑过去，想再给陈梦一个机会。

陈梦居然说她爸爸刚打来电话要来接她，拒绝了他的好意。

刘绪知道这都是陈梦瞎编的鬼话，他一直盯着陈梦，她并没有接到任何电话！刘绪不死心，站在校门口等她，结果他前脚刚走，她后脚就给爸爸打了电话，真的让爸爸来接了她。

她还在副驾驶的车窗里对他挥了挥手，让他早点儿回家。

他为什么不回家，不就是在等她吗！她还好意思问，故意装傻吗！

刘绪越想越气，抓住陈梦的衣领，像拎鸡仔一样将她拎了起来。

“在你心里我就这么差劲吗？”

陈梦被吓到了，她的脚都离开地面了，纤瘦的双腿在半空摇晃。

她吓得花容失色，眼泪滚了出来：“你放开我……”

“不放！”刘绪气愤地说，“你是不是很讨厌我？！”

“我不讨厌你……”

“那你说你讨厌江路遥！”

陈梦用求助的眼神望向江路遥，就算江路遥行动不便，只要他能开口维护她，她也会感动欣慰，可是江路遥自始至终都没有开口帮她说一句话。她为了他陷入危难之中，他却表现得事不关己，他怎么那么自私！

陈梦有些失望，漂亮的眼角涌出眼泪，她无助极了。

没人救她，甚至有人在起哄，好像在围观一出好戏。

她咬了咬牙，狠下心来，重复刘绪的话：“我讨厌江路遥。”

“那就好。”刘绪的神色略微缓和，他心里还是挺喜欢陈梦的，哪里舍得真的对她动粗？他松开了她，还帮她整了整皱巴巴的衣领，“江路遥也讨厌你，每次你跟他说话，他都对你爱理不理的。”

“我是同情他，才会跟他说话的。他又没有其他朋友。”

“以后别同情他了，你怎么就那么善良呢？跟他站在一起不觉得丢脸吗？”

“老师说了，要照顾老弱病残。江路遥没做什么坏事，我想着平时照顾照顾他。”

“他根本不领情，不知道的还以为你喜欢他呢。”

“我……我不喜欢。”

“我当然知道，你肯定看不上他。”

这两人居然成了同盟，一起打击起江路遥来。

虽然陈梦的语气带着迟疑，并没有把话说得太狠，但刘绪却一直煽风点火。

江路遥一言不发，抓紧了轮椅的扶手，紧到指骨泛白。

刘绪觉得自己和陈梦的关系有了突飞猛进的进展，心里喜滋滋的。要是江路遥能像个懦夫一样向他求饶，就更锦上添花了！

他抓起来江路遥的书扔在地上，用鞋子碾了过去：“装什么好学生啊？我还以为你会英雄救美呢，结果你一句话都不说。你除了腿瘸，耳朵还聋了！”

· · ·

Chapter 9

眼里的星星

1. 不准欺负他

江路遥想要捡书，身体动了动，却又僵在那里。

他的病情，导致他没有办法捡书，就连弯腰的动作，他都做得费劲。

刘绪将地上的书一脚踢飞，眼里充满得意："你现在总算明白了吧，你跟我们不一样！"

书落在了讲台上，被踢得散了架。

何幸看不下去了，推开门大步走进去。

所有人都被这突然出现的人吸引住了视线。

何幸握着胖乎乎的棉花糖，指着江路遥，一脸正气。

"不准欺负他！"

刘绪惊呆了！

这个突然冒出来的女生是谁啊？竟然会为了江路遥说话！

他从来没见过江路遥身边有女生出现，就算有女生跟江路遥搭讪，江路遥也不冷不热的。

江路遥好像没有感情似的。他很少聊天，不管是对着手机，还是对着人。他也很少笑。

何幸大步走过去，将棉花糖塞进江路遥手里。

江路遥愣愣地看着她，显然没有想到她会出现在教室里。

她拍拍他的肩膀，声音轻软温柔："别怕，姐姐给你撑腰！"然后转过身，瞪视刘绪，眼里像是燃起了一团火焰。

"你欺负同学，不觉得羞耻吗？"

"关你什么事啊！"

刘绪盯着她，试图用气势压过她。

确实，她比他矮了一个头，可她毫不退缩，比陈梦凶得多。

“我就是看不惯，某些人头脑简单、四肢发达，自己差劲，不去努力上进，却要欺负比他优秀的人，以为这样就能获得满足感吗？学过什么是掩耳盗铃吗？”

刘绪气到爆炸。

“谁欺负他了？只怪他自己太弱，这种人连自己都保护不了，凭什么被人喜欢？”

“那你呢？学习成绩差，长得难看，人品恶劣，还有脸喜欢别人呢！”

“你说什么！”刘绪怒极。

这女的怎么这么牙尖嘴利！和她的外表一点儿都不相称！

“你是江路遥的什么人？”

何幸想说“我是他姐姐”，但是话卡在她的嗓子眼，她又说不出口。

她要怎么解释呢？江路遥的哥哥的未来女朋友？

何幸的心脏猛地一跳。

刘绪难以置信地问：“难道你是江路遥的女朋友？”

这话也太扯了！

何幸正想要否认，手腕突然被人抓住了。她惊讶地回过头，看到江路遥箍着她的手。他的手劲很大，握得她的手都有点儿疼了。

“我们从小就认识了，青梅竹马。小遥很优秀，他的优点多到数不清，他是连我都会仰望的人。”何幸没有直接否认，她含糊且暧昧地概括了他们的关系，顺便吹捧了江路遥两句。

刘绪并不算聪明，何幸说什么便立刻信了。

“居然真的会有人喜欢一个瘸子？哦不对！他是瘫痪，瘸子还能一瘸一拐地走路呢，他只能一辈子坐在轮椅上，都不知道他上学有什么用，考上大学又能怎样？”

何幸气得用手指狠狠戳他的胸口：“不许你这么说小遥！”

刘绪大声嚷嚷：“我说错了吗！他就是个瘸子！”

何幸怒道：“小遥他只是生病了。他比你善良比你聪明，他除了不能走路，其他的什么都好！而你，不过是四肢健全的饭桶，活着的意义只在于给世界制造垃圾。”

刘绪脸上一阵红一阵白。刚才还对陈梦凶神恶煞，现在怎么可以在另一个女生面前示弱？！他伸手要去扯何幸的马尾，想恶狠狠吓唬她几句，突然有人抓住了他的手。

刘绪动弹不得，扭过头，看到身边站着一个陌生的男生，虽然没有见过，但从那与江路遥相似的五官里，刘绪猜出，这肯定是江路遥的哥哥。他早就听说过江路遥有个品学兼优的哥哥！

怪不得那女的有恃无恐，还一直顶撞他，原来是背后有靠山！

“疼疼疼疼疼，放手……”

“是你一直欺负我弟？”

“我没欺负他！大家都看见了，我可没碰他一根手指！”

“我只看见你把他的书扔在了地上。”

“……”

“去捡回来。”

江应景的声音很冷，音量不大，却掷地有声。

教室里静悄悄，没人敢多说话。

刘绪虽然疼，但他是个要面子的人，他自己扔的书，没有捡回来的道理！

“他自己就可以捡！他是没有脚，又不是没有手！”

江应景神色冷凝，手中用力。

刘绪的手被拧到了扭曲的角度，表情疼得狰狞起来。

“啊啊啊啊！我的手要断了……”

“捡回来！”

“我捡！我捡！”

刘绪脸色煞白，鼻子上冒出了冷汗。

江应景松了手。

刘绪心有余悸，快步走过去，捡起了脏兮兮的书，丢在了江路遥的桌子上。

江路遥闪了一下，怕灰尘飘过来，他几乎将棉花糖抱在了怀里。

刘绪想走，江应景拦住了他，冷着脸说：“给我弟道歉。”

已经在众目睽睽之下丢脸了，刘绪怎么可能再低声下气地道歉？他气呼呼地说：“我凭什么给他道歉？我又没有说错，他就是个瘸子！”心中还有些胆怯，所以他声音压得很低，但他实在不服气。

江应景往前走了一步。

刘绪吓得后退几步，踩到了一个女同学的脚，两人双双摔在地上。

江应景居高临下地看着他：“给我弟道歉。”

何幸凑过来，抓住刘绪的衣领，狗腿子一般附和：“听见没有，我哥让你道歉！”

陈梦也鼓起勇气，小声说了句：“刘绪，确实是你不对，你应该道歉。”

有几个看不过去的同学，也跟着说起来：

“对啊，江路遥又没招你惹你，人家坐在那儿学习，你非要过去挑衅。”

“好几次看见你这样了，江路遥都没理过你，你不觉得无聊吗？”

刘绪的脖子都涨红了，是他挑衅又怎样？他就是看江路遥不顺眼！

可恨他们人多势众，他占不了上风，连陈梦都帮江路遥说话。刘绪心中悲苦，他不想再闹了，怕事情闹大了会被班主任看见。江路遥是老师们的宠儿，到时候老师们可不会偏向他。

刘绪爬起来，拍了拍屁股上的土，别开脸不去看江路遥：“就当是我的错，行了吧？”

何幸看不惯刘绪的态度，一点儿诚意都没有。

2. 没有感情的杀手

不过江路遥并没有追究，他问江应景：“哥，你怎么来了？”

江应景说：“妈让我过来参加家长会。”

何幸看见棉花糖还完完整整地在江路遥手里，怕他会因为刘绪的事情影响胃口，这是她用为数不多的零花钱买的，自己都没舍得吃，怎么能浪费呢！

她撕下一块粉色的棉花糖递到江路遥唇边。

香甜的气味，就在他鼻息间游走。

江路遥一时没反应过来，傻傻地张开嘴。

棉花糖被何幸塞进了他嘴里，化成了一股甜蜜。

她笑靥如花，眸子灿若繁星：“甜不甜？”

江路遥点点头：“甜。”

她欣慰地勾起唇角：“明天我再给你带棉花糖。”

“明天？”江路遥眨着眼睛看她。

何幸一怔。

她不知道今晚会不会死，如果她又回到了今天，她一定要提前买好棉花糖，在刘绪出现之前便来到蓝山高中，带江路遥出去吃午饭，以避免这场冲突。刚才她心里这样想着，没有多加考虑，话便脱口而出，看到江路遥疑惑的眼神，她才意识到自己说错了话。

“我的意思是……我以后会经常来看你，免得又有坏蛋欺负你。”

何幸瞥了刘绪一眼，话中有话。

她摸了摸江路遥的头，清爽蓬松的短发，手感毛茸茸的。

“你不喜欢巧克力，咱们就不吃巧克力。想吃什么尽管跟我说，我跟你哥带你去。对了，今晚想吃什么？一起去吃吧。”

江路遥又咬了口棉花糖，将巨大花朵形状的棉花糖咬出了一个坑。

“我都可以啊，我不挑食，你想吃什么，咱们就去吃什么。”

他笑着看她，那双平时冷淡的眸子，此时盈着暖意。

刘绪和陈梦都不敢相信，江路遥会像小奶狗一样，乖乖地被摸头，说话的语气还那么温柔。这还是他们认识的那个江路遥吗？！

尤其是陈梦，听见那句“我不挑食”的时候，心潮起伏，像是龙卷风侵袭而来。她带过无数零食给江路遥，他都不吃。她隐约明白，江路遥在拒绝她。

拒绝就拒绝吧，江路遥就是那样的性格，陈梦已经习惯了。可他如今对另一个女生说出“我不挑食”这种话！太过分了！

班主任走进教室，他很年轻，看起来大学毕业没几年，穿着件黑白条纹衬衣，高高帅帅。

刘绪灵机一动，先发制人：“冯老师，江路遥的女朋友来了。”

冯老师惊呆了！他没听错吧！

虽然他很开明，经常和学生们打成一片，但从来没人敢承认自己早恋。否则公私分明的他肯定是会让两位同学请家长的。

他的目光转向江路遥，确实有个女孩站在他身边。

冯老师心中五味杂陈。他该怎样委婉地告诉江路遥，他现阶段最重要的是学习呢？

冯老师正在想，那女孩却一个箭步冲过来，握住了他的手。

“您好，我是江路遥的好朋友，绝对不是女朋友！我们认识十几年了，虽然关系很好，但并没有要恋爱的意思，因为我们是学生，知道现阶段什么最重要！”

她把他想说的话都说了，那严肃的语气，仿佛她才是老师。

冯老师的思路都被她打乱了：“哦，是这样啊。”

何幸重重点头，说起话来无比真诚：“我和江路遥一直都在互相鼓励打气，约定要考上 A 大。老师，他最近学习还认真吗？”

冯老师点点头：“很认真。”

何幸松了口气：“那就好。”

刘绪有些绝望，她刚才不是这样说的啊！

“冯老师，你别被她骗了，她刚才还承认了！”

何幸盯着刘绪，一脸迷茫：“我承认什么了？”

刘绪脑中搜索着何幸刚才说过的话，可他怎么也想不起来，因为何幸根本没有明确表明过自己和江路遥的关系。刘绪张了张嘴，却什么都说不出口，着急得手都出了冷汗。

陈梦扯了扯他的衣服，小声说：“刘绪，你别说了，你本来就不占理。”

刘绪沮丧地垂下头。

此时又来了几位家长，刘绪的爸爸也在其中。那健硕的身材、黝黑的皮肤，还有那标志性的肿眼泡，一看就知道他们是父子，他们简直是从一个模子里刻出来的。

刘绪是因为成绩太差，上课时还话多，影响了周围同学，才被请家长的。

他爸爸脾气暴躁，直接对冯老师说，让他该打就打，该骂就骂，千万不要手下留情，惹得冯老师哭笑不得，并告诉他学校规定不可以体罚学生。刘绪爸爸竟然露出了失望的表情，挽起袖子说没事，回去以后他代替老师好好教训儿子。

刚才还气焰嚣张的刘绪，在爸爸面前可怜、弱小又无助。

江路遥当然不是因为品学不佳的缘故，他向来成绩优异，只是最近精神看起来不太好，竟然会在上课的时候打瞌睡，他从来没出现过这种情况。冯老师担心他在家里学习太辛苦，想询问具体情况，并且告诫江应景，让他注意弟弟的身体，劳逸结合……

何幸站在教师办公室外，偷听了一会儿。

原来江路遥这么优秀，她越发觉得他的腿很可惜。

何幸回到江路遥身边，看到他吃完了一根棉花糖。何幸递给他纸巾，他擦了擦嘴，白色的纸巾被染了色，他愣了愣，问何幸"你看我舌头是不是彩色的？"

他吐出一根浅蓝色的舌头。

何幸有些尴尬："嗯，棉花糖掉色，下次不买了。"她转移话题，"老师说你最近经常上课打瞌睡，是怎么回事？"

江路遥若无其事地回答："没什么。"

何幸觉得有道视线一直黏在她身后，让她有种如芒在背的感觉。她回过头，正好看到陈梦望着她，那种眼神夹杂着复杂的情绪，隐隐带着一种羡慕。

两人目光撞在一起，陈梦有些慌张，猛地低下了头。

何幸着实有些好奇，迟疑了几秒，忍不住问："那个叫陈梦的女孩子……"

江路遥冷冷淡淡地说："我跟她不熟。"

"她好像很喜欢你的样子。"

江路遥竟然"扑哧"一声笑出声来："你从哪儿看出她喜欢我？"

何幸挠挠头："她特意带巧克力给你吃。"

江路遥靠在轮椅上："我又不喜欢吃巧克力。如果她真的喜欢我，她就应该搞懂我喜欢吃什么、不喜欢吃什么。"

"可是你哥哥说，你并不讨厌巧克力啊。"

"我讨厌给我巧克力的人。"

何幸小心翼翼地问："那你吃了我送的棉花糖，说明你不讨厌我，对吧？"

江路遥莞尔一笑："为什么讨厌你，你又没有做坏事。"

何幸放下心来，却又不太理解："所以陈梦做坏事了吗？"

江路遥垂下眼眸，纤长的睫毛，被灯光笼罩了一层银色光辉。

"她帮我，只是因为，这样做比较有优越感。"

何幸愣住了。

3. 付出和回报

江路遥拿起桌上脏兮兮的书本，在空中抖了抖。

"她身体健康，四肢健全，而我不是。在她心里，她是高我一等的。每当她看见我的时候，会觉得我很可怜，所以她会来帮我，她享受着这种施舍的乐趣。”

何幸怔怔地看着江路遥。他依旧像孩子般纯真，可他说出的话，一点儿都不像她印象里单纯如白纸的少年能说出来的。

何幸喃喃道：“但她比大多数同学都好。”

“所以呢？”江路遥将书放在桌上，“对我好，我就一定要感恩吗？”

“也不是啦，不管她心里在想什么，起码她的行动是善良的。”

“我知道她没有恶意，她甚至没有自己的主见，前一秒还对我笑嘻嘻，后一秒便被刘绪吓到，跟着刘绪一起讽刺我。”江路遥说着说着，突然停下来，“姐姐，你觉得她为什么要帮我？”

何幸摇头。

江路遥笑了：“她帮我，是想得到回报。”他轻描淡写地说，“这世上，不是每一段付出都有回报。”

简简单单的一句话，却像石头般砸进何幸的心湖里。

她抿住嘴唇。

“你不需要别人对你付出，也不想回报，是吗？”

江路遥的下巴微微点了一下，算是认同何幸的话。

何幸轻声说：“可是这样会把真心对你的人，排除在自己的世界之外。”

江路遥微笑：“没有关系啊，我的世界里不需要那么多人。陈梦打扰我的生活，让我感到困扰。她做的一切是为了她自己，她感动了自己，到头来还要嫌我不领情。如果她不做那些烦人的事情，我就可以安安静静地学习，我的书也不会被弄脏。”

这孩子真是理性得惊人。

何幸站起身，帮他把皱了的书抚平。

“还担心你会难过呢，看你没事，我就放心了。”

她回眸看他，神情格外温柔：“小遥，你想安静待着就安静待着，你不想回报别人，甚至可以连笑都不对他笑一下，你有你的喜好，也有你的自由。虽然姐姐我换位思考，觉得得不到回报的女孩子有些可怜，但我不能要求你做什么，那是道德绑架。你又没有做坏事，你也不需要照顾所有人的情绪，每个人只要活出自己想要的样子就好了。”

江路遥望着有些斑驳的课桌，低声说：“谢谢。”

何幸笑道：“干吗谢我，我又没做什么。”

江路遥说：“谢谢你维护我，也谢谢你理解我。”

“本来就是他们不对，”何幸突然想到一个问题，“你在学校经常会被欺负吗？”

江路遥的眼眸闪了闪，他面无表情地说：“偶尔。”

虽然他语气平淡，何幸却猜得到，他在学校里一定受到过排挤。

她想问，却又不好意思问，毕竟她和江路遥还不熟，打探太多私人问题显得她很八卦。而且，他也不会真的信任她，对她说出实话。

何幸拍拍胸口，大大咧咧地说道：“没事，以后姐姐我罩着你！”

教室里没有老师，依旧吵吵闹闹，大家听不清何幸的声音，也不知道他们只是姐弟。尽管何幸在冯老师面前否认了，但仍然有许多同学认为她和江路遥关系亲密。

虽然江路遥身体有疾病，可他在学校里人气不低。他对同学有种疏离的礼貌，主动接近他时，他也会回应，但他从不与人交心，仿佛天生带着一种冷淡忧郁的气质。

同学们从来没见过江路遥这样的表情，他会吃她带来的棉花糖，会容忍她摸他头发，会用这种温和的眼神看着她。显然，他那不轻易让人容身的小小世界里，有容纳她的一寸空间。

江路遥突然伸出手。

何幸一愣。

他对她晃了晃小指：“说过的话要做到。”

何幸伸出手指勾住了他的小指：“好的，我们拉钩。”

江应景走进教室时，看到的便是何幸与弟弟一起拉钩的画面。

他有些惊讶：“你们趁我不在的时候做了什么约定吗？”

何幸与江路遥相视一笑，回答得很有默契。

“我约定下次带小遥吃不掉色的棉花糖。”

“我不想吃棉花糖了，甜食会让人发胖的。”江路遥抗议。

“你还在乎发胖吗？你不会真的在减肥吧？不行，我要带你吃肉！”

“好啊，”没想到江路遥回答得很干脆，“什么时候吃？今晚可以吗？”

何幸愣住了。

她好像掉进了什么陷阱里……

带江路遥吃肉当然可以，弟弟开心她就开心，而且还可以与江应景有更多的相处机会！可是悲惨的事实是，她没有钱了！她在微信里给江应景转了 250 元，他虽然没有收，可这也要 24 小时之后才能退回到她的零钱里，中午吃饭的 100 元钱还是夕颜借给她的。

何幸现在穷得叮当响。

可是看着江路遥那双清亮通透如小动物般的眸子，何幸实在拒绝不了。

“可以。”

江路遥瞬间开心起来，扯了扯何幸的衣袖：“姐姐真好，不愧是我哥的好朋友。”

江应景看了何幸一眼，也不知道是不是他心里清楚何幸的窘迫，他说：“改天吧，哥下午有事。”

江路遥无视哥哥的拒绝，摆摆手：“没关系啊，你有事就去忙，我和姐姐去吃。”他望着何幸，甜甜地问，“姐姐，你喜欢吃炸鸡吗？校门口有一家很好吃，我好久没吃了！”

何幸轻易就被美食诱惑了：“炸鸡，我喜欢！”

江路遥说：“那就说好了，放学以后我们去吃炸鸡。”

江应景被排除在他们两人的世界里，仿佛他成了多余的那个人，他有些郁闷。

他沉默片刻，神色不太自然地说：“我突然想起来，今天下午没事了……”

江路遥没有计较他前后矛盾的回答，笑盈盈地问：“一起去吃炸鸡？”

江应景：“……嗯。”

何幸回了趟家，把穿错的鞋子放回去，又翻箱倒柜找到了一些零钱。

江应景一直在楼下等何幸，何幸还以为他真的有事，可他什么都没提。

她下了楼，走出单元门，望向不远处枝繁叶茂的榕树。

夏风炎热，吹动满树绿叶，江应景就坐在树下的木头长椅上看着她，流动的斑驳光影投在他身上，随着微风游走，那画面看起来像是一幅色彩绚丽唯美的油画。

她怕他等太久会着急，并没有换衣服，仍然是原来的打扮。江应景走向她，目光从她的双马尾扫下去，落在她脚上新买的运动鞋，他的唇角微微勾了勾。

离江路遥放学还有一段时间，何幸便跟江应景在街上走了走。

步行街上很热闹，小店里有琳琅满目的服饰，路边的小吃店散发着美食的香味。

何幸默默跟在江应景身后，看着他垂落在身侧的手。如果她可以牵住他的手，就真的像是一对情侣了。

何幸想入非非。

江应景突然停下脚步。

何幸一时没刹住，撞在了他背上。

她捂着鼻子，面色绯红地后退了几步，生怕自己的小心思被江应景察觉。

4. 蜜桃慕斯派

江应景看着何幸：“你平时不是叽叽喳喳很活泼吗，怎么突然不说话了？”

“是吗？”何幸摸了摸鼻子，语气略带尴尬，“我在你印象里那么吵啊。”

江应景一点儿面子都没给她留：“嗯，是有点儿吵。”

何幸：“……”

这条步行街离学校很近，时不时会有些同校的学生经过，看到江应景的时候，微微有些惊讶，纷纷放慢了脚步，用一种极其八卦的眼神，打量着江应景和何幸。

何幸不知道能和江应景去哪儿，除了逛逛街散散步，他们还有什么能做的事吗？

或许江应景也意识到了这个问题，他们总不能就这样在路上闲逛直到江路遥放学。他带她来到路边的咖啡店，江应景让何幸找位置坐下，他去买了两杯咖啡。

咖啡店虽然不大，但生意很好，都快要被坐满了，只剩下唯一的座位。

江应景付了账，转身看见何幸犹豫地站在店中央，他拉了拉她的马尾。

“你发什么呆，坐啊。”

“哦……”

何幸跟江应景面对面坐下。

有顾客离开，何幸指着还没有被店员收拾干净的桌子：“我们坐在那儿吧。”

江应景没有要换座位的意思，反而靠在了沙发后背上：“为什么？”

何幸纯粹是为他着想：“坐在靠窗的位置太显眼了。”

江应景却完全不介意：“跟我坐在一起又不丢脸。”

“也对，”何幸点点头，又觉得不对劲，“可是，你不怕被误会吗？”

“误会什么？”

“误会我们在交往啊。”她扭头，看到店里还坐着几桌举止亲昵的男女，她和江应景与他们并没有什么区别，她不假思索地说，“我们一起坐在咖啡店里，好像恋人。”

“难道和异性一起喝咖啡就是谈恋爱？”

“虽然不是这样……”何幸眼睛亮闪闪地看着他，侧脸被窗外的光映得金灿灿，“但你和异性一起喝过咖啡吗？”

江应景：“没有……”

“所以嘛，”何幸笑容灿烂，“我的存在不同于别人！”

江应景：“……”

穿着黑色套裙的漂亮服务生端着两杯咖啡走过来，将咖啡和一碟甜点放在桌上，笑容可掬地说：“您好，我们今天店里有活动，情侣进店消费，可以免费赠送一份蜜桃慕斯派。”

何幸被那声“情侣”动摇了心神。

原来在别人眼里，她和江应景看起来很般配嘛。

江应景直接拒绝了：“不用了。”

服务生愣住了，她从来没有遇到过拒绝免费美食的顾客，她强调道：“这是赠送的，不收费。”

“谢谢，我们不需要。”

“我们的蜜桃慕斯派可是本店招牌，非常好吃，平时一份正价 58 元。”

“我不喜欢桃子味。”

“……”

服务生有些尴尬，她仍然保持微笑：“您没有问过女朋友，或许她想吃呢？”

江应景低头搅动咖啡：“她不是我女朋友。”

何幸望向面带同情的服务生，露出一个尴尬又不失礼貌的微笑。

“我们还不是男女朋友，我对桃子过敏，所以不能吃……”

这句“还不是”简直扎心，服务生更心疼了，觉得何幸是单方面付出却不被承认的可怜虫，她严肃地说：“妹妹，要更爱自己哦！”

何幸心情复杂，欲言又止。

她在服务生口中好像真的很卑微，可她确实对桃子过敏啊！但是服务生在为她打抱不平，她不好意思拒绝对方的好意。

她小声问：“可以打包吗，我想带回去吃……”

“新鲜的最好吃，你真的不尝尝吗？”

服务生太热情了，眼神中饱含殷切，完全无视江应景的存在。

何幸看着面前精致的蜜桃派：“我中午吃饱了，现在不饿，想带回去晚上吃。”

“可以可以，我帮你打包。”

服务生将蜜桃慕斯派放进小盒子里，不满地看了江应景一眼，才转身离去。

江应景很无辜：“我看起来像‘渣男’吗？”

他眉眼如画，窗外赤金色的阳光洒落在他身上，好看得不像样。

何幸下意识地点了点头：“可能长得太帅的男生都比较像‘渣男’。”

江应景：“一时分不清你是在夸我还是在骂我……”

何幸伸手想去拿甜点盒子，江应景拍了拍她的手背：“你不会真想带回去吃吧？”

“毕竟是送的嘛，人家的好意我们怎么能拒绝呢？再说，它看起来很好吃呢。”

何幸的手被江应景紧紧压在桌子上，根本没办法去触碰盒子，只能眼睁睁看着。

他将盒子放在自己身边的沙发上，那是她无法碰到的距离。

“别想了，你对桃子过敏，就算扔了，你也不能吃。”

“我知道，我是想打包带给小遥吃，他不讨厌桃子吧？”

“哦对，可以给阿遥吃。”江应景的神色缓和下来，“不过他平时挑食，我也不知道他吃不吃。”

“带去问问呗，他要是不吃，我就带回去给妈妈吃。”

“万一你带回去，忍不住自己偷吃了呢？”

何幸不由得失笑："放心吧，我肯定不会吃。"她说着，突然想到了什么，"难道你早就知道我对桃子过敏？你怎么知道的？我好像没说过啊。"

江应景怔了怔。

他扭头望向窗外。

"不知道。"

"那你怎么会拒绝呢？"

"我单纯不想吃，忘了问你。"

好吧，这个答案很棒。

不过他平时很贴心，情商也不低，如果不知道她对桃子过敏，至少会问她一句吧。

这下好了，他被服务生贴上了"渣男"标签，柜台里那一排服务生看着江应景的表情都不友善了。

何幸和江应景坐在咖啡店里，彼此都礼貌中带着生疏，和其他卿卿我我的情侣截然不同。

咖啡喝完了，何幸百无聊赖，开始咬吸管。

江应景问："再给你点一杯？"

何幸连忙摇头："不喝了，晚上会失眠。"

江应景："那就买一杯摆在这儿，要不然她们都觉得是我舍不得让你喝。"

何幸："……"

她望向柜台，几位服务生交头接耳，眼神里对她的同情丝毫不减。

可能因为咖啡杯是透明的，她喝没喝完太明显了……

甜品盒又在江应景身边，她拿不到，仿佛是他不想给她吃。

江应景又点了杯鲜榨果汁，服务生虽然因为他的举动而稍稍欣慰，内心却还是对他有偏见，语气仍然不善："只要一杯果汁吗？松饼、沙拉、酸奶、三明治、焗饭、其他水果味的蛋糕要不要？"

何幸摇头说"不要"的同时，江应景点了一份炸物拼盘和六寸芒果蛋糕。

他在干什么！他们两人明明都不饿！

服务生居然还继续问："还有呢？"

江应景居然也继续点："鲜虾三色沙拉、抹茶千层、蓝莓芝士蛋糕、金枪鱼卷、海鲜焗……"

何幸连忙抓住江应景的手，制止他在菜单上指出下一道菜。

5. 眼里的星星

"我真的不饿！"何幸几乎在恳求了。

江应景看她一眼："但是有人觉得你饿。"

服务生没把何幸的话当真，她以为何幸不敢吃是怕男友生气。这小姑娘看起来秀丽可人，怎么谈起恋爱来如此卑微？简直让人痛心疾首！

“这些只是餐前小吃，不占肚子。”她对何幸的态度略带温柔，将视线转向江应景的时候，又板起脸来，“先生，还点吗？”

何幸能感觉到江应景的手在她的手底下挣扎着想出来，她死死压着他的手，用一只手夺过了厚厚的菜单藏在怀里，对服务生露出尴尬又不失礼貌的笑容：“不点了！之前点的也划掉！我们刚才吃过饭了，吃不了这些。”

服务生完全没把她的话当一回事，复述着江应景点的食物：“哦，鲜榨西瓜汁、炸物拼盘、芒果蛋糕、抹茶千层、蓝莓芝士蛋糕、鲜虾三色沙拉、金枪鱼卷、海鲜焗饭。如果没有别的要求，这些就先下单了。”

江应景说：“好。”

何幸：“……”

服务生收起菜单准备离去。何幸中午吃太多了，现在并不觉得饿，听到这一堆美食，她并没有期待而是压力满满。她扑过去想要制止，但服务生灵活地避开了，还苦口婆心地告诫何幸：“不用给他省钱，女人要对自己好！”

何幸无言以对。

江应景的手动了动。

她这才意识到，她一直把他的手压在自己手掌之下。

何幸脸一红，连忙收回手。

看着服务生离去的背影，何幸小声问：“你不觉得我们点太多了吗？”

江应景道：“那就等小遥放学了一起来吃。”

“但是他想吃炸鸡。”

“我不是点了炸物拼盘吗？”

这倒也是，何幸想起自己身上也没什么钱了，江应景点了一大堆，他们肯定吃不下，完全可以带小遥一起，就当一顿晚饭。她看了看时间，小遥也快放学了。

何幸站起身：“做好还要一段时间，我现在去接他吧！”

江应景道：“你坐在这里等着就好，我去接他。”

何幸说：“那我去给他买校门口的炸鸡！”

“你不是说吃不下了吗？”

“但是小遥想吃……”

“你也太关心小遥了。没关系，他想吃，我去给他买。”

我关心小遥，还不是因为你嘛……

何幸没好意思说出口。

想到下午江路遥对她说的话，她又觉得心虚。陈梦接近小遥是有目的的，那么她对小遥的好，不也是有目的的吗……

可是不一样的是，她除了因为江应景而关心江路遥以外，她也是真心喜欢这个看起来单纯却又脆弱的男孩子。

江应景说小遥没有朋友，何幸想要成为小遥的朋友，真心实意地对待他，让他青春里的色彩再多一点儿。为什么要考虑接近的动机呢，只要心中没有恶意，不就好了吗?

江应景说要去接弟弟，转身离去，结果在门口被服务生拦住了："先生，您还没有付账。"

虽然进店购买饮品需要直接在前台结账，但如果堂食的话，完全可以吃完以后再结账。何幸也还坐在那里，按理说服务生不应该着急逼江应景结账。但在好心的服务生眼里，江应景整个人的脸上都写着两个大字——"渣男"。

现在这"渣男"上面，还加了一句描述——不付钱的"渣男"。

怪不得他点那么多东西呢，原来是想把这小姑娘一个人放在店里付钱啊！服务生义愤填膺，还叫了同事一起拦着江应景。两个姑娘将店门口堵得严严实实。

江应景愣了愣，乖乖扫码付款。

何幸僵坐在那里，看着面前发生的尴尬一幕。

江应景付款以后，她们才放行，站在门口看着他走远了，她们小跑到何幸身边，其中那位长发姐姐关切地问："他怎么就留你一个人在这儿? 他还回来吗？"

何幸哭笑不得，仿佛她真的是被"渣男"欺骗的可怜女孩，她连忙解释："他去接一个朋友，还回来的……"

两人若有所思："钱都花了，应该会回来的。"

何幸："……"原来她们以为他是想要逃单啊。

东西上齐后，两个服务生姐姐还催她："快吃吧，等你男朋友来了，他又不让你吃了。"

"他不会不让我吃的，而且他也不是我男朋友……"

"怎么可能！"两位姐姐异口同声地说，"你肯定喜欢他，因为你看着他的眼睛里有星星！"

这么明显吗?

何幸低下头，用吸管搅动冰凉的西瓜汁。可她觉得江应景也对她挺好的。

他知道她穿错了鞋子浑身不自在，带她出来买鞋子。在她因为没钱而难堪的时候，他默默买了一双鞋子送给她。那双鞋很贵，他却只问她要了一块钱。

他说她穿高跟鞋很好看，却怕她穿着太辛苦，选了平底鞋给她。

他担心她会对桃子过敏，不许她将蜜桃慕斯派带回家，还点了这么多吃的。明明是她说要带小遥吃饭，应该她来付钱，他却直接结了账。虽然是被那两位可爱的姐姐逼迫，但是何幸总觉得，江应景心里明白她身上没什么钱了，才点了这些，包括弟弟想吃的炸鸡……

她还记得，那次她带他去吃炒菜，他仿佛知道她喜欢吃水煮鱼，特意问她要不要吃，还点了他们两人都吃不下的菜量，导致何幸有一段时间天天吃水煮鱼，吃到产生了心理阴影……

他在鬼屋里保护她，在她被同学们误会的时候挺身而出……

太多回忆了，数不胜数。

在江应景心中，他们只认识了几天，可能并不熟，可是何幸却变得越来越熟悉他。她脑中有了那么多关于他的记忆，如今想来，竟然充满了甜蜜。

虽然江应景没有说过什么甜言蜜语，更没有说过喜欢她，但是他做的一切，却好像很符合“喜欢一个人”的表现。

何幸的脸上忍不住浮起了笑容。

两位姐姐面面相觑。

“你在笑什么啊？”

何幸连忙收起笑容，不想被当作恋爱脑的傻白甜。

“没什么啦，我们点的东西能不能慢点儿上？他可能还有一会儿才会回来，等他来了再上也不迟。”

长发姐姐应了一声，跑去厨房交代。酒窝姐姐半信半疑：“你确定他还会回来？要不然你先吃？”

何幸点头说：“他会回来的。”看到酒窝姐姐担忧的眼神，她又补了一句，“如果他不回来，我就打包带走吃，反正他已经结过账了。”

6. 惜字如金

酒窝姐姐这才放下心来。

何幸抿了一口冰爽的西瓜汁，余光中瞥见店外站着一个人。她扭头去看，吓了一跳。一张脸贴在玻璃上看着她，五官被挤压得扭曲。

何幸差点儿以为是杀人魔女又跟过来了。但是仔细一看，她瞪大眼睛：“星黎学长？”

秦星黎从玻璃上离开，那团扭曲的五官又恢复成了帅气阳光的模样。他跑进了咖啡店，热情洋溢地打招呼：“小星星！”

何幸笑道：“好久不见。”

“没多久啊，”秦星黎一脸迷茫，“才几天没见。”

何幸表情一僵。在她的记忆里，已经很久没见到秦星黎了，这段时间她依旧重复着，每天都与江应景和江路遥在一起。

“你一个人在这里吃饭吗？”

秦星黎看见何幸的桌上摆着的东西，看起来像是她吃不完的分量。她对面的沙发上还放着一个彩色圆点的可爱甜品盒子。

“原来你这么喜欢吃甜食。不过也点得太多了吧。”

“我跟朋友一起吃饭，他出去接人。我在这里等他。”

“这样啊，”秦星黎坐在了何幸的对面，“那我陪你一起等吧，顺便吃晚饭。放心，我不会耽误你和朋友吃饭的，我吃完就走！”

何幸“扑哧”一声笑了，秦星黎在解释什么，她又没说不让他吃。

“好啊，他们可能还要一会儿才来呢，你吃蛋糕吗？”她将面前的小蛋糕朝秦星黎推过去。

他连忙摆摆手：“不用，这是你们点好的，我要是吃了，你们一会儿吃什么。”

“没关系啦，我们点了很多蛋糕！”

何幸想起那块她不能吃的蜜桃慕斯派！

她让秦星黎将盒子递给她，先问他：“你对桃子过敏吗？”

秦星黎摇摇头，何幸便拆开了盒子：“这块蛋糕给你吃吧。”

秦星黎礼貌拒绝：“不用不用。”

“我对桃子过敏，不能吃，我朋友也不喜欢吃。”

“噢，原来是你朋友不能吃，你才给我啊。”

秦星黎假装失望，偷看她的表情。

何幸连忙解释：“不是啦，我也可以带回家的，但是蛋糕要吃新鲜的，带回家就不好吃了。”

“哦，所以把不好吃的给我吃。”

“不……不是。”

看她不知所措的样子，秦星黎忍不住笑出声来：“逗你的，你给我的蛋糕，我怎么会嫌弃呢？既然你不能吃，我就帮你吃，我对桃子不过敏。以后还有什么你不能吃的，我都可以帮你吃。”

他也没有客气，用勺子舀了一块蜜桃慕斯派放进嘴里，笑得眼角扬了起来：“好吃。”

不知道什么时候，长发姐姐和酒窝姐姐都走了过来，在不远处围观。

见状，她们纷纷做起了助攻：“好吃吧，这是我们店里的情侣专享套餐，每位进店的情侣都会赠送一份。刚才我们送给这位顾客，但她说要包起来带回家吃，我们还以为她在减肥，原来是要带回去给某人吃。”

何幸的表情一僵。

虽然两位姐姐在努力帮她说话，可是她们的红线牵错人了啊！她和秦星黎根本不是这种关系！

长发姐姐和酒窝姐姐对视一眼，像是想要帮何幸考验秦星黎，她们将菜单递给了他。

秦星黎毫不犹豫，点了意大利面和烤翅，还问何幸想吃什么。

何幸摇头：“不用管我，我一会儿还要吃晚饭，现在就不吃了。”

秦星黎点点头：“对了，我忘了你还有一顿饭。”

他看着何幸的脸，微微一笑："晚上多吃点儿，女孩子肉肉的才好看。"

酒窝姐姐欣慰地赞同："对！肉肉的好看！你这么瘦，可以多吃点儿。"

长发姐姐点头附和："我们店里有藜麦沙拉，低热量，不长肉。"

"那就点一份藜麦沙拉。"

秦星黎不由分说便点了一份藜麦沙拉，还很体贴地要求用油醋汁调味，不要用高热量的沙拉酱，仿佛何幸真的在减肥似的。这样既为她点了食物，又不妨碍她的减肥进度。

虽然她真的没有在减肥。

酒窝姐姐望向何幸，露出了长辈般的笑容："这个男孩子不错，你要珍惜啊！"

姐姐你别乱点鸳鸯谱！

秦星黎翻看着菜单，又点了一杯草莓樱花气泡水给她。

何幸的西瓜汁还没喝完，忙说："我不渴。"

秦星黎指着印在菜单上的照片，笑盈盈地说："你看，这杯饮料这么漂亮，里面还漂着樱花，很适合你。"

何幸扶额："饮料又不是摆来观赏的。"

"可我吃饭，你坐着什么都没有，就这么看我吃饭，不是很无聊吗？"

"我还有半杯西瓜汁。"

"只有一点了，也不能支撑你喝多久。"

"……"

"一杯青柠红茶，一杯草莓樱花气泡水。就这些吧。"

秦星黎点完就很自觉地付了钱，半点儿没有逃避结账的意思！

对比着前者，他的形象瞬间高大了起来。

酒窝姐姐拍了拍他的肩膀："加油！小伙子，我很看好你！"

秦星黎一头雾水。

"加油？加什么油？发生了什么？"

何幸沉默不语。

她好像被店员姐姐误会得越来越深了。

秦星黎点的食物上桌了，何幸将蛋糕先推到一旁。

藜麦沙拉很好吃，一大盘都是脆嫩的蔬菜，他们两人边吃边聊天，气氛一如既往的愉快。

江应景推着江路遥回来的时候，看见的便是这样一幅场景。

咖啡店里没什么人，何幸坐在窗边，而秦星黎坐在她对面正说着什么，他的出现仿佛点亮了冷冷清清的咖啡店。

何幸被他逗得哈哈大笑。也不知道是巧合还是什么，她穿着紫色的格子连衣裙，秦星黎则穿着件清爽好看的紫色T恤，简直像是情侣装！两人看起来般配极了。

柜台里的几位服务生如同老母亲一般，面带笑意望着他们，时不时交头接耳，议论着什么。

江应景停在了咖啡店门外，隔着玻璃看着何幸。

江路遥手里捧着一袋冒着热气的炸鸡排，突然感受到空气被冰冻了。

他沉默了一会儿，轻声问："哥，我们还进去吗？"

江应景好像才回过神来，"嗯"了一声。

他将轮椅推进了咖啡店。

柜台里的服务生看见他的出现，心情十分复杂！原本以为这男生是个"渣男"，可能不会回来了，没想到他推着一架轮椅回来了。那轮椅上与他模样相仿的少年，应该是他的弟弟吧。本该是花季绽放的年龄，却坐上了轮椅，太令人惋惜了！而推着轮椅的哥哥，应该对弟弟很好吧，还买了炸鸡，接他放学，看起来很有责任心。

她们对江应景的偏见，瞬间消减了大半。

"原来他真的是去接人。"

"我就说嘛，这么帅的男生不会是'渣男'。"

何幸发现江应景回来了，高兴地站起身迎过去："我还以为要等很久呢，你这么快就回来啦。"

"嗯。"

"吃的还没有开始做，现在我让他们做。"

"嗯。"

"你在校门口买炸鸡啦，我闻到炸鸡的香味了！"

"嗯。"

"不过我们点了那么多吃的，也有炸鸡，这么多肯定吃不完了。"

"哦。"

"怎么突然惜字如金了？"

何幸没有多想，以前江应景的话也不太多，他本来就不是个喜欢叽叽喳喳的人，跟她不一样……

她一边叮嘱服务生现在可以上菜，一边顺手接过江应景手里的轮椅，将江路遥推到了桌边。

沙发不能移动，放不下轮椅，她便想将江路遥抱下轮椅。

何幸的双手从江路遥腋下伸了过去，以拥抱的姿势，试图架起他。

一二三！

使劲！

她抱起了江路遥！

但只有一秒，她就被他的重量拽了下去。

7. 再也不喜欢你了

是她错误估计了他的体重。江路遥一直坐在轮椅上，看不出身高，看起来清瘦苍白，年龄又比她小几岁，模样还有几分少年气，她总把他当弟弟，完全忽略了他并不是个小朋友！

她根本就抱不动！

何幸盯着江路遥笔直如筷子的双腿，可能因为长期不能走动，无法运动，他的腿比一般男生的都细，几乎没什么肌肉。

“你多高？”何幸突然问他。

“没量过，现在应该不到一米八……”江路遥的眼神黯淡下去，“我都站不起来，量身高也没什么意义。”

“那你多重？……”

“一百斤多一点儿吧，很久没称过了……”

何幸知道江路遥比较瘦，可没想到他这么瘦。

她才一米六五，已经有九十五斤了，江路遥比她高得多，才一百斤多一点儿？也太瘦了吧！

何幸知道，像他这样长期坐在轮椅上的人会肌肉萎缩，再加上他挑食，更难胖起来了。唉，谈什么胖不胖呢，胖对于江路遥来说是个奢望，只要他能比现在稍微丰满一丁点儿就好……

“你太瘦了，小遥，你要多吃饭！刚才我抱不动你，不是你的问题，是我力气太小了，没做好心理准备，给我一点儿时间！”

“我来吧。”

秦星黎站起身准备帮忙，但江应景先走了过来，不冷不热地说了句：“谢谢，我来就好。”

他轻车熟路地将弟弟抱在了沙发上。

突然他察觉到沙发上的蜜桃慕斯派不见了，只剩空的纸盒。

江应景缓缓望向何幸。

她嘴角似乎沾着一丁点儿白色的奶油。

江应景的表情忽然冷掉了。

“你吃了桃子派？我不是不让你吃吗！那是新鲜桃子做的，不是桃子味儿的替代品。你不能吃！”

何幸看着明显有些惊慌的江应景，她好像第一次听他说这么多话。

“我现在立刻送你去医院！”

他叮嘱弟弟先坐着等他，然后就要带何幸走。

何幸连忙拉住他：“不用去医院，我没有吃……”

江应景的脸上写着两个大字——不信！

“我真的没骗你啦。我看你不喜欢桃子，我又过敏不能吃，就让星黎学长帮我吃了。”

她的理由不能说服江应景，她的嘴角明明还残留着奶油！

他修长的手指从她嘴角勾了过去，江应景指头上，留下了一点点奶油。

“这是？”

何幸想了想：“是蓝莓芝士蛋糕，我刚才忍不住尝了一口……”

江应景朝桌子上看了一眼，果然那块蓝莓蛋糕上有一个小小的缺口，他松了口气，却还是有些不放心：“真的？”

“真的！我知道过敏有多严重！绝对不会偷吃的！”

“你知道就好。”

秦星黎望着江应景和何幸。他们什么时候这么亲近了？上周她跟江应景还不熟，秦星黎记得她打断了篮球赛，说了江应景坏话，场面一度十分混乱！后来是他解围，才将她从那群愤怒的围观群众之中解救出来。可是此刻，何幸和江应景之间，哪有半点儿解不开的矛盾，江应景甚至在担心她的身体。

秦星黎偶尔会从班里女生口中听到江应景的名字，但他却从未听说过江应景谈了女朋友，甚至没有听过他和哪个女生走得太近。今天的江应景，和秦星黎脑中的印象截然不同。他居然也会关心女孩子？！还是说，因为这个女孩子是何幸？

“你们……什么时候这么熟了？”秦星黎怎么也想不通，到底发生了什么事。

何幸当然也知道这件事确实不合逻辑，可是在他们心里短短的几天，她却度过了无数天。她每天厚着脸皮来找江应景，反复修正每次的小错误，才能跟他的距离变近，也认识了江路遥这个朋友。

8. 锦囊里的心事

“哎呀，说来话长，主要是我们特别投缘，阴错阳差就成了好朋友。”何幸不想解释太多，她扯了扯秦星黎的衣角，“学长，你快帮我做证，我没有吃桃子慕斯。”

秦星黎道：“刚才是我帮她吃了。”顿了下，又说，“不过我真没想到，小星星约的是你，我还以为你们不熟。”

“小星星？”

江路遥神色古怪地重复秦星黎的称呼。

秦星黎笑道：“小幸小幸，不就是小星星嘛。”

江路遥“哦”了一声，别过脸望向窗外。

秦星黎觉得这个少年好像对自己没什么好感。

“要一起吃饭吗？”江应景很客气地问。

秦星黎连忙说："不了，我刚才吃过了。"

江路遥瞥他一眼："这我倒是看见了。你和何幸姐坐在这里吃饭，我跟我哥还以为走错了。你们在约会吗？"

秦星黎下意识地解释："我是过来吃饭的，刚好看见小星星坐在这里，我就跟她拼个桌。"

江路遥望着空荡荡的咖啡店，空桌子那么多，干吗要拼桌？这个借口完全没逻辑，还不如不说。他微微一笑，眼神清澈地望着秦星黎："你跟何幸姐很熟吗？"

秦星黎点头说："我们是邻居，关系还不错。"

秦星黎扭头看了何幸一眼，突然发现她没有戴他送的平安符。

他微微一愣。

"你没有戴我送你的平安符吗？难道你不喜欢？"

他的语气虽然依旧温和，没有质问的意思，但听起来总觉得他在委屈。

何幸取出一串叮咚作响的钥匙，上面挂着可爱的棕色小熊，还有秦星黎送的小锦囊："我挂在钥匙上啦，你看。"她笑得甜美，"谢谢你，星黎学长，你送的礼物我很喜欢。一定是因为这件礼物保佑了我，才让我来到新的一天。"

新的一天？

秦星黎不明白何幸在说什么，但她眼底的笑容是发自真心的。

"是啊，上个星期你还被人误会虐猫，这么快就真相大白了。也许真的是平安符的缘故，让你得到了意外的好运气。"

秦星黎的眼睛亮闪闪，仿佛一枚月亮坠落在蔚蓝海中。

"小星星，我看到视频了，虽然你跳下水的样子傻乎乎的，但总体来说，可爱又帅气。"

秦星黎居然在江应景面前表扬她，还对她的评价这么高，何幸觉得自己很有面子，不由得沾沾自喜。

江路遥突然抢过何幸手里的钥匙。

"这是什么？"

他好奇地晃动手中的钥匙，蓝色小锦囊晃晃悠悠。

何幸说："平安符啊！"

江路遥偏了偏头："里面好像有什么？"

他眉头一皱，觉得事情不简单，试图解开小锦囊。

何幸猛然想起，她写了张小纸条在里面！

她冲过去夺回了钥匙，将抓着钥匙的手背在身后："没什么。"

江路遥盯着她，发现她的脸红了，他瞬间变身福尔摩斯："一定有的，我都看见了，里面有张纸！"

这孩子，眼睛还真尖。

何幸将钥匙装起来，她可不会给江路遥再抢走的机会。

没想到江路遥直接问她：“姐姐，里面写的什么，我可以看吗？”他用那双小狗般湿漉漉的眼睛望着何幸，语气单纯又无辜。

何幸没想到他会提出要看，她连忙拒绝：“不可以！没什么好看的。”

她察觉到江应景也在看着她，她更紧地握住了手里的平安符：“这是开过光的平安符，里面的纸绝对不能取出来，要不然会有厄运的。”

她一边说，一边给秦星黎挤眉弄眼，示意他配合。

可秦星黎一脸茫然：“开过光吗？”

何幸：“……”

秦星黎：“我买回来第一件事就是自己拆开看了，难道我要倒霉？”

学长别说了。

江路遥问：“你拆开了？里面写着什么？”

秦星黎摇头道：“什么也没写，它就是个空锦囊。我查了查，说里面可以放盐晶，但我怕她睡觉的时候戴在脖子上会硌得慌，又怕盐晶不小心撒了，所以我什么都没放，就直接给小星星了。”

他完全没注意到何幸已经冒冷汗了，竟然还认真地说：“这里面是空的，我记得很清楚。你是不是弄错了？”

何幸不敢吭声。

秦星黎伸出手：“弟弟想看，你就给他看看吧。”

何幸挤出一个皮笑肉不笑的表情：“我不想！”

秦星黎：“……”

江路遥：“……”

何幸眼神灼灼望着他们：“别逼我，否则我吃了它！”

她这样坚定的态度，反而印证了她心中有鬼！

秦星黎这才反应过来何幸刚才为什么表情怪异。

不知道她在护身符里放了什么，他有些好奇，既然弟弟说看到了一张纸，大概是一张写了心事的小纸条吧。

不管是什么，小星星将重要的秘密放在他送的护身符里，她一定是真的很在意他送的这件小礼物。他的心情顿时晴朗，不想看到她为难。

秦星黎不再逼她：“好好好，你别冲动，我们不看了。”

江路遥低头看着桌上那被何幸咬过一口的蓝莓芝士蛋糕，想起刚才她和秦星黎一起吃饭时，气氛有多么愉快。

“哥哥，我们要吃饭了，你什么时候走？”

江路遥语气温和却毫不客气地下了逐客令。

秦星黎抓抓头发：“我现在就走……”

秦星黎离开了咖啡店，何幸透过玻璃朝他挥手告别。

江路遥突然问："何幸姐，你是不是喜欢秦星黎？"

何幸一愣。

江路遥怎么会问她这样的问题……

对她来说，江路遥还是个不懂事的小孩子，问出这样的问题，让她不由得脸红。她立刻否认："你想什么呢，当然没有！"

话音刚落，她突然愣了愣。

"你怎么知道他叫秦星黎？你认识他？"

江路遥用叉子插透了他盘子里的蛋糕。

他仰起脸看她，将甜美的蛋糕放进嘴里。

"不认识呀。"

"那你……"

"姐姐，你忘了，是你刚才自己说过的。"

"我有说过吗，我怎么不记得？"

"你刚才叫他星黎学长。"

"好像是有这么回事。可你怎么知道他姓秦？"

"我印象里似乎听过秦星黎这个名字，所以就说了出来。"

"哦。"

"他对你很好呢。"

"是啊，他人很好。"

"所以，你到底喜欢秦星黎，还是喜欢我哥？"

"你哥。"

何幸的嘴比她的脑子快。

话音刚落，她突然反应过来。

何幸用筷子敲了敲白瓷碗："小遥，你学坏了哦。"

江路遥笑得狡黠，将蘸着番茄酱的薯条放进口中。

"喜欢我哥的人很多，承认没什么丢脸的。"

"……"这孩子，能不在江应景面前说这话吗？！

"不过他很难追，追起来应该会很辛苦，不如考虑考虑星黎学长。他一看就是个暖男，跟他在一起应该会很开心吧。"

"我才没有想要追谁呢。小遥，你快吃饭吧，说些奇奇怪怪的话，搞得好像你很懂似的。不会已经早恋了吧？"

"并没有！"

何幸将整盘海鲜焗饭推到江路遥面前，试图堵住他的嘴。

她根本不敢去看江应景的表情。

虽然原本的她坚定喜欢着江应景，也曾对他表白过，可后来事情在不知不觉中有了变化。现在她和江应景的关系，没有什么明确的喜欢，只是在小小暧昧边缘徘徊。

连暧昧都算不上……

只是刚刚认识的普通朋友罢了……

她低头默默吃饭，希望不要被人听见她激烈的心跳声。

盘子里，突然被放进了一只香喷喷的炸鸡翅。

何幸顺着筷子看过去，那边是江应景白净漂亮的手指。

她大口吃饭，只觉得脸和炸鸡翅一样烫。

9. 偶像去约会了

虽然发生了一些小插曲，可今天仍然是幸福的一天。

晚上何幸回家，走在路上都忍不住哼起了歌。

夏天的夜晚总是黑得比较慢，她踏进院子的时候，夕阳正落在脚下，整齐的地砖和缝隙里的绿草全都被镀上一层暖洋洋的绯金色光芒。

可这熟悉的一草一木，让她想起了每次被杀掉的恐惧。何幸的肩膀一抖，猛地回头看去。身后没有人，只有树叶在风中沙沙作响。她不想再重复今天了。

楼道里很安静，电梯里也只有她一个人。

走出电梯，同样安静。

何幸屏住呼吸，后背贴在墙上，以防被偷袭，就这样一步一步挪向她家。经过这段时间的锻炼，她觉得自己的胆子似乎越来越大了。

所幸这次她没有在路上遇到那家伙，何幸平安地回到了家。爸妈正在客厅里看电视，见她回来，招呼她过去吃水果。何幸摸了摸自己胸口，差点儿喜极而泣，她活下来了！

但是不能放松警惕！毕竟那家伙不但有她家钥匙，似乎还会飞檐走壁，简直是无敌的！

她吃了些水果，回到自己房间，躺在床上回忆今天发生过的事情。身在其中时，她看得不全面，而现在突然很多事物都浮出水面，变得清晰。

江应景到底是怎么想的呢？

不不不，她绝对不会误解成江应景喜欢她！

从他认识她到现在，才几天而已，他也不可能喜欢啊。

只是真的好奇怪，他确实会担心她，以为她吃了桃子过敏的时候，他脸上露出了少有的紧张。可吃饭过程里，他却恢复了原来的样子，冷冷淡淡，话也不多。何幸叽叽喳喳说着话，努力活跃气氛，回应她的大多是江路遥。

如果江应景讨厌她，就不会跟她一起来吃饭。他还带她见家长了呢，虽然那只是一场偶遇。如果不讨厌她，为什么又对她不理不睬呢？

何幸心事重重，不知不觉就睡着了。

早晨，她被欢快的闹钟铃声叫醒。她先取出手机确定了一下时间。没错，她不用再重复昨天了！

何幸心中狂喜，在微信里找到江应景的名字。

她在对话框里反复输入，又一次次地删掉。最后千言万语化成了一句——“早。”

她等了两分钟，没有收到回复，连忙起床穿衣洗漱。吃早餐的时候，江应景的回复才姗姗来迟：“早。”

何幸看着屏幕里那简简单单的一个字，心里像是千万鲜花绽放，连手里的粗粮面包都变成了奶油味。

也不知道究竟发生了什么，噩梦般的循环日突然结束了，何幸每一天都能来到崭新的第二天！只是她和江应景的距离，却并没有因时间的流逝而有所进展。

他住校，她走读，彼此课程又不一样，如果不是事前约好，他们两人很难有见面的机会。何幸又不好意思直接约江应景，只敢在微信上跟他说话，起床早安、睡觉晚安。江应景也会回复她，但他的回复总是十分简短。

何幸觉得自己欠了江应景很多。他送她鞋子，吃饭也是他掏钱，她却没能做出什么实质性的回报。喜欢一个人总不能嘴上随便说说吧？

想了又想，何幸决定利用闲暇时间做兼职，攒一点儿钱。

她选择学校旁边的一家奶茶店做兼职，工资是按小时计费，时间非常自由。

刚开始几天需要背各种奶茶的制作方法，给水果削皮切块榨汁，把冰激凌旋出漂亮的形状，跟经验丰富的老员工学习，奶茶店生意又很好，何幸忙得不可开交。

她都没时间跟江应景聊天，只有晚上累得闭上眼睛差点儿睡着前，强撑着给他发一句晚安，早上醒来才会看到他回复的那句晚安。

虽然很累，但是何幸干劲十足。

夜晚的夏风干燥且炎热，但奶茶店里开着空调，凉爽宜人。何幸穿着粉红色制服，在前台忙碌着。有人推门进来，何幸笑盈盈地说了句“欢迎光临”。迎面看到的居然是许梦阳和江应景。她愣在那里。她已经好久没有见到江应景了，这家伙连朋友圈都不发，何幸差点儿怀疑他的朋友圈屏蔽了她。

江应景好像知道会遇到何幸似的，看起来并不吃惊。

倒是许梦阳一脸惊讶：“是你啊！在奶茶店兼职吗？太好了！我要珍珠芋泥鲜奶，半杯珍珠，半杯芋泥！”

他话音刚落，脑袋被江应景弹了一下：“什么半杯芋泥，你不如去吃土豆泥。”又交代何幸，“给他正常分量就可以了。”

许梦阳很委屈地揉揉脑袋：“我要吃芋泥，不是土豆泥。芋头和土豆完全是两种植物好吗！如果‘肯爷爷’直接卖芋泥，我肯定会点的。”

他可怜巴巴地看着何幸：“那就多加一点儿芋泥和珍珠。”

何幸笑了，拿起小勺飞快操作着：“没关系，今天剩的珍珠和芋泥比较多，卖不完就要丢掉啦，给你多加一些吧，不过很少看到男生喜欢吃珍珠。”

许梦阳揉了揉肚子，很夸张地说：“太饿了，吃点儿珍珠充饥，反正都是淀粉。”

何幸问：“怎么不吃饭啊？”

许梦阳道：“还没来得及去，渴死了。”

他们两人坐在一旁等奶茶。店里没其他的顾客，何幸便放慢了速度，给奶茶杯封口的时候，她偷瞄了江应景一眼。今天他居然穿了件粉红色的T恤，衬得他皮肤白净，向来高冷的他也显出了几分温柔。许梦阳大笑着跟江应景说话，江应景唇角微扬，还是一如既往的好看，头发似乎长长了些，空调的风把他的蓬松黑发吹得微微颤动。他坐在那里显得腿好长，脚上的鞋还是那双跟她同款式的“情侣鞋”。

何幸端着两杯做好的奶茶走了过去：“加量珍珠芋泥鲜奶，还有少糖的金橘柠檬。”

许梦阳接过杯子，将吸管猛地插进去。

何幸确实讲义气，给他装了一杯珍珠芋泥，他的管子差点儿插不进去。

何幸小声问：“你们什么时候去吃饭？”

许梦阳道：“现在正准备去，不过还没想好吃什么。”

何幸趁机提议：“要不要一起吃饭？”

许梦阳：“可以啊，不过你不是正在工作吗？”

“刚好到了下班时间了，我也正准备去吃饭呢。”

何幸说谎了，她还没有到下班时间，但只要江应景答应，她立刻便去请假。

可是没想到，许梦阳同意了，江应景却拒绝了：“你们去吧，我不太饿。”

许梦阳一怔：“你刚才不是也说饿了吗？”

江应景捧起冰凉的金橘柠檬：“现在不饿了，饮料喝饱了。”

何幸看了看他那杯饮料，吸管刚扎进去，他喝了不足五分之一，怎么可能喝饱了呢？柠檬酸酸的刚好开胃才对，他一定是找理由拒绝她！

何幸有些沮丧，他果然一点儿都不喜欢她。

她眼眸轻闪：“约了别人吗？”

江应景“嗯”了一声，似乎根本没有察觉到她的失落。

许梦阳露出八卦的表情，捶了江应景一把：“约会也不告诉我！涮我呢！”

“改天请你吃饭，”江应景看了看时间，“我先走了。”

随后离开了奶茶店。

现场只剩下了许梦阳和何幸。

气氛有那么一点点尴尬，许梦阳知道何幸的目的应该是江应景，她不是想吃饭，而是想跟江应景吃饭，可惜江应景走了，他们便也没有必要再单约。

10. 你会主动吗?

何幸看着江应景的背影。他回去的方向，正是学校的方向。她问许梦阳："江应景谈恋爱了吗？"

许梦阳摇头："没听说过啊。"

何幸心里有只猫爪轻轻抓挠着她的心，无数疑问飘过脑中。虽然江应景一直单身，但按照他的受欢迎程度是完全可以随时脱单的！

她追问："他最近有什么不对劲的地方吗？比如接到女孩子的电话，或者发消息时脸上浮现甜蜜的笑容，经常不在宿舍，很晚才回来？"

"和以前一样啊，你要是不放心，我帮你打探打探。"

何幸感激地跟他握手："太谢谢了！"

有顾客走进奶茶店，何幸连忙去调制奶茶，可是整个晚上，她都心不在焉。

她确实因为兼职的缘故变得忙碌，减少了和江应景见面的机会，可她是为了赚到钱以后请他吃饭。没想到，她还来不及鼓足勇气约他，他就开始对她冷淡了。

晚上，何幸趴在床上，看着微信里江应景的名字。

她想旁敲侧击，询问江应景最近的私生活有什么变化，可她又不知该如何开口。在对话框里删删改改，许久也没组织好语言，最终，她把所有文字都删掉了。

她给江应景发早安、晚安，虽然有点儿无聊，可她也是怕打扰他嘛。她这么殷勤努力，他居然还对她冷漠，显得她很卑微似的！喜欢也要喜欢得有尊严，既然江应景不爱搭理她，她也就别自找没趣了。于是这个晚上，何幸没有给他发"晚安"。

早上醒来，何幸第一反应是看手机，但不是看日期，而是看江应景有没有发消息。可惜微信里一条新消息都没有。何幸像咸鱼一般颓废地躺在床上。

她以为江应景会不习惯她的沉默，或许会问上一句？可她足足等了一个星期，他都没有主动跟她说话。他们的聊天记录停留在七天前。

何幸自我煎熬了那么久，江应景根本没理她，难道她在他的世界里一直都是个无足轻重的路人吗？她度日如年，他却根本没有察觉到她消失了。或许再等几个月，他甚至会忘记她的存在。

何幸站在柜台里，机械地调配着奶茶。以前店外有人影晃动时，她会下意识地看过去，期待会是江应景出现；而现在，她已经不再有任何期待。

有人推门进来，何幸露出程式化的职业微笑："欢迎光临，请问您要点些什么？"

耳边传来爽朗的声音："珍珠、芋泥加倍的奶茶。"

何幸一怔。她手中的动作停了下来，抬起头，看见许梦阳站在面前，下意识朝他身后瞟了一眼——只有许梦阳一人，江应景没有来。

"好的，请稍等。"

她帮前一位顾客利索地打包好，然后为许梦阳调配奶茶。

何幸很想问问许梦阳，可她又不知道该问些什么。没想到许梦阳非常积极，自来熟地跟她聊起来："我不是说要帮你打探江应景的情况嘛，最近我特意留意了一下。他确实有些古怪。"

何幸脸上没有太明显的表情变化，耳朵却竖了起来。

"那天江应景抛下我说有约了，我一个人也不知道吃什么，就随便买了碗凉面打包回宿舍，你猜怎么着？江应景竟然也在宿舍里！他根本没有去约会！"

何幸有些惊讶："也许……约会对象放了他鸽子呢？"

"也有这种可能，但我也没好意思问。我观察过了，他在宿舍就是学习，连手机都很少拿出来用，更不可能和女孩子打电话发消息了。"

何幸的心情莫名地好了起来，但下一秒，许梦阳的话又摧毁了她的快乐："不过晚上睡觉的时候，我发现他把手机放在了枕头旁边，隔一会儿就拿起来看一眼，好像在等谁的消息。"

难道江应景有了喜欢的人，所以他故意避开她，不想被心仪的女孩子误会？

许梦阳又跟她说了些话，何幸一句都听不进去，打工的日子不再充满干劲了，连奶茶都不甜了。

晚上，何幸收拾东西下班，走出奶茶店。

秦星黎和几个朋友站在一起聊天，何幸一眼就看见了他。她没什么心情，却还是强打精神跑过去跟秦星黎打了个招呼。

秦星黎这才发现她在奶茶店兼职，怪不得他最近邀约她去他家吃饭都被拒绝了。他还以为她不想见到他，原来她真的在忙。

秦星黎不知道为什么，每次看见何幸，整个人都好像会被治愈，就算白天发生过不愉快的事，看见她的瞬间也会忘记一切。他笑着望向她："吃饭了吗？一起吧，我正要和朋友去吃夜宵。"

他身边的朋友有男有女，都用一种好奇的眼神看着何幸，眼角眉梢还带着笑意，隐隐有种想要八卦的意味。

何幸哪里好意思跟秦星黎的朋友一起去吃饭，这一圈人，她只认识星黎学长一个人。她连忙拒绝："不用了，我还有事，你们好好吃。"

她转身要走，秦星黎突然抓住她后脑勺上高高束起的马尾，将她又揪了回来。

"怎么啦，小星星，一副无精打采的模样。"

"有这么明显吗？"何幸确实心情不佳，在知道江应景可能有了喜欢的女孩子以后，她整个人都心不在焉的，提不起精神。

秦星黎放开了她的马尾辫，轻轻拍了拍她的头：“有什么不开心的事情，一定要告诉我。”

他用的力气很小，手拍在她头上，像一片叶子落下，仿佛带着几分宠溺。

何幸一瞬间觉得，秦星黎真是个细心体贴的阳光大哥哥。

“告诉你也没用。”

“你怎么知道没用？”

他回头看了朋友们一眼，自作主张地说：“我不去吃夜宵了，要送这个小妹妹回家。”

何幸听见一阵善意的起哄声。

有个戴眼镜的男生打趣：“什么小妹妹？是小女朋友吧？”

秦星黎耳朵微微发红，踢了他一脚：“别乱说。”

何幸也脸红地解释：“我跟星黎学长是邻居。”

眼镜男生眯起眼：“邻居啊，近水楼台，很有发展的可能性嘛。”

秦星黎白他一眼：“快去吃你的饭吧，别把小姑娘吓坏了。”

何幸揪了揪秦星黎的衣角，她不想因为自己而妨碍秦星黎和同学们吃夜宵。

“不用送我回家的，我知道回家的路……”

“我又不是怕你迷路，就是太久没见你了，想你了，送你回家我们聊聊天。”

秦星黎说出这个“想”字，神态语气却很正经，完全没有半点儿暧昧。但周围同学们还是露出了震惊的表情，毕竟秦星黎平时从来没有对女孩子这么说过话。

秦星黎为了何幸，抛弃了这群朋友。在大家一阵“重色轻友”的谴责声中，他面不改色地和何幸走向回家的方向。何幸心里有些不安。

“学长，你饿不饿？”

“不饿。”

“要不然我请你吃小龙虾！”

“你喜欢吃小龙虾吗？我下次给你做。”

“不是。”

她只是想弥补他推掉夜宵送她回家的损失，怎么秦星黎心里只想着对她好呢？

“小星星，你还没告诉我你有什么心事呢。”

秦星黎扭头望着她。

夜晚的霓虹灯映照在他俊美的面孔上，那张脸好看得不像话。

何幸低头看着脚下的地砖。

从她一次次在天台上约见江应景，对他表白又被他拒绝，到后来她改变了故事轨迹，认识了江路遥，跟江应景有了更多的相处机会却又没有捅破那层玻璃纸。太多太多，压在何幸的心里已然不堪重负。

她喃喃道：“学长，如果你喜欢一个人，你会主动吗？”

· · ·

Chapter 10

暗恋终结

1. 跟踪

秦星黎怔了怔：“怎么突然问我这种问题，难道你有喜欢的人了吗？”

何幸的眼眸心虚地闪了闪，终究还是没有说实话：“没有啦。”

秦星黎却从她的神色中察觉到不对劲，他沉默了几秒钟，轻声说：“我从来没有想过这种问题。喜欢，不都是顺其自然、水到渠成的事情吗？”

“可是……”

何幸想到江应景和她，眼神变得落寞。

她长长地叹了口气，又怕坏情绪影响到秦星黎，努力露出笑容，但有些勉强：“有些东西，不主动可是会失去的哦。”

秦星黎的脚步顿了一下。

何幸仰头看着天空，漫天繁星镶嵌在黑色的幕布中。

“唉，我也不知道自己在说些什么，脑袋里好乱。最近发生了好多事情。算了算了不说这些了，学长，你真的不饿吗？马上就要到家了，一会儿没机会吃饭了。”

“不用担心，冰箱里还有食材，我回去以后再做。你饿了吗？要不要来我家一起吃饭？”

有点儿晚了，怕打扰秦星黎，何幸便摇了摇头拒绝了。她和秦星黎走在安静的街道上，有一搭没一搭地聊着天，总觉得身后有双眼睛在盯着她，令她浑身不自在。

何幸猛地回过头，身后不远处的路灯下，站着那一身黑袍的长发女子，依旧是那身与众不同的装扮。

何幸的身子抖了抖。

秦星黎察觉到一直在说话的何幸突然之间沉默了，回过头才发现，她背对着他，僵直地站在那里，已经跟他拉出了一段距离。

秦星黎又折返过去找她：“怎么了？”

他望向她目光停留的方向，那里只有一盏光线昏黄的路灯。

“没什么。”何幸强装镇定，跟秦星黎走回小区。

一路上何幸都精神紧绷，生怕突然飞过来一支箭将她射穿。那女人出现时从来都不会有好事发生，她又想对她动手了吗?

走到单元楼门口，她对秦星黎摆摆手，笑靥如花地说再见。

等到秦星黎离开，何幸脸上的笑容彻底消失了。她背靠在墙上，等待那个女人到来。

果不其然，那个幽灵般的身影走进了楼道，站在距离何幸只有几米远的地方。她歪着嘴对何幸笑了笑，脸上的白粉簌簌落下，仿佛将脚下的台阶都染上了一层冰霜。

“好久不见。”

“你在跟踪我吗？”

何幸盯着女人的手，发现她的手里没拿凶器，暗暗松了口气，但还是后退了几步。

“对啊，最近我太忙，没空顾及你，今天特意来看看你还活着没。”

总觉得这家伙说话阴阳怪气的，何幸心里很不爽，她扯动嘴角，从牙缝里挤出一句话来：“呵呵，谢谢你这么关心我，只要你不动手，我就活得好好的。”

女人拿眼睛瞟她：“我倒是没想过，你会这么安分守己。”

她在这家伙心里是有多坏？！

何幸强忍着内心的吐槽，面上依旧乖巧地为自己说话：“我活了这么多年一直都很安分，从来没做过半点儿违法乱纪的事情。”

“所以我没有杀你，让你平安度过了这段时间。如果你就这样安分下去，你可以再舒舒服服地过几十年，我绝不会干涉。”说到这里，她突然咧开嘴笑了，露出贝壳般洁白的牙齿，“只要你不踩到我的雷点，我一点儿都不厌恨你，甚至还有几分喜欢你呢。”

“那你好歹告诉我什么是你的雷点，我好避开啊！”

女人走近何幸，黑色皮鞋在地上踩出沉重的声音，何幸几乎看不清她面具下藏着怎样的情绪。她就那样定定地看着何幸，良久，冷冷说道：“我希望你能离江应景越远越好。”

女人终于告诉了何幸追杀她的缘由。出乎意料，却又在意料之中。

“你和江应景什么关系？”

“没有关系。”

“那你干吗要我离江应景远一点儿？”

“我不想让他再被你伤害！”女人脱口而出。话音刚落，她自己突然愣住了。

“什么叫作他被我伤害？”何幸越听越气，这家伙简直在颠倒黑白，“我从来没有伤害过他。你用的这个‘再’字是不是太不严谨了？！”

“口误。”女人垂下眼睛，情绪似乎没什么波动，“我是说，我不想让他被你伤害。”

“为什么不是他伤害我？你也太高估我了吧？”

何幸有些委屈，泪水在眼眶里打转。

“江应景根本不喜欢我。我知道一个人喜欢我会有怎样的表现。他会想要见到我，想跟我说话，看到我的时候就会忍不住开心。这些，他都没有。之前都是我在跟他尬聊，如果我不发消息，他也不会主动给我发。最近他还有了喜欢的女孩子，对我就更冷漠了。也不知道他怕什么，我又不是那种死缠烂打的人。”

“喜欢的女孩子？”

女人显然十分吃惊，眼睛睁得很大。

“是谁？”

“我怎么知道？”

这个女人有空跟踪她，为什么不跟踪江应景看看他选择了谁呢？

何幸将那日江应景拒绝和她一起吃饭的事情告诉了女人，末了，她可怜巴巴地说：“你能不能不要总来找我的麻烦，我承认我是喜欢江应景，但我只是单恋而已，我又没有做什么坏事，谁规定不能单恋啊？现在他有了喜欢的对象，跟我就更没关系了。”

女人听她诉苦，一直没有说话，眼神深黯，难以琢磨。

何幸盯着女人，观察着她有没有发怒，小心翼翼地问：“你不会要去杀掉他的新对象吧？”

“别整天杀杀杀的，我怎么可能做这么残忍的事情？”女人很嫌弃地翻了个白眼。

“你做得还不残忍吗？你杀我无数遍了，你两只手数得过来吗？”

“……”

“你两只手加上两只脚都数不过来吧！”

“行行行，我是杀过你。我也没想到，你会一次次死而复生。本来一次就能解决的事情，非要做那么多遍。每次出门要化妆，脸都会变得很重，和你搏斗也要费点儿力气，真累。”

这女人说着说着居然抱怨起来了。

明明她才是受害者！

不过何幸更在意的，却是另一个关键点！

“连你也不知道我们会重复当天吗？”

她以为自己经历过的所有匪夷所思的事情，都在这个女人的掌控之下。没想到女人也同她一样不知情。

“第一次杀你的时候，我是真的很讨厌你。可是没有想到，我捅了你一刀后，整个时空都变得扭曲。我好像被烈焰焚烧，失去了意识，等我醒来的时候，又到了早上。

“我以为我会被当作杀人犯抓起来，可是一切风平浪静，什么都没发生。后来，我忍不住去了凶案现场，我想，应该会有警察出入，但是我什么都没看到。大家很平常地在院子里行动，甚至有人坐在刚发生过凶杀案的长椅上，悠闲地聊着天。

“后来我去了你的学校，我想应该有同学会议论这起凶杀案的发生，但我在那里看到了活生生的你。我差点儿怀疑自己做了一场梦，我真的杀人了吗？如果真的杀了人，你为什么还活着？我杀掉的到底是谁？”

女人压低了声音，但她的嗓音还是尖锐得令人耳朵难受。

虽然一直都是她占据有利位置，将何幸玩弄于股掌之间，但第一次见到被她亲手杀死的人又活着出现在眼前，那种震撼与惊恐也是确实存在的。

她也是用了很多时日，才摸清这件事的规律。

“后来我渐渐明白了，我一直在重复星期四。除非我放过你，否则我只能陷在那一天。”

女人说话的时候，雪白的脸上没有表情，像是一只白瓷人偶。

“真是奇怪，何幸，你明明那么讨厌，上天却总是在眷顾你。但我向来不是个顺应天意的人，天不想让你死，我就每天都杀你一遍。总有一天，你会死透的。”

“能不能别用这种表情说这么可怕的话。”

“你害怕吗？”

“还好，被你锻炼得胆子大了一点儿。”

何幸吞了口口水，小声为自己辩驳：“我不知道你对我的恶意到底从何而来。但我从小就人品端正，人缘很好，同学们都喜欢我，我从来没做过坏事。”

2. 时光机

“现在没做，不代表将来不会做。”

她是杠精吗？！

何幸瞪着她：“所以你用我没做过的事情惩罚我？这也太过分了吧！”

女人冷着脸，眼神无波无澜：“有些事情注定会发生的。”

“干吗说得跟个算命先生似的，都什么年代了你还迷信。”

“这不是迷信，这是命运。”女人的情绪忽然有些激动，“我曾经也不相信，但该发生的事情就是发生了。就算你现在是个善良的人，不代表你将来不会变。再说，也许你现在的善良就是伪装出来的呢？人性是阴暗的。我不能信任你，更不能再看着悲剧发生。”

这家伙怎么会满脑子都是阴暗想法啊。

何幸听不下去了，她们根本无法沟通。

“我听不懂。你本来就不喜欢我，所以对我有偏见。我根本没有伪装，从头到尾最大的悲剧就是你的存在。”

“随便你怎么想。”女人扯了扯嘴角，勾起一个没什么感情的弧度，“我的目的就是挽回一切悲剧，可惜我来晚了。如果我能来到你和江应景还没认识的时候，我就能让你们彻底成为陌生人，也不会有现在的纠缠和以后的痛苦。”

这个家伙在说什么呢？！何幸听得一头雾水。

“你别告诉我，你是来自未来的某个人。”

女人抿住嘴唇，没有说话。

何幸打量她，自言自语：“难道是未来的我自己？看身材不像啊……”

其实何幸并不相信她，总觉得这家伙是得了妄想症，但她还是忍不住问：“我跟江应景有什么纠缠？他才认识我没多久，以后能有什么痛苦呢？按你这样说的，似乎他会疯狂爱上我，最后又被我伤害？”

女人眯了眯眼，眼眸深幽。

“别问了，我怎么可能告诉你？”

“你告诉我，我可以尽量避免啊。”

“我不信任你。”

“那……江应景知情吗？”

何幸突然想到这个问题，心中“咯噔”一下。

“你指什么？”女人问。

“他知不知道，你为了他而杀我？知不知道我一遍遍因为他死去？”

何幸想知道答案，却又害怕知道答案。

她从来没想过她的死跟江应景有关。她单纯地追着他跑，做了那么多努力，修复每一天的错误，如果他一直都是知情的，那么她在他眼里该是多么可笑。

女人垂下了眼睑，浓密如羽扇的睫毛在她眼睑上投下一层阴影。

沉默片刻，她低声说：“他不知道。”

何幸悬在心口的巨石落了下去。

楼道里的声控灯灭了，周围变得漆黑。何幸看到面前发白的轮廓，仿佛隐隐听到了诡异的风声呼啸。她的腿忍不住发抖，好像穿越进了鬼片之中。

耳边传来女人阴森的声音：“你抖什么？”

“我怕鬼。”

“你说我像鬼？”

何幸试图补救："可能卸妆以后就不像了。"

好吧，她的补救不但没用，甚至还有几分火上浇油的附加作用。

楼道外响起了高跟鞋"嘚嘚"的声音，震亮了声控灯。

女人拉住何幸的手腕，将她拽到一旁的楼梯间。平时大家都走电梯，楼梯里很少会有人经过，连灯泡坏了都几天没有人来修，整个楼梯间都阴暗如夜。

何幸被压在冰冷的墙壁上。

女人那只柔滑的手同样冰凉，像一只毒蛇缠在何幸的手腕上。她浑身都僵住了，听见外面的脚步声越来越远。周围安静极了，她听到的心跳声，也不知是她自己的，还是这变态杀人魔的。这是她第一次跟杀人凶手距离如此近，她的头都埋在女人的衣服里，感受到了柔软细腻的布料。她猛吸了两口气，以为自己会闻到血腥的味道，然而并没有，这衣服有种新布料刚出厂的味道。何幸鼓起勇气抬头看她，结果被她雪白反光的脸晃了眼。

"你的脸好像是夜光的。"

"……"

"可能你的粉底质量不达标，产生了荧光效果，在黑暗的地方特别可怕，就像一个通了电的奇异果。我建议你买点儿口碑良好的高端产品，女人要对自己好。"

"……"

"要不然，你还是学着化妆吧？底子应该不错，怎么能把自己化成这样呢？"

"我故意的。"女人咬牙切齿地说。

她松开何幸，倒退两步。

黑暗里，一张闪动着莹莹幽光的脸对着何幸。

"我可以走了吗？"何幸惴惴不安地发问。

她并不认为自己会被放过，却没想到女人说："你走吧。"

何幸惊呆了。

"你真的不杀我？不会等我转身以后，你在背后开枪吧？"

女人冷冷地看着她："我在你心里就这么阴险？"

何幸想起往事，哀怨地控诉："上次你说只是走个流程，我醒来以后，就能来到第二天。我相信了你，结果醒来还是重复那一天！你已经骗我一次了，除非你发毒誓！"

"以前我确实很讨厌你。"女人靠在墙上，微微低了低头，棕黄色的长卷发落在胸前，"但现在，我似乎没那么讨厌你了。"

"对吧！"何幸双眼放光，激动起来，"你终于发现我善良纯洁、真诚友善的一面了！"

女人没有理会她的自夸，语气依旧冷漠："记住我的话，离江应景远一点儿。"

“哦，”何幸有些失落，“那我还能再去找小遥吗？”

女人似乎有些疑惑：“你接近江路遥不就是为了江应景吗？既然你们没有发展的可能性，你也没有必要再去见江路遥，不过是做无用功罢了。”

“我想和小遥做朋友，又不是因为什么利益的关系。我就是心疼他啊。”

“你以为他需要别人的同情？”

“是心疼，不是同情。”何幸纠正她，“他身体不太好，可他不是弱者，他应该和所有人一样享受到公平的对待，我就是看不惯那些同学欺负他。第一次去他的学校，我警告了欺负他的男生，可我还是有点儿担心，后来我又单独去了一次，那个男生竟然还死性不改，坐在他后面一直用言语嘲笑他、刺激他。太过分了！”

那天，何幸捡了根粗壮的树枝，直接翻进了教室里，在刘绪面前耍了一套自创剑法，树枝将桌上的书本都扫了下来。刘绪等人惊呆了。她收起树枝，说自己每天都会来接江路遥回家。

她也确实说到做到，每天都去接江路遥。她还买了一把木剑随身带着，谎称自己是学武术的，说送江路遥回家以后自己要去练剑，唬得那帮男生收敛了许多。后来因为兼职很忙，江路遥也说没人敢再欺负他，何幸就没有去过了，不过她让小遥留下了她的电话号码，如果有事情发生，第一时间给她打电话。幸好，直到现在，小遥也没有向她求助过。

不过他们两人的交流，比她跟江应景的顺畅许多。

她对江应景有几分小心翼翼，对小遥却可以大大咧咧。

想到小遥，何幸又担心起来。

“喂，你别去找小遥的麻烦，小遥是无辜的。”

“我是那种会去欺负残疾人的人吗？别把我想得好像丧心病狂的刽子手。”

女人不屑地瞥了她一眼，转身走了。

何幸愣了几秒，追出去，却看到院子里已经没有人了。

树影在幽暗的夜色中飘摇，炎热的夏风迎面而来，吹起她水蓝色的裙摆。

耳边呼啸的风响，时刻告诫着何幸，这并不是一场梦。

这家伙太神秘了，真是来无影去无踪，难道她真的是从未来来的？每次杀人的时候都坐着时光机，从未来回来一次吗？

这种事情实在太匪夷所思，原本何幸是不会信的，可经历过一次次死亡、一次次重生之后，她不由得相信了。这世上确实有很多神奇而难以解释的事情，也许这女人没有骗她。

一年一度的校运会开始举办。

同学们踊跃参加，何幸虽然是个运动白痴，可是八百米长跑一直没有足够的同学报名。身为班干部的夏夕颜很着急，央求何幸凑个人数，何幸便只好答应了。

她本想认真跑，可体力实在跟不上，很快就被其他的选手超了过去。何幸落在末尾，心中有一丝丝小尴尬。路过江应景的班级时，她看见江应景就站在最前面，隔着一层护栏看着她。何幸只瞄了一眼，视线恰与江应景相撞。

他穿着件黑蓝色的格子衬衣，比周围的几个女生高出很多，站在那里身姿挺拔。乌黑清爽的短发，被阳光笼罩了淡淡的金色流光，那张完美到无懈可击的面孔，同样在阳光下明朗俊雅。

3. 公主抱

江应景是少数能将普普通通的格子衬衣穿得这么好看的人，深色并不显得他阴郁，反而衬托出他高冷如月光的气质。纵使他身边的同学也都很好看，他依然是最出众的那个。

何幸不敢再看他，埋头继续跑。

她有一段时间没见过江应景了，本来以为时间会冲淡一切，再加上那个女人告诫她要离江应景远一点儿，何幸便没有刻意去联系江应景。当然，江应景也没有主动联系过她。

没想到在看见他的这个瞬间，她还是会心跳加速。

大家一个个都跑过了终点，只剩何幸一人气喘吁吁，半跑半走。她实在不想落在最后被人小瞧，可是最近太忙碌，除了上课就是兼职，站在柜台里，一直没有机会活动筋骨，下班回家也很晚了，所以突然跑起来，何幸很快就力不从心。

隐约中，似乎听到了星黎学长担忧的声音。

“小星星，加油啊！”

何幸顺着声音来源看了过去。秦星黎站在不远处的护栏后为她打气，笑容灿烂。还有上次她见过的几个学长学姐，也一同笑着为她喊加油。

何幸提了一口气，冲向了终点，周围传来一阵欢呼声。成功达成目标，何幸松懈下来，冷不防脚下一扭，她摔倒在地上。

她躺在跑道上，想要去揉脚，却累得爬不起来，一张小脸惨白惨白。

江应景居然直接翻过护栏，用一个极其帅气的姿势落地，冲向了何幸。

“没事吧？”他扶起了她。

何幸躺在他怀里，头有些晕。阳光明晃晃的，照得她几乎睁不开眼。她眯着眼睛，从蒙眬的视线里，望着江应景的脸。

“没事……”

她摔倒在万众瞩目的操场上，那么多人都看着，江应景却旁若无人地问她的伤情，甚至还揉了揉她开始变得肿胀的脚踝，疼得她低呼一声，额头渗出了冷汗。

“还说没事，你的脚都肿了。”

不知道什么时候，秦星黎和夏夕颜也跑了过来，焦急地望着何幸。

夏夕颜握着她的手，急得都快哭了：“小幸，早知道我就不让你参加比赛了。”

“没事啦，这只是个意外。”何幸反握住夏夕颜的手，轻柔安慰夕颜。

秦星黎道：“送她去医务室吧。”

江应景反对：“情况有点儿严重，医务室可能不行，我现在带她去医院。”

何幸只觉整个人腾空，江应景竟然将她横抱了起来。

旁观的女生顿时倒抽一口凉气。

“江应景竟然抱着她！”

“是江应景太善良做好事，要送那个女生去医院。”

“那个女生是不是何幸？我记得他们有过冲突。”

“我怎么记得他们关系很好，之前大家以为何幸虐猫，还是江应景帮她解释呢，他们不会真的有什么吧？”

何幸低垂着眼眸，压抑着扑通扑通的剧烈心跳，她不明白，江应景不是有喜欢的人了吗，不是要避嫌吗，为什么他第一个冲过来扶她？他不怕被人误会了吗？

夏夕颜跑去找老师，说何幸受伤了要请假去医院，秦星黎也过去帮忙收拾何幸的东西。

江应景抱着她等在原地，就算在无数人的眼前，他也毫不在意。何幸感受到许多目光都落在她身上，她脸上火辣辣的。怎么说她也快一百斤了，江应景抱着她肯定撑不了太久。

她不好意思地问：“我重吗？”

江应景说：“还好。”

她脸红红的：“你可以先放我下来。”

江应景淡淡道：“不用。”

何幸的目光从他脸上移开，小声说：“谢谢你。”

“不用谢，倒是你自己，总是这么不小心，跑步前的热身做了没有？”

“太久没有跑步，我本来报名也只是凑数而已。”

“凑数还跑那么认真？跑不动就慢慢走回终点，也不会崴脚了。”

他说什么都对。何幸厚着脸皮问出自己关心的问题：“如果是别人摔倒，你也会跑过来扶她吗？”

“会吧。”有些犹豫的回答。

何幸仰面看他，却发觉他眼神闪躲，竟没有直面她的目光。

她的声音轻软如羽毛，被夏风吹得飘忽：“我总觉得，你不是个热心肠的人。换了别人摔倒，你可能不会跑出来扶她。我以为我是特别的。”

江应景道：“我离你比较近，恰好又认识你。”

何幸垂下眼："哦，原来是这样。"

夏夕颜带来了班主任和校医，何幸确实需要去医院，老师准许江应景送她去医院。秦星黎说何幸是邻居妹妹，他放心不下，也要求一起跟来，还编造了"何幸妈妈拜托我在学校里照顾她"这样的说辞。

于是，江应景抱着何幸，秦星黎拿着她的包包和水杯跟在后面。

两大校草护送何幸离开的事情瞬间在校内引起了惊涛骇浪。

他们打车来到医院，医生诊断后一边在电脑里输入病情，一边问："有药物过敏史吗？"

何幸大脑一片空白，摇了摇头，低头看着那只比右脚胖了很多的左脚。

秦星黎补充："她对桃子过敏。"

医生笑了笑："那没事，我说的是药物。"

他正在开抗炎药，江应景突然说了句："她对头孢过敏。"

医生顿住，再次跟何幸确认："你对头孢过敏？"

何幸刚才注意力不集中，并没有细听医生说什么便下意识地摇了头，此时连忙补救："对对，我对头孢过敏。"

医生不满地埋怨她："刚才你怎么不说，我差点儿开了头孢。"

何幸不好意思地说："太疼了，没听清您说什么……"

开好药，秦星黎下楼取药，江应景扶着何幸来到病房里。

何幸坐在床上，看着江应景小心翼翼帮她把脚抬到病床上，然后扶着她慢慢躺下，将她的头放在枕头上。后脑勺上高高束起的马尾硌得她头都歪了，何幸皱起眉。江应景察觉到她的不舒服，帮她解下了皮筋，顺手将皮筋戴在自己的手腕上，然后为她整理凌乱的长发，还问她姿势会不会难受。

何幸摇头，随即问："你怎么知道我对头孢过敏？"

江应景俯身摆好她的鞋子："听你说过。"

"我没有印象啊……"

何幸突然觉得哪里不对劲，好像以前也曾出现过这样的情况。

她并没有说自己家在哪儿，江应景却直接送她回了小区，她也没说过自己家在几楼，江应景却能正确地按下电梯楼层。他还知道她对桃子过敏。这次也一样，他竟然知道她对头孢过敏，何幸自己都差点儿忘了。每次他都自称她曾经说过，可是她一点儿印象都没有。

何幸拉住他的衣角，目光灼灼盯住他："你是不是也有暗中注意过我？"

江应景愣了愣，眸光对上她的眼睛，竟又移开了，望着洁白的墙壁。

"江应景，你……"

何幸想问他到底是怎么想的，他是在最近认识她的？还是之前就有关注过她？他喜欢她吗？或者讨厌她？为什么他会关心她，却又时常显得冷漠？可是想问的话太多，全都卡在嗓子眼儿，到了说出口之际，突然乱了起来。

秦星黎带着护士姐姐走了进来，手里提着一袋药。

何幸抿住了嘴唇，什么都没有说。

护士挂上了药瓶，在何幸的手背上插入针头，冰凉的药水顺着透明管子慢慢流入她血液中。她躺在那里，心头乱得出奇，似乎已经感受不到脚上的疼痛。

4. 小皮筋

老师给何幸的爸妈打了电话，他们一下班便赶来了。

看到江应景和秦星黎都在照顾何幸，何妈妈一时也顾不上女儿，热情招呼："你就是小幸口中经常说的星黎学长吧，我在院子里见过你，小幸受伤你能送她来医院，真是太感谢了。"又望向江应景，眼眸闪亮，"你是小幸的同学吧，平时一定跟小幸关系很好，真是欣慰我们家小幸能有这么好看的男同学。比我年轻时幸福多了。"

何爸爸不高兴了："什么意思，你说我年轻时候丑吗？"

何妈妈说："我喜欢你，又不是喜欢你的外表，是才华啊亲爱的。"

何幸听不下去了，爸爸妈妈怎么不分场合秀恩爱呢？

她干咳两声："咳咳，爸爸妈妈，你们别把我同学吓坏了。"

何妈妈这才收敛几分，她提议道："辛苦你们了，一会儿来我家吃饭吧！"

江应景和秦星黎连忙拒绝，大家都不好意思过去打扰。

何妈妈假装可怜："但是我和小幸的爸爸年纪大了，拖不动重物，还需要你们帮我把小幸送回家……"

何幸很郁闷，什么叫"拖不动重物"啊？他们年纪又不大，有这么弱吗？

何幸赌气地说："我自己能回家，不用麻烦他们。你们不接我，我一瘸一拐也能回到家。"

何妈妈戳了她一下："别逞能，善良的男孩子是不会让你一瘸一拐回家的。"

果然，何妈妈已经说到如此直白的程度，江应景和秦星黎当然没法拒绝。

眼看两位少年都答应了，何妈妈笑开了花，漂亮的凤眼流转着狡黠的光芒："既然已经到我们家了，不如顺便吃饭吧。你们帮了我们小幸这么大的忙，我心里实在过意不去。"

江应景："……"

秦星黎："……"

最终他们还是不好意思拒绝，答应送何幸回家，顺便留下吃饭。

虽然脚还没有消肿，但疼痛减轻了许多。她坐在客厅的沙发上，脚上敷着冰块，对面的电视机正在播放娱乐节目，秦星黎和江应景坐在旁边的沙发上，显得有些拘谨。何妈妈端来水果和瓜子零食，热情地招呼他们。

何爸爸在厨房里忙碌，何妈妈放下水果走进厨房帮何爸爸的忙。秦星黎跟了过去，询问有什么可以帮忙的，何妈妈当然不会让客人干活，可是秦星黎性格开朗，自顾自地走到案板旁，切起了土豆丝。何妈妈没想到秦星黎竟然真的懂厨艺，惊喜之余连忙夸他。江应景也跟着帮忙洗菜，虽然他不怎么会做饭，但是洗茄子黄瓜什么的，难度不大。

虽然今天要做五个人的饭，可是比起往日竟然轻松了许多，厨房里氛围愉悦欢快。

何妈妈溜进客厅，坐在女儿身边，她压低声音，却压不低她那快乐的心情："小幸啊，没想到你人缘这么好，这两个男同学妈妈都喜欢，到底该怎么选呢？"

何妈妈陷入苦恼中。

何幸翻了个白眼："妈，你胡思乱想什么，我跟他们只是单纯的朋友。不对，朋友都算不上。秦星黎是邻居，所以比较照顾我；江应景是……"

她顿了下，想起自己确实喜欢江应景，否认的时候有点儿没底气，她低下头看着地板："江应景是同学，我摔倒的时候，他离我比较近，所以老师让他送我去医院……"

听到女儿这样说，何妈妈有些失望："唉，还以为他们在追你呢。"

妈妈是不是对她太自信了？何幸靠在沙发上，撇了撇嘴："那么多人喜欢他们，他们怎么可能追我？"

很快，饭菜做好了，江应景和秦星黎帮着端菜。

何幸拄着拐杖，一瘸一拐地走过去，看着餐桌上色香味俱全的菜肴，深深吸了口气："好久没有吃到星黎学长做的菜了，看来我今天又有口福了。"

秦星黎看她的眼神里带着宠溺："你什么时候想吃，尽管来我家，我做给你吃。"

他话音刚落，便传来何幸爸妈带着深长意味的"哟"声，秦星黎突然想起他正在何幸家，她的爸妈还在，他的脸突然红了："我是说，我很欢迎你们来我家，吃我做的饭，谁来都可以的。"

江应景什么都没说，站在旁边分碗筷。

大家坐下吃饭，何爸爸很开心，拿出几罐冰啤酒，问秦星黎和江应景喝不喝，他们两人都拒绝了。何爸爸便自己打开易拉罐的拉环，美美地喝了一口冰镇啤酒。

江应景劝了句："叔叔，您胃不好，应该少喝点儿冰啤酒。"

何妈妈忙着盛汤，听到江应景的话，才想起这件事来，于是将其他几罐啤酒收了起来，并埋怨老公："不是说了要少喝酒吗？尤其少喝冰的。你竟然还趁我不注意把啤酒放在冰箱里。"

何爸爸眼睁睁看着那几罐啤酒又被何妈妈放进柜子里，心痛地说："我这不是开心嘛。"

何幸的心灵受到了重击。

爸爸你到底开心个什么劲儿？你女儿的脚都肿成大面包了，你居然说你开心？！

何妈妈取出玻璃杯，拿着何爸爸的罐装啤酒往自己的杯子里倒了半杯：“你今天只能喝半罐。”

何爸爸“哦”了一声，低头抿了口啤酒，他已经舍不得大口喝掉了。

秦星黎很能活跃气氛，立刻提起何幸救猫的趣事，夸她善良热心，还夸她家庭氛围好，何家爸爸妈妈听了也非常开心，饭桌上开启了互夸模式。

大家虽然没有在意江应景的话，何幸却起了疑心。

他知道她对头孢过敏，这也就罢了，可他怎么会知道她爸爸胃不好呢？她总不会告诉江应景关于她爸爸的事情，他们俩还没有熟到这种程度吧。

何幸盯着江应景，总觉得在他身上藏着许多秘密。

她一点儿都看不透他。

江应景的眼神飘过来：“不好好吃饭，看着我干什么？”

何幸连忙低下头，努力往嘴里扒饭。

她不敢再看江应景的脸，闪烁的目光最终飘到了江应景的手腕上。那里还戴着她的小皮筋，黑色的皮筋上绑着一朵细长的蓝色格子蝴蝶结，跟他今天的深蓝色衬衣还有几分相配呢。可是很明显，跟他的身份并不协调。

何幸突然想到，很多男孩子会戴着女朋友的发绳，这样不用开口，也能表示已经有了对象。虽然江应景肯定是不知情的，但默默联想到这一点的何幸，一瞬间联想了许多。于是，她整晚都没有提醒江应景将皮筋还给她。

吃完饭，何家爸妈收拾餐桌，这下他们无论如何也不让两个男孩子帮忙了，将他们推到沙发上，让他们坐着看看电视，吃吃水果零食，让女儿陪着聊天。

江应景坐在何幸的左边。

何幸扭头看他：“你怎么知道我爸爸胃不好，不能喝冰啤酒？”

这次，江应景连编都懒得编了：“猜的。”

你猜得也太准了吧，你猜我信不信？

江应景的手机响了一下。

他取出手机，何幸想偷看是不是女朋友发来的。

江应景的微信里很热闹，他加了一些群，左上角都有小红点，显示他根本没有点开过。何幸努力看清那些群名，发现群名很正经，关于学习以及兴趣什么的。

而单独发消息给他的，是学校老师，内容是询问何幸的伤情。

江应景简单回复以后，将手机放进了口袋。

何幸没有看到他的微信里有亲昵的称呼，也没看到有哪个女孩子的微信被他置顶，一切好像都没有异常。她揉了揉因为一直斜视而有些发酸的眼睛，感觉到手指沾了些泪花。

5. 甜甜的蝴蝶结

何幸很想问问江应景，最近有没有喜欢上哪个女孩，却没好意思问出口。

秦星黎找到一袋冰块提醒何幸继续冰敷，叮嘱她明天改为热敷。另外，她要连续打三天的消炎针，所以秦星黎主动提出，明天他送她去医院。

何幸怕耽误他的事情，拒绝道：“星黎学长，你真的不用陪我去医院，我可以自己去的。”

秦星黎坚持：“不行，你走路都困难，怎么自己去？”

何妈妈从厨房里出来，擦了擦手上的水：“星黎这么关心你，你怎么忍心拒绝？”

何爸爸附和道：“反正男孩子力气大，让他送你去医院，我们也放心。”

何妈妈揉揉太阳穴，露出一副疲惫的模样：“我们也想送你去，但是工作太忙了。”

何爸爸叹口气，点头道：“你要理解爸妈。”

何幸无奈地看着爸爸妈妈演戏。

秦星黎拍拍胸口承诺：“放心吧，包在我身上，我肯定会好好照顾小幸的。”

何妈妈握住了他的手，感动得简直快要落泪：“我们家小幸就交给你了！”

何幸无言以对，可是学长却一副很高兴的模样，点头答应下来，朝她使了个眼色：“这是叔叔阿姨拜托我的，你可不能拒绝了。就这样说好了，明天我送你去医院！”

江应景什么都没说，仿佛跟他不再有关系。他站起身说要回去了，由于他住校，回去晚了宿舍就进不去了。何幸的爸妈并没有挽留，只是热情邀请他下次再来。

何幸送他到门口，看着他手腕上的小皮筋，心里动了动。

“再见。”她没有提皮筋的事情。

“再见。”他换好鞋子走了出去。

门被关上了。

秦星黎连续三天都送何幸去了医院。她拄着拐杖，可以走动，但行动确实不太方便，秦星黎便帮着她跑前跑后，为她排队、取药，在吊针快打完的时候叫护士进来换药。

这时候何幸不得不承认，有个人帮忙，真的会轻松许多。

大家都以为秦星黎是何幸的男朋友，还夸她运气好，交往了如此体贴入微的好男友。秦星黎总是会脸红，解释他们只是同学兼邻居，不过大家都不太相信，该开玩笑还是会开玩笑。何幸看着秦星黎面红耳赤地守在旁边，不禁觉得好笑。可为什么星黎学长对她这么好呢？她不知道该怎么回报他。

她轻声说："谢谢你，学长。"

秦星黎笑道："别说谢谢了，感觉好像很生疏似的。"

何幸道："我的脚差不多已经消肿了，没什么问题了，以后就不用麻烦你啦。"

"可我不放心你，"秦星黎表示担心，"总觉得你像个生活无法自理的小姑娘。"

"我怎么会给你这种印象呢？是因为我厨艺太差，是个厨房杀手，被你鄙视了吗？"

秦星黎看着她："可能因为你有一张天真可爱的娃娃脸。"

学长的夸奖真是突如其来，猝不及防。

手机"嘀嗒"响了一声。

何幸瞥了一眼亮起的屏幕，本来并不在意，却在看到屏幕上江应景的名字时，心跳快了半拍。她连忙拿起手机，看到江应景竟然发来消息，问她的脚伤怎么样了。

何幸回复他："好多了！"

江应景："那就好。"

何幸准备打字的手僵在半空——好敷衍的对话，江应景仿佛是被谁逼着给她发消息意思一下。

他能主动发个消息问她，对何幸来说，已经是惊喜了。可是对比星黎学长的亲自陪伴，江应景还是显得过于冷漠了。但是何幸不能因此而责怪江应景什么，他本来就不喜欢她啊，他没有义务为她付出，一切都是她的妄想。

何幸垂头丧气，将手机塞进口袋里。

"你和江应景关系好像很好？"秦星黎看到了她手机上江应景发来的消息，忍不住问出声，可是话音刚落又觉得不妥，抱歉地说，"我不是故意偷看你手机的，不小心瞄见了。"

"关系还好吧。"

"你不会喜欢他吧？"

秦星黎简直火眼金睛！

其实没什么好隐瞒的，她确实喜欢江应景，可是她的喜欢像梦一般没有成真的希望。何幸觉得自己的暗恋还没开始就要结束了，也没必要承认她的心意。

"没有啦，那么多人喜欢他，他也不会喜欢我的。"何幸垂下头，声音很小。

她也不知道自己在说什么，可能在偷换概念吧。她没有强调自己不喜欢江应景，而是说他不会喜欢她。

秦星黎莫名地松了口气。

"干吗这样说，我觉得你很好啊。"

何幸点头自夸："是啊，我也觉得我很好。"

秦星黎笑望她："怎么一点儿都不谦虚。"

何幸有些后悔那天没有问江应景，他是不是有了喜欢的女孩子。如果有了，她一定会注意跟他保持距离，不妨碍他的正常生活。下次她一定要问清楚，如果他真的不喜欢她，那么她会控制自己的感情，不会再去打扰他，她会学着忘记他。

何幸恢复得很快，康复以后，本想把江应景约出来，最后再问他一次，了结她的心愿。可还来不及约他，突然听说他有了女朋友的消息，貌似还很高调。何幸站在操场上，看着不远处正在打球的江应景，只觉晴天霹雳！

夕颜没有察觉何幸脸色发白，还在说着："好多喜欢他的女生都很伤心呢。"

其他几个女生凑过来，一起激烈讨论。

"江应景到底什么时候恋爱的？也太突然了吧。"

"可能不是咱们学校的，要不然我天天关注他，肯定早就发现了。"

才几天不见，居然发生了这样大的变故！怪不得江应景对她态度冷淡了许多。

夏夕颜突然想到了什么，望向何幸："不会是你吧，小幸？那天运动会上你摔倒，江应景跑过来抱起你，大家都以为你们之间有什么呢。"

何幸心情复杂，她还没有从沉重的打击中醒来。

虽然那天是江应景第一个冲过来扶她，可他心仪的女生不是她。

何幸不知道该说些什么，还好夏夕颜很快便自己否定了："不过我从来没听你说过，而且你平时跟他关系好像也不算亲近。"

另一个棕发女生听到了，插话道："不会啦，江应景肯定不喜欢何幸，他们一看就不配。"

夏夕颜不服："哪里不配了？我们小幸也很优秀的。"

棕发女生有些尴尬地笑了笑："我没有说何幸不好的意思，只是江应景怎么说也是校草，交往的女朋友也肯定跟他一样优秀。"

何幸强忍难过，说道："是啊，一定很优秀，是个很漂亮的女生。"

夏夕颜撇撇嘴："谁知道漂不漂亮，反正没人见过。"

没人见过？何幸愣住了。

其他女生也说："虽然没见过，但漂亮是肯定漂亮的，毕竟是江应景选的。"

"要是不漂亮，我们就把他撬过来。"

"可是江应景不好撬啊，他看起来很专一。"

"也对，咱们学校那么多人喜欢他，他也没谈过，他选中的女生一定超完美。"

何幸听到好多人在议论这件事，还以为大家都看到了呢。没想到，听大家话里的意思，根本没见过他女朋友啊。

何幸不太理解，问道：“都没见过，你们怎么知道他有女朋友了？”

夏夕颜拉着何幸走到球场旁，指着江应景说：“你看，他手上戴着女孩子的皮筋呢。”

何幸的表情凝固了，她看到江应景穿着件白色的短袖 T 恤，露出的手腕上戴着她的小皮筋，那深蓝色的蝴蝶结与江应景真是格格不入。

她站在炙热的阳光下，心脏狂跳。

那枚蝴蝶结，就像活了一样，变成小蝴蝶飞进了她的心里。

“这不足以说明什么吧？”

“这已经是实打实的证据了！他总不可能戴着他妈妈或者姐妹的皮筋吧！”

“也许是帮谁保管呢？”

“没那种关系，干吗要保管陌生人的皮筋？”

“当然不会是陌生人了，也许是普通朋友。”

“你在想什么啊，普通朋友能让他天天戴着皮筋？肯定是女朋友强迫的。”

“……”

“他这么听女朋友的话，哎呀呀，感觉好甜蜜。”

何幸伸手按住了自己跳动得越发猛烈的心口。

飞进她心里的小蝴蝶是甜的，撒落了漫天遍地的糖粉。

6. 暗恋终结

江应景肯定不明白小皮筋的意义，所以才会戴着她的皮筋。可这两天他没有听到别人的议论吗，居然让全校女生都误以为他恋爱了。他到底怎么想的？

江应景突然看到了何幸，跟队友说了一声，走了过来。

他低头望着她的脚：“你的脚没事了吗？”

何幸点了点头，目光一直停留在他的手腕上。

江应景好像意识到了什么，从手腕上取下皮筋还给她。

操场上围观他打球的女生全都惊呆了！

这枚引发滔天巨浪的小皮筋竟然是何幸的？

联想起他在操场上冲过去抱起她，大家全都不淡定了。

何幸自己也僵住了，感受到四面八方的目光朝她投来。江应景看她发呆，直接把皮筋套在了她纤细洁白的手腕上。

何幸的心里开出了一朵花。

“谢……谢谢。”她舌头打结，说完又懊悔得不得了。她说什么谢谢啊，牛头不对马嘴。

“没事啊，我一直等你来找我呢。”

“那你怎么不来找我啊？”

“我想有人在照顾你，我不太方便。”

他是不是吃醋了呢？

何幸简直不敢想，可又觉得，不努力一把，实在对不起自己。鬼使神差地，她问：“一会儿有空吗？我想约你，有话说。”

江应景点了点头，说：“现在就有空，去哪儿？”

在别人看来，他们两人毫不避讳地商量着约会内容，简直等于公开了恋情！

可是只有何幸知道，她那遥远渺小的梦，可能会在今天破灭。

空旷无人的天台上，何幸和江应景并排站在栏杆旁。

她不敢看江应景的脸，小声问：“你谈女朋友了吗？”

江应景说：“没有。”

何幸的心情突然好了几分，也敢抬头看他了。

“那你有喜欢的人了吗？”她的语气里甚至还带上了些许期待。

江应景皱了皱眉：“你约我来，就是想问我这些？”

何幸摸了摸头，有些心虚：“我知道你觉得很奇怪，我就是好奇。”

“你还挺八卦。”

“别这样说嘛，好多同学都好奇的，又不是我一个人。”

“没有。”他的回答仿佛瞬间为她注入了能量！

何幸双眸发光，目不转睛地盯着他帅气的面孔：“那你想不想有一个？”

江应景勾了勾唇角：“怎么，要给我介绍女朋友吗？”

何幸恬不知耻地说：“对呀，你看我行不行？”

她挺胸抬头，脖子绷得很直，白裙子在风里飞舞。

江应景盯着她的眼睛。何幸与他对视。他眸心漆黑深邃，宛如无垠苍穹，似要将她吞噬进去。几秒钟而已，她就支撑不住。

何幸别开脸，盯着栏杆上银色的网。

“行不行一句话，干脆利索点儿。”

于是，她得到了很干脆的回答：“不行。”

他的回答出乎她的意料，却又在意料之中。

出乎意料是因为他也曾对她很好，好到让何幸心里都忍不住有了一些希冀；意料之中则是因为他最近冷淡的态度。虽然想到会有这样的结果，但亲耳听到他拒绝的时候，何幸的心还是碎了一地。

“不能勉强一下吗？”

“不能。”

“一点儿都不喜欢我吗？”她不死心地追问。

“嗯。”

“那你为什么对我这么好呢？”

“你对小遥很好，我对小遥的朋友也很好。”

“可我首先是你的朋友，其次才是小遥的朋友，我对他好是因为我认识了你……”

“所以，我很感谢你为小遥做的一切。以前他总是一副天真单纯不计较的样子，可他脸上的笑容并不是发自真心。然而认识你以后，他似乎能敞开心扉了，笑容也多了起来。”

原来他对她态度的转变，是因为江路遥的缘故。

何幸所做的一切，陪江路遥去游乐园，给他买酸奶味雪糕，一起抓娃娃，去鬼屋和坐摩天轮……全是有用的。江应景因此对她改观，但也仅限于此。

她的心坠入谷底。她一直看着自己的鞋尖，不想看江应景拒绝她的表情。勇气一点一滴消失，像个巨大的泄气皮球。

在最后那一点儿勇气消亡之时，何幸轻声地说：“但是我喜欢你。”

短暂的时间，却好像定格了很久很久，久到煎熬。

何幸一直没有听到江应景的回答，她有些诧异，抬起眼皮偷看了一眼，发现江应景的神色有些复杂，像是极力克制压抑着什么。那眼中流星般一闪而过的像是悲伤。

是她看错了吗？她仰起脸盯着他的眼睛。

他抿住嘴，眼眸微阖，一瞬间将所有情绪都藏了起来。

何幸什么都看不到，江应景背过了身，用挺直的脊背对着她。

“对不起，我……”他的声音好像卡了一下。

但不用他说完，何幸也知道答案是什么。她自嘲地笑了笑：“好了，我明白了，你不用说了。”

江应景便真的没有继续再说下去。

何幸小声问：“我的纸星星，可以还给我吗？”

江应景转身看她，眼神已经被伪装得很好，只剩下平静，宛如无风无云的天空：“我已经看完了。”

既然他不喜欢她，干吗要看完她星星里的秘密，那些秘密里的第一男主角都是他啊，他看的时候会是什么想法。

“我写得有那么吸引人吗……”何幸小声嘀咕。

江应景居然“嗯”了一声：“很好看。”

这话说的，不知道是褒还是贬。

算了，既然他看完了，要回来也没什么意义。

何幸的初恋结束了。

不，那根本称不上初恋，顶多只是暗恋。

她没有在江应景面前哭，甚至还笑着开了几句玩笑。她以为她没事，可是在回家的路上却越想越难过，一直流眼泪。

回到家，何幸将自己关在卧室里，趴在枕头上哭了出来。她不该这么难过的，他们根本没开始过，又怎么算得上失去呢？

可是脑海里，四面八方都是他的影子，每个相处的细节，那些循环的日子里只有她记得的甜蜜，像一根根刺扎进她柔软薄弱的心膜里，将她的心脏扎成了仙人掌。

那个女人说上天眷顾何幸，所以她每次被杀死都能复活。对于何幸来说，这不是眷顾，是对她的折磨。她还不如在第一次表白以后就被杀死，再也不要醒来，也省了后来的痛苦煎熬。

日子还是要过，何幸擦干了眼泪，出现在同学们面前的时候，她又像没事一样了。当然，这只是在表面上，内心的伤痛不可能一朝一夕抚平，她需要时间。

之后的日子，何幸偶尔会见到江应景，彼此打个招呼，点个头，便擦肩而过。

有些八卦的同学很想知道江应景恋情的后续，可是发现江应景和何幸并没有太亲密，中午在食堂吃饭，两人也是坐在不同的桌子各吃各的，大家也没见过他们私下相约。可要是说他们谈过恋爱又悄悄分了手，他们两人的状态也不像反目成仇的前任。见面还能笑着打招呼。

大家百思不得其解，有人以为他们是友情以上，恋人未满，或者一方喜欢另一方。但大部分人没有细想，渐渐遗忘了这件事，以为是自己误会了，江应景从来都没有过女朋友。

7. 化妆的她被搭讪了

何幸知道，这就是属于她的结局，毕竟那女人说过让她离江应景越远越好，就算江应景也喜欢她，接受了她的表白，她也不会有好结果，她又会不断死去，也许结局比现在还糟。

何幸没有再找过江应景，只是在心里，他的影子还在。

有时候，她会在路过操场时，装作不经意地瞥一眼，将他打篮球时的帅气身姿印在自己心里，但也只有那一瞥罢了，连多看一眼，都是奢侈。

时间一天天过去，夏天结束了，迎来了秋天，然后到了冬天。

圣诞节这天，学校举办了一场庆祝表演。

夕颜是舞蹈社成员，拉着何幸和其他几个女生，编了一段帅气的舞蹈。五个青春洋溢的女生，俨然一个小型女团组合。夏夕颜是绝对的领舞担当，何幸宛如她的伴舞。但值得开心的一点是，何幸穿上了平时没穿过的哥特风酷炫小裙子。夕颜还给她化了妆，色调浓郁的枫叶红色唇膏勾画出了嘴唇饱满的轮廓，眼角点了一颗妖娆的泪痣，黑色短款上衣搭配挂着金属链条的黑色短裙，完美修饰了她的腰身，脚下八厘米高度的黑色厚底小皮鞋，踩在地上，每一步都力度十足。

她打扮成这样来到礼堂入座，同学们竟然没有认出这是何幸。

今天这个气势十足的艳丽美女，哪里像平日里那个清丽可爱的秀美女孩。

夏夕颜笑盈盈地看着何幸，夸她：“小幸，你今天很好看。”

“是吗？”何幸有些不太自信，她从来没有化过这么浓的妆，略微有些不自在。但是舞台妆一定要重，否则上了台灯光一打就显得太素淡了。

“当然，我不会骗你的，你看，你一来好多人都在看你呢。”

何幸也察觉到了，她心虚地问：“他们看我，会不会是我穿高跟鞋走路的样子太奇怪？”

夏夕颜掩唇笑道：“不是啦，你走路一点儿都不奇怪，很有气质。”

何幸低下头，看着自己脚下的皮鞋。这也算是高跟鞋吧，虽然属于不难驾驭的粗跟，但她以前没穿过。她又想起了江应景陪她买鞋的时候，说过她穿高跟鞋很好看，于是目光不由自主地往江应景的班级所在之处望去。

此时来到礼堂里的同学还不算太多，隔着稀稀散散的人，何幸看到了江应景。他坐在靠近走廊的位置，就在何幸的斜后方不远处。班花站在他身边，正笑着说些什么，江应景却好像心不在焉，并没有热情地回应。

何幸忍不住多看了几秒，她跟江应景不在一个班，课程也不太一样，并没有机会经常见到，所以偶尔的见面对她来说实在是很宝贵。其实她现在已经没了其他想法，只是本能地去看他几眼，也许这已成为她本能的一个习惯。却没想到就这短短几秒而已，她便撞见了江应景突然投来的目光。他的视线，居然穿越了班花的身影，望向了何幸。他甚至还在看见她的时候，愣了好一会儿。

她连忙低下头，不敢再看过去。

夏夕颜戳戳她，笑道：“连江应景都在看你，可见你今天有多好看。”

何幸皱了皱眉：“真的不是我今天的妆很奇怪的缘故吗？”

夏夕颜被她打败了：“真的不是！小幸，要对自己自信！”

也不是何幸没自信，只是江应景已经拒绝她了，就算她精心打扮过，比以前漂亮一些，不喜欢就是不喜欢，他也不会因为她变漂亮而改变心意。

所以何幸合理怀疑是自己的妆容太夸张的缘故。

在大家面前表演，何幸心里很紧张，又穿了这么高跟的鞋子，害怕一会儿跳舞的时候会在台上跌倒，那样很没面子，毕竟江应景也在台下坐着，公开出丑太丢脸了。何幸一边深呼吸，一边默默给自己打气。

同学们陆陆续续来到礼堂。下午两点钟，主持人准时上台。随后，表演节目的同学依次出场，各怀绝技，气氛热烈。

外面在下雪，礼堂内的暖气不太足，何幸穿着小裙子坐在前排等待，冻得瑟瑟发抖。夏夕颜坐在她身边，当然也很冷，可她向来追求者众多，立刻便有懂得察言观色的男孩子跑过来为她献上自己的大衣。夏夕颜裹着宽大的男款大衣，对男生柔声说了句谢谢，对方顿时脸红地表示有什么需要他都可以帮忙。

何幸变成了柠檬精。她冷得手和脚都僵了，希望一会儿跳舞的时候不要太僵硬。

正想着，突然有个戴着眼镜的男孩子走过来，递给何幸一条毛茸茸的围巾。何幸愣住了，看着面前面红耳赤的男生，脑中努力搜刮着关于对方的记忆，但怎么也想不起来。她没有接过围巾，睁着一双惊讶的眼睛问道："给我的吗？"

男生点了点头，从嗓子里挤出很轻的一个"嗯"字。

何幸受宠若惊，虽然一条围巾不能给她太多温暖，但好歹有人关心到她了。

不过她不太好意思收下，婉拒道："不用了，你自己戴着吧。"

男生忙不迭地说："不用不用，我不冷。"

他打量何幸，推了推鼻梁上的黑色镜架，低声说："我看你好像在发抖，你戴一会儿吧，要不然感冒就糟糕了。"

他显然很紧张，说话的声音都在发颤，眼神也闪躲着，不敢看何幸。

何幸下意识地伸出手，想要接过那团柔软的毛线围巾。

然而握在手上的并不是围巾，而是一个柔软微烫的热水袋。

何幸微怔。她抬起头，发现秦星黎不知何时出现在她座位旁。他在何幸接过围巾之前，将一个热水袋放在了她手上。

"早就看见你坐在这里发抖，好像一只小刺猬。"秦星黎笑着看她。

他今天有演出，所以穿着一袭整洁的黑色西服，打着一丝不苟的领结。穿着这种成熟的礼服他居然没有半点儿老气，倒是多了些许儒雅迷人的气质。

何幸吐了吐舌头："我中午陪夕颜在宿舍吃饭，把外套忘在宿舍了，我还以为礼堂里有暖气呢，所以就没有在意。没想到这么冷。"

"可能礼堂太大了，暖气供应不足吧。我知道你穿裙子可能会冷，所以特意带了热水袋。我刚灌了热水，你暖暖手吧。"

他若无其事地和何幸说话，侧脸瞥了男生一眼，很随意地说："我照顾她就好了。"

男生的脸色通红："抱歉，我不知道你们……"

话没说完，他抱着围巾转身逃走。

秦星黎看着男生的背影，问："他是谁？"

何幸摇摇头："我不知道，好像没有见过。"

秦星黎神色柔和下来："可能因为你今天很漂亮的缘故，他来跟你搭讪。"

何幸眼睛亮闪闪："是吗？真的漂亮吗？"

秦星黎很认真地回答："真的。"

何幸好像吃了糖一样，心里甜甜的。她将秦星黎的话在脑中反复播放好几遍，突然发现他话中的小小漏洞，她嘟起嘴假装不开心："只有今天漂亮吗？平时不漂亮吗？"

“平时也很漂亮啊，”秦星黎不加考虑便说出口，显得内容非常真诚，他还顺便自夸一波，“所以我们平时关系就很好，不像某些男生，只在你化了妆的时候才注意到你。”

何幸忍不住笑了：“学长你反应怎么那么快，是学霸的反应都这么快吗？”

“还冷吗？”秦星黎看着她的手，可爱的小热水袋就被她握在手心。

“好多了。”何幸将热水袋往脸上挨了挨，冻得冰凉的脸颊恢复了知觉。

秦星黎还是不放心，作势要脱外套：“我把衣服给你穿，你可能会好点儿。”

何幸连忙阻止他：“不行，你马上就要上台表演了，衣服怎么能给我呢！”

秦星黎停下解纽扣的动作，“那等我表演完了再给你吧。”

他的上衣已经被他解开了一颗纽扣，露出里面干净的衬衣。

何幸朝他勾了勾手指。

秦星黎不明所以，还以为她要说什么。他弯下腰凑近她，喉间发出低沉好听的字节：“嗯？”

何幸伸手，慢慢地帮他系上了那颗纽扣。

秦星黎的心跳突然变得很快。他离何幸那么近，近得可以看到她睫毛上颤动的星光，可以感受到她呼出的温热气息。她的手在他纽扣处轻轻拨弄，异样的感觉从她手指触碰处渗进了他心中。他连上台表演，都没有像现在一样紧张。

8. 邻家女孩

何幸松开手，笑靥如花：“好了。”

秦星黎的脸在发烫，他站直身体，摸了摸纽扣的位置。

“谢谢。”

“星黎学长，你今天也很帅，在台上肯定会光芒万丈。”何幸握紧拳头，对他做了个加油的手势。

秦星黎转身离开以后，夏夕颜喃喃道：“小幸，星黎学长好像对你特别好呢。”

何幸回眸望向夏夕颜，发现夏夕颜痴痴望着秦星黎的背影。

她知道夏夕颜喜欢秦星黎，但是夏夕颜向来性格内敛，从来没有在她面前表现过对秦星黎的格外关注，也很少会提及秦星黎，更别说表白了。已经过了这么久，夏夕颜和秦星黎的关系还只是普通同学，见面顶多点头微笑打声招呼而已，何幸差点儿忘记夕颜喜欢着秦星黎了。

“学长他一直都很好呀，大家对他的评价都很不错。”

夏夕颜看着她的眼睛：“或许他对你是独一无二的好呢？”

何幸愣了一下。

她并不是经常和秦星黎在一起，也没有见过他对其他女孩子的态度是否与她不同。然而此刻听到夏夕颜的话，何幸脑中立刻浮现了秦星黎每次见她时阳光灿烂的笑容。只要她有需要，秦星黎总会抛下自己的事情，第一时间赶来帮她。有时候他的朋友会取笑他，他从来没有解释过。

何幸心情有些复杂，她好像一直忽略了夏夕颜的感受。

她充满歉意地说："夕颜，我知道你喜欢星黎学长，是不是我跟他走得太近了，让你不舒服？抱歉，如果你介意，我会跟他保持距离。"

夏夕颜摇摇头："我确实喜欢他，但也仅限于喜欢而已。"

何幸不太明白夕颜的意思。

夏夕颜对她笑了笑："这世上可以喜欢的事物有很多，并不是我喜欢什么就一定要得到什么，我只要放在心里喜欢就好。"

她垂下头，柔顺的短发泻落下来，遮住她白皙秀丽的侧脸。

"其实，你也知道的，我没什么自信。"

"你很好啊，为什么没有自信？"

何幸握住夏夕颜冰凉的手，想要给她鼓励和肯定。何幸说这话绝对是真心的，夕颜真的特别好。

"因为家庭的缘故吧，"夏夕颜的声音很轻，"以前每次爸妈吵架，最后总会把气撒在我身上，埋怨我什么都不好，不是他们心目中完美的好孩子，让他们生气。他们的婚姻，让我对爱情恐惧，我很害怕我得不到幸福。"

"你这样还不是好孩子？那什么样才是好孩子！"何幸愤愤不平。

夏夕颜被何幸逗笑了，唇角勾起浅浅弧度："我爸妈向来追求完美，总觉得我还不够完美。他们觉得我不够稳重成熟大方，很多事情都做不好。妈妈总说，她是为了我才没有离婚，她牺牲了她的青春全都是因为我，这让我的压力很大，好像是我害了她。"

"这只是他们推卸责任的说法而已，她的人生是她自己的选择，她要为她的选择负责。可能她把责任推在你身上，她心里会比较舒服吧。她说说就罢了，你自己千万不能当真。"

夏夕颜点了点头，灯光洒落下来，她漆黑的瞳眸里仿佛开出一只黑色蝴蝶。

"我对星黎学长的喜欢，不是非常明确或者坚定的，我只是单方面地欣赏他，每次看到他，心情就会很好。可以说，他是我灰暗人生里的一道光，也是指引我方向的灯塔，我越是注意他，就越觉得他优秀。他让我有了前进的动力，我想变得和他一样阳光自信。"

"为什么你不主动呢？或许你往前走一步，会迎来不错的开端。"

"因为我知道，他不喜欢我啊。"

夏夕颜轻轻地笑了，这笑容看起来更像是一种自嘲。

"我能看出来的，每次遇到他的时候，他看着你的那双眼，会突然亮起来，他根本看不到站在你身边的我。你问我为什么不尝试主动，我还纳闷你跟星黎学长为什么没有发展呢。"

何幸抿着唇没有说话。

她心里被江应景占满，就算要走出来，也并非一朝一夕可以做到的。

“小幸，我以前确实因为学长对你格外好而吃醋，但我不是嫉妒他对你好，我是嫉妒你比我幸福。很抱歉我有这样的想法，但那段时间我家里发生了太多事情，你的幸福反衬了我的不幸。在我最脆弱的时候想到这些，我痛恨我的无能，我恨我为什么生在那样的家庭，为什么你的爸爸妈妈人都那么好，为什么我崇拜的人眼里只能看到你。”

夏夕颜低下了头，白净秀雅的脸隐没在阴影中。

“我承认我心里是有一点儿扭曲了。但我知道你没有错，而且你也没有生我的气，你会安慰我、开导我、帮助我，将我从阴暗的泥沼中拉回来，你值得得到这世上所有的善意。”

何幸于心不忍，轻轻搂住了夏夕颜纤瘦的肩膀。

“夕颜，你也一样啊，我们做了这么久的闺蜜，你是什么样的人我还不了解吗？你对我绝对没有坏心思。我们是人又不是神，怎么可能永远乐观善良？我们都会面临挫折，陷入低谷，有些情绪上的起伏也很正常。我也很抱歉曾经怀疑过你，还以为是你杀了我呢。”

夏夕颜的表情一僵，原本煽情的氛围，被何幸一句话粉碎。

“你在说什么，怎么上升到杀人了呢？”

“有些杀人犯比较变态，真的会因为一点儿鸡毛蒜皮的小事而杀人。”

“你越说越夸张了，你不会真的以为，我恨你恨得想杀了你吧？”

“没有啦，我开个玩笑而已。”

“一点儿都不好笑。”

夏夕颜瞥她一眼，眼中似乎有细碎的水光闪过。

何幸伸手拭去夏夕颜眼角的水光：“傻瓜，你怎么哭了？妆花了一会儿上台会很丑。”

夏夕颜抓住她的手，神色别扭地否认：“我才没有哭，眼睛里进沙子了。”

何幸笑着看她，没有拆穿夕颜最后的倔强。

夏夕颜沉默了片刻，似乎在控制自己的情绪。

良久，她轻声说：“小幸，希望你不要有什么心理负担，不要担心伤害我而跟星黎学长保持距离。”她的声音清甜软糯，带着她性格上与生俱来浑然天成的温婉柔美：“他本来就不是我的，所以你也不算抢我的东西。而且你们比我认识要早，在他认识我之前，你们就已经是好朋友了。非要这么说的话，我才是你们之间的第三者呢。”

“谢谢你，夕颜。不过我和秦星黎真的没什么，他根本没说过喜欢我，是你误会了。”

“没有表白过吗？”夏夕颜若有所思，“没想到他比我还胆小。”

“……什么胆小啊，他可能只是把我当妹妹啦。”

“要不要我帮你去问问他心里到底是怎么想的？”

何幸吓了一跳，连忙阻止：“不用不用，你可别乱点鸳鸯谱。”她压低声音说：“本来没什么的，你这样一说，总觉得和学长的关系会变得尴尬起来。”

“但你难道不觉得，他真的很好吗？很适合做男朋友。”

夏夕颜望向舞台。秦星黎刚刚走了上去，抱着吉他坐在话筒前。她的眼神变得柔软。

何幸随着夏夕颜的目光看了过去，秦星黎坐在高高的椅子上，调了调话筒的高低，然后对着话筒说：“这首歌叫作《邻家女孩》，是我自己作词作曲的，歌词并非虚构，如有雷同实属正常。”

嗯?

他的开场白，怎么和约定俗成的套路不一样?

还没开口唱歌，已经有女生为他尖叫呐喊。

何幸就坐在前排，可以将秦星黎的每个表情都看得清晰真切。他坐在明亮的光柱下，那光仿佛从云端投射下来，将他原本就耀眼得令人侧目的气质勾勒出了更鲜明的层次。

秦星黎看了何幸一眼，嘴角勾起浅淡温柔的笑容。

拨动琴弦，他开口唱道:

我这个人不会说什么好听的，

只想告诉那女孩她是最好的。

她是粉色蓝色紫色橙色彩色，

她是我梦里璀璨的万千星河。

他的声音很干净，如冷秋的清风，吹散人心中的繁杂琐碎。

刚才其他人表演时气氛热烈，轮到秦星黎时，大家全都不出声了，默默听他唱歌，生怕稍微有些动静会影响到这首好听的歌曲。礼堂里没有其他声音，唯有秦星黎的歌声萦绕耳畔。

记得初次见她在那趟公交车，

急刹车后她在我面前把头磕，

为掩饰尴尬她跟我东拉西扯，

才发现我们是邻居一楼之隔。

何幸的表情有些僵硬。

这歌词里写的，不就是她和秦星黎相遇的场景吗?

9. 万众瞩目的表白

这么倒霉的事情就不要再说了吧？！

何幸心虚地偷瞄夏夕颜，发现她听得入神。

算了，歌词里又没有点名道姓，不会有人知道歌里的女主角是她何幸。

但是下面的歌词是什么呢？秦星黎总不会用整整一首歌来骂她吧！

何幸坐在那里，整个人都局促不安。她将热水袋握在手里，心想如果秦星黎再暴露更多她的秘密，她就用水袋砸他！

秦星黎唱歌的时候脸上带着笑，歌声莫名令人感到甜蜜。

一些同学忍不住笑了，跟着轻轻拍手打着拍子。

神奇的初印象就是这么欢乐，

她可爱如童话里缤纷糖果盒，

我像一只乌龟背着厚重的壳，

在她面前脸红耳热笨口拙舌。

很想告诉她我有多么喜欢她，

可是告白在嘴边勇气却难得。

女孩的心事羞涩她暗恋成歌，

男生的心事荒诞我束手无策。

何幸的心跳得飞快。虽然他并没有指明这首歌写的是谁，但他却一直看着她，仿佛这首歌是为她而唱。

很多同学都觉得不对劲了，纷纷向何幸投来目光。

秦星黎却完全没有想要避嫌的意思，他的目光一直在何幸的身上没有离开过，他的眼睛里也好像只有她一个人。那澄澈通透的眼眸里笑意不减，分明是心动的感觉！

秦星黎弹着吉他，旋律轻快，朗朗上口。

这是一首不敢给她看的情歌，

在心里默唱无数遍犹豫曲折。

她是玫瑰是朝露是日暖风和，

她是冬雪消融灿烂锦绣山河。

吉他声停了。

偌大的礼堂里突然变得安静。

秦星黎笑得有些羞涩，说出了五个字：“对了，她姓‘何’。”

那般轻松随意的语气，好像只是再简单不过的介绍。然而在这万人礼堂中通过音箱播放出来，却又如此惊天动地。短暂的寂静过后，全场轰然爆发巨大呼声。秦星黎居然在几万人面前公开表白，也太浪漫了吧！就算他没有点名，大家也知道，他目光所在之处必然是他所喜欢的那个女孩子。

大多数人是不认识何幸的，有人为了凑热闹，竟然站起来看她。

何幸既无措又不安，她低着头，有些紧张地抓住了裙摆。她完全没有做好心理准备便被推上了风口浪尖，还好她今天化了精致的妆，被围观倒也没那么难堪。

可是秦星黎这首歌，是在表白吗？

何幸的心跳越发猛烈，咚咚敲击着胸腔。

她一会儿还有表演，现在紧张成这个样子，怎么能顺利演出呢？

秦星黎下了台，直接走到了何幸身边。

“抱歉，没有提前告诉你，用你做了这首歌的原型。”

他这话一说，又再次肯定了他的“邻家女孩”就是何幸，大家哪还有心思观看接下来的表演呢，表演哪有八卦好看！

所有人都望着秦星黎，想知道何幸是否接受了他的表白。

何幸根本不知道要说些什么，心里想说的话太多，脑中已然混乱一片。

秦星黎并没有要她立刻给出答案的意思，好像他只是表明态度，并不想逼她当场接受，绅士风度十足。

其实没人知道，秦星黎也很紧张，这是他第一次表白，还选在了这种万众瞩目的场合。他是想表达自己的诚意，而不是想给她压力。

“冷吗？”

他从何幸手里拿过热水袋，发现已经变得温凉。

秦星黎在万千目光中，脱下了自己的外套，然后将外套披在了何幸的身上。

全校同学都沸腾。

秦星黎里面只穿了件浅色衬衣和一件灰色针织衫，看上去并不能抵御寒冷，何幸哪里好意思，她红着脸，连声拒绝：“你穿着吧，我不冷。”

秦星黎按住她想要脱掉外套的手：“还说不冷，你的手这么冰。”

他的手覆盖在她冰凉的手背上，将暖意传给了她。何幸轻轻地缩回了手。

秦星黎温柔地看着她：“表演结束后等我，我送你回家。”

他的语气没有商量的意思，完全是已经做好了决定。不等何幸回答，他转身离开，回到自己的座位上，只剩下何幸僵硬地坐在那里。

耳边传来夏夕颜羡慕的声音：“送你回去的路上，他可能会问你要个结果吧。”

何幸没有说话，她的脑子很乱，又听见夏夕颜问：“你喜欢秦星黎吗？”

喜欢吗？

秦星黎确实很好，他厨艺超棒，性格和人品都很好，对她细心体贴，相比冷漠的江应景，秦星黎简直温柔完美到了极点。若是做了他的女朋友，她相信，他肯定会把她宠得无法无天。

可是，为什么到了现在，她心中还要拿江应景来对比呢？

夏夕颜叹息：“他那么好，任何女生被他表白，都不可能会拒绝吧。”

何幸看了夕颜一眼，见她脸色微红，语气虽然略带失望，眼中却隐隐有种期待。这丫头完全是给秦星黎加了一层滤镜，就跟当初喜欢着江应景的何幸一样。夕颜对秦星黎的喜欢，可能更多的是把他当偶像来崇拜吧，所以才没想过主动追求跟他在一起。

“夕颜，说实话我一点儿心理准备都没有，我整个人是蒙的。”

“但是你被秦星黎公开表白了，你真的好幸运。”

“什么幸运不幸运的，我现在好紧张，我的腿都在发抖，我跳不了舞了。”

“深呼吸，小幸，你先调节一下情绪，我们一会儿就要上台了。”夏夕颜给了她一个拥抱，“前几天在我练舞的时候，你不是告诉我吗，让我别给自己那么大压力，我们不用跳得多么完美，尽情享受这个舞台就好了，现在你怎么反倒紧张了呢？”

何幸哭丧着脸说：“我是让你享受这个舞台，因为你热爱跳舞，我不爱啊，我只是当作完成任务而已，我给自己定的目标仅仅是顺利跳完而已。”

“那天你不是这么说的，怎么在我面前积极自信，轮到自己了却尽说丧气话。”

“好吧，我就是传说中的双重标准……”

“小幸，你练舞的时候也很努力啊，我都看在眼里呢。”

“虽然是努力过了，但我是努力，你是天分，不一样的。”

“……”

“你是咱们的领舞担当，上了台也是绝对的焦点，我只是你的伴舞！可是突然出了这种事情，焦点肯定会移到我身上，所有人都看着我跳舞，我不能‘划水’了。”

“你居然还在考虑‘划水’的事情。”夏夕颜哭笑不得。

紧张归紧张，该面对的事情还是要面对。

轮到她们上台的时候，何幸跟在五人的最末尾上了舞台，她已经很低调了，却还是吸引了所有人的目光，一时间议论声此起彼伏，何幸从来没有享受过这种重点对待。

秦星黎坐在台下，微笑着用口形告诉她两个字：“加油。”

音乐响起，何幸跟着队友一起开始跳舞。

这是一段帅气的舞蹈，台上的五个女孩子虽然妆容和服装相似，却有着截然不同的气质，尤其是何幸和夏夕颜最为突出。夏夕颜留着清新可人的短发，看起来英姿飒爽，有种连女孩子都抵挡不了的帅气。

何幸更不用说了，她可是刚刚被偶像秦星黎公开表白的对象！

大家这时都仔细望着何幸，想看看她到底有什么值得喜欢的地方。

绚丽灯光搭配力度十足的舞蹈，使得何幸的个人魅力变得突出。平时她因为长相清秀可以称得上是标准的小美女，但是并非倾国倾城的绝美，然而今天因为妆容的关系，让她看起来非常艳丽。仅仅看外表，她没有任何配不上秦星黎的地方。

何幸上台前很紧张，但是上了台就要有专业素质，她可不想让那些企图看她出丑的人得意。她跳得很认真，舞台表现力也很不错，与练舞多年的夏夕颜相比，并没有显得逊色，节奏和力度都恰到好处，长发在灯光下翻飞，看她跳舞竟有种赏心悦目之感。

大家惊喜地议论着：

“我以前怎么不知道学校里有这么漂亮的女生？”

“跳得太棒了，她的眼神好魅惑，简直抓住了我的心。”

“哇，她还会空翻，太厉害了。”

“这个女团可以原地出道了！”

“好吧，她和秦星黎的事我同意了！”

10. 因为喜欢你

何幸暗暗松了口气，当初夕颜为了照顾她，特意将她的舞蹈部分降低了难度，她小心再小心，没出什么大错。毕竟都是学生而不是职业舞者，同学们不会期待她们有国际比赛般的高难度技术，何幸在台上来了几个空翻，便唬住了许多人。

跳着跳着，她竟然还开始享受这种被目光环绕的感觉了。

唉，本以为可以靠实力，没想到最后还是要靠颜值。

何幸风情万种地撩了撩发，退到一旁。这段轮到夏夕颜的独舞，她将舞台交给夏夕颜。刚才她跳得太入神，没有注意台下，此时终于有松口气的机会，她一边控制自己略显急促的声息，一边将眼神往台下潦草地扫了一眼，不由得整个人都僵住了。

前排那人是谁？！

江应景？！

何幸的瞳孔震动了一下。

前排坐着的，都是些老师和接下来有表演的同学，穿着各式各样的演出服，化着夸张的舞台妆，唯独江应景穿着件简简单单的白色外套，很随意地靠坐在那里。舞台上一些光流泻出去，打在了他干净帅气的脸上，衬得他五官如画，好似从漫画里走出来一般。

他和何幸的眼神对上了，时间好像定格了一瞬间。江应景移开了视线。

何幸反应不过来，江应景居然在她表演的时候，换到了前排看她跳舞？！

为什么？

她偷瞟了队友一眼，那几个女孩子风格不同，但一样在台上漂亮耀眼，宛如宝石般发着光。难道江应景是为了她们中的某人而来？可为什么刚才他的视线却都在她身上呢？

原本已经习惯了舞台的何幸，在这瞬间的慌乱下，又变得紧张了。

何幸在这巨大的心理影响下，竟然忘记了几个动作，她心跳过快，如果再继续跳下去，肯定会变得混乱，整场表演都会垮掉。慌张之下，她只好即兴跳了几个简单的动作。

还好最后是夏夕颜的主场，大家注视的焦点全都从何幸转移到了夕颜身上，而且夕颜也很出色，一段独舞精彩绝伦，震慑了在场观众。

一曲终了。

她们不但圆满完成，还收获了满场响亮的掌声。

何幸跟着队友弯腰鞠躬，耳道被震耳欲聋的鼓掌声填满，她却忘了喜悦，内心满是迷茫。

她不明白江应景在想些什么，每次在她下定决心要放弃的时候，都会有那么一点点希望，让她变得犹豫不决。是她自己多想了吗？也许江应景换座位并不是因为她。

可为什么在她跳完以后，他又回到自己的座位了呢？

他真的不是特意来看她的吗？

她回到自己的座位，呆坐在那里，其他四个女生因为终于结束了表演而感到兴奋放松，在旁叽叽喳喳地聊天。

何幸又悄悄回头看了一眼，江应景低头坐在他的位置上，好像在发呆，班花坐在他的身边，戳了戳他，不知道在跟他说些什么，他回过神来，唇边勾起浅浅弧度，也应和了几句。班花笑得花枝乱颤，用力拍了他好几下。

唉，江应景身边总是围绕着很多漂亮女生呢。

整场演出结束后，秦星黎来到了何幸身边，大家都笑着让开了，躲在旁边看着他们。

何幸脱下身上的西装外套还给他，秦星黎却没有接："我不冷，你穿着吧。"

外面的雪还没有停，冷得滴水成冰，还好秦星黎开了车，上车以后打开暖风，车内渐渐暖和起来。何幸坐在副驾驶的位置上，揉了揉冰凉的小手。刚才跳舞耗费了很大体力，现在到了饭点，何幸饥肠辘辘，秦星黎提议先去吃饭，她立刻就同意了。

这次秦星黎没有亲自做饭给他吃，而是带她来到了一家环境一流的高级餐厅。

桌上的白色蜡烛和艳红玫瑰营造出浪漫的气氛，空气中弥漫着淡淡的花朵馨香，餐厅中央有优雅的少女拉着小提琴，动人的旋律萦绕在安静的餐厅中。

气氛微微有些暧昧。

秦星黎望着餐桌对面的女孩，她正低头切牛排，刚才吃饭之前她擦去了口红，不再像舞台上那样美艳得充满攻击性，但依旧很漂亮。她的耳朵和鼻头都冻得微红，看起来娇俏可人。

秦星黎的心跳得很快。

他想说些什么，可是一直无法鼓起勇气，紧张得连握着刀叉的手都有些颤抖。

“牛排超好吃。”何幸吃到好吃的就会很开心，腮帮子鼓鼓的好像小松鼠。

秦星黎也被她的情绪所感染，笑眯眯地说：“那我以后再带你来。”

“不用不用，我不想再来了。”

秦星黎一怔，以为何幸是在委婉地拒绝他。他越发紧张，喉头滚动了一下。

“你不喜欢吃西餐吗？”

还是不喜欢和他一起吃？

何幸摇摇头，充满真情实感地说：“西餐哪有你做的饭菜好吃呢？”

秦星黎的心跳漏了半拍。

何幸根本没注意到他的神色变化，继续说：“其实我觉得吃顿家常便饭就好了，这家餐厅看起来就很贵。要不然下次我给你煎牛排吧，从超市买块冷冻牛排放在铁锅里煎熟就可以了，想起来就觉得很简单，根本没有什么技术含量。”

“你知道冷冻的牛排需要先解冻吗？”秦星黎问。

“呃……这个……我当然知道！”

“那你知道是先把锅烧热再放肉，还是先冷锅放肉再开火呢？”

“应该是冷锅先放肉吧，”何幸不太确定，眼神有些飘忽，“如果锅太烫，肉的表皮煳了，里面还是生的，没法吃。应该让牛排和锅一起慢慢升温，最终达到和谐完美的成熟度！”她说着说着突然觉得很有道理，自信心又回来了！

秦星黎看她一副正经瞎说的模样，忍不住笑了：“牛排需要放在滚烫的锅里煎，最好将锅先烧到冒青烟，然后再把牛排放进去，用高温锁住里面的水分，吃起来牛肉才会鲜嫩多汁。”

“是这样啊。”答案实在出乎何幸的意料。

秦星黎又问：“那你知道要煎多久吗？”

何幸的自信心已经消失殆尽，她不想再回答任何关于做饭的问题了，显得她比秦星黎蠢好多。

“算了，我还是乖乖吃熟牛排吧，让我动手肯定要糟蹋这块牛排。”

秦星黎忍俊不禁。

这些问题对于他来说等于常识，何幸却全都不知道，可这种笨笨的样子也很可爱。

直到吃完了一顿饭，秦星黎也没有将心事说出口。

快到家的时候，他终于觉得再不开口就没机会了。

十字路口亮起红灯，秦星黎停下车，扭头看了何幸一眼。

车上的电台在播放欢快的音乐，何幸跟着小声哼唱，头左右摆动。

“小星星，刚才……”秦星黎轻轻开口，“我唱歌的时候，是不是吓到你了？”

何幸愣了愣，口中的低声哼唱突然停了下来，车厢里只剩下音乐声。

“确实有些惊讶，你说的那个姓何的女孩，是我吗？”

“我以为我说得够清楚了，没想到你还在怀疑。”

“我很意外。”

“因为我从来没有告诉过你，我有多喜欢你。”

他看着她的眼睛，想要尽量掩饰自己的紧张，但他的声音还是有着些微的轻颤。

“第一次见到你，我就觉得你很可爱。”

何幸表情一僵。

秦星黎这话真的不是在开玩笑吗？

何幸想起自己摔在他面前的狼狈模样，简直不堪回首！她连忙晃晃头，试图让脑中的悲惨回忆立刻烟消云散。

秦星黎的语气里带着微不可见的笑意：“每次见到你，我都很想笑。”

“你是说我长得可笑吗？”

“不是不是，我觉得你超可爱，你好像没什么烦恼，在我面前总是笑盈盈的模样。你笑起来很好看，眼睛弯得像月亮，每次看到你的时候，我的心情就会好起来。”

红灯转绿，车辆慢慢通行。

秦星黎将车开过了路口，小汽车在雪天结冰的道路上慢慢行进。

“我爸爸工作很忙，总是留我一个人在家，我习惯了一个人，没什么开心的，也不觉得难过。生活对我而言，就只是一天天机械地度过。我上课，回家，重复着每一天相似的生活。直到你来我家吃饭，我第一次发现，原来多一个人陪我，可以让冷清的房间变得那么热闹。”

雪一直在下，雨刮器来回清扫着窗户上的水雾和雪花。他清朗好听的声音在车厢里响起，伴随着汽车广播的背景音乐。

“我喜欢和你相处，喜欢听你说话，看你笑，也喜欢给你做饭，你爱吃的东西很多，我做什么你都说好吃，给了我很大的信心。

“后来我发现，你性格真的很好，没有心机伪装，可爱中又带着一种天然呆。你总是夸奖别人，似乎你看到的世界都是充满善意的，你对这个世界也回报了善意。你是我喜欢的样子，或者说，因为喜欢你，所以不管你是什么样子，我都好喜欢……”

• • •

Chapter 11

何其有幸遇到你

1. 何其有幸遇到你

何幸听见自己心跳的声音，一下下，撞击着胸口。不知道为什么，她的眼睛竟然有些湿了，从来没有人对她说过这样的话。

“砰”的一声。

隔着车窗，何幸看到夜空绽放开绚烂的烟花。

七彩缤纷的烟花，像流星般坠落，立刻又有新的烟花升起。

秦星黎的声音在漫天的烟花绽放声中，轻轻响起。

“所以，你可以做我的女朋友吗？”

何幸的心竟然因他的话而颤动了。她没有想到，在秦星黎的心里，她是如此特别。其实星黎学长真的很好，能成为他的女朋友，一定会被许多人羡慕。或许，她可以尝试着开始一段感情，何幸张了张嘴，想要给秦星黎答案。

车厢里，仿佛某个角落，突然传来一个低沉的声音，带着些许冷淡与颓废。

“圣诞节吗？……”

何幸愣住了。

是她幻听了吗？

她的呼吸几乎停住了，她慢慢转向声音来源，车上的音箱传来广播电台中主持人充满磁性的声音：“对啊，今天是圣诞节，你没发现吗？周围都是情侣！”

“哦。”

“哦什么啊，好冷淡的反应。”

“与我无关吧。”

“你没有女朋友吗？看你的样子不像是没有女朋友的样子啊。”

“还有事吗？”

何幸能确定，这就是江应景的声音！

车上的电台一直在播放着节目，刚才是歌曲，现在转为了现场采访，虽然声音不算大，在窗外起伏不断的烟花爆裂声中，甚至有些不太清晰，可是何幸对于江应景的声音真的太熟悉了。

“我们这是现场直播耶，配合一下，”主持人有些尴尬地笑了几声，却没有放弃，继续问，“这位同学，我们在做随机采访，今天的问题是，你是怎么追到女朋友的？圣诞节互相送了什么有趣的礼物？你们之间……”顿了下，他改口道，“哦对了，你没有女朋友，前面那些当我没问。不过，你应该有喜欢的女孩子吧？”

现场陷入沉默。

几秒后，传来主持人的声音：“这大雪纷飞的圣诞节，别人都成双成对，没事干的也都回家了，你一个人坐在这里喝闷酒，很奇怪啊！这水煮鱼已经凉了吧？你连筷子都没沾油，很显然你根本没吃饭，心情不好吃不下吗？”

主持人似乎坐在了他身边，还嚷着：“哎呀，你往里面坐坐。别怕，哥哥不是坏人。我们就想知道，是哪个女孩把你伤成这样。有没有什么经验分享下，好让收听我们广播的各位感同身受的男性听众懂得如何辨别游走情场的心机女。”

那边却传来江应景的否认：“她不是心机女。”

“呵呵呵，事到如今还替她说话，可见那姑娘段位不低啊！”

何幸的心沉入了谷底。

怪不得江应景对她这么冷漠。

原来他心里，早就有了别人。

何幸以为自己不会在意，没想到她的心竟然会阵阵抽痛。

秦星黎跟江应景不算熟悉，对他的声音也没有太大印象，再加上广播声音刚才被他调小了，他并没有听出电台中这段采访的当事人就是江应景本人。

何幸知道秦星黎在等她回答，她也想要说句话，可是她的嘴好像被黏住了，根本张不开，她甚至无法集中精力。

她想关掉广播，她不想听江应景诉说他有多喜欢另一个女孩子。

但脑中又有另一个声音告诉她，听听吧，早点儿死心也好。

江应景说：“不是你想的那样，她很单纯。”

“那你说说，她怎么单纯了？”

“她啊……”

江应景好像回忆起了什么，语气悠长如叹息。

“她是个话痨，任何大事小事都要第一时间分享给我，但她从来不把负能量带给别人。她看起来是个柔弱的小姑娘，却比谁都坚强，不管遇到什么不开心，睡醒以后又变成那个元气满满的她。

“她喜欢喝奶茶，甚至喜欢去奶茶店兼职。她爱美食却是个厨房杀手，她煎个鸡蛋可能都会把厨房炸了。

“她不挑食，谁做什么她都说好吃，她味觉缺失自己却不知道。但是这样也很好，在一起不会吵架，如果她不开心，就用零食诱惑她，反正她吃什么都觉得是美味。”

主持人在旁自言自语：“这是吐槽吗，但又有几分甜蜜是怎么回事？”

何幸僵坐在那里。

车窗开着一条小缝，寒风灌进来冲进她后脑勺。江应景口中说的女孩怎么会跟她如出一辙呢？难道，他喜欢的人是她？

这答案浮于心中却又立刻被何幸否定。不可能的！江应景怎么会喜欢她？

江应景继续说着，声音听起来似乎有些许醉意。或许正是因为这醉意，让他忘记了究竟身处现实还是梦境，于是一下子说了这么多话，句句真心：“她留着柔顺的长发却有着假小子般大大咧咧的性格，在我眼里，没有人比她好看。她为我叠过纸星星，每一颗我都认真拆开看了，每颗星星里，都有她为我写的话，很有趣。看的时候，我都能想象到她写字时的表情——咬着笔头，皱着眉毛。她从来没有要求过我为她做什么，我对她付出一点，她就总想加倍来回报我。其实我知道，她很好，她是世上最好的女孩子。”

主持人迷惑地说：“本以为她是‘渣女’，听起来好像并不是。”

江应景道：“都说了她不是你想的那样。”

“既然她那么好，你为什么不跟她在一起？”

“我给不了她幸福。”

“你没试过怎么知道给不了？”

听这语气，似乎连主持人也有些愤愤不平了。

“就是因为试过，知道我们的结局有多悲伤，我才不敢再向她多走一步。

“我每天都陷在痛苦矛盾之中。我在乎她，想和她在一起，想让她回到我身边，想对全世界说，我喜欢的人是她。

“看到她哭，我很心痛，我想为她擦眼泪，可是，我不能……”

江应景说话的声音略微有些酒醉的迷茫，有那么几个字，甚至能听出哽咽。他停顿了几秒钟，似乎在控制着自己的感情，下一句话说出的时候，他的情绪已经不再浓烈，他控制得很好：“我今天看到另一个男生对她表白了，他应该是真的很喜欢她。她会幸福的。”

他的声音渐渐小下去，喃喃道：“这辈子能遇到你，何其有幸。”

何幸再也坐不住了，猛然打开车门。她要去找江应景！她要问个清楚，他到底是怎么想的！

突然，她的手腕被拉住了。

何幸这才发现，秦星黎还在车里惊讶地看着她。

“你去哪儿……”

“对不起！我有重要的事情要处理，实在对不起！”

何幸掰开他的手，满脸愧疚，却无法阻止她想要去找另一个人的坚持。

“星黎学长，我很感谢你对我说的这些话，谢谢你能看到我的优点，我……我现在不知道怎么说，但你的话我认真考虑过了，等我回来，我再给你答复，好吗？”

秦星黎点了点头，虽然不知道她有什么重要的事情，但他看出了她的焦急。

何幸冲下车，只剩下秦星黎，他透过敞开的车门，看着她的身影消失在暗夜雪幕之中。

漫天遍地的雪，纷纷扬扬，将圣诞节热闹的彩色街道裹上了一层银白。

何幸穿着与季节不符的短裙，在所有人的侧目中跑过大街。

她跑得气喘吁吁，并没有感觉到冷，身上已经渗出汗了。

她不知道江应景在哪儿，她只是凭直觉，根据广播中的关键字“水煮鱼”，跑到了那个提供水煮鱼的小饭馆。

雪天太冷，饭馆里开着空调，使得玻璃全都覆盖了一层白茫茫的雾色。

何幸远远地根本看不清饭馆里有谁，她越跑越急，冲过去推开了饭馆的玻璃门。

江应景竟然真的坐在那熟悉的座位上。

那是何幸曾经跟他一起坐过无数次的位置。

江应景身边并没有电台主持人，只有他一个人。

何幸盯着他的桌子，除了那盆水煮鱼，还摆着同样熟悉的四道菜——番茄炒蛋、鱼香茄子、红烧牛腩、回锅肉。

不过与以往不同的是，还有几个散落的空酒瓶。

2. 你在怀念什么

江应景惊讶于何幸的出现，怔怔地望着她。

她就站在门口，捂着胸口喘气，眼睛一眨不眨地盯着他。所有人都穿着羽绒服，何幸却还穿着演出时的短裙。她脸颊冻得微红，长发上落了一层薄雪。

一时间两人都忘记了说话，气氛冰冻。

何幸慢慢走近江应景，看着桌上显然没动过筷子的食物。

“你怎么会点这几道菜呢？你不应该有那段记忆啊。”

江应景垂下眼眸，所有情绪都被他掩饰了起来。

“我点我喜欢吃的菜，有问题吗？”

他还用筷子夹了块茄子放进嘴里，假装一直在吃饭。何幸看到他的筷子干干净净，面前的瓷碟也白净光亮，根本没有沾到过油，在她来之前，他就没有动过筷子！而且水煮鱼也已经不再冒热气了，甚至上面的红油都有一层半凝固的薄皮。

“你一个人吃得了这么多吗？”

“我吃不了会打包带走的。”

何幸发现江应景的目光在闪躲。

他不敢看她？

她坐在他身边，闻到淡淡的酒气。

“你喝酒了？”

“……”

“为什么喝酒？”

江应景一直没有说话，何幸逼问：“你是不是心情不好？”

他的眼神有些飘忽，何幸抓住江应景的手，声音拔高：“你是不是记得我？！”

她的手冰凉极了，江应景脱下自己的外套，披在何幸身上。他尽量让自己的语气显得平静：“我当然记得你，你叫何幸，跟我是同校的同学。”

听到他的回答，何幸却更生气，怒道：“我当然知道我们是同学！我问你，你是不是记得我们曾经循环同样的一天，你每天都会见到我？有一段时间，我们每天都来这家饭馆吃饭，一模一样的水煮鱼，一模一样的番茄炒蛋、鱼香茄子、红烧牛腩和回锅肉！我以前最喜欢吃水煮鱼，后来天天吃，吃得我再也不想吃水煮鱼了。你是不是也一样？你点了一模一样的东西却一口也没吃，你也吃不下去吧！”

江应景的表情越发僵硬。

他低声说：“我不知道你在说什么。”

“你知道的！”

何幸气到几乎吼出声来，饭馆里的人被她吓了一跳。

她多么希望，他是知道的。

她希望能够有人在这绝望的死亡循环中拉她一把，让她知道到底是为什么，让她知道该怎样逃开，让她有人依靠，让她能痛痛快快哭出声，倾诉自己的孤独与辛苦。

可是，江应景不愿意做那个人。

他冷漠地否认了她的质疑：“何幸，你是不是有妄想症？”

他站起身想走，何幸死死拉住了他：“刚才被采访的人是你，对吧？”

江应景想扯开她的手，但她抓得很紧，紧到他的手都有些疼了。

他的眼神似有波动，却立刻被他隐藏了起来：“什么采访，我一点儿都听不懂。”

何幸固执地看着他：“你说你喜欢一个女孩子，却不能接受她。你说她喜欢喝奶茶，在奶茶店兼职，你说她是厨房杀手，你说她留着长发，说她为你叠纸星星，每颗星星里都写着关于你的话，你说今天有另一个人对她表白，你说的难道不是我吗？”

“我不知道你从哪儿听到的，但说这话的人不是我，你认错人了。”

“我不会认错的，你的声音太熟悉了，而且你说的话，每个细节都能对应！”

何幸指着餐桌：“主持人说了水煮鱼，你桌上恰好就有水煮鱼，而且你为什么会在这里？这世上不可能有这么巧的事情。就算你突然想吃饭，阴错阳差来到这家饭馆，你为什么要点你吃不完的分量？点了却不吃，放在这里等它变凉。而且这些菜太熟悉了，你是在回忆什么？纪念什么？！”

她眼中含泪，语气里有气愤，却还带着一丝无助的哀求。

“江应景，你能不能跟我说实话？！”

他抿着唇，紧绷的情绪好似一根线被她拉扯，几近断裂。他不想再给她希望，可是看见她的眼泪，他却又忍不住伸手拭去她眼角的泪。

何幸哭得更大声了。

“别哭了，很多人看着呢。”

他擦不干她越来越汹涌的眼泪，良久，他像是做了极其艰难的决定，对她说：“秦星黎很好。”

何幸不明白江应景的意思：“我知道他很好，可我喜欢的是你啊！”

江应景仿佛没有听见她的话，继续说着：“你和他在一起会幸福的。”

何幸忍无可忍，猛地推了他一把：“江应景，你能不能不要自说自话？！”

江应景被她推得脚步踉跄，后退几步靠在墙上。

何幸怒视他，双眼通红，泪水如断线珍珠般一颗颗落下。

“你要我把秦星黎当作你的替代品去跟他在一起吗？这样对他公平吗？你说得很对，秦星黎很好，他可以找到一个跟他一样优秀，并且互相喜欢的女朋友，他凭什么做别人的替代品？而我又凭什么要去伤害他？就算你不喜欢我，你也没资格安排别人的人生！”

江应景的心很痛，他并不是这个意思，他只是想要有人代替他来对她好。

“何幸，你别哭，我没有不喜欢你。”

“那你喜欢我吗？”

“……”

“为什么不回答我？你到底在顾忌些什么？”

江应景什么都没有说，握紧的双拳微微颤抖。

他低下头，黑发落下来半遮住眼眸，也遮住了眼中那极力克制的痛苦。

“你有不能和我在一起的苦衷吗？”

何幸并不相信会有这样的苦衷，看着他此时的模样，她却不得不相信，这其中或许有些秘密……

她拉住他的手：“你说出来好不好？”

江应景不敢开口，他怕一开口声音就会哽咽。

何幸取出钥匙，将她一直不曾取下来的平安符解开，取出那张写着“愿得一人心”的小纸片塞进了江应景的手里。

“我喜欢你，如果你也喜欢我，为什么不给我们彼此一个机会呢？”

江应景低头看着纸条上的字。

何幸看不清他的表情，她的视线一片模糊。

“我为你叠了那么多纸星星，每当在纸条上写字的时候，想起你，我心里就觉得甜甜的。我知道被拒绝后还去喜欢这个男生，是一件很没骨气的事情，可我真的很喜欢你。

“我成绩不好，为了想要离你更近，我努力学习，好不容易跟你考进了同一所大学。我原本只是喜欢你，你拒绝我，我也不会怪你。可是现在我重复同样的一天，我有了更多机会去认识你，你不再高高在上，我们的距离越来越近，好像差一点儿就能在一起。我每天都做着有你的梦，可是突然有一天，梦醒了，我做过的努力全都白费了，你知道我是怎样的感受吗？”

何幸的声音沙哑，带着鼻音：“江应景，我不知道你在顾忌什么，但只要你愿意往前走出一步，剩下的全都由我走。你愿意吗？”

江应景再也忍不住，他没办法对这样的何幸冷漠下去，他抱住了她。

如果他没有见过阳光，他可以忍受这黑暗。但他曾经拥有过，怎么可能忘得一干二净呢?

他有多渴望，就有多怀念。

3. 初吻

何幸娇小的身体被江应景抱得很紧，眼泪浸湿了他的衣服。

她轻声问：“你也是喜欢我的，对不对？”

这个瞬间，江应景在想，要不要告诉她真相?

可是他顾忌得太多了，他太害怕重蹈覆辙，他松开她，纵使心中千言万语，终究还是化为尘埃。

“太晚了，我送你回家吧。”

他转身走向前台结账。

何幸揉了揉眼睛，她还有很多话要问，等江应景送她回家的时候，她非要问个清楚。

她正想着，身后突然传来一个苍老的声音：“这些菜，你们还要吗？”

何幸猛然回头，看到衣衫褴褛的老婆婆站在桌边。

突然间，回忆向她猛砸了过来。何幸“哇”地大哭起来。

老婆婆吓了一跳，连忙说：“姑娘你别哭了，我……我不要了。”

“没事，这些菜我们都没吃呢，给您打包带走吧。”何幸一边哭一边说。

老婆婆摸不清这姑娘在想什么，她退后几步不断摆手：“不了不了，姑娘，你别勉强。”

“我不是因为舍不得，我是想到了一些难过的事情……”

何幸抹了把泪，让服务员帮忙打包。

江应景结完账走过来，很自然地便帮着老婆婆将几袋食物提了出去。老婆婆夸何幸好心肠，又赞江应景善良，说他们般配。出门以后两个小孙女迎上来，一起感谢何幸和江应景。

这画面似曾相识。

雪下得更大了，台阶下一片积雪，皮鞋踩上去咯吱作响。

江应景拦了一辆出租车，让何幸坐上去，他转身想走，何幸拉住了他。

“你不是说送我回家吗？”她盯着他的眼睛。

江应景显然想要逃避：“这里离你家不远，车牌号我抄下来了，有什么事你就给我打电话。”

何幸不等他说完，便将他拽进了车里。江应景猝不及防，整个人都扑在了她的身上，仿佛稍稍低头就能吻到她的唇。江应景挣扎着想爬起来，何幸怕他逃走，将他狠狠按在椅背上，挺身关上了车门。

“师傅，骊雅小区。”

“好嘞！”

司机师傅闻言，一脚油门踩下去，出租车驶上了路。

何幸怕江应景逃走，她抓着他的手，手指扣进他的指缝里，江应景怎么都挣脱不开。他目光闪了闪，竟然不敢去看何幸。

“为什么丢下我一个人逃走？你在害怕什么？”

江应景的视线飘着飘着，又落在了何幸的脸上，她好像真的很生气，脸颊气鼓鼓的。

“我们今天就把话说清楚，否则我是不会让你下车的！你为什么这样对我，故意欺负我好玩吗？我告诉你！今天你不喜欢我也要喜欢我，喜欢我就更……”

话音还没落，她嘴唇上突然落下了一片轻盈如羽毛的触感。

何幸睁大眼睛，意识到江应景竟然吻了她！他一只手捧着她的后脑勺，迫使她无法动弹。她的心脏控制不住地猛烈跳动起来。

只是一瞬间，蜻蜓点水般的轻吻后，他便松开了她，用墨黑色的眸子望着她。

“你……”

何幸紧张得说不出话，脸颊滚烫，她听到自己的心跳声如此剧烈地击打着胸腔。

江应景本来是想逃避的，有太多后果他无法承受，他想送她回家就走，可是何幸显然不给他这个机会，满脸都是“你不给我满意答案我就不会放过你”

的固执。看到她气呼呼的样子，他就心软了。想起她为他做的那些努力，这个瞬间，他竟然控制不住自己的情绪，那些冷静自持在她面前全都化为乌有。

他看着她的眼睛，终于承认："我喜欢你。"

何幸脑海里炸出了一片火花。

"真的假的？"何幸下意识地问。

"你不是一直在等我说这句话吗？为什么我真的说出口了，你还问我真的假的？"江应景勾起唇角，重复说，"我真的喜欢你。"

一瞬间，所有往事浮上心头，何幸想起自己做过的那些努力，想起那些难过和快乐，她的眼睛忍不住涌出泪花。

江应景给她擦了擦眼泪："好啦，别哭了，我喜欢你笑的样子。"

何幸很记仇："你一直都很讨厌我，什么时候喜欢我笑的样子了？"

江应景垂下眼眸，低声说："我只是不想你在我身上浪费时间。"

何幸完全不理解他的脑回路，她想问个清楚，可是江应景却一副心事重重的模样，并没有跟她延续这个话题。不过他的手一直在她手中，没有再挣脱开。他们两人坐在出租车中，就像一对真正的恋人。

何幸忍不住摸了摸嘴唇，那里似乎还留有江应景的温度。何幸想起她曾经试图强吻江应景，却被他推开的糗样，脸又红了红。

她心里好甜，像是蜜罐翻倒："一定是我的许愿成真了！"

江应景疑惑地问："什么许愿？"

何幸眼眸弯弯："就是护身符里写的纸条啊。"

江应景的表情有些古怪，似乎想说什么，却又没有说出口。

何幸察觉到不对劲，问他："怎么啦？"

江应景摇摇头，移开视线："没什么。"

江应景为什么用这种古怪的眼神看着她？何幸越发不自信，她忍不住将手伸到江应景的裤兜里。江应景吓了一跳，差点儿跳起来。何幸将他口袋里的钥匙和纸巾都翻了出来，终于找到了那张小小的纸条。她将纸条握在手心，瞟了江应景一眼，发现他脸颊绯红。

何幸突然意识到，刚才她在江应景身上乱摸，好像有点儿不太好。

何幸打开纸条，看了三秒钟，整个人僵住了。

怎么回事？她的"愿得一人心"呢？纸条上为什么会写着"愿得一人行"啊？！

耳边传来江应景的声音："刚才你给我这张纸条的时候，我以为你彻底想要放弃了。"

何幸的心碎成了豆腐渣。

"我那天可能太伤心了写错字，"何幸垂头丧气，恨不得将这张小纸条嚼碎咽进肚子里，"怪不得我迟迟不成功，原来是我诅咒了自己。"

江应景望着她委屈的模样，忍不住笑了。

何幸正在考虑如何将这张纸条毁尸灭迹，突然纸条被江应景拿走了。

她惊讶地看着他，发现他将纸条按压在出租车意见簿上，用挂在旁边的红笔，将那个“行”字涂成了一颗红色爱心。这样，纸上便真的成了“愿得一人心”。

他将纸条还给她，声音好听得像春风拂面：“喏，你想要的心，我给你。”

何幸看着纸上那个饱满的爱心，碎成渣的心又被粘好了。虽然江应景没谈过恋爱，平时又冷冷淡淡，但是撩起人来，还真让人心如小鹿乱撞。

出租车停在了小区门口，江应景送何幸走进院子，站在她家楼下，说：“明天见。”

何幸内心期待，又有些不好意思，问：“明天我就是你女朋友了吗？”

江应景点了点头，夜色笼罩了他帅气的面孔，那眼里只有她的倒影。

何幸开心得像飞出笼子的鸟儿一般，对江应景摆摆手：“明天见！”

她转身跑进楼道里，摸了摸微红的脸颊。

可是很快，喜悦却又被冲淡，她想起今天秦星黎说的那番话。她并不想伤害星黎学长，她感激学长对她做的一切，但喜欢的心情是无法替代的，她喜欢江应景，也希望秦星黎能够得到自己那份独一无二的爱情。

明天，她一定要先跟星黎学长说清楚！

电梯开了，何幸正要走进去，突然看到电梯里脸色煞白的女人冷冰冰地望着她。

4. 这次不能死

何幸“啊”地叫了一声，差点儿瘫坐在地上。

虽然见过无数次了，可是这样突然出现在面前，还是很惊悚！

何幸转身要跑，被那女人拉住，她的力气还是一如既往的大！何幸根本不是她的对手！

如果今天她死了，醒来一切又会重置，她可以在秦星黎表白前改变这一切。从某种角度上来说，这也算是件好事，起码她可以解决她和星黎学长之间的问题。

可是，她好不容易让江应景说出那句“喜欢”，如果死了就一切清零了！一瞬间，何幸脑中掠过无数想法。最终，那些想法全都汇聚成了一句话——

“我不可以死！”

何幸抓住那女人的手腕，用尽全力让那女人手中的凶器偏离她的咽喉，她甚至还试图跟凶手商量：“姐！我们都这么熟了，你对我就没有多一点点感情吗？”

女人翻了个白眼：“有感情啊，养只蜗牛这么久也有感情。”

“所以？”何幸心中燃起希望。

“所以，”女人对她露出一个阴森森的笑容，“我会下手快一点儿，让你感觉不到疼，你就当睡了一觉，醒来依然还是今天，什么损失都没有。”

何幸死死抓着她冰凉的手：“不行！今天对我非常重要，我不能死！”

女人突然问：“你觉得顺利度过今天，你就能成为江应景的女朋友吗？”

“当然，他说他也喜欢我。”

“所以，我就更不能给你这个机会了。”

两人在电梯外进行了殊死搏斗，今天的何幸宛如有神助，她将凶手按在地上，膝盖顶住对方的腿，一手按住对方拿着凶器的手。何幸扯破了她的衣服，她顾不得反抗，伸手抓住自己破了的衣服，破洞继续被扯开，而何幸也趁机抓住她的长发，用力一扯！假发被她拽掉，何幸望着躺在地上的短发女人，莫名觉得轮廓有些熟悉。

那女人也愣住了，漆黑的眸子里闪过一丝慌乱。

何幸疑惑地问：“我们在哪儿见过吗？”

女人没说话，突然翻身将何幸压在地上，冰冷的眼睛望着她。

“离开江应景，从此以后我就不再来找你。”

这次，她的声音并没有百分之百做伪装，不再尖锐到诡异，却多了几分令人胆颤的低沉。

何幸望着她，虽然内心有些害怕，却还是斩钉截铁地说：“我不会离开他的！”

女人深深地望着她，那双眼中是何幸看不懂的神色。

小区外，遍地白雪，倒映着清冷的月光。江应景一直站在那里，风吹乱了他的头发，也吹乱了他的心。和何幸相处的每个瞬间都是甜蜜的，甚至让他想要逃避未来，但当何幸离开，他看着她雀跃的背影，心中却涌上一阵难言的悲伤。

江应景慢慢走到何幸家楼下，取出手机，从通讯录里翻出了她的号码。

有些话，是时候该告诉她了。等她清楚了一切再做选择，那时，他会尊重她的选择。他按下拨通键，没有人接电话，楼道里却传来一阵熟悉的手机铃声。

不安的预感轰然爆发，江应景快步走进楼道，看到一个面目惊悚的女人压在何幸身上。女人与他对视一眼，显然慌了神，低下头不敢看他，将闪着寒光的刀用力刺入何幸的身体。

江应景想要冲过去救她，可他怎么跑也跑不过去，好像他们两人在不同的时空中。

一瞬间，仿佛天崩地裂，时空扭曲。

整个夜都黑了下来，月光再也看不见。

早晨，闹钟声叫醒了何幸。

何幸睁开眼，第一时间拿出手机。

看到上面显示的日期，何幸整个人都颓废极了，瘫倒在床上。她好不容易才等到江应景的一句喜欢，现在都化为乌有了。

可她又觉得，真相仿佛离她越来越近了。

既然她又回到了今天，暂时先收起难过的心情，她需要先处理其他的事情。

演出在下午，何幸中午特意约了秦星黎在食堂一起吃饭。

秦星黎要在演出中公开对何幸表白，本来心中就很紧张，又意外被她邀约吃饭，心情就更复杂了。

何幸什么都明白，她低头扒饭，心里觉得很对不起学长。

秦星黎问："我看你最近排练都很认真，下午的演出应该没问题吧？"

何幸点点头："下午我有点儿事，所以申请了改变演出顺序，我第一个出场，好紧张。"

秦星黎一愣："第一个出场？"

何幸道："对呀，表演完我要回家一趟，不能看学长的演出了，真可惜。"

秦星黎久久没有说话，心里有些乱。

突然有人走进食堂，引起了一些人的注意。何幸也看见了，那是江应景和许梦阳。

江应景的出现让何幸的心跌落低谷，她想起昨晚与他相处的点点滴滴，一切都清晰又遥远，他们今天又变得好像陌生人一样。可是没想到，与往常不同，江应景竟然多看了何幸几眼。也不知道是不是她的错觉，他的眼神不像以前那么冷淡。

难道，他有昨天的记忆？

秦星黎察觉到何幸的神色古怪，问道："你怎么一直看着江应景？"

何幸皱起眉："我有点儿担心，万一我在江应景面前表现不好怎么办？"

秦星黎一时没明白她的意思："你表演又不是给他看的。"

何幸咬了咬嘴唇："可我想要让他看见我最好的一面。"

这下，再迟钝的人也能听出她话中的意思。

秦星黎僵在那里，脸色苍白。

何幸低头吃饭，她心里并不好受。她一直把秦星黎当好朋友，她不想伤害他，但她也不想给他希望，让他在她身上浪费感情。

就这样默默吃完一顿饭，两人都心事满怀，并没有聊太多，气氛变得有些低沉。

下午重复了昨天的演出，好不容易表演完，何幸终于放松下来。这次，江应景没有特意坐在前排看她，何幸少了一些心理压力。

昨天跳舞有些小瑕疵，何幸想在今天弥补，可是跳的时候又出现了更多小问题！还好没有被当众表白的这件事了，注意到何幸的人并不多。

一场五分钟的歌曲，何幸身心俱疲。

结束时，大家对台下鞠了个躬。

何幸慢慢站直身体，下意识地望向江应景的方向。

江应景也看着她，竟然对她微微一笑，好像在肯定她的表演。

他的态度和平时都不一样！

何幸的心脏怦怦跳动。

她好想飞奔下去，问问江应景，他是不是记得昨晚的事情，她的身份是不是已经变成了他的女朋友。

不过，她告诉秦星黎有事要先回家，该做的戏必须先做完！

何幸回到座位上，裹好羽绒服，就像自己编造的那样，假装有事要回家一趟。夏夕颜有些担心，握住她冰凉的手："小幸，是不是出什么事了？要不要我陪你？"

何幸摇了摇头，随口编了个借口："没什么啦，外婆要来我家取东西，她没有钥匙，我爸妈又出差了，让我回去一趟。"

夏夕颜便也没再多说。

何幸正要走，突然看见班花跟江应景讲话，还笑着拍了他好几下。

每次看见其他女生和江应景说话，何幸心里都酸溜溜的。她想了想，直接走到江应景面前。

走廊狭窄，他们离得很近，何幸的腿都碰到了江应景的膝盖。班花还以为何幸只是想从中间通过，侧身给她让路，可何幸只是站在那里，看着江应景。

江应景抬头看着她，两人的目光撞在了一起。

江应景忍不住问："昨天晚上……"

何幸心脏猛地一跳！他果然记得昨天发生过什么！

无数谜团在何幸心中盘旋，她很想问个清楚，可是周围人太多了，大家都盯着他们！

何幸露出无辜的表情："昨天晚上怎么了？"

江应景欲言又止，轻轻摇了摇头。

何幸甜甜地笑，仿佛什么都没发生过似的，问道："我可以约你吃晚饭吗？"

一瞬间，周围沸腾了！

却听见江应景温柔地问："想吃什么？"

何幸眼中有着别人看不懂的笑意："老地方，水煮鱼。"

江应景扶额："能不吃水煮鱼吗？"

"水煮鱼"三个字就是他们之间的神秘暗号，听到他这样说，何幸更加确信了自己心中的猜疑。她也不是想吃水煮鱼，她只是想看看江应景会如何回答。

何幸了然地点点头，笑得更灿烂了，眉眼温柔如水："那我们去吃火锅吧，这么冷的天，最适合吃火锅了！"

5. 真凶出现

江应景神色缓和："好。"

周围静得出奇。

所有人都惊呆了。

江应景居然答应了她，态度还这么温柔！

何幸怕挡到后面的人，微微弯了弯腰，离江应景更近了，看起来也更暧昧。

何幸压低声音，轻声问："我刚才跳得好不好？"

江应景弯了弯眼睛，神色中似有几许宠溺："你跳得很好，一组好几个人，我只能看见你。"

下一组演出已经开始，音箱巨大的音乐声压住了周遭的喧嚣，何幸凑近江应景的耳朵，道："我有事要先走，结束后我来找你。"

江应景点点头，又想到昨晚看到的景象，心中十分不安。

何幸刚刚转身要走，他突然拉住了她的手。她回过头看他，却见他眉心紧皱。

他望着她清澈的眸子，轻声提醒她："注意安全。"

何幸下意识地"嗯"了一声。

她抽出手，走了几步，突然意识到他的话里有话！

她惊讶地回过头。

他什么都没说，只是那样看着她。

何幸本来只是想避开秦星黎的表白，打算出去找个地方坐一坐，等放学的时候再回来。可她还没走到礼堂门口，就突然看到一个熟悉的身影，在窗边一闪而过。虽然那身影闪得很快，何幸却能断定，这就是与她交锋多次的杀人犯！

何幸顾不得多想，推开大门冲了出去。

同学们都在礼堂，校内冷冷清清，没什么人。

这反而让何幸一眼便看见不远处疾步行走的黑衣女人。

她追上去，一把抓住对方的长卷发，假发再次被她拽掉，露出一头干净柔顺的黑色短发。

那黑色的背影定在原地，背脊僵硬。

"来找我就直说，躲什么啊，"何幸抓着手里的假发，微微一笑，"明明已经被我识破，你今天怎么还戴着这顶假发？"

对方慢慢转过身来，冷漠地盯着何幸。

虽然她面色雪白，脖子却依旧是正常肤色。

女人阴冷地说："我是不是告诉你，要你离江应景远一点儿？"

何幸梗着脖子盯住她："你说了我就要做吗？那我多没面子！"

她显然气得不轻，从牙缝里挤出一句话："何幸，你是想活着，还是想和江应景在一起？"

“我很贪心，两个都要。”

女人的脸色更差了，手探进衣兜，似乎在找凶器。

何幸紧张得手脚发软，但她还是努力让自己冷静下来，并比对方快一步，从口袋里取出自己早就准备好的卸妆液，打开瓶盖，五百毫升的卸妆液，一点儿没剩，全泼到了那张涂着厚厚粉底的脸上！对方被她泼蒙了，竟然愣在原地一时没有做出反应来。

何幸趁机取出卸妆湿巾，一只手死死抓住对方的短发，另一只手用湿巾使劲一抹！

这时，那女人才反应过来，挣扎着推开何幸。

“你拿什么东西泼我？！”女人面露惊恐。

何幸晃动手里的卸妆巾：“卸妆液啊，你没用过吗？”

那女人立刻后退几步，取出手机照了照自己的脸，瞬间慌了神。

这是第一次，她没有当机立断地杀掉何幸，竟然转身想逃走。

何幸哪会给她这个机会，马上冲了过去！

对方个子比何幸高，腿也比她长，跑得很快！

何幸奋力追赶，两人在偌大的校园里进行追逐。或许是那身黑袍子太碍手碍脚，女人被自己的衣摆绊倒了好几次，体力本该比何幸好的她，竟然落在了下风！

何幸第一次见她如此狼狈，看她七拐八拐跑进了空旷的教学楼里，何幸也不甘示弱，她跳完舞就换上了一双平底鞋，现在跑得飞快。何幸好不容易在无人的走廊里抓住了那女人，继而将女人压在地上，用湿巾奋力擦她被藏在粉底下的脸。

女人嗷嗷惨叫，早就忘记了反抗。

“放开我！别用那种脏东西擦我的脸！”

“你难道不知道吗，你平时化妆有多丑，比这张湿巾脏多了。”

何幸又掏出几张崭新的湿巾在她脸上乱抹，女人叫得更惨了！

“闭嘴，不许质疑我的化妆技术！我忍你很多次了！”

“是谁忍谁？你摸着良心说，你有没有吓哭过小朋友。”

“吓哭过又怎样？是他们胆小，我明明化得很好看。”

“你哪儿来的自信？你素颜明明比化妆好看多了！”

何幸话音刚落，突然愣住了。

素颜？

她看着被压在身下的女人，妆已经被她擦得差不多了，脸色不再白如墙纸，那平日里涂得厚重浓艳的嘴唇没有了口红遮掩，竟然是好看的薄唇，眼睛狭长有着清爽的少年气，睫毛纤细，卷翘自然。

“江路遥？怎么会是你？”

何幸不敢相信！

江路遥不是坐在轮椅上不能行走吗？刚才他跑得根本不是个身患残疾的人该有的速度！

何幸下意识伸手去撕对方的脸皮，想看看是不是有人假冒的，却换来一阵撕心裂肺的号叫：“啊啊啊啊，住手！疼死了！”

真的是他！

“一直以来，想杀我的人居然是你吗？”

江路遥推开何幸，从地上爬起来，捂住被她撕得通红的脸。

“既然被你发现了，那就没什么好隐瞒的了。对，都是我做的。”

他不再掩饰声音，没有再用尖锐的假音说话，换成了他自己的本音。

真相已经在眼前，何幸心中那一丁点儿的侥幸，全都消失了。

“你为什么要这样做？我们的关系不是很和谐吗？”

“和谐？那都是你自己以为的，我一点儿都不喜欢你。”

何幸的心里被扎了一刀。她怀疑过很多人，甚至怀疑过她的闺蜜夏夕颜，可她从没怀疑过江路遥。在她心里，江路遥单纯如一张白纸，她实在无法将他与这个丧心病狂的杀人犯联系在一起。

可是此时，江路遥轻蔑地看着她，眼神冰冷。

何幸想起自己第一次被杀死，是在她对江应景表白的那天，她实在不明白：“你为什么不喜欢我？你以前认识我吗？不应该啊，连江应景都不认识我。难道你一直在关注你哥哥的一举一动，看到有人对他表白，你就会下手，我只是无辜受害者的其中一员？”

江路遥打断她的猜想：“我没有关注任何人，我只关注你，何幸。”

何幸怒道：“我到底哪里得罪你了？”

江路遥道：“我就是不想让你成为我嫂子。”

“你怎么知道我会成为你嫂子？我只是表白而已，你至于想那么长远吗？”

何幸越想越气，她掰住江路遥的下巴，恶狠狠地说：“吐出来！把我给你买的棉花糖和酸奶雪糕，都吐出来！”

江路遥被她捏得脸都变形了，他好不容易才推开何幸。

“要是我不阻止，你和我哥早就在一起了！”

“你说反了吧！明明是他拒绝了我，然后我才被你杀死的！”

“什么？”江路遥有些惊讶，“他不是喜欢你吗？怎么会拒绝你？”

何幸气不打一处来：“喜欢我？他根本不认识我，自然拒绝了我的告白，我本来都放弃了，结果被你杀死，我开始循环对他表白，重复被他拒绝，鬼知道那段时间我经历了什么！江路遥，是你让我们越走越近的！”

江路遥神色复杂。

他并不知道哥哥第一次就拒绝了何幸，他虽然躲在远处偷看，但是听不清两人的对话，他以为哥哥动了心。他不清楚哥哥和何幸曾经发生过什么，但他知道将来他们会恋爱结婚，他们注定是一对情侣。想起何幸对哥哥造成的伤害，江路遥怒从心头起，恶向胆边生，对这个女人下了狠手。他想要哥哥平静地走完这一生，希望哥哥的世界再也没有这个女人的存在！

可他万万没有想到，杀了何幸以后，这一天突然重启了。

江路遥一次次地动手，却又一次次失败，他渐渐感到挫败。

他以为他能改变过去，重塑未来，却没想到他也是被命运捉弄的人，他什么都改变不了，只能眼睁睁看着悲剧再次发生在他面前，他甚至想要放弃了……

可是渐渐地，他发现事情与他想象的不同，哥哥并不是他印象里那个深爱何幸的宠妻狂魔，哥哥对何幸态度冷淡，难道在他的干涉下，故事走向正在悄然发生变化吗？

江路遥开始激动起来，他以为是他改变了未来，所以他更坚定了要杀她的决心。

他没想到，哥哥一开始就对她很冷漠。

可是，这和他印象里的历史不一样啊。

“你哥一直没有女朋友，不会都被你杀了吧？”

6. 缺失的记忆

“那么多人喜欢他，我杀得过来吗？我杀你一个人就够累了。”

江路遥神色阴冷地盯着何幸，一字一顿地说：“谁和我哥在一起都可以，唯独你不行。”

何幸气到抓狂：“凭什么啊？你这是偏见！”

江路遥冷冷道：“秦星黎不是喜欢你吗？为什么你不给他表白的机会？”

他果然什么都知道，何幸气愤地说：“你懂什么，我喜欢的是江应景，只能是他，谁都不行！就算江应景不答应我，我也不能将感情转移到星黎学长身上，这样对他不公平。”

江路遥沉默了几秒钟，嘴角勾起不屑的弧度：“感情没有公平不公平，你跟我哥不合适，你完全可以移情别恋。又没人知道你喜欢谁，秦星黎也不会知道的。”

“你说的这是什么话？我就算一直单身，也不会玩弄感情！”

江路遥幽幽地说：“何幸姐，其实你没有我想得那么讨厌。”

这小子说话真是句句气人。

何幸：“你心里到底是有多讨厌我？”

江路遥不假思索：“我一直将你想象成花心滥情的女人。不过你现在渐渐颠覆了我对你的印象，我突然明白为什么我哥会喜欢你。可惜，你们不能在一起，我不会给你伤害他的机会，如果你一意孤行，我会不断地杀死你，直到你们再也没有交往的可能。”

这孩子在说什么？何幸被江路遥激怒了，她逼近他，戳着他的胸口，将他逼到墙边。

“我那么喜欢江应景，怎么可能伤害他？我不知道你在说什么，但我不会怕你的！”

江路遥背靠在冰冷的墙上，胸口被她戳得生疼。

“我早就看清了自己的心，我喜欢江应景，他也喜欢我，为了他的一句喜欢，我会坚持下去，不管你想杀我多少遍，我都不会放弃。我要和他在一起，哪怕时间永远停留在这一天，哪怕我每天做的努力他第二天都会忘记，我都不会忘记我喜欢他！”

江路遥似乎被何幸的话震慑住了，竟然久久没有言语。

何幸转身要走，江路遥突然拉住了她：“为什么你不记得呢？”

何幸一怔。

她回过头，看到江路遥那双深黑难测的眸子。

“不记得什么？”

“不记得你对别人的伤害。”

“我伤害谁了？我做了什么，你把话说清楚！”

江路遥定定地看着她：“你明明背叛了我哥，为什么现在却像个专一的痴心人一样，说着那些恶心的承诺？如果不是我眼睁睁看着你让他多么痛苦，我甚至要相信你的演技了。”

何幸僵在那里。

江路遥的语气平静，却像是压抑着巨大痛苦一般。

“你忘了你曾经多么想要离开他，你在他最脆弱的时候抛下他，现在我给你机会离开他，为什么你不愿意呢？如果你能想起那些事情该多好，你一定会迫不及待地离开他。”

江路遥到底在说什么？何幸不明白。

可是听了他的话，她竟有些记忆碎片掠过脑海。

圣洁的婚纱、鲜艳的玫瑰、众人的祝福，黑色的夜、白色的病房、隐忍的哭声……这些都是真实存在过的吗？为什么何幸并没有印象，却又觉得它们如此熟悉，好像在梦里还是在哪里见到过？

头如炸裂一般疼痛，何幸跌坐在地上。那些断续的记忆，宛如玻璃碎片，刺入脑海，同记忆一同刺入她体内的，还有那把毫无感情的匕首。

何幸抬起头，看见江路遥半跪在她面前。他一手托住她的头，一手将凶器刺入她的身体。

然而这一次，何幸并没有立刻死去，因为有人突然冲过来，将她紧紧抱在了怀里。

何幸望着突然出现的江应景，紧绷在心底的那根线突然断了。

“我没有……没有想要伤害你。”

江应景没有说话，他紧紧抿着唇，眼中是无尽的挣扎。

“江应景，你们是不是有事情瞒着我？”

江应景握紧了她的手，抬头望向神色带着些许慌张的弟弟。

“小遥，停手吧，有些事情是注定的，你改变不了。”

江路遥惊呆了，哥哥不是一直都不知情吗，怎么会对他说出这样的话？

“难道，有记忆的不仅仅是我和何幸？你也在循环着每一天？”

江应景垂下眼眸，什么都没说，但他的沉默却分明等于默认了。

何幸也终于听到了江应景的承认。

“你一直都知道江路遥是凶手？你为什么不阻止他？”她声音竟有些哽咽了，“难道你也想让我死？你对我的好，全都是虚假的吗？”

江应景低头看着何幸，否认：“我只知道每天都会循环，可我不知道为什么。后来你告诉我，有人每天都会杀死你，虽然这个说法很荒唐，但是我相信。连时间重置这样的事情都发生了，还有什么是不可能的呢？我只是没想到，杀你的人是阿遥。”

“你对我们经历的每一天都有记忆？这段时间，你一直在陪着我演戏？”

江应景微微点了点头。

她倒吸口凉气，根本不敢想她做过那么多蠢事。

何幸捂住插在她身上的刀柄，她第一次希望自己可以死得快一点儿！平时不是立刻就死了吗？为什么这次她还活着，要面对如此尴尬的话题？！

她真希望江应景否认，可惜现实给了她狠狠一击。

江应景望着她：“嗯，我看你演戏，看到累了。”

何幸的脸色越来越差，今天发生的一切，对她来说都是重磅打击！她莫名有些气：“那你天天看我吃水煮鱼吃到恶心想吐还要假装很喜欢吃，你的良心就没有受到一点儿谴责吗？”

提起水煮鱼，江应景的脸色也不是很好：“我还不是每天在陪你吃一样的饭……”

这倒也是，何幸吃得痛苦，江应景也好不到哪儿去……

何幸盯着他：“所以你当时答应我的表白，是因为你也不想在那家饭馆吃饭了吧？”

江应景幽幽叹口气：“我是怕你出事才去找你的。看见你哭，我心里很难受。”他灿若夜星的眸子就这样望着她，声音轻飘如羽毛，“其实我一直陷在反反复复的挣扎中，我不想给你希望，却又不忍心看你那么努力付出，每次你难过的时候，我都跟你一样难过。”

何幸一直以为，她总是循环那个绝望的星期四，整个世界每天都是一样，唯独她能改变故事轨迹，她是特别的。如今才发现，江应景和江路遥都是知情者，只有她身陷迷雾之中。

江应景还想说些什么，话到口边却又咽了下去。

何幸抓紧他的手：“这到底是怎么一回事？”

江应景不肯多说：“你能忘记，其实很好，真的很好。”

何幸气极，疼痛让她的脸色都白了：“忘记有什么好的？我什么都不知道就被江路遥默默憎恨。我把他当朋友，他却杀我那么多遍。”

江路遥的表情有些僵硬。

他本来就没什么朋友，他看得出，何幸不知道他身份的时候，确实是用真心对待他的。她帮他赶走欺负他的人，亲自送他回家，让他多些自信，还拍着胸脯说她会罩着他。

有几次他也曾心软，所以他没有再赶尽杀绝。那天他来到学校，看到秦星黎对何幸表白了，他以为何幸和哥哥就要走上陌路，心中有几分庆幸，却又有不知从哪儿来的失落。

后来秦星黎带何幸去吃饭，江路遥开开心心地打电话问哥哥要不要一起去吃火锅，哥哥拒绝了他。他发现哥哥带着醉意的声音与往日不同，江路遥以为自己听错了，哥哥不是不喜欢何幸吗？为什么会在秦星黎表白以后去喝酒呢？他担心哥哥，便找了过去，看到何幸竟然抛下秦星黎来找哥哥。她哭的时候，哥哥眼中的难过和怜惜，是无法掩饰的。

7. 我的眼里只有你

江路遥突然发觉，何幸的心一直在哥哥身上，无法被任何人占据。

而哥哥，竟然也喜欢着何幸。

何幸有些难过，问江应景：“你看着我傻乎乎地重复每天，觉得有趣吗？”

江应景摇摇头，诚实地说：“很累。”

何幸一愣：“累？你累什么？”

江应景道：“我要背前一天说过的话，免得第二天不小心会有出入。有几次我说错话，跟前一天的字句有些差别，我怕被你察觉，还好你比较马虎，根本没听出来。可你总是不按常理出牌，经常都会发展出新剧情。有时候我的记忆甚至会混淆错乱，把昨天和前天的对话搞混。”

雪越下越大，冷风透过窗户灌进来。

何幸挣扎着想要推开江应景，可她一点儿力气都使不出来，伤口的疼痛如此清晰且真实。何幸越发害怕，这种感觉是从未有过的。难道这一次，她真的会死去，再也醒不来。

江应景看到她面色惨白，心中有些慌：“你坚持一下，我送你去医院。”

他横抱起何幸，大步跑了起来。

何幸躺在江应景的怀中，看着他焦急慌乱的面容。

雪花从天空飘了下来，落在她的睫毛上，融化如泪。

这是她无比喜欢的男生，可是躺在他怀中，她心中却只有悲伤。

去了医院又能如何？

她逃不过命运的诅咒。

除非，江路遥良心发现……

何幸望向江路遥，却怎么也看不清那少年的表情。

天是不是黑了？

她的视线渐渐暗下去，只能看到江路遥的轮廓慢慢被黑暗吞噬。

无尽的寂静，让夜变得漫长。

耳边似乎有风，轻抚她鬓角的发。

何幸想知道自己在哪里，可她的眼皮很重，怎么也睁不开。似乎有人握住了她的手，带来轻柔温热的触感，她隐约听见江应景的声音，想要听他说些什么，却怎么也听不清。

她努力地睁开眼，看到一束光射进了黑暗里。

那束光越来越亮，将整个天地照得通明。

江应景站在金色的阳光里，手里粉红色的信封被微风吹得颤动。

“这封信是你写的？”

清越的声音，像珍珠一颗颗落在她心里。

何幸惊讶地瞪大眼，看到她站在熟悉的天台上，那是她重复过无数次的表白日。她僵立在原地，听见自己说：“江同学，你……你好。”

“你好。”

“信是我写的。”

“哦。”

“我们是高中同学，你在一班，我在六班，你……你记得吗？”

何幸低着头不敢看江应景的表情，她停顿了一下，短暂的几秒钟，仿佛一个世纪般漫长。不等他回答，她便继续说下去：“你不用回答我，我知道你肯定没印象。是这样的，从高中开始，我就很欣赏你，不过那时候我对你绝对没有任何过分的想法，我只是觉得你是我做梦都想成为的那种人。”

她叽里呱啦地说了一通，声音紧张得颤动。

江应景没有回答她，她也没有给他回答的空隙。

“总之，我喜欢你，你可以考虑一下要不要和我交往。”

江应景的嘴唇动了动，似乎想要回答。

何幸立刻怯懦地阻止了他：“我不是要你现在给我答复，你先考虑一下嘛，考虑清楚再回答我也不迟。下周一的这个时候，我在天台等你，如果你愿意跟我交往，到了周一你再给我答案。如果你要拒绝我，那么，周一你就不要来了。”

何幸的声音越来越小，自信心就像棉花糖融化在水里，渐渐消失不见。她想要逃走，衣领突然被拽住。

江应景将她拉到自己面前，低头望着她。

“我现在就可以给你答复。”

“啊？”何幸蒙了，“不，不用现在！你考虑清楚再说，我不着急！”

“我已经考虑清楚了。”他低头将粉色信封放进口袋，若无其事地说，“我知道我们在同一所高中。”

何幸惊讶地瞪大眼。

江应景望着她：“不止这些，我还知道你喜欢奶茶，你喜欢麻辣火锅，对桃子过敏。你家住在长安路骊雅小区，大多数中午你会回家，不回家的时候就在食堂吃饭。你没什么运动细胞，但每次运动会都会报接力赛。”

何幸的心跳越来越快，江应景的声音在她咚咚的心跳声中起伏。

“我打篮球的时候，你偶尔也会来看，站得远远的，手里拿着一瓶矿泉水，可从来不过来送给我。”

何幸小声说：“太多女生围着你了，你眼里看不到我。我怕……”

江应景双手插兜，酷酷地别开了脸：“以后直接过来给我，不管有多少女生围在那里，我只会接你手里的水。”

何幸惊讶地望着他完美得无懈可击的侧脸，声音在夕阳下微颤：“为什么？”

江应景看了她一眼，眼中星光闪闪：“因为我的眼里只有你。”

病房里静得出奇。

何幸躺在床上，双眼紧闭，平静的面容，好似陷入沉睡再也无法醒来。

江应景一直握着她的手，感觉到她手指微弱地动了动，他猛地坐直了身子，望着她苍白的脸，希望她赶紧醒过来。

江路遥说不清自己是何种心情，他轻声问哥哥：“她会死吗？”

江应景看他一眼：“你不是一直想要她死吗？”

江路遥抿着唇没有说话。

是啊，他一直想要何幸死掉，他希望她从哥哥的世界里消失。但是每次杀了她，时间都会倒退，她又会活蹦乱跳地出现在他眼前。然而这次不一样，江路遥心中莫名恐慌。

沉默了片刻，江路遥问：“哥，你知道未来会发生什么，对吧？”

江应景轻轻点了点头，他的视线一直停留在何幸的脸上。

江路遥又问：“你知道她会伤害你，所以你拒绝她的表白，你也不想再受伤。”

“不是这样。”江应景垂下眼眸，纤长睫毛下，那双深不可测的眸子如繁星闪烁，“我拒绝她，是想要她拥有没有我的未来。她值得更好的。”

8. 他们的婚讯

何幸好像听见了江应景的声音，她抬起头，看见一柄黑色大伞遮住了漫天鹅毛大雪。

“想什么呢，”江应景望着她，“站在雪地里发呆，也不知道找个地方躲一躲。”

何幸吐了吐舌头，挽住他的手臂，整个人都钻进了他怀里。

“这个平安夜好漂亮，到处都是圣诞树和花灯！”

她用冻得通红的小鼻子蹭了蹭他的胸口。

在他怀里真的好暖和。

望着她的笑脸，他眼中也不自觉泛起笑意，寒风凛冽，但相依的两人心里却温暖如春。

雪越下越大，被冷风裹挟着席卷冰冷的天地，绒毛般的雪花落在她黑色的靴子上。江应景将伞更多地往她头顶遮去，她整个人都在伞下，他的肩膀已然暴露在了大雪中，他却恍然不知，取出一颗红润丰满的苹果递给她：“给你的平安果。”

何幸眼睛一亮，接过光润的苹果，捧在手里，心中的甜意像蜜一般满溢了出来。

她将苹果揣进怀里：“我也有礼物送给你。”她说着，从包里取出一条灰色的围巾，献宝似的递给江应景，“我亲手织的围巾！感动不感动！”

江应景愣在那里，望着这条宽窄不等，还有几处洞的围巾，神色复杂。

何幸完全没有注意到他的神色变化，踮起脚尖，自顾自地为他围上围巾。

自己织的围巾，付出了心血，自己当然会觉得棒极了！况且对于何幸这种没有动手能力的人来说，能织出一条围巾，简直堪称奇迹！

何幸忍不住想要吹捧自己几句，可是看着江应景，她总觉得哪里不对劲，好像前一秒他还是无比耀眼的偶像，后一秒他就被什么东西遮去了光芒。没错，就是这条遮住了他鼻子嘴巴的围巾！这种死气沉沉的灰色，令江应景原本白皙的肌肤都显得暗沉了几分。

何幸突然之间变得沮丧。

她根本夸不出口，这简直等于睁眼说瞎话，也太明显了！

她眼眸心虚地闪了闪：“还是别戴了，等我练熟了，我再给你织新的围巾……算了，我本来就没什么动手能力。你还给我吧，我下次还是买现成的礼物送你。”她赔笑，提议道，“现在我们去吃饭吧，我请你吃饭！”

她想要将围巾解下来，江应景却按住她的手。

“送人的礼物，哪有收回去的道理？”

何幸一怔。

江应景将围巾缠到了自己脖子上，然后系了个死结，防止被她抢走。

他一袭质地精良的黑色羊绒大衣，原本衬得他高冷如天边明月，现在脖子上裹了一条与抹布的丑陋程度不相上下的围巾，样子很是古怪，与他偶像的身份简直太不搭了！

何幸感觉很不好意思，江应景却若无其事，伸手牵住了她的小手。

何幸的心脏扑通扑通跳得飞快。

虽然他们已经在一起一段时间了，可是每次和江应景相处，她都能清晰感应到心底的那只小鹿有多么欢快，总是踩得她心肝发颤。和江应景在一起的每分每秒都甜得不像样。

两个人在白茫茫的雪夜中慢慢走着。

路边的灯光映照在黑色伞面上，他们眼中星芒璀璨。

“真的没关系吗？”她盯着他脖子上的围巾。

“很暖和。”他微笑，顺便将她的手放进了他的衣兜里。

何幸的手在他温暖的口袋里，好像阳光环绕在彩虹旁。

“今天想吃什么？”江应景问。

“可以吃冰激凌吗？”她眼眸亮晶晶地看着他。

“不可以。”他斩钉截铁地拒绝了她。

何幸用小狗般委屈的眼神望着他。

江应景丝毫没有动摇，握紧她的手，皱了皱眉：“你的手冻得这么冰，还敢吃冰激凌？”他盯着她，不悦地眯起眼，“你最近不会经常趁我不注意的时候偷吃冰激凌吧？”

何幸心虚地避开了他的视线：“没有啦，我只是随口说说……”

江应景道：“去吃火锅吧，这种天气最适合吃火锅。”

何幸忙不迭地点头。

身后突然传来甜软的声音：“小幸？”

何幸转过身，看到夏夕颜微笑着朝她走来。

何幸好奇地问：“夕颜，你怎么在这儿？”

“一个人待在宿舍太无聊了，我想出来吃饭，又不知道吃什么。”夏夕颜的笑容中带着几分落寞，她尽量掩饰起来，眉眼弯弯望着何幸，“你们这是打算去约会吗？”

“我和江应景准备去吃火锅，你要不要一起来？”

“你们两个人约会，带着我这个‘电灯泡’不太好吧？”

“没关系啦，吃火锅就是要人多才好吃呢。”

何幸一手挽着江应景，一手挽着夏夕颜的胳膊，开开心心地朝火锅店的方向走去。

多了一个人，江应景当然不可能只给他跟女朋友撑伞，留下夏夕颜一人孤零零地站在伞外。他将伞移向两个女生的方向，自己完完全全暴露在鹅毛大雪下。

很快，他的头上便积了一层薄雪。

何幸叽叽喳喳地和夏夕颜聊天，并没有注意到这个细节。

夏夕颜却注意到了。她偷瞄江应景，视线从他的脸移到了他的脖子，眼中掠过一丝诧异。

很快，江应景察觉了她的眼神，淡淡问道："怎么了？"

夕颜问："这是小幸为你织的围巾吗？"

何幸抢答："对呀，夕颜，我不是告诉过你吗，我要织一条围巾给江应景，你还笑话我说难度太大我肯定会放弃，你看我没有放弃吧！我织出了一条完整的围巾！"

"也不算完整吧，上面有好几个洞。"

"唉，我也不知道怎么回事，我是按教程织的。"

夏夕颜忍俊不禁："没想到江应景真的会戴，他对你真好。"

何幸佯怒："你说这话什么意思啊？我织的围巾有那么丑吗？"

夏夕颜掩唇笑了起来。

江应景望向何幸，低声重复了一句："我对你真好。"

"哼，"何幸不乐意了，伸手去扯他脖子上的围巾，"不喜欢就还给我。"

江应景被她勒得快要喘不过气来，连忙说："喜欢！喜欢！"

何幸这才松手。

夏夕颜低头望着自己白色的皮鞋，短发垂下来遮住了她眼中的光彩，她的声音轻得快要被风带走："你这么重视小幸送的礼物，也不枉费她每天熬夜织围巾了。"

江应景叹口气："我都能想到她躲在卧室里偷偷织围巾的样子，每天晚上还骗我说困了，发来语音说她快睡着了，说话声音中气十足，演技太差了。"

他捏了捏何幸圆嘟嘟的小脸："以后不许这么辛苦，听到没有？"

何幸小声说："可是，我总想为你做点儿什么……"

江应景揉了揉她的头发："傻瓜，你什么都不用做，你就是上天送给我最好的礼物了。"

夏夕颜听着他们的对话，抿起了微微泛白的嘴唇。

江应景就这样戴着何幸送的围巾，度过了一个星期。为什么是一个星期不是一个冬天呢？因为何幸自己受不了流言蜚语，一个星期后就恳求江应景别戴了。

所有人都知道，江应景戴的围巾既不好看又没有名牌标签，肯定是手工织的。问他的时候，他也会毫不避讳地说："对啊，我女朋友送的圣诞礼物。"

明明他的语气是骄傲幸福的，大家却都认为是他受女友胁迫。现在所有人都知道何幸的动手能力极差，织的围巾像狗啃过一样，许多女生都觉得自己比何幸强太多，不明白偶像为何瞎了眼对这样一个丝毫不贤惠的女人死心塌地。

这一个星期，江应景已经收到了许多女生送的新围巾，虽然江应景全都拒绝了，但何幸仍然觉得不安。想挖她墙脚的人也太多了吧？！

又一次目睹了一个女生送围巾后表白的场景，何幸忍无可忍，发誓自己再也不做手工了！

没过两个月，她又喜欢上情侣手绳，于是推翻了自己的誓言，给江应景编了一根。虽然水平仍旧不怎么样，但是手绳比围巾窄多了，戴在手腕上，远看根本没人知道何幸编得丑不丑。

大家只知道江应景太宠何幸了，戴着情侣手绳，用着情侣头像，时常出双入对，眼中只有彼此，别说插足了，一根针都插不进去。

当传来何幸与江应景的婚讯时，大家只剩下了衷心的祝福。

婚礼在室外举行，阳光明媚，到处都是鲜艳的红色玫瑰，空气里散发着玫瑰馨香。

9. 谁在婚礼上抢了风头

何幸捧着一束手捧花，明媚阳光落在她雪白的婚纱上，宛如沐浴在阳光下的人鱼姬。

江应景身着黑色西装朝何幸走来，在看到何幸的时候，他眼中忍不住泛起柔和笑意，像春风吹皱了一池碧水。毕业后他努力工作，就是想要给她一个明朗的未来，如今事业刚有起色，他就迫不及待地向她求婚了。对于他来说，什么都可以推迟，唯独娶她这件事，不能推迟。

微风吹动何幸耳畔的碎发，江应景将乱了的发丝别在她耳后。何幸抬起头，秀雅的眉毛微微皱起，担忧地问：“夕颜怎么还没来？她很少迟到的，不会是出什么事了吧？”

她已经给夕颜打了无数个电话，夕颜都没有接，怎么可能不让人担心呢？

江应景问：“夏夕颜不是答应你，早上跟你一起过来吗？”

何幸垂下头：“她好像不太满意我的化妆师，昨天她告诉我，她今天想自己做造型，等她准备好了再过来，不会迟到的。当时我太忙也没有多问……”

江应景道：“是不是公司临时出现紧急的事情，必须要她处理，所以她不能来了？”

许梦阳是婚礼的伴郎，伴娘迟迟不来，让他也有些紧张了，到时候万一没有伴娘，他一个人要怎么主持大局？

想到这些，许梦阳有些不满，道：“再重要的事也比不上闺蜜出嫁吧。再说，就算有不可抗力因素出现，也应该提前打个电话知会一声。”

何幸当然相信夕颜，可是今天的日子太重要了，同时她也很担心夕颜。

要是再没有夕颜的消息，何幸都想要去报警了……

手机突然响了！

何幸看到亮起的屏幕上闪动着夕颜的名字，连忙接起电话。

手机那边传来夕颜柔美的声音：“怎么啦，小幸，给我打了那么多电话。”

何幸微怔，这句若无其事的“怎么啦”几乎打断了她的思路，难道夕颜没有意识到自己迟到了吗？但好在，她没有出什么事。

愣了好几秒，何幸才弱弱地问：“夕颜，你在哪儿？”

“我在路上，马上就要到了。”

“我以为你忘记了……”

夏夕颜笑了：“拜托，这是你的婚礼，我怎么会忘记呢？抱歉，小幸，等着急了吧？”

何幸连忙摇头：“没关系，我不着急，我还以为你出什么事了……”

手机那边沉默了好几秒，传来夏夕颜的声音：“小幸，真羡慕你。”

何幸愣了愣，还没来得及说话，夏夕颜就挂掉了电话。

江应景看着何幸：“怎么了？”

何幸回过神来，弯了弯嘴角：“没什么，夕颜说她马上就到。”

宾客纷纷到场，说着恭维祝福的话。

何妈妈喜极而泣，何爸爸忙着安慰心爱的老婆。江妈妈一脸姨母笑地看着这对即将成为夫妻的眷侣，江爸爸则一本正经地告诫儿子，婚后要像他一样尊重爱护老婆。

总之，气氛美好得不像样。

只有江路遥显得有些格格不入，安静地坐在桌旁。

有些人是江应景和何幸的同学，并不认识江路遥，所以看到这个长相与江应景有几分相似的秀雅少年坐在轮椅上，显得惊讶而又惋惜。江路遥垂下眼，仿佛没有看到那些目光。

何幸怕冷落了弟弟，走过去问道：“小遥，你饿不饿？”

江路遥微微一笑，虽然没有对嫂子显得过度热情，但也没什么敌意。他笑起来的样子有几分少年的羞涩，阳光细细碎碎落在他眼眸里，斑斓生辉：“没关系，我不饿。”

他平时上学要住校，只有周末和寒暑假才会回来，何幸并不能经常看到他，两人的关系也没那么亲密。她有时候想要讨好弟弟，跟江应景一起去学校看他，买他喜欢的炸鸡，但是江路遥的态度始终不冷不热，嘴上说着谢谢，却根本不吃一口。

想到这些，何幸心中有些沮丧，她轻声说：“那你先等一会儿，婚礼很快就要开始了。”

江路遥“嗯”了一声，没有跟她说太多。

突然传来一阵小小的议论声。

何幸朝着声音传来的地方望去，看到夏夕颜款款而来。

她穿着一袭鲜艳的红裙，短发随风飘飞，裙摆轻盈摇曳。她本来就生得漂亮，这件裙子更衬得她就像在火焰中独舞的白天鹅，显然比穿着白色婚纱的何幸要耀眼许多。

何幸本来为夏夕颜准备的是一件淡粉色的伴娘服，虽然很仙，但绝对不如这件吊带短裙亮眼。此刻所有人的目光都集中在伴娘身上。

大家都在议论夏夕颜，议论她的美丽出众。

“那是伴娘吗？好漂亮啊！我还以为是哪个明星。”

“她是我们学校的系花夏夕颜，哎呀，好久没见，她比以前更漂亮了。”

“这么说来，夏夕颜跟江应景也是同学了？怎么他们没交往呢？他们明显更般配。”

何幸听到隐隐约约的议论声，她知道人类大多都八卦，她也承认夕颜确实很漂亮。可这是她的婚礼啊，说她坏话就不能在背后说吗？！

夏夕颜走向何幸，吐了吐舌头：“抱歉，我来晚了。”

何幸摇头：“没关系啦。”

她打量夏夕颜。

红色吊带裙鲜艳夺目，锁骨间一枚流光溢彩的钻石项链，与耳畔的蝴蝶耳钉光芒辉映。

她们两人，一红一白，形成了鲜明的对比。

何幸问：“怎么没穿我给你准备的伴娘服？不喜欢吗？”

夏夕颜很随意地说：“我不喜欢粉红色。”

何幸一愣：“我记得上学的时候你很喜欢粉色啊。”

夏夕颜柳眉微微皱了一下，别开脸：“人是会变的，我现在不喜欢了。”

她语气有些冷淡，但她声音向来柔美，那双漂亮的眼眸中看不到不悦的情绪。何幸以为自己多想了，不过这些都不是什么大的问题，只要夏夕颜能准时赶来就谢天谢地了。

夏夕颜朝人群中看了看，眼神里带着些几乎难以察觉的期待：“秦星黎没有来吗?

何幸道：“他有事说不能来了，只包了个大红包给我。”

夏夕颜的眼眸黯淡了一下。

随后，她又笑了。

“我以为你的婚礼，他一定会来参加。”

她的神色有种说不出的古怪。

何幸连忙摆手："他那么忙，不能来也很正常。"她突然明白了什么，笑望夏夕颜，打趣道，"原来你穿这么漂亮，是想见到秦星黎啊！早知道的话，我就以死威逼他来了。"

仿佛秘密被拆穿，夏夕颜脸颊浮起红晕："我才没有呢，我只是不喜欢粉色，所以随便找了件衣服穿。没有穿你给我的伴娘服，你不会怪我吧？"

何幸笑道："我当然不会怪你了，你喜欢穿什么就穿什么，别有压力。"

夏夕颜挽住何幸的手，甜甜地说："小幸，我就知道你最好了。"

江应景皱了皱眉，道："婚礼要开始了，过来吧。"

夏夕颜"哦"了一声，跟在江应景的身后，脸上甜美的笑容渐渐散去。

身为伴娘，夏夕颜十分称职，在这个婚礼上，她比新娘还要出风头。大家的目光渐渐被她吸引了，有些人已经开始想办法要到她的联系方式。

其实何幸模样秀丽清纯，今天也惊艳了许多人，跟江应景站在一起根本没有很大差距，完全是一对天造地设的璧人！可是夏夕颜轻易将何幸比了下去。

婚礼结束后，何幸坐在椅子上休息，她喝了些酒，稍微有点儿晕，再加上忙了一天，筋疲力尽。而不远处，夏夕颜被一群男生围在其中，宛如众星捧月，好像她才是这场婚礼的主角。

"伴娘是你的同学吗？"

一个粗哑的声音在耳边响起，

何幸扭过头，看到一个白胖的男人坐在她身边，眼神热切地望着她。

她点了点头，男人赞叹道："她真漂亮。"

何幸骄傲地说："当然，她可是我们系花，上学的时候，很多男生喜欢她呢。"

"现在呢，她有男朋友了吗？"

"没有。"

"那你看我怎么样？"

"我觉得，你们的外表不般配。"何幸尽量说得委婉，不想刺痛男人脆弱的自尊心。

没想到男人却翻个白眼，毫不留情地反击："你这么普通都能嫁给江应景，我怎么就跟她不般配了？你去问问她，说不定她就喜欢我这款呢？"

何幸气得胸口疼。

"要问你自己问，人还是要亲耳听到拒绝才知道这社会有多残忍。"

何幸懒得理他，男人还真的准备过去搭讪，但他刚站起身就被一个女生拉住了。

"你不会真的想去追夏夕颜吧？"

"怎么了？"

胖男人望着面前黑瘦的女孩子，虽然都是参加婚宴的客人，两人却并不认识，但这完全不妨碍他们产生共同话题。

“呵呵，你看她穿得那么暴露就知道她不是什么正经女人，这种女人敢放在家里吗？你在外面辛苦工作，她在家里给你戴绿帽子。那么多男人追她，她能安心做个贤妻良母？”

何幸听不下去了，站起身猛地一拍桌子。

“啪”的一声，震得碗筷和酒瓶晃晃悠悠。

“你们别乱说话，夕颜不是那种人！”

女人吓了一跳，闭住了嘴。

何幸盯着面前的女人，努力从脑海里搜寻关于她的记忆。

“你是江应景班里的刘红梅吧，我记得你，你怎么来了？”

“我怎么不能来？”刘红梅理直气壮地说，“江应景在班级群里发消息，看到的同学都可以来参加婚礼。我又不是没包红包。我不但是他的大学同学，我还是秦星黎的高中同学呢。”

“所以，你高中留级了？”

“呃，这不是重点……”女人一时语塞，沉默几秒，阴阳怪气地说，“不知道你为什么帮夏夕颜说话，我以为你们只是‘塑料姐妹花’。”

10. 婚后生活

何幸很认真地告诉刘红梅：“我和夕颜是好朋友。”

“好朋友？”刘红梅嗤笑，“你有没有想过，为什么今天夏夕颜打扮得这么漂亮？你才是新娘，她却比你抢眼，明摆着就是为了抢你风头。你把她当闺蜜，她把你当傻子！”

何幸愣在那里。

她好像也察觉了，夕颜渐渐变了。

夕颜不再喜欢去她家，也很少会露出年少时无忧无虑的笑容。

她们偶尔才见面，每次夕颜都是那么精致漂亮。她们坐在西餐厅，夕颜偏着头问何幸最近的感情状况怎么样，她说江应景那么优秀的男人身边不缺女人，劝何幸别太信任他。

然而夕颜从来不提自己的感情状况，只是在吃饭过程中，她偶尔会接到男人殷勤的电话。接听电话时，她声音娇软，带着一丝撩拨人心的妩媚，却又夹杂三分冷淡。何幸知道，追求夕颜的男人不少，可能是她还没有遇到真命天子，又或者是她心里存在着一个不可能的人……

她和夕颜似乎渐行渐远。

是从什么时候开始的呢？

是在夕颜的爸妈离异后，还是在她跟江应景交往以后……

清越的声音打断了她的思绪：“我来晚了，小星星。”

这个称呼太熟悉了！何幸不用看就知道来者是谁。

她转身看到秦星黎站在身后，即使已经毕业步入了社会，他仍然像个大男孩一般阳光帅气。他穿着件干净清爽的白衬衣，这使得那胖男人身上发黄的白衬衣被衬托得色差很明显，宛如白雪与黄土。

不过这白色穿在秦星黎身上好看得很，一点儿都不突兀，更显得他气质温润优雅。

何幸惊讶地问："我以为你不来了……"

"你结婚我怎么会不来呢，我说过我要亲眼看见你穿婚纱的样子。"

何幸不好意思地说："你不是有工作嘛，我怕会耽误你的正事。"

她知道秦星黎现在是一名小有名气的心理医生，工作太忙，很难有档期。

"本来请了假想过来的，可是临时有个病人过来找我，没说几句就哭哭啼啼说要寻死，我安抚了她很久，忙完了我就第一时间来了。"秦星黎眉眼温柔地望着何幸，眼中像是有一颗星星在闪耀，"你今天真的很漂亮，希望你和江应景白头偕老，永远幸福。"

秦星黎眼中的祝福是真心实意的，他和何幸认识多年了，关系就像兄妹一般。

刘红梅一直在偷看秦星黎，有些心虚，她刚才悄悄说了夏夕颜的坏话，是不是被秦星黎听到了？可她本来就不喜欢夏夕颜，更看不惯夏夕颜如此招蜂引蝶的样子，难道还不许她说实话吗？她就是想让更多人知道夏夕颜的本性！别被那女人迷惑了！

再说，夏夕颜有什么好的，为什么大家都要喜欢她。

刘红梅想起自己大学时喜欢的学长残忍拒绝了她，扭头却向夏夕颜献殷勤，还把她当笑话一样讲给夏夕颜听，说是有个丑女在他生日时送给他一双丑陋的毛绒袜子。

这么多年过去了，刘红梅依然无法释怀。她来参加婚礼就是为了散播夏夕颜的谣言，最好能偷拍几张她的丑照发到同学群里，让他们看看昔日系花长残了的模样！

没想到夏夕颜比上学时更加成熟美丽！

夏夕颜走了过来，裙摆在微风中轻舞，脱俗气质让刘红梅自惭形秽，她的脸红得像猴屁股，转身悄悄溜了。不过夏夕颜根本没注意到她，所有视线焦点都在秦星黎身上。

"星黎学长，好久不见……"

与刚才落落大方的模样不同，此时的夏夕颜脸颊微红，像是有些紧张害羞。

秦星黎笑道："好久不见，你比以前更漂亮了。"

夏夕颜的脸更红了："谢谢。"

她内心有小小的期待，然而秦星黎只看了她一眼，就将视线又转回何幸身上，半开玩笑地说：“江应景对你好不好？要是不好，你一定要告诉我，我帮你报仇。”

何幸忍俊不禁：“知道啦，他很好。”

江应景走过来问：“你们在聊什么？”

何幸掩唇笑道：“学长问我有没有被你欺负。”

江应景揽住她的腰：“我怎么舍得欺负自己的老婆？”

秦星黎扶额：“好了，不要在我们面前撒狗粮了，全世界都知道你们超级相爱。”他望着这对十分相配的夫妻，笑道，“看到你们这么幸福，我真欣慰。”

何幸撇撇嘴：“你这是什么老父亲的语气？说得好像我嫁不出去一样。”

夏夕颜一言不发，视线从秦星黎的脸上，慢慢落在地上。

她以为他看见她，至少眼睛会亮一下。

然而他心中，连一寸小小的空间都没有留给她。

不远处，想要追求夏夕颜的胖男人本来听了刘红梅的话，打算放弃了，然而他实在忍不住心动，便将那些难听话全都抛在了耳后，走了过来：“你是今天的伴娘对吧？”

夏夕颜点点头，她常遇到此类搭讪，早已习以为常。

男人眼神闪躲，有些不敢看她：“那个……我觉得你很漂亮。”

“哦，谢谢。”夕颜淡淡道。

“可以交个朋友吗？”

“可以。”

是听错了吗？男人惊呆了，没想到她答应得这么快！

此时他哪里还顾得上刚听到的那些流言？他越发殷勤：“你家住哪儿？我开车了，我送你回去吧。”

夏夕颜竟直接告诉他：“我家在南湖路枫林小区。”

男人笑得胖脸皱成一朵花，取出车钥匙，将那并不高级的车标在她面前故意晃了晃：“太巧了，我前几年就在南湖路附近上班，我对那边熟！走吧，我的车就停在楼下。”

夏夕颜面对他时没什么表情，将视线转向何幸时，嘴角才勾起一抹弧度。她撩了撩头发，声音甜软，荡漾在略显嘈杂的空气中：“小幸，我们走了。”

何幸有些惊讶，拉住夕颜：“你们？？”

夏夕颜点点头：“嗯，我朋友送我回家。”

男人得意扬扬地看着何幸，自我介绍道：“我叫张海。”

夏夕颜眉眼弯弯，对何幸说：“不用担心我啦，我让王海送我回家”

男人表情僵住，弱弱地重复：“我叫张海……”

何幸打量面前的两人：“你们看起来根本不是同一个画风啊。”其实她不想冷落到夕颜，但婚礼上有很多事情要忙，她也忙得焦头烂额。可无论如何，她不能让夕颜跟这个坏家伙走，太危险了！“夕颜，你要是不着急，就等等我们，一会儿我让江应景送你回家。”

“不用了，你们看起来很忙，我不想浪费你的时间。”

夏夕颜转身准备离开，秦星黎突然开口说：“我来送你吧。”

她僵在了那里。

有好几秒，她都保持着惊讶的表情。

他的声音回荡在她耳中，让她回味，让她确信，这不是梦。

秦星黎看着她瞪大的双眼，笑问：“介意吗？”

“不，不介意……”

夏夕颜回过神来，努力向秦星黎露出甜美的微笑。她不想让他看出她的紧张，然而她的声音竟然微颤，像极了慌张的小兔子，与刚才面对胖男人时的高冷矜贵截然不同。

胖男人着急了，想要拉扯她：“你刚答应我的！”

秦星黎伸手护了一下，夏夕颜趁机躲在了他背后：“我临时变卦了。”

胖男人气到差点儿吐血，可是秦星黎高大帅气，两相对比，简直是一轮明月与一坨土堆，正常人都知道该选谁吧？！他知道自己没戏了，但还是有点儿不死心：“至少告诉我你的电话号码吧！”

秦星黎没给夏夕颜说话的机会，道：“我们要走了。”

为了避免再生枝节，他伸手做了一个护住她的动作，仿佛揽住了她的腰，但他的手并没有碰到她的身体，绅士气度十足。夕颜在他身边，颇有几分小鸟依人的柔弱。

何幸看着两人离开的背影，觉得夕颜和星黎学长很配。

江应景也察觉了，问：“夏夕颜是不是喜欢秦星黎？”

何幸迟疑了一下：“夕颜没告诉过我啊……”

她的语气不太确定，因为夕颜从来没有对秦星黎表达过爱意……

何幸有时候跟夕颜开玩笑，问她是不是喜欢秦星黎，她也立刻否认了。

可是谈及秦星黎的时候，她的态度总是不太自然，脸也红通通的。

她身边不乏追求者，却单身多年，也许她心里真的藏着一份不敢说出的爱。

可为什么，她不曾表白呢？

都说男人婚后不会对女人更好，可是何幸的婚后生活却依然甜蜜。大概是她性格大大咧咧的缘故吧，两人很少吵架。即使吵架，也是因为她穿得单薄就跑出去取快递结果着凉了，或者是打碎了碗，他说放着他来，她却觉得收拾很简单，结果被碎片划伤手这样的芝麻小事。

江应景工作很忙，早晨也比何幸起得早。他会做一份简单的早餐，倒一杯牛奶放在桌上，出门之前叫她起床，吩咐她吃饭。她从床上爬起来，脑袋还不清醒，像只树袋熊一般，迷迷糊糊地挂在他身上。他捏捏她的小脸，给她一个早安吻。

等他走了，她洗漱换衣，吃了饭去上班。

有江应景的日子，她简直什么都不用操心。

下班回家的路上，她路过烤鸡店，望着橱窗里的金黄喷香的烤鸡流口水，正打算买一只带回去给老公吃，便接到他打来的电话：“老婆，我买了你喜欢的芒果和草莓。还有，你要不要吃比萨？”

Chapter 12

永远做她的靠山

1. 永远做她的靠山

听见“比萨”这两个字，何幸的眼睛都亮了，忙不迭地说：“我想吃榴莲比萨！”

江应景很嫌弃：“吃完要刷牙，否则不能亲我。”

何幸厚脸皮地问：“你不尝尝吗？说不定你也会喜欢呢！”

江应景冷冰冰地回答：“我不会喜欢的，别打我的主意。”

何幸哈哈大笑：“我逗你的，我们吃夏威夷比萨吧。”

何幸买了一只烤鸡，回到家，江应景也是刚刚回来，桌上放着比萨，花瓶里还摆着一束百合，是他特意买给她的。虽然今天不是什么纪念日，但江应景知道她喜欢鲜花，经常会买来她喜欢的百合与玫瑰。

何幸跑进厨房，看到江应景正在切水果，身上还系着她挑的可爱小熊围裙。她从他背后抱着他，像只猫咪一样蹭他：“老公，你真好，今天的我还是和昨天一样爱你！”

这丫头说起肉麻话真是脸不红心不跳，倒是江应景的脸红了，他停下手中的动作，将她推开：“今天的你和昨天一样厚脸皮。”

何幸用水汪汪的大眼睛看着他：“你不喜欢吗？不喜欢我就再也不说了。”

江应景将一颗鲜嫩的草莓塞进她嘴里：“不行！你得天天说，我听不腻。”

何幸的工作清闲，时间也有大把，闲暇时可以看看剧、逛逛街。可她并不喜欢这样，她不想将所有压力都留给老公，她也想要分担，想要赚很多钱，想要变成很厉害的人。

江应景的工作能力很强，人也勤奋聪明，在这个行业混得如鱼得水。何幸可不想当米虫，她决定换工作。当然，她没有告诉江应景原因，否则他知道了一定会反对。

新工作确实比以前辛苦许多，何幸也开始加班到很晚，但她却干劲十足。

她总是幻想自己和江应景的未来，她想在事业上做出成就，不给他添负担。她还想生一个可爱的宝宝，最好像江应景一样好看，也像他一样聪明，他们三口之家，幸福温馨。

又是一个加班的夜晚，何幸埋头工作，手指飞快在键盘上敲击。

手机突然亮了一下，她瞄了一眼，看到江应景发来消息："又在加班吗？"

何幸回了个"嗯"字，又发了一个可爱的猫咪表情包。

江应景："饿了吧？我给你订外卖，小龙虾怎么样？"

知她者莫过江应景了！

可她还在工作，不方便在办公室里吃，气味太大，还要剥壳弄得手指油汪汪的。她忍住饥饿嘴馋，回复："不用了，我很快加完班就回去了。"

身后响起一声冷冰冰的咳嗽。

何幸身子一抖，手忙脚乱将手机锁屏，从电脑屏幕的反光中，她看到了女经理的身影。

"工作都做完了吗？"

"快了快了！"何幸不敢回头，马不停蹄地修改文档。

"看你偷偷摸摸地玩手机，还以为你做完了呢。"经理的语气带着几分阴阳怪气。

高跟鞋的声音渐离渐远。

坐在何幸身边的花姐凑过来，为她打抱不平："徐经理怎么想的，给你安排这么多工作，明摆着做不完嘛。她是不是想让你加班到天亮？"

"没关系，我已经快做完了！"

何幸微微一笑，虽然嘴上在与花姐说话，但手中的动作却没停。

"这么快？"花姐露出惊讶的表情，"那你真是挺厉害的，刚来公司就已经上手了。"

"都是花姐您教得好。"

"你也挺勤奋的，很久没见过像你这样拼命的小姑娘了。"

"唉，生活艰辛，不拼命一点儿怎么行呀。"何幸半开玩笑地说。

花姐完成了工作，关了电脑，收拾好东西，却没有急着走，靠在椅背上揉了揉太阳穴。

等何幸完成自己的工作，长舒一口气，这才察觉到花姐还坐在旁边，好像在发呆。

何幸伸手在她眼前晃了晃："在想什么呢，下班都不积极。"

花姐翻个白眼："这几天跟老公吵架，不想回家看到他那张脸。"

何幸忍俊不禁：“那也不能逃避呀，走吧，我们一起下楼。”

花姐点点头。中年女人就是爱管闲事，她看着何幸收拾东西，忍不住说：“年轻人不要把心思全都放在工作上，也要考虑一下自己，天天加班到这么晚，哪有时间出去社交应酬，连男朋友都不好找。都说成家立业，当然是先成家后立业了，再说你是女孩子不需要考虑事业，婚姻大事要紧。要不然我帮你物色一下？我有个侄子不错，刚毕业，跟你年龄相仿，家庭条件不错，家里还有个店铺……”

听着花姐在旁絮絮叨叨，何幸一怔，花姐还不知道她已经结婚了呢。

她来这个公司不久，和同事没有聊过太私人的问题，大家都不知道她的婚姻情况，再加上她生着一张娃娃脸，看起来好像还没毕业的学生，被误会也很正常。虽然她的无名指上戴着钻戒，可是大家都没往那方面想，甚至以为她戴的只是一枚用来装饰的戒指。

何幸正想解释，又看见几个加完班的女同事嘻嘻哈哈地走过来：“一起回去吧！”

花姐的注意力被转移了，拎了包跟同事一起说说笑笑走向门口。

何幸便也没有多说，跟大家出门，走到电梯处，看见徐经理也在等电梯。

气氛突然有些尴尬，大家都不说话了。

静了片刻，花姐率先打破沉默：“徐经理，今天又是男朋友来接你？”

徐经理扶了扶鼻梁上的黑框眼镜，用鼻子“嗯”了一声。

小刘羡慕地说：“你男朋友真好。”

徐经理仰着脸说：“还好吧，昨晚惹我不高兴，今天说送个礼物顺便陪我吃饭。”

花姐愤愤不平：“我家男人惹我生气好几天了，不但不道歉，连话都不跟我说。”

小马叹息：“这就是已婚跟热恋的区别啊！哎呀，又是日常恐婚的一天。”

徐经理不乐意了，斜着眼睛瞥了小刘一眼：“让男人死心塌地是需要诀窍的。”

大家纷纷问道：“什么诀窍？”

她抬头扫视众人，薄唇勾起三分得意夹杂两分不屑的笑：“当然是要自己变得完美，才配得上一个爱你的好男人。”说完，视线在花姐微凸的肚腩上停留了一下，意图不言而喻。

花姐在心里翻了无数个白眼，嘴上只得呵呵干笑：“唉，生完孩子胖了几十斤，怎么减也减不下来。不过我老公比我还胖，应该不会嫌弃我吧……”

徐经理取出粉饼补妆，顺便在嘴唇上涂了一层鲜艳的大红色口红，边涂边说：“也对，爱情没有缘由。像我男朋友啊，长得帅又有钱，我也不知道自己有什么魅力，让他那么喜欢我。非要说的话，大概是我运气好吧。当时他苦苦追求我，我觉得长得帅的男人靠不住，一直没有答应他，让他吃了不少苦头，还好他没放弃，用真心感动了我。我们已经在一起两个月了，他跟以前一样对我特别好，每次加班都来接我，夜晚路黑，他担心我会害怕。”

众人一时不再说话，只有徐经理口沫横飞地讲述自己与男友的恩爱小段子。

何幸被挤在电梯角落里，取出手机想给江应景发个消息，可是电梯里没有信号。她看了看时间，已经这么晚了，她得走快点儿，否则赶不上末班车了。

走出公司大楼，门口停着一辆显眼的黑色轿车，一个西装革履的男人倚着车门，手上捧着一束超大的鲜花。

大家都惊呆了，还以为徐经理只是说说，没想到她的男朋友真有这么帅！

“哇，经理的男朋友也太帅了吧，以前总听你说，第一次见到真人。”

“就是，我们还以为你夸张了呢，现在看来，你是太谦虚了啊。”

“已经追到了还送花，他对你太好了，真浪漫，羡慕死了。”

2. 想做个好吃懒做的咸鱼

徐经理愣在那里，骑虎难下。

她看了一眼停在轿车后面的那辆破旧小车。

驾驶位的车窗开着，一个白胖的男人正殷勤地朝她招手。

她竟下意识地别开脸。

她并不是不爱男朋友，在她眼里，男友虽然身材微胖，但个子高，肤色白净，衣服搭配好了也是不差的。可是他今天怎么就穿得这么随意？那件铁锈色的老人衫是什么意思啊？而且他也没有买花！

徐经理竟莫名有些生气，又怕被同事察觉她的心事，神色有些慌张。

“其实我不怎么喜欢花的，买那干什么，浪费钱，呵呵呵。”她声音很小，有些心虚，又有种侥幸心理。被误会也好，起码满足了她小小的虚荣心，她又没有说谎，她只是没否认而已。

徐经理正想假装忘记拿东西，先上楼躲一下。

男人突然走了过来，目不斜视地从她身边路过，将花递给了人堆最后的何幸。

何幸捧着巨大的花束，惊喜地看着江应景。

“老公，你怎么来啦？”

“太晚了，不放心你。”

“有什么不放心的，我又不是小孩。这附近有公交车，还有地铁站，我不会迷路的。”

江应景刮刮她的小鼻子：“你要多依赖我一下。”

同事们望着这对年轻夫妻，惊讶得说不出话来。

这个男人居然是何幸的老公？！

她们还以为何幸是单身呢，没想到她已经结婚了，老公还这么帅气优质。虽然她从未高调炫耀过，但他看着她的眼眸如此深情，仿佛全世界只有她。显然，他超级爱她。

何幸有些不好意思，小声说：“你最近工作忙，我心疼你，不想耽误你的时间嘛。”

江应景道：“怎么能说是耽误呢？我们在一起的时间才是最珍贵的时间。”

大家吃了一嘴狗粮。

徐经理的正牌男友见女友迟迟不过来，索性自己过来，拉住女友的手，埋怨道：“怎么现在才下来，我等你老半天了，都快饿死了！”

徐经理下意识地甩开男友的手，横眉冷对：“花呢！”

“什么花？”男友一头雾水。

徐经理指向一旁正在腻歪的小夫妻：“你看看人家！”

男友不以为然：“那玩意儿不实际，走，我请你吃烤串儿。”

徐经理怒道：“吃什么烤串儿！我在减肥你不知道吗！你心里到底有没有我！”

两人吵了起来。

两对恋人，不同的画风。

江应景看老婆捧着花有些吃力，又将花接了过去，放进轿车后座上，为她拉开了副驾驶座的车门。何幸坐上车，笑盈盈地对同事们摇了摇手：“明天见。”

江应景扭头看她一眼，有些宠溺地俯身过去，为她系上了安全带。

何幸这才意识到自己忘记系安全带，挠挠头：“啊，我都忘记了。”

“没关系，我记得。”江应景发动车子，“想吃什么？”

何幸想到刚才徐经理男朋友说的话，吞了口唾沫：“想吃烤串！还有麻辣小龙虾！”

江应景放慢了车速，沿街寻找烤串店，直到看见一家生意不错的烧烤店，他将车停在路边，扭头看到何幸靠在椅背上睡着了，车里朦胧的灯光映在她的鼻梁和唇线上。

他没有叫醒她，就这样看了她一会儿，伸手摸了摸她白皙的小脸。

何幸睁开眼，困乏地打了个哈欠。

“到了吗？”

“困了就回家吧，我热杯牛奶给你。”

“才不要，饿着肚子怎么能睡着呢！”

江应景挑了挑眉：“我看你刚才睡得挺香。”

何幸擦了擦潮湿的嘴角，嘿嘿笑道：“最近公司忙着上市，工作太多了，有点儿累。”

虽然她眼中是对未来的无限希望，但江应景却有些心疼：“整天忙着工作，这么晚才下班，每天连饭都不能按时吃，你都瘦了。太累了就辞职吧，我又不是养不起你。”

“哇，你竟然会说那么好听的话。”

何幸抱着他的脖子，在他脸上“吧唧”亲了一口。

江应景勾住她，望着她星星般闪耀的眼眸：“我是说真的。”

何幸笑：“我知道，所以我很开心呀。但是听归听，我可不会当真的。”

“怎么，不相信我对你的真心？”

“当然不是，正因为我相信你爱我，我也同样爱你，所以我不想让你太辛苦。”

她的话让江应景勾起了唇角，但随即他又掩饰起眼中微微笑意，垂下眼眸，假装失落，轻叹一口气：“可我每天工作的时候，想到我老婆这么辛苦，我就没心思工作。”

何幸忍俊不禁：“哼，说得跟真的一样。我知道你工作做得比我好多啦。”

江应景揉揉她蓬松的头发：“老婆，我知道你喜欢工作，不想辞职，想要实现自己的价值，我当然尊重你的选择。但别那么拼命，累坏了身体我怎么办？”

何幸被他揉得头发都乱了，她笑着躲开，小声说：“其实，哪有那么多热爱工作的人呀，我也想当个咸鱼，好吃懒做。”她眼波盈盈，笑得有些羞涩，“但是我有你呀，一个家庭需要两个人一起努力，怎么可以只让你辛苦呢？你等着吧，等我赚了钱，包养你！”

江应景佯怒：“我像吃软饭的人吗？”

何幸故作诱惑地咬了咬嘴唇，一副饿狼见到肉的模样：“对你，我愿意倒贴。”

“想得美，要贴也是我贴你。你的一生都是我的，还敢跟我谈包养。”他起身吻住她，清润的声音因为这个吻而略显含混不清，“老婆，回家吧，改天再吃小龙虾。”

纷乱的片段，不知是梦，还是真实存在的记忆。

那么甜，却又隐隐让人害怕，怕所有美好会像气泡一样突然碎掉……

何幸躺在病床上，苍白额头渗出细汗。

她皱了皱眉，那么轻微的动作，没有被任何人察觉。

江应景一直握着她的手，寸步不离。他显然疲惫极了，下巴都冒出了青色胡楂。他也不知道熬了多久，实在熬不住了，就趴在病床边睡一会儿，醒来又继续守着她。

何幸的爸妈也推了很多工作，时常来医院忙前忙后。对于江应景的守护，他们十分感动，却又觉得没有理由麻烦这个好心的男同学，但江应景说他和何幸关系很好，做这些是应该的。

何爸爸看着女儿一动不动地躺在床上，既心疼女儿，也担心老婆的情绪。他拉住老婆的手，轻声安慰，可却没多大作用，没说几句，何妈妈又伏在他怀里抹起眼泪来。平时总是笑盈盈的那张脸，这段时间总是愁云密布，仿佛苍老了好几岁。

医生走进病房，何爸爸急忙问道：“我女儿到底怎么了？”

医生摇摇头，也是一筹莫展：“我们还没有诊断出病因。”

何爸爸难以置信：“内伤还是外伤？总不可能一点儿原因都没有吧？”

医生道：“我们检查过，没有外伤，她应该是突然晕倒，丧失了意识。”

何妈妈眼中含泪，颤声问：“可是晕倒这么久都醒不过来，到底是哪里出了问题？”

江应景抿着唇没有说话，他也不知道要如何解释这件事。

何幸确实是被小遥刺伤了，他都想好了，会对警察坦白，小遥也愿意承担后果。

可是送何幸来到医院后却发现，她身上竟没有任何见血的伤口。

她只是一直醒不过来，而时间却继续往前，再也没有停下过。

温馨的客厅弥漫着饭菜的香气，白色蜡烛燃烧着，流下一滴滴蜡泪。

何幸坐在沙发上看了一眼墙上的挂钟，已经晚上十点半了。她今天没有加班，特意早早回来，想给江应景一个惊喜，可是他一直都没回来。餐桌上的饭菜凉了，她放在微波炉里热了热，又摆在了桌上。满桌丰盛的饭菜，是从江应景最喜欢的那家餐厅打包回来的。

最近江应景的工作很忙，经常有应酬，回到家已经很晚了，刚好她可以趁机布置惊喜。平时都是他为她准备惊喜，她决定也要为他做些什么。她买了礼物，还买了花和气球装扮客厅与卧室，将玫瑰花瓣撒在床上，摆出爱心形状，看起来浪漫又老土。

3. 因为有你

可是，眼看着桌上的菜又要凉了，他还是没有回来。何幸取出手机看了看，消息停留在一个小时之前，江应景说他“马上”就回家，也不知道他说的“马上”到底是多久。

何幸忍不住拨了他的电话。

手机里“嘀嘀”的提示音响了好一会儿，他都没接。

她有些担心，脑中浮现一千种可怕的可能性，越想越害怕！何幸正想再打过去，电话回了过来，那边传来江应景好听的声音：“老婆，怎么了？”

她气呼呼地质问：“怎么还不回家？你忘了家里有个老婆在等你吗？”

江应景被她逗笑了：“是啊，忘了家里有只奶凶奶凶的小老虎。”

何幸假装委屈地哭诉："结婚还不到两年，你就让我独守空房。"

每次她这样，江应景就没辙，只得柔声哄她："好啦，我现在回去，你乖乖的。"

何幸觉得他的声音没有平时清朗，又听见那边有点儿吵，有人在叫江应景的名字，他应付了别人几句。她敏感地察觉到不对劲，问："你是不是在喝酒？"

江应景没有否认："还在应酬，难免的。"

何幸知道应酬要喝酒，可她就是不开心，嘟起小嘴："都说了喝酒对身体不好，酒是一级致癌物，会影响身体健康，我可不想白发人送黑发人。"

江应景制止她的碎碎念："等等，谁是白发人谁是黑发人，别乱用成语。"

她不服气地小声嘀咕："我每天晚上哭着等你回家，早上含泪送你出门，很快就会白了头发，可不就是白发人送黑发人嘛。"

听着老婆即将化身唠叨怪，江应景及时打断："好了，老婆大人，我保证，马上回家。"

"你刚也是这样说的，我等得头发都要白了，到底还要多久？"

"再等一会儿吧，老板就快喝醉了。"

"我看你也快喝醉了，喝酒不能开车，你怎么回来？"

"放心吧，我找个代驾。"

"不放心！你等着，我现在去接你。"

"不用，外面冷，你在家待着，困了就早点儿睡，记得盖好被子。"

"我睡不着！我现在就要去找你，我已经出门了！"

见她如此坚持，江应景也不再反对，将地址发给她，叮嘱她路上小心。

她过去的时候，他确实有几分醉意了，却还在陪满桌的客户喝酒。何幸太生气了，这家伙忘记今天是什么日子了吗？整天那么拼命干什么？

她正想埋怨几句，却被他拉进怀里。

他低头看她，眼中有光，骄傲地向大家介绍道："这是我老婆。"

她一时愣住了，所有埋怨都卡在嗓子眼儿里。

"大家好，我来接我老公回家，没打扰到你们吧？"

她笑得很僵，都不知道自己在说什么。她暗暗掐了江应景一把，但没有舍得用力。

"不打扰，不打扰。总听江哥提起嫂子，我们一直很好奇呢。"

"嫂子没生气吧，江哥是真的在应酬，没在外面花天酒地。"

"就是嘛，每次下班让他去唱歌按摩，他都说要回家陪老婆，这么好的老公不多了。"

何幸抬头看了江应景一眼，见到他眼中的笑意，她无奈地叹口气，踮起脚尖，想将他稍微有些散开的领带重新打好。可惜她动手能力一如既往的弱，领带系得比刚才更难看了。

她脸一红，又默默将领带摘下来，揉成一团塞进自己的口袋里。

“我在外面等你吧，你忙完了再出来。”她小声说。

“外面冷。”

江应景将她的手揣进口袋里，告诉大家要陪老婆回家。

何幸脸红红的，在包间里许多人的注视下，跟江应景一同离开。

这次由何幸开车。她拿到驾照还不久，对于路线也不太熟悉，开起车来很谨慎。还好，深夜的路上，行人和车都很少，倒也不容易出事。

江应景本来有些疲惫，但何幸开车的时候，他却突然清醒起来，目不转睛地盯着前方的路。虽然他什么都没说，但是何幸察觉到，他的手不自觉地抓紧了系在胸前的安全带。

她瞥他一眼：“很紧张吗？”

“还好，你看着点儿路……”江应景试探着跟她商量，“要不，还是找个代驾？”

何幸不同意：“我都来了，要什么代驾呀。夫妻之间要互相信任，你这样我会伤心的。”

短短的两公里，平时只需要十分钟，何幸却开了半个小时。

而江应景的心脏也悬在空中半小时，这真是一段煎熬的车程。

到了目的地，何幸将车停在车库里，扶着江应景下车。闻到他身上的酒气，她皱了皱眉，心疼地说：“你还说要我别太辛苦，你自己呢？都把公司当家了。”

江应景道：“我这不是想多赚点儿钱嘛，好让我老婆安心做一条咸鱼。”

何幸说：“要那么多钱干吗？我觉得现在的生活就很好，有吃有喝，有家有爱。”

江应景笑了，揉了揉她的头发：“你真是个容易满足的小姑娘。”

结婚这么久了，在他眼里，她却还是那个需要被保护的小姑娘，可她明明跟他同岁，她也想要帮他分担呀。何幸抓过他的手，小声嘀咕：“我是说真的，我很喜欢现在的生活，能跟你在一起已经是我最大的幸福了，我不奢望更多，知足常乐嘛。”

江应景半靠在她身上，慢慢地走着，他脑中很清醒，只是脚步有些踉跄：“虽然你没有给过我压力，但我就是想让我老婆过最好的生活，好不容易娶回家，怎么舍得让你吃苦呢？”

何幸垂下眼眸，轻声说：“你向来都是个追求完美的人，可是，完美会很辛苦……”

江应景抬起她低垂的脸，双手捧着她柔软的小脸儿：“完美不辛苦，辛苦的是人生没有追求。”他望着她波光粼粼的眸子，认真地说，“小幸，因为有你，我才想要追求更多完美，我真的一点儿都不累。每天早上醒来，看见你在我身边，我都觉得未来充满希望。”

何幸的心脏怦怦跳动，突然没来由地委屈起来，将头埋进了江应景的怀里。

许久，她没有出声。

他察觉到她的身体微微颤抖，轻轻摇了摇她：“老婆？”

没有得到回应，他又问：“你在哭吗？”

何幸抽了抽鼻子：“才没有！”

江应景的声音带着笑意：“那我胸口怎么湿湿的？”

何幸哼了一声：“你最近陪我的时间太少了，我感觉好委屈。”

他搂住她的肩膀，轻声说：“是我的错，忽视你了，明天我们去看电影吧。”

何幸抬头看他，发红的眸子含着泪，像一只兔子般楚楚可怜。

她什么都没说，转身用钥匙开门。客厅的灯还没有关，江应景看到了桌上包装精致的礼物盒以及周围的鲜花和气球，还有满桌凉透了的饭菜，他愣了愣，突然明白过来，抱住了她。

何幸气愤地控诉：“今天是你的生日，你居然忘记了。我为了等你，晚上都没吃饭。”

她想推开他，他却怎么也不放手，将她紧紧箍在怀里：“老婆，我真忘了，最近太忙了。”

他拭去她眼角晶莹剔透的泪珠，又捏了捏她的小脸，拉她坐在饭桌前：“快吃饭吧。”

何幸赌气地扭过头：“你都吃饱了。”

江应景夹了块鸡翅放在她碗里：“看见你买了这么多好吃的，我又饿了，我们一起吃。”

饭菜明明已经凉了，他还露出一副很好吃的夸张表情。

看他故意逗自己，何幸的心情好了许多。她虽然一晚上没吃饭，却不觉得饿。何幸夹起了面前的鸡翅，放到嘴边，闻到诱人的肉味，她突然觉得反胃，她丢下筷子，跑进了洗手间忍不住吐了起来。

江应景跟了过去，递给她毛巾，担心地问：“怎么了，是不是哪里不舒服？”

何幸疲惫地摇摇头：“我也不知道，最近总是反胃……”

话音刚落，两人都愣住了。

不会是怀孕了吧？

何幸不知所措地站在那里。

江应景眼中却掠过惊喜的光彩，抱住她问：“我是不是要做爸爸了？”

何幸小声说：“还不一定呢。”

江应景放开她，望着她的眼睛，认真地说：“明天我陪你去医院做检查。”

何幸点了点头，又想起一件重要的事，噘起小嘴：“说好的电影呢？”

江应景笑着吻了吻她的额头，柔声道：“做完检查，我就陪你看电影。”

何幸果然怀孕了，她本想先拼一拼事业，对于这突如其来的惊喜，有开心也有忐忑不安，但江应景的眼中却只有满满狂喜，喃喃自语说了好几声：“我要做爸爸了？！”

何幸伸手在他眼前挥了挥，冷不防被他抱进了怀里。

4. 他有心事

何幸小声惊呼，江应景这才反应过来，连忙放下她，生怕她动了胎气。

“我弄疼你了吗？”他的语气带着几分担忧自责。

何幸笑眸弯弯：“没有啦。”只是他平时沉稳冷静，很少会出现情绪失控的情况，她有些吃惊罢了。

江应景挠挠头：“抱歉，我太激动了……”

他牵住她的手，虽然他的动作比刚才更加小心翼翼，却难掩激动的心情，一直都在絮絮叨叨：

“也不知道是儿子还是女儿呢。都说儿子像妈妈，女儿像爸爸，如果是儿子，应该会更像你吧，一定是个可爱的小男生！我要给他买很多玩具，会发光的枪、小汽车和变形金刚……

“如果是女儿，我要给她买很多小裙子，给她梳辫子，你的动手能力太差，八成会把她的头发梳成鸡窝，以后给女儿梳头发的任务要交给我。你负责给女儿穿衣服鞋袜，我负责给她梳头发；你负责把孩子喂得白白胖胖，我负责把你喂得白白胖胖……”

何幸很少听到老公说这么多话，不过……

他说的都是什么话啊，已经预判她带不好孩子了吗！

“你怎么知道我学不会啊，如果有了女儿，我会学习怎么给她梳头发的！我的头发也是我自己梳的啊，你看，还不赖吧！”何幸扯了扯自己的马尾。

江应景摸摸她的头，眼里全是宠溺：“嗯嗯，不错。”

“这是什么敷衍的语气……”

她无奈地将头别向一边，又听见他继续兴奋地说：“对了，孕妇应该吃些什么呢？鸡汤？燕窝？雪梨银耳？红枣桂圆？你有没有想吃的，我晚上去超市买！”

何幸：“想吃……芒果！”

“好！”江应景一口答应，又突然改口，“等等！我查一下孕妇可不可以吃芒果！”

何幸无语。

三十秒后，他将手机放进裤兜里：“嗯，没问题！”

何幸成了全家人捧在手心上的小公主，婆婆特意搬来照顾她，妈妈也经常带着保养品来看她，还提前买了宝宝的衣服鞋子。她孕期反应很大，总是吃不下饭，竟然比怀孕前还瘦了一圈。婆婆心疼极了，每天研究食谱，换着花样给她做饭。

江应景问她要不要辞职在家养胎，何幸笑着说自己没那么娇贵。

于是，他每天都会来接她下班，原本繁忙的他，为了她，推掉了不少工作和应酬。何幸有些愧疚，总觉得自己耽误了老公的正事，可他一点儿都没有怪她的意思。每当她下班走向他的车子时，他从车窗里露出的脸，都是带着笑的，仿佛在看到她的那一刻，再多的疲惫都消失了。那双眼中亮起一道光，那是她的身影给他漆黑的眸子镀上了彩色的虹光。

唯独这个雨天，江应景没有出现。

暴雨是下午突然下起来的，猝不及防。

何幸和几个同事站在大楼入口处，望着面前几乎被雨水汇聚成河的街道。

花姐低头看着自己新买的皮鞋，痛心地说："天气预报没说会下雨啊。我新买的鞋子，才第一天穿，怎么舍得踩水回家，要是开胶了就麻烦了。"

徐经理也有些焦躁，拨通男友的电话："到哪儿了？怎么还不来？风这么大，我快冻死了！"

花姐见状，也给老公打了个电话："这么大的雨，你来接我吗？"

她语气带着一丝讨好的笑意，但那边却传来老公不耐烦的声音："接你？这么大的雨，你怎么不来接我？！"

花姐被这个男人的话气个半死，挂了电话，一狠心，冒雨冲进倾盆大雨里。

徐经理瞥了何幸一眼："你老公呢？"

"可能在路上吧。"何幸皱眉望着远处的车流，但每一辆车都不是江应景的。

"是不是不来了？我看他天天来接你，时间久了也会腻的。"徐经理取出口红为自己本就鲜艳的红唇又涂上了一层浓重的颜色，呵呵笑道，"男人嘛，能装一时，装不了一世。"

何幸没有说话，握紧了手中的手机。

她刚才给江应景发消息问过他了，可是等了这么久，都没有收到他的回复。她当然不会觉得是他腻烦了或者外面有人了，她只担心今天风大雨大，他会不会出事故。

她越想越害怕，忍不住拨了他的电话，可是拨了好几遍都没有人接听。

她的耳朵里，只有噼里啪啦的雨声。

徐经理的男友终于赶来了，他打开车门，撑着伞跑到女友面前。与上次白胖的男人并不是同一人，个子不高，年龄更大些，头发略显稀少，但看起来很在乎她，讨好中带着几分害怕："丽丽，你别生气，我已经提前出门了，但是今天堵车特严重，所以来晚了。"

徐经理翻个白眼，将白色的提包塞到男友手中。

男友看了何幸一眼，问道：“这是你同事吧？要不要我顺便送她回家？”

徐经理立刻帮何幸回绝：“不用了，人家又不是没有老公。”

他不敢说什么，赔笑道：“也对，那我们就走了。”

徐经理用力拍了他一下：“走就走，话这么多！”

汽车驶离，车轮溅起一片泥泞的水花。

何幸还站在冷风里，她抱住双臂，白皙小脸被冷风吹得微红。

天色渐渐暗下来，那辆熟悉的车子才慢慢驶来，停在路旁。

悬起的心，突然落了下来。何幸快步走过去，拉开车门，坐在了副驾驶的座位上，埋怨道：“你怎么不接电话呀？我以为你出什么事了，吓死我了！是不是公司有事啊？有什么你可以提前跟我说嘛，我可以打车回家。你不回消息又不接电话，我也不知道是该等你还是该回家。刚才想自己回家的，又怕是你手机静音了，我走了，你过来找不到我……”

何幸叽叽喳喳说了一大堆，却没有听到任何回答。她系好安全带，抬起头望向江应景。

他双手扶着方向盘，双眼无神，似乎在发呆。

何幸推了他一把，诧异地问：“怎么了？”

江应景这才回过神，微微勾了勾嘴角：“没什么。”

那勾起的嘴角，像是微笑的弧度，但他眼中却没有半点儿笑意。

“你今天好像不对劲啊，看见我都不笑。”

“笑？”

“对啊，平时你看到我，都很开心的。”

“哦。”

他垂下眼眸，发动汽车。

“哦什么哦呀，你今天好奇怪……”

沉默了几秒，江应景轻声说：“最近太累了。”

“是天天来接我太累了吗？”何幸表示理解，“没关系，我可以一个人回家的，你有工作要忙，就去忙啊！本来我都说了我没事！花姐说她怀孕八个月的时候，还每天挤公交车去上班呢。我又不是什么娇气的小公主，天天要你陪着我。我也可以坐公交车啊，还有地铁也很方便，就是高峰期的人比较多。你要是不放心，我可以开车上下班，要么我打车也可以。”

何幸像个唠叨的主妇，一说就没完了。

但江应景完全没有回应她。

他沉默地开着车，冷暗的夜色落进他深邃的眼眸中。

周末，何幸醒来的时候，身边的床空荡荡的，被窝里早已没有了温度。

她睡眼惺忪地坐起身，看了看挂钟，今天不是周日吗，难道江应景要加班？

妈妈探头进来，笑盈盈地问：“小幸，醒了吗，我包了你喜欢的牛肉饺子。”

厨房里传来婆婆的声音：“还有龙骨汤和糯米排骨。”

何幸连忙穿衣洗漱，来到餐桌旁，看到桌上摆满了饭菜。公公婆婆和爸爸妈妈都在，一家人说说笑笑，其乐融融。何幸坐下，婆婆立刻给她递来了筷子，让她尝尝饭菜合不合口味。

饺子很好吃，排骨也很好吃，即使她最近食欲不振，却也吃了十几个饺子。

何幸靠在椅子上摸着自己凸起的肚皮，目光飘向墙上的婚纱照，突然觉得好幸福。她这小半生，真是顺风顺水，有爱她的父母，有宠她的老公，有好相处的公婆，她的人生简直比童话还幸福！

婆婆站起身收拾碗筷，埋怨道：“小景怎么回事，周末也不知道陪陪老婆。”

何幸连忙帮着收拾，顺便帮老公说话：“他肯定有重要的事要做。”

“有什么事比得上自己老婆。”婆婆按住她，让她坐下休息。

公公虽然没说话，却很认同地用力点了点头。

妈妈有些担心地看了女儿一眼，想说些什么，爸爸轻轻拉住了她的手，小声说：“小景是个顾家的男人，他做的一切都是为了这个家，我们要理解他。”

何幸看到大家全都站在她这边，传说里难以招架的“婆媳问题”怎么在她家从来没出现过呢？她果然是太幸福了！

她“扑哧”一声笑了：“什么啊，说得好像他要变心似的。我没有那么娇惯，非要他天天守着我寸步不离。再说这才几个月啊，我也没到要躺在床上保胎的地步，我这个孕妇还没多想呢，你们就想这么多啦。”

5. 友谊的裂痕

妈妈撇撇嘴，小声说：“妈还不是怕你多心嘛。”

何幸眨了眨眼睛：“江应景是什么样的人，我最了解了，放心吧！”

下午，何幸突然接到夕颜的电话，约她喝下午茶。她们确实有一段时间没见面了，何幸也很想夕颜。她简单收拾了一下，按时赶到西餐厅。

由于不在饭点，餐厅里的人并不多，金色阳光透过落地窗洒落下来，大厅中一片温暖明亮，有位穿着黑色长裙的少女坐在钢琴旁正弹奏音乐。

何幸看着坐在她对面的夏夕颜。

这两年来，夕颜仍是单身，也依旧美丽，只是安静地坐在这里就吸引了许多人的注意力。

何幸低头看了看自己宽大朴素的孕妇装，突然有些自卑。

夏夕颜瞥她一眼，疑惑她挺着大肚子却无人陪伴：“我以为江应景会送你过来。”

何幸低头用吸管搅拌杯中果汁，若无其事地说：“他最近很忙。”

“今天是周末啊，”夏夕颜皱了皱眉，“他周末也要忙吗？”

“嗯。”

“他也太不体贴了，丢下你一个人，万一出什么事怎么办？”夏夕颜很是不满，“这么大的人了，难道还分不清工作和家庭哪个更重要？”

何幸抿住嘴唇，尽管她理解老公，可是听到夕颜的话，心中仍然生出一股浅浅的失落。她笑了笑，将失落深埋在心中：“没关系啦，我又不是小孩子，需要被他照顾。”

夕颜望着她凸起的肚子，认真地说：“你不是小孩子，可你是孕妇啊，需要被照顾。”

“我妈和婆婆最近都在照顾我，他回来又没什么事做，还不如好好忙工作的事情。”

夏夕颜恨铁不成钢：“你就是太爱他，对他太好了！小心他不珍惜你！”

何幸没说话，喝了口果汁，吸管被她咬得扁了。

白色手机放在桌上，不断振动，似乎有人一直在给夕颜发消息，但她自始至终没有拿起来看一眼，最后甚至有些不耐烦，将手机关机，塞进了包里。

“谁呀？”何幸问。

“朋友，不熟。”夕颜冷冷淡淡地回答。

“男生吧？”

“嗯。”

“还是和以前一样，追你的人很多呢。”

夕颜将一颗水嫩的草莓放入唇中，不屑一顾地抱怨：“可我一点儿都不喜欢他们，才见我一面，又是送花又是约我吃饭，说什么喜欢我，他们了解我吗？”

望着夕颜那张明艳照人的面孔，何幸忍不住笑道：“男人都是看脸的生物。”

夕颜叹口气：“还是你老公好，不看脸。”

何幸怔了怔，假装生气：“你在说我丑吗？”

夕颜看了她一眼，轻轻笑起来：“开玩笑啦，我是说追江应景的美女很多，但他选了你，你们恋爱这么久，他都很专一，没有和任何女生闹出绯闻，所以他肯定不是只看脸的肤浅男人。”夕颜身体后仰，靠在椅背上，眸光流转，幽幽地说，“我是羡慕你。”

何幸总觉得今天的夕颜有哪里不对劲，可她却又说不出到底是哪里。

她问：“但是追你的人里肯定有优秀的吧。”

夕颜心不在焉地说：“有吧。”

“那你没有喜欢的吗？”

“没有。”

“阿姨不催婚吗？”

“催啊，所以我已经搬出来了。我不会为了让她满意，就随便把自己的人生交代出去。”

无论夕颜做什么决定，何幸自然都会支持，她希望夕颜幸福。她握住夕颜的手，认真地说：“我也觉得，夕颜你那么优秀，肯定会遇到自己的真命天子。”

夏夕颜愣住了。她低头看着何幸的手，无名指上的钻戒闪闪发光。忽然之间，夏夕颜觉得心口被刺了一下，她抽出了自己的手。

“我还以为，你会跟我妈一样催我赶紧恋爱，结婚生孩子呢。”

“这种事情又急不得。”

“最近我妈总是催我相亲，连公司同事都说要给我介绍男朋友，真是烦死了，没有男人又不会死。”夏夕颜冷着脸说，“我现在觉得她们看我的眼神都不对劲，私下还说什么我眼光高，挑到现在都没挑到合适的。说得好像我有问题。”

“如果遇不到自己喜欢的人，草率地结了婚也不会幸福啊。”

“我是不是应该降低我的要求？或许应该随便找个合适的人结婚？”

“婚姻不是儿戏，不应该随便。”

“如果我永远遇不到喜欢的人呢？万一我孤独终老呢？”

“夕颜，你别胡思乱想。”

夕颜仿佛没听见她的话，咬住嘴唇：“我又不比你差，为什么我没有你这么走运？”

何幸一愣。

“别人都劝我眼光不要那么高，虽然她们说话不好听，但我知道她们没有恶意，她们是想看到我穿上婚纱幸福的样子。而你早早就拥有了一切，比我幸福得多，为什么要劝我别着急？你是真的希望我幸福吗？”

何幸的心脏猛地一跳，她站起身，惊讶地看着夕颜。她从来没想到，夕颜竟会这样看待她。

“我当然希望你幸福了。”

“你有老公有孩子，有甜蜜的爱情和幸福的家，我却什么都没有，你还让我别着急，让我等待属于自己的爱情，我等得到吗？也许很久后，你是人生赢家，我仍然什么都没有。”

何幸按住她的肩膀，试图让她平静下来：“夕颜，是不是谁在你面前乱讲话？你明明那么优秀，也有很多人喜欢你，或许你很快就会拥有你想要的。”

“有人喜欢我又怎样？我喜欢的那个人眼里从来看不到我！”

话音落下，两人都呆在那里。

夏夕颜意识到自己说太多，脸色泛白，紧紧抿住了嘴唇。

何幸小心翼翼地问：“你喜欢的人，是秦星黎吗？”

夏夕颜慌了，双肩竟然忍不住颤抖起来。

何幸低声说：“如果你喜欢他，我可以帮你。”

“你别在他面前乱讲话！”夕颜的声音陡然拔高。

何幸吓了一跳。

她很少见到夕颜这个样子。

餐厅里的顾客循声望过来。

夏夕颜也知道自己情绪失控了，可是只要听到那个名字，她就没办法保持镇定。她深吸一口气，努力将情绪压下来，然而她的声音虽然刻意变得温柔，却无法掩去那带着尖锐防备的棱角：“我的事情不用你操心。”

“你为什么不表白呢？”

“我说了，我的事不用你操心！”

夏夕颜拎起包，叫来服务生结账，何幸连忙掏钱抢着埋单，却被推了回去。夕颜冷冰冰地说：“小幸，你该回家了。不过你出来这么久，江应景竟然没给你打个电话，他好像也没多关心你。看来多美好的爱情，最后总会归于平淡，所以和谁结婚有区别吗？”

何幸表情僵住，想到江应景不但没打电话，甚至连她的消息都没回复。

她默默走出餐厅，不愿把事情往坏处想，冷不防跟在她身后的夏夕颜又说：“都说男人婚后会变，本来看到你们这么恩爱，让我对爱情也有了期待，可他现在这样冷落你，我都有点儿恐婚了。如果连江应景这样婚前百分之百好的男人，婚后也会变，那还有什么值得信任呢？”

“别这么想，爱情有美好之处，但婚后也要考虑柴米油盐，有更多现实的事情，不是一句爱情可以形容的。他要忙工作，我能理解……”

“你总是用忙碌给他开脱，你确定他现在是在工作吗？”

“我……”

“万一他背着你在外面花天酒地呢？”

“他不是这样的人，两个人在一起最重要的就是互相信任。”

“人是会变的，你现在还这么天真，我都不知道应该夸你还是该劝你理智点儿。”

微风拂过，吹起夏夕颜红色的长裙，吹乱了她飘然的黑色短发。

她仰头望着天边的云，淡淡说道：“都说江应景跟你是王子和灰姑娘，但童话总在相爱时戛然而止，谁知道王子会不会永远爱灰姑娘呢？白雪公主的父亲不也娶了恶毒后母吗？江应景条件不错，年轻有为，长得又帅，上学时就有很多女生追他，现在难道没有吗？”

看到何幸不安的眼神，夕颜勾起嘴角：“现在社会上的女人可不像学生那么单纯，我能理解你信任老公的心情，可你也不要小看了那些女人的手段，有时候就是你太信任他，反而给了他不诚实的机会。盲目的信任，最后伤害的只有自己。”

6. 原生家庭的伤害

何幸的心脏怦怦跳动。

街上嘈杂的声音好像都消失了，只剩下夕颜的声音，清晰萦绕在她耳畔。

夕颜若无其事地说："我只是随口说说，没别的意思，你可别乱想。"

怎么可能不乱想呢?

何幸突然好想给江应景打电话，问他到底在干什么，问他为什么不关心她，问他为什么变了，问他还爱不爱她。她想见到他，想要被安慰，想在他怀里倾诉自己所有的委屈。

她心里两个小人在争吵，一个是不断劝她一定要信任老公千万别动摇的白色小人，一个却是头上长角的黑色小人，正在对白色小人哈哈大笑，嘲笑对方的单纯愚蠢。

突然传来一个女人亲切的声音："小幸。"

何幸扭过头，竟看到许久没见的夕颜妈妈，正笑容可掬地朝她招手。她连忙清除掉心里那些乱七八糟的担忧，堆起笑容，很有礼貌地说："阿姨，好久不见。"

夏夕颜的父母离婚已久，夏妈妈虽然对女儿很严厉，但对外人却十分热情。她打量着何幸的肚子，笑道："上次见你的时候你还是个小姑娘，这么快就要做妈妈了。"

或许是对母亲还有些畏惧，夕颜的表情有些不自然。

在面对女儿的时候，夏妈妈脸上的笑意消失了，隐约有几分努力压制的怒意。她瞄了一眼女儿，冷冰冰地说："你看看人家小幸，比你聪明多了，上学的时候就知道找个金龟婿，赶紧结婚生子，你呢？让你相亲你也不去，你都多大年纪了，还以为自己年轻貌美呢？挑到最后，什么都没挑到，连人家小幸一半都不如！"

何幸连忙打圆场："夕颜还年轻，不用那么急。"

夏妈妈摇头道："不年轻了，你都要做妈妈了，她连个男朋友都没有。"

夕颜小声辩解："我只是不习惯相亲的形式，我会自己找男朋友的。"

夏妈妈横眉冷对："你找了吗？！"

夕颜咬住嘴唇。夏妈妈冷笑道："你别告诉我没人追你，上次那个男的抱着花在楼下等你一晚上，你连窗户都不肯开。我就想不通人家怎么配不上你了，开那么贵的车，家庭条件肯定不错，人家能看上你，你就该烧香了，还挑什么？"

"我不喜欢他，一点儿感觉都没有。"

"这世上哪有那么多一见钟情，感情是可以培养的，你怎么不给人家一个机会啊？"

"我讨厌他，只见过一面就跟踪我到公司要接我下班，给我同事说他是我男朋友，还打听到我的住址，给我送花送饭，严重影响我的生活，这叫骚扰！"

“人家那是喜欢你，你多给他机会表现一下，说不定能培养出感情呢。”

“第一次见面就动手动脚的家伙，我才不想给他培养感情的机会！”

夏妈妈更生气了，盯着女儿红裙下笔直白皙的双腿，脸上露出鄙夷的神色：“你整天打扮得花枝招展，好男人在你面前也会变坏的，苍蝇不叮无缝的蛋，你应该好好反省一下自己。怕他动手动脚，你就别穿裙子了。也不看看自己什么样，还挑呢，等你人老珠黄，穷酸老光棍都不会要你！”

夏夕颜听不下去了，尽管她极力忍耐，可眼泪还是忍不住大滴大滴落了下来。

“妈，你到底有没有在乎过我的感受？！”

“我这是为你好！”夏妈妈不甘示弱。

夏夕颜的脸色涨得通红，向来在妈妈面前忍气吞声的她，终于忍不住了，大声说：“你只是害怕别人说三道四，所以逼我结婚，只要我嫁出去，不管嫁的是人是狗，你都不在乎！”

“怎么说话呢！我是这种人吗！你这丫头，简直要气死我了！”夏妈妈瞪大眼，“早知道你这么叛逆，我当初就不应该争你的抚养权，让你跟着你爸那个浑蛋自生自灭好了！”

“你根本没争过，是你们俩都不想要我，我爸更绝情而已。你被迫无奈才留下了我，你根本不爱我，也没付出什么真感情。应该反省的是你，你总是替坏男人找借口，怎么不反省一下自己？就是因为你们，才让我对爱情失望的！”夏夕颜浑身发抖，口不择言。

“你说什么？”夏妈妈气得举起了手。

何幸连忙横在两人中间，生怕她们母女二人在大街上动了手。

夏妈妈这时意识到何幸还在，她挺着大肚子已经行动不便，万一不小心碰倒了她，肚里的孩子有个三长两短，谁都担不起这个责任。

夏妈妈忍耐下来，收起手，瞪了女儿一眼，转身对何幸说：“这孩子，一直不听我的话，气死我了！她要有你一半懂事就好了。小幸，你们是好朋友，你劝劝她。”

何幸忙说：“我会的，阿姨您别生气了。”

等夏妈妈离开，何幸转身看到夕颜肩膀抽动，她心里很不好受，取出纸巾给夕颜。夕颜抬眸看她，一滴泪悬在发红的眼眶边：“你能遇到江应景，是你的幸运。你们彼此相爱，没有经过任何挫折，所以你相信爱情。我没有遇到过，我不知道该怎么相信。”

她望向妈妈远去的方向，唇角勾起一抹凄凉的笑：“你也看见了，我妈总是拿我跟你对比，在她眼里，你什么都比我好，被你对比着，我仿佛一无是处。”

何幸喃喃道：“这不是你的错啊。”

“在她眼里！这就是我的错！”夏夕颜越说越激动，一直努力克制的情感终于如奔流湖海般倾泻而出。

“我也曾有一个放在心尖上的人，我的喜怒哀乐全都围绕着他，可是他看不到我的存在，即使有那么多人夸我，不被他放在眼里又有什么用？我在乎的只有他一个人啊！我真的怀疑我是不是跟我妈说的一样，什么都不好，我不值得被爱。

“我试过对他表白，不管结局怎样，我想把心里话告诉他，你知道那天我有多紧张吗？我低着头不敢看他，我好害怕被拒绝，可是即使被拒绝，也比永无止境的暗恋好得多吧？

“可我还没说出口，听见的却是他在向我打听你的事情，我的暗恋终结了！原来他跟我讲话，只因为我是你的闺蜜啊，我连替代品都不是！”

夏夕颜红着眼盯住何幸，声音微哑：“我不懂我有什么比不上你，是他眼瞎了，还是你用什么手段迷惑了他？你看起来什么都没做，却成了那个人念念不忘的白月光。”

何幸从未听夕颜说过这些，果然，夕颜心里藏着一个人，可到底是谁呢？

尽管她怀疑过夕颜是否喜欢秦星黎，可听到这些话，何幸又迷茫了。

什么白月光什么替代品？什么用手段迷惑了他？

她跟秦星黎只是朋友而已，连半点儿暧昧的接触都没有过。

是不是夕颜误会了？

又或者，夕颜喜欢的是江应景？！

这个念头简直荒诞可笑，何幸不愿意去相信，可是她脑中却忍不住涌起各种猜测。她们曾是形影不离的好闺蜜，然而自从她跟江应景交往，她们的关系就好似有了裂痕。

夕颜的眼中好像总流露出忧郁，她说羡慕何幸，却又让何幸别太信任江应景。婚礼上，夕颜作为伴娘，打扮得比何幸更加耀眼夺目，大家的注意力都落在夏夕颜的身上。后来何幸看婚礼影片的时候，也觉得自己被衬托得有些黯淡，仿佛伴娘和新郎更加般配。

不，一定是她想多了。何幸拉住夏夕颜，声音微微颤抖：“夕颜，我们认识这么久了，你还不了解我吗？对你，我从来都没有恶意。”

夏夕颜甩开了她：“你的无意，才更伤人！”

何幸一时没有站稳，跌倒在地上。肚子里的孩子好像动了一下，在踢她，她疼得咬紧了嘴唇，却什么都说不出来，心脏钝痛，比肚子的疼痛来得更加剧烈凶猛。

夏夕颜突然意识到她推倒了一名孕妇。

她僵立在那里，内心冲动的火焰忽然被一桶冰水浇熄。

脑中空白了几秒，她连忙去扶何幸：“小幸。”

何幸在她的搀扶下，慢慢站了起来，一手捂住肚子。

夏夕颜六神无主，她这段时间过得不舒心，刚才又听到妈妈说的话，心中种种委屈浮现，一时没能控制住情绪，可她并不是想害她。万一何幸肚里的孩子出了事，她该怎么弥补。

“对不起，我不是故意的。你摔伤了没有，我带你去医院。”

7. 如果人生可以倒退

“不用，我没事。”何幸轻轻推开夏夕颜，扶住了身边的砖墙。

她脸色煞白，额头冒出冷汗来，好一会儿才缓过来。

夏夕颜越发愧疚，小声说：“还是去医院吧。”

何幸却很认真地说：“夕颜，你是不是误会了什么，我和秦星黎只是朋友而已。”

“我没有误会，是你自己什么都不懂！”夏夕颜脱口而出，话音刚落便愣住了，她似乎有些慌，别开脸，“和秦星黎没有关系！你别瞎猜了！时间不早了，我送你回去。”

她将手伸进何幸的臂弯，带她朝停车场走去。

“不是他吗？”

“不是！”

“真的不是吗？”

“我和他不熟，是因为他跟你是朋友，我才跟他认识的。”

“那你喜欢的人到底是……”

“你别问了，我现在心情不好，我什么都不想说。”

何幸乖乖地闭了嘴。她隐约猜到了什么，那是她不敢相信也不愿意相信的事情。她想再问清楚，可她不敢问，她没有勇气听见答案。

上了夏夕颜的车，何幸坐在副驾上，喃喃低语：“夕颜，我以为我们是最好的朋友。”

夏夕颜的表情一僵，沉默半晌，轻飘飘地说：“我曾经也这么想。”

夏夕颜送何幸回到家，江应景正好也回来了。

平时他们三人见面都很自然，可今天何幸心里藏了心事，总忍不住去偷看江应景跟夏夕颜脸上的表情，确实很古怪啊。夕颜在家停留不到五分钟就说要回去了，即使何妈妈热情邀请她在家吃晚饭，也被她坚持拒绝了，眼神似乎还有些闪躲，仿佛有种心虚。她走的时候，江应景竟然说要送她下楼，而家里人也没觉得有异常，大家在厨房忙碌，完全忽视了这一幕。

何幸的脑袋蒙了，她不记得以前江应景有没有送过夏夕颜，但在这个节骨眼上，他们两人任何稍显亲密的接触，都会被何幸放大，心中的不安好像气球一样膨胀起来。

何幸坐在沙发上等老公回来，低头看着手机上的时间，估摸着他们上下楼的速度，连他们会说些什么，都在脑中演练了许多遍。按理说只是下楼送到车库，来回都有电梯，顶多十分钟，江应景就该回来了，可是她等了将近半小时，他才回到家。

越想越不对劲啊！

何幸迎到门口问他："你们在聊天吗？"

"随便聊了几句。"江应景低头换鞋，没有看她一眼。

"聊了些什么？"

"就随便聊了聊。"

"也聊太久了吧。"

江应景没搭腔，冷不防被何幸一把推在了墙上。

"你看看，都半小时了！我以为电梯坏了你被困在里面了，我差点儿要报警了！"

江应景看着面前的女孩子。

她张牙舞爪地控诉，那凶巴巴的模样，真像一只小野猫。

他嘴角忍不住勾起弧度，却又突然严肃起来，抓住她的手："怎么回事？"

何幸这才发现自己手掌破了皮有些红肿，可能是摔倒的时候擦破了。

"我在跟你说正事，你别岔开话题。"

她试图把自己的手拉过来，纤细的手腕却被江应景紧紧箍在手中。

他的声音冷冰冰的，一看就不好惹："我也在跟你讲正事，这是怎么回事？"

何幸的气焰渐弱，小声说："没什么，我摔了一跤。"

"摔了一跤？你怎么不跟我说？哪里有不舒服吗？"

何幸目不转睛地盯着江应景，看到江应景着急的模样，心里的不安好像被风吹得没了影。

"怎么不讲话了？刚才还气呼呼的像只小老虎，现在突然看着我傻笑，不会是脑袋被摔坏了吧？"江应景探了探她的额头，自言自语，"不烫啊。"

何幸打开他的手，哼了一声："你果然还是爱我的，好吧，原谅你了。"

江应景无语，他将刚穿好的拖鞋又换回皮鞋："我带你去医院看看，你必须去看看。"

何幸连忙拒绝："我没事！真的没事！"她嘟起小嘴，水汪汪的眸子里流光闪闪，"你最近冷落我，我以为你变心了呢。一定是因为怀孕的缘故，让我想东想西的。"

江应景没再逼她去医院，扶她坐在沙发上，拿了创可贴来，小心翼翼地贴在她的伤口上，一边贴，一边认真叮嘱："如果有哪里不舒服，一定要告诉我。"

何幸"嗯"了一声，低头看着他。

他神情专注，将一张卡通图案的创可贴细心贴在她的伤口上。

其实伤真的不重，可江应景的样子却那么认真，动作也小心翼翼，仿佛很怕弄疼她。

恍惚之间，何幸想起了他们交往时的种种。

那些细碎的回忆，像泛着晶莹彩光的气泡，在她心中飘飞。

“老公，你记不记得，有一次打篮球的时候，我被球砸到了。”

“记得，我让你乖乖看我比赛就好，你却非要跑下来近距离围观。”

“那也不是他砸我的理由，哼，一定是他怕输，想故意砸伤你最心爱的女人，让比赛没办法进行。可恶的男人！你那天不应该送我去医务室，应该亲自打败他，帮我报仇！”

“球赛哪有你重要，剩下的交给替补就好了。”

“还好那次赢了，否则我真要气死了。”

江应景温柔地说：“你只要乖乖坐在看台上就不会有事。”

“可是好多人拿着水等在旁边，我有危机感嘛。她们明知道你有女朋友，却还是想方设法挖墙脚，我一分钟都不能放松警惕！”其实这段回忆并不美好，因为她在众目睽睽之下被球砸到，“啪叽”一声摔在地上，毫无淑女气质，想起来就好丢人。

何幸看着自己手上那整整齐齐的创可贴，不知为何，鼻头有些酸：“那次你也跟今天一样，帮我处理伤口，还把我的手包成了机器猫，我好几天吃饭都没办法拿筷子。”

“不包得厚一点儿怎么能快点痊愈呢？”

何幸想起自己的手被裹得圆滚滚，坐在食堂里，又饿又馋，看什么都好想吃。江应景一改平日的高冷，一边安慰她，一边用勺子一口口给她喂饭。当时心里真甜，只是若干年后回忆起来，觉得有那么一点儿肉麻。

何幸的脸发烫，轻声说：“虽然我被篮球砸了，但我一点儿都不后悔。”

她环住了他的脖子，轻轻靠在他肩膀上。

柔顺的长发散落下来，空气里都是微甜的洗发水香气。

“那天我觉得，遇到你真好，虽然我平时没有你聪明，但我做了这辈子最聪明的事情，就是喜欢你。如果人生可以倒退，我还是会喜欢你，坚定不移地喜欢你！”

江应景的身体僵了一下。

何幸说了很多的“喜欢”，却还是表达不出她心底满满的幸福。

她将下巴抵在他的肩膀上，眸儿弯弯，甜甜地说：“我经常觉得，认识你，是我这辈子最大的幸运。我就像是上辈子拯救了全宇宙，这辈子才会遇到最完美的你！”

“其实我，也没做什么。”

“因为你为我做的足够多，你已经习惯了，所以没觉得怎样，可我都记得啊。你会帮我定闹钟，早上在床头放一杯白开水。你不忙的时候会给我买早餐，叫我起床。你会开车送我上下班，在节日给我惊喜，我不舒服你会第一时间带我去医院。你知道我喜欢吃什么，不喜欢吃什么。你从来不会强迫我做我不喜欢的事情……”

说起他的好，一万句也说不完。

她将头埋在他肩上，轻笑道：“我被你捧在手心，都快变成废物了，和你在一起什么都不用想，仿佛任何事情都可以依靠你。如果以后没有你了，我都不知道自己该怎么办。”

“没有我了……”很久以后，江应景才慢慢开口，“你也要好好照顾自己。”

他的话一秒打碎了美好的气氛。

何幸推开他，不满地说：“标准回答应该是‘我会永远陪着你’才对！”

换作以前，江应景都会迁就她，然而今天，他竟认真地跟她讨论起来：“但是有些东西，你确实应该学着去做了。比如做饭，你可以先从简单的学起，例如蒸米饭或者煮粥。”

何幸知道自己是厨房白痴，做饭这种事情她不是没试过，可每次都将厨房搞得一片狼藉，她是为了保命才放弃学习厨艺的。听到江应景这么说，她记忆里的灰暗画面又被点亮了。

“我知道蒸米饭很容易，可我不能只吃饭，蒸了米饭还要炒菜，太麻烦了，不如外卖。”

“但是万一发生意外状况，不能点外卖呢？”

“我可以下楼买。”

“如果半夜里突然饿了呢？”

8. 我爱你，晚安

“我可以吃泡面。”

“那孩子呢，总不能天天跟着你吃外卖和泡面吧？”

他以前也知道她不会做饭的，怎么到现在突然认真起来。

何幸一瞬间想了很多，觉得有些委屈。她望着他，杏仁般的眸子泛起泪光：“你是不是嫌弃我了？”

这次江应景没有哄她，他起身去倒水：“我是为你好。”

或许是她太依赖他了，没想过没有他该怎么办，他们那么相爱，怎么会分开呢？难道他真的开始嫌弃她了？

她跟过去，轻轻扯了扯他的衣角：“你不要嫌弃我，我会学的。”微弱的声音，几乎快要淹没在饮水机出水口哗哗的水声里了。

她知道，他最受不了她可怜兮兮的模样。

果然，他没有再说什么，将她揽入怀里，揉了揉她的头发。

是她的错觉吗？

好像，听见一声叹息。

最近江应景越来越忙，回家的时间也越来越晚，回来也不跟她多说，仿佛心事重重的样子。有几次她半夜醒来，发现床边没有人，后来在阳台看见他。

他背对着她，手指间的香烟闪着红光。

玻璃推拉门隔绝了烟雾，也拉远了他们之间的距离。

他什么时候开始抽烟了呢?

她拉开门，深夜的凉风灌了进来，吹起她白色的丝绸睡裙。

察觉到声响，江应景转过身，看见她，他下意识地将手里燃了一半的烟摁灭在烟灰缸里。

阳台的小藤桌上，烟灰缸里几乎满了。

烟味袭来，何幸皱起眉：“你以前不抽烟啊，最近怎么了？”

“公司事情有些多，吵醒你了吗？”

“睡醒看见你不在身边，有点儿不安。”

他沉默片刻，搀住了她。他的手冰凉，想必是在阳台站了很久。

“别站这儿了，风大，小心着凉。”

他带她走回卧室，扶着她上床，顺便为她盖上被子。

被窝里还留着她的温度，让沾染寒风的肌肤瞬间暖和起来。

“你和我一起睡吗？”她期待地看着他。

“嗯。”

他上了床，关上台灯，躺在她身边。

房间里漆黑一片，只有两人并不平静的呼吸声，暗示着谁都没有睡着。

心中的不安越发浓烈，何幸忍不住开口：“你是不是……有心事？”

没有听见回应。

“睡着了吗？”

何幸小声嘟囔了一句。

虽然不太相信他这么快就睡着了，但她也不想细究。一定是工作太辛苦了。她翻身侧躺在他身边，抓住了他的一只手，手指轻轻柔柔地穿进他的指缝中，让彼此手指相扣。

过了很久很久，何幸轻声说：“老公，有什么心事，你可以告诉我。”

她的声音极轻，几乎是气声，飘在寂静的空气中。

“虽然我不能解决太困难的问题，但我可以倾听，还可以安慰你嘛。”

手指扣紧，她更近地靠向他，将他的手臂抱在了怀里。

“老公，”她伸长脖子，轻轻吻了吻他的面颊，“我爱你。晚安。”

医院里人来人往，何幸一个人在排队挂号。按理说孕妇来做检查，应该让老公陪伴在身旁，也好有个照应，但她太体谅江应景，不想耽误他的工作，便一个人来了。

虽然有些麻烦，但流程不难，她自己完全可以应付。只是，某些医生护士见她一人前来，免不了关心几句，还以为她老公冷漠、婆媳不和，正经历着“丧偶式”婚姻。那些或同情或愤慨的语气，平时听来她只会笑笑，如今情况不同，她听着，总觉得有几分刺耳。

好不容易做完了检查，何幸坐在走廊里的长椅上，轻轻地呼了口气。

头顶传来一个男子年轻活力的声音：“小星星？”

这称呼，不看脸也知道是谁。

何幸抬起头，果然看见秦星黎正望着她。

“学长？你怎么在这儿？”何幸不假思索，脱口而出。

“我在这家医院的心理科工作。”

何幸这时也注意到，他穿着件白大褂，模样与上学时并没有太大差别，只是时光让当初阳光开朗的少年变得沉稳，干净整洁的白色工作服将他的气质染上了一层儒雅。

“哦，我记得你提起过，”何幸摸了摸头，“我最近健忘，智商都不够用了。”

一个小护士走过来，脸色微红，手里捧着个饭盒：“秦医生，谢谢你了，这是谢礼。”

突然看见何幸，她脸色一变，目光从何幸的脸上又落到她凸起的小腹，她的神色越发尴尬，将手中粉红色的饭盒藏到背后，笑得十分勉强：“这是嫂子？怎么没听你提起过？”

秦星黎摇头笑道：“是我朋友。”

小护士松了口气，将饭盒塞进秦星黎手里，好像想说什么，又不太好意思，脸越憋越红，最终只挤出刚才说过的两个字：“谢谢！”然后转身跑了。

秦星黎哑然。

何幸问：“这个女孩子喜欢你吧？”

“是谢礼。”他在她身边坐下，耐心地说，“她妹妹得了厌食症，已经半年了，一米六的姑娘，只有六七十斤。上个月她带妹妹过来，正好是我接诊。最近情况好多了，妹妹已经开始吃东西了，虽然吃得不多，但是循序渐进嘛。”他瞥了她一眼，责怪道，“不过你是怎么回事，已经怀孕的人，应该比以前胖啊，怎么反而更瘦了，你不会也厌食吧？”

他说的是玩笑话。

但何幸没有接他的玩笑。

她沉默地坐在那里，低头看着地板。

秦星黎嘴角的笑容凝固了，总觉得自己好像说错了话。

他打开饭盒，香气散发出来，飘在走廊里。里面的便当看得出是精心设计过的。

“她一定喜欢你。”何幸有些羡慕地说。

“都说了是谢礼。”

“你可不要辜负她。”

秦星黎无奈，这丫头根本没有听他在说些什么嘛。

其实他连那小护士的姓名都没记住呢，只是上午她突然过来，结结巴巴话也说不清，就让他午饭时间下楼找她，说想当面感谢他。他还以为她想送礼或塞红包，认真地拒绝了，没想到小护士急得快哭了。整个科室都在起哄，笑他欺负人，他只得答应下来。

下楼也是为了当面拒绝，结果她做了饭菜给他，既然不算是非常贵重的礼物，他也就收下了。当然，不收也不行，他去哪儿找那小护士呢，走廊里早就看不到她的影子了。

饭盒盖子上嵌着一双筷子，秦星黎想都没想，将筷子递给何幸：“还没吃饭吧，一起吃吧。”

何幸这才想起已经到了午饭时间，她还没吃饭，可她一点儿也不饿；再说这饭菜是那女孩特意给秦星黎做的，她怎么好意思吃呢。她摇摇头：“我不饿。”

“不饿也该吃点儿东西。”

“这么小一盒饭，只够你一个人吃，我才不想和你抢呢。”

“怕我吃不饱吗？这样吧，我带你出去吃饭。”

秦星黎打算收起饭盒，何幸连忙按住他：“不是啦，我真的不饿，我早上吃得特别多，现在还没消化呢。你吃你的，不用管我！”

听她这样说，他便也没有怀疑，坐在她身边吃起饭来。其实坐在长椅上吃饭并不方便，他可以回到办公室里吃饭，可是很久没有见到她了，他是很想多和她待一会儿的，哪怕只是聊聊天也好。但他又不知道该说些什么，只好埋头吃饭，沉默的空气里显得有些尴尬。

“会做饭的女孩子，是不是特别吸引人？”何幸问。

“还好吧，做饭是优点，但不会做也没关系呀。”

秦星黎吞下一口菜，若无其事地补了一句：“反正我会做就好了。”

“对了，我记得你做饭很好吃。有一次我家的天然气出了故障，你邀请我跟爸妈过去吃饭，做了一桌好吃的，比我妈做的都好吃。每次提到你啊，我妈都痛心疾首，说她怎么生不出你这样勤快懂事的儿子。”

何幸轻轻地笑了，那双浮着些许忧郁的眼眸，终于有了些灵动的神采：“还好你不是她儿子，否则你就要天天给他们做饭啦。我妈可挑食了，只有她自己做的饭她才不会嫌弃。”

她的脸上终于有了笑容，秦星黎心中紧绷的弦也稍稍松了些。尽管她什么都没说，但他知道不对劲。她向来乐观，每次见她总是一副笑盈盈的模样，很少有这样心事重重的时候，是因为怀孕所以情绪不佳吗？

对了，她怎么一个人在医院，江应景呢？

秦星黎往走廊里看了一眼，疑惑地问：“你老公呢，没陪你来吗？”

9. 怀疑的影子

何幸道：“他最近比较忙，我不想影响他工作，所以我没跟他说，自己来了。”

她把责任揽在自己身上——不是老公不陪，而是她没告诉他。这样秦星黎便不会像夏夕颜那样帮着谴责她老公了，秦星黎也确实没有挑拨离间的意思，只是夸了几句她善解人意。

可她这副孤孤单单的模样，他终究是心疼，想到她中午没吃饭，回到家估计也是随便吃一点儿。他低头看了一眼只吃到一半的饭菜，想了想，随后将饭盒扣上，站起身说：“走吧。”

何幸一怔：“去哪儿？”

“去吃饭啊。附近新开了一家素食馆，口味清淡，我想你会喜欢的。”

“我不饿，你不用管我。”

“你可是孕妇啊，就算你不吃，肚子里的孩子也要吃饭。”

“我……”她知道他说得有道理，但她不想耽误他的时间。

“既然江应景没时间照顾他老婆，我作为学长，当然不能袖手旁观。走吧，我请你。”他见她仍坐在那里没有动弹，微微俯身，离她近了些，在她耳边轻声笑道，“其实是我想吃了，那家店开了几个月，我一直想吃，可没人陪我，刚好你来了，一起去吧。就当陪我。”

好像也没什么拒绝的理由，何幸便跟着他下了楼。

素食馆虽说在附近，但也有一公里左右，平时散着步就走过去了。但何幸是孕妇，秦星黎要照顾她的身体，不肯让她太辛苦，便体贴地开了车过来，为她打开车门，还叮嘱她系好安全带，十分细心。

何幸坐在副驾驶的座位上，望着窗外发呆，秦星黎有一搭没一搭地跟她聊着天。

“你早上吃了什么？”

“煎蛋，牛奶，一个包子。”

“就这些？不是说吃得很饱吗？”

“最近食欲不太好，吃这些就已经很饱了。”

“这怎么可以，怪不得你越来越瘦了。以前是可爱的小圆脸，现在都变成锥子脸了。”

“哪有那么夸张，你干脆说我是蛇精脸好了。”

“再不好好吃饭，你真的会变成蛇精脸。”

“你别吓唬我。”

“总之，要好好吃饭，听见没有。”

“哦。”

“我明天发你一份孕妇营养食谱，你按照食谱来吃，有什么不懂的可以问我。”

秦星黎很认真，他打算下班后做一份详细的电子食谱给她，顺便督促她那忙碌的老公好好照顾她，却突然听见她高声打断他：“停车！”

秦星黎吓了一跳，扭头看她。

她扒着车门，死死望着窗外，纤瘦的肩膀微微颤动。

“怎么了？”秦星黎问。

“我要下车。”她的声音在发抖。

“等一等，这里不好停车。”

秦星黎放慢了车速，在路边寻找车位，但这片区域有很多知名餐馆，中午生意很好，到处都停着车，根本找不到可以停的地方。他跟她商量：“前面好像有个地下停车场，不知道还有没有车位。你等等，我把车开过去。”

“不用，我就在这里下车。”她很固执，甚至试图自己打开车门。

门把手被她拉得发出咔咔的响声，还好秦星黎锁死了副驾的门，他真怕她一时冲动跑下去。

“别着急。到底怎么了，你看到什么了吗？”

“我看到江应景。”

秦星黎苦笑：“老夫老妻的，晚上回家就见到了，不用这么激动吧，让我们这些单身汉怎么办。”

何幸扭头看他，小脸惨白惨白：“我看到江应景和一个女人。”

终于找到停车位，何幸第一时间冲下去，秦星黎怕她出事，也跟了过去。想搀扶她，又觉得自己的身份不妥，便只能紧跟在她身后，以防她不小心跌倒。

她快步走了一百多米，走进一家装修优雅大气的西餐店。这是一家比较高档的餐厅，不像平价餐厅那样总是坐满了人显得十分拥挤，这里视野开阔，更容易看清店内情况。

秦星黎认真看了，并没有江应景的身影。

何幸指着一张无人的桌子，气喘吁吁地说：“他们刚才就坐在这里。”

桌子上还没有收，摆着杯子和餐盘，这桌顾客应该刚走。

秦星黎道：“肯定是你看错了。”

何幸也希望是自己看错了，即使她眼中的影像那么真，如烙印一般刻在她脑中，疼得她心口发麻。她仍然希望，秦星黎的话是真的。

她僵立在那里，脸上没有血色。

服务生走过来收拾餐具，何幸问：“你们店里有包间吗？”

服务生礼貌地说：“有的，包间需要预订。”

她借口朋友在包间，去找了一圈，并没有看见江应景。服务生虽然察觉到她的意图并非普通用餐顾客，但他们规定要将顾客当作上帝，自然不会训斥或者赶走她。况且她还是孕妇，万一刺激到她，出了什么事儿，他们担待不起。年轻的男服务生有些为难，但还是露出标志性微笑，将厚厚的菜单放在桌上，温和地问道：“您要点些什么呢？”

何幸问：“你们店有后门吗？”

“没有。”服务生的笑容有些僵。

秦星黎连忙翻开菜单，点了两份套餐，还叮嘱不要放孕妇忌食的食材。

等服务生离开，他让何幸坐在沙发上。她刚才走得太快太急，此时额头渗出了细汗，小脸雪白，嘴唇都失去了血色。他递过去一张纸巾让她擦汗：“小星星，看来我们跟这家餐厅有缘，午饭就在这里解决吧。唉，停车太不容易了，下次你再陪我去素食馆。”

她没说话，皱着眉不知道在想些什么。

他伸手在她眼前晃了晃：“别想了，都说了是你看错了。”微微一笑，他半开玩笑地说，“江应景要是知道你这么不信任他，可能会委屈到哭。”

“可是怎么会这么巧呢？”

“巧？什么巧？”秦星黎一头雾水。

“虽然只有侧影，但那两人看上去就是江应景和夏夕颜。”

秦星黎愣住了。江应景和夏夕颜？这两个人完全不像是会联系在一起的样子啊。虽然在大学时两人都同样出色，可他也见过那两人站在一起时的样子，彼此眼中都没有流露出对对方特别的在意。况且，江应景要真喜欢夏夕颜，何必要跟何幸结婚呢？

“如果你没看错，那就是你误会了。他们怎么会有秘密呢？”

“夕颜心里有个不可能的人，我不知道是不是我多想了。”

何幸越想越不安，取出手机给江应景打了个电话。电话很快接通，那边有些吵，隐约听到路上的车流声。何幸猜到他可能在开车，她努力控制情绪，问：“你在干什么？”

“刚吃完饭，回公司的路上。”江应景的语气听起来没什么特别。

“和谁吃饭？”

“我一个人。”

“一个人出去吃饭？怎么不在楼下食堂吃饭？”

“不想吃食堂。”

“那也不用开车去吃饭吧，一个人而已，干吗跑得那么远？”

怀疑已经在心中形成巨影，不管江应景说什么，她都觉得不对劲。

江应景若无其事地说：“哦，心血来潮，突然想吃崇明街那家牛肉面。”

餐厅里很安静，秦星黎隐约听见了江应景的声音。他从头到尾没怀疑过他，听到他的解释，也觉得十分可信，劝慰道："你看，我说是你看错了吧。"

江应景听见秦星黎说话，问："你和谁在一起？"

何幸一怔："我和秦星黎……"她下意识地解释，"刚才在医院遇到他。"

怎么回事嘛，她应该是质问的那个人，怎么现在搞得好像是她犯了错。

不过江应景并不在意，淡淡道："嗯，知道了，他要没什么事的话，你就让他送你回家吧。"

何幸心里闷闷的，或许她更希望他吃醋，这才说明他在乎她。不过她跟秦星黎也确实没什么。她挂了电话，心里的怀疑似乎被打消了一点儿，可又有什么东西横亘在心里。

她一个人来医院检查，努力想要让自己显得体贴又独立，想听见他夸她，可他完全没有放在心上，语气冷冷淡淡的，这让她的体贴显得很多余。

何幸垂下头，心情一点儿都没有变好。

服务生将牛排和沙拉放在桌上，秦星黎劝她："先吃饭吧。"

她点点头，想到刚从医院出来，道："我去洗个手。"

结果，就在去洗手间的路上，碰到了刚从那里出来的夏夕颜。她果然没有看错，那落地玻璃透出的蓝色身影，正是夏夕颜。

没有男人会不喜欢这样光彩照人的女孩子吧？

何幸想起自己怀孕后越发不精致的外表，心情就像一只海鸥被浪潮拍打在沙滩上。

10. 她的话里没有善意

所有的巧合都拼凑在了一起，让她如何不多想呢？

为什么夏夕颜恰巧在这家西餐厅？她在和谁吃饭？那个男人去哪儿了？他真的很像江应景，何幸那么熟悉他，认错的概率太小了。况且，刚才给江应景打电话时，他恰巧就在开车，从这家餐厅到他的公司，还有二十分钟车程。他是不是过来找夏夕颜，跟她吃了饭刚刚离开？如果他们清清白白，完全没有必要隐瞒。她和夕颜是彼此信任的好闺蜜，他是知道的……

太多疑问挤在脑袋里，何幸的头简直要爆炸了。

"小幸，这么巧啊。"夏夕颜先开口了。

何幸下意识地回她："是啊，真巧……"

刚看到何幸的时候，夏夕颜也有些惊讶，随后又笑了，一副云淡风轻的模样："我很喜欢这家餐厅，经常来吃饭，离我公司很近。"她伸手指了指窗外不远处的大楼。

这显然是某种刻意的解释，可她为什么要解释？

收回手的时候，夏夕颜看见了坐在窗边的秦星黎。

她的手停在半空，笑容突然有些僵硬。

秦星黎倒是什么都没察觉，热情洋溢地对她招手。夏夕颜勾了勾嘴角，表示打过招呼了，又将脸转向何幸，冷冷淡淡地说：“我还有事，先走了，不打扰你们了。”

何幸拦住她：“你刚才在和谁吃饭？”

“和我朋友。”

“哪个朋友？”何幸追问。

“你不认识。”

“你为什么不敢看着我的眼睛，你是不是在心虚？”

或许是何幸的话太直接，与她平时平易近人的好脾气截然不同，夏夕颜竟有些不知所措，眼神闪躲了一下，随后又略带恼怒地说：“你在干什么，突然质问我，莫名其妙。我还没问你呢，你都结婚了，干吗跟其他男人单独吃饭？不知道的还以为你们是夫妻呢。”

“我跟秦星黎？”何幸愣住了，下意识地解释，“我在医院做检查，刚好遇到了他。”

夏夕颜笑了：“那还真是巧。”她的笑容看起来温柔美好，语气却隐隐带刺。

秦星黎显然不清楚状况，直接走过来，打断了这古怪的气氛：“你们在聊什么？牛排都要凉了，过来坐下聊吧。夕颜，你想喝点儿什么？”

夏夕颜不想去，可秦星黎太热情了，她竟然不知道该如何拒绝，等她反应过来的时候，已经坐在了何幸身边，桌子对面便是朝她微笑的秦星黎。

“知道你吃过饭了，我给你点了草莓酸奶，记得上次你说喜欢草莓。”

“你还记得？”夏夕颜受宠若惊。

“当然记得，你给我说过的嘛，没有记错吧？”

“嗯，没记错。”

“你还想吃什么吗？”

“我吃过饭了，不用管我。”

秦星黎便没有多问，又将面前的浓汤推给何幸：“先喝汤吧，凉了会腻。”

何幸哪有心情吃饭喝汤，她心里有只猫在抓挠。秦星黎以为她没胃口，用干净的筷子敲了敲她面前的瓷碟，轻声催她吃饭。那眼神像极了宠溺，起码在夏夕颜眼里是这样的。

“学长还是和以前一样，很照顾小幸。”

夏夕颜的视线停留在那碗汤上，窗外的阳光落在她洁白的侧脸上，那双晶透的眸子却落进了一片暗影，她幽幽地问：“如果当时没有江应景，你跟学长会走到一起吗？”

何幸惊呆了。

秦星黎也很意外，忙说：“别问这种假设的问题，小星星都已经嫁人了。”

“你以前也是这么叫她——小星星。”夏夕颜没有结束话题的意思，她稍稍扭过头，视线落在何幸无名指的钻戒上，细碎的星光在钻石上跳跃，对比着她光秃秃的手指，多么刺眼。

她勾起唇角，话中有所指：“学长，你一直单身，我还以为你在等她。”

何幸听不下去了：“你误会了，我跟学长很久没有见面了。”

“小幸，其实上学的时候我就觉得你们很配。有一次运动会上你摔倒，江应景作为你的男朋友，理所当然送你去医院，可秦星黎怎么也那么着急呢？江应景抱着你，秦星黎拎着你的包，他们一起送你去医院，那时的你真像集万千宠爱于一身的小公主。

“我去医院看你的时候，秦星黎也在，就因为你说他煮的粥很好喝，他天天为你煮粥，又不好意思直接给你，便用一次性餐盒装好，骗你说是叫的外卖，有几次还让我帮忙拿给你。我偷偷尝了一口，他做的菜真好吃，真羡慕你有这么好的异性知己。”

何幸惊讶地看着秦星黎，她从来都不知道这些。

她只记得，那段时间，夕颜每次来看她的时候都带着好吃的，味道真的很棒，夕颜说在医院附近某家不知名小餐厅打包带来的。出院后何幸对那些饭菜念念不忘，还问过那家店在哪儿，可夕颜支支吾吾，说是记不清了，后来又说餐厅倒闭了。那么好吃的餐厅怎么就倒闭了呢？何幸觉得遗憾，同时又庆幸自己有那么好的闺蜜，在她受伤时送饭给她，让她不用吃医院食堂难吃的食物。

她从来没想过，那些饭菜都是秦星黎做的。

夏夕颜的语气温柔得不真实：“你们没有在一起，真是太可惜了。小幸，不管你选择江应景还是秦星黎，我都会无条件支持你的选择，谁让我们是最好的闺蜜呢。如果你想吃回头草也没关系，反正秦星黎还是单身，只要他不介意，别人也没资格指手画脚。不过……”

她拉长音，话锋一转，抛出她隐藏在温和语气中的暗刺：“你没必要这么迫不及待吧，完全不避讳就来跟他约会，至少要先办妥离婚手续呀。要不要我给你介绍个律师？”

就算再迟钝，何幸也能听出夏夕颜言语中并无善意。

心如刀绞，不单单是被冤枉，更重要的是，冤枉她的人，是最了解她的闺蜜。

“我……”

何幸颤抖着声音，正要反驳，秦星黎却抢先说道：“我跟星星不是你说的那种关系！”他盯着夏夕颜，脸上的笑容早就没有了，“我知道你是她的闺蜜，那你就应该清楚她的人品。就算有人对她再好，她认定的事、选定的人，绝对不会轻易改变。”

夏夕颜抿着嘴唇，用小勺搅动着玻璃碗里的酸奶。秦星黎完全可以撇清他们的关系，说他从未喜欢过她，说他对已婚少妇毫无兴趣，甚至说他有心上人了，说什么都好。

可他没有。

他仍然在维护她！

闪闪发光的金属勺，一用力，压碎了一颗鲜艳的草莓果肉。

那件重要的事情——这几天一直压在夏夕颜心上的那件事，就在唇边，呼之欲出。她猛地站起来，桌子被她的动作震得晃动，她差点儿说出口，可面对秦星黎，她却有了犹豫。那小小的犹豫仿佛一滴水，浇灭了心中渐燃的火焰，千言万语，只化成一句：“我先走了。”

刚走几步，她又回头望向何幸：“下午有空吗，我有话想对你说。”

何幸心中隐约有些不安，问：“有什么话不能现在说吗？”

夏夕颜的目光从秦星黎身上掠过，又移到了何幸身上：“现在我有事，下午三点以后才有空。等你跟秦星黎分开以后，给我打电话。”

她走了以后，何幸再也没了胃口，满脑子都是危险的想象。

夏夕颜的语气很古怪，并不是往日里见到的她。

在秦星黎担忧的目光中，她随便吃了几口，便吃不下去了。秦星黎问要不要他陪同，他也察觉到夕颜的态度不太对劲。何幸当然不会答应他，夕颜特意让她跟他分开后再联系她，或许有什么话不想当着秦星黎的面说。但是什么呢，何幸想知道，却又不敢细想。

她一直坐在餐厅中。

时间一分一秒地过。

吃了没几口的食物凉透了，餐桌对面也没有人了。

窗外起了风，吹得树木摇摇晃晃。

蓝色的身影飘然而至，落在了她的对面。

何幸抬头望着夏夕颜。

这是她的闺蜜，她们从小一起长大，可为什么彼此之间的距离却越来越远呢?

“到底有什么事，非要避开秦星黎？”

“只是太熟了，我不想当着他的面讲。”

服务生端来一杯柠檬水，夏夕颜礼貌地微笑道谢，气质优雅。

她抿了一口水，若无其事地问：“你觉得秦星黎怎么样？”

何幸不明所以：“他很好啊。”

夏夕颜笑了笑，轻描淡写地说：“如果你没有和江应景在一起，其实跟秦星黎也不错。”

她怎么回事，平时不像是情商低的人，为什么会说出这种荒谬可笑的话。何幸心里不太舒服，板起脸：“夕颜，你再这样说，我就生气了。”

夏夕颜却问：“你知道我为什么单身到现在吗？”

Chapter 13

她是他的止痛药

1. 梦是会醒来的

何幸一怔："为什么……"

夏夕颜轻轻叹了口气："因为我喜欢的人不喜欢我啊。"

何幸下意识地说："你这么漂亮，怎么会有人不喜欢你？"

夏夕颜望着她，眸光灼灼："我也不懂，为什么他会选你。"

何幸愣住了。

她的呼吸仿佛都暂停了。

耳边传来夏夕颜轻柔如水的声音：

"没错，我喜欢江应景。

"我今天约了江应景一起吃午饭，而且我已经向他表白了，你猜结果怎么样？"

她盯着何幸，微笑的表情仿佛是一种挑衅。

何幸想到江应景最近对她的冷淡，双手不禁握紧。

"他不会背叛我的。"

"你不觉得他最近对你冷淡了吗？"

"他跟你说了什么？"

"他说，婚姻并不如他想得那么美好。"

"不可能，他不会对你说这种话的。"

何幸的身体在微微发抖，她不知道事情为什么会走到现在这一步，她最好的闺蜜在对她说着匪夷所思的话，为什么每个字她都听得懂，但她一个字都无法相信。

她问："你到底想说什么？"

夏夕颜朱唇轻启：“原来，他也喜欢我。”

何幸脸色瞬时煞白。

夏夕颜意味深长地打量她，似乎还想说些什么，然而目光落在她的肚子上，她又迟疑了，将想说的话全都咽进了肚子。她从手包中取出粉饼和口红，低头补妆，淡淡道：“有些话我不想说得太明白，毕竟我们是好朋友，我不想做得太绝情，况且你还怀着孕。”

话未说完，何幸拿起面前的玻璃杯，将满满一杯水泼在了夏夕颜的脸上。

夏夕颜惊住，满脸是水地抬起头，看见何幸身体抖动，已然泪流满面。

“你也知道我怀着孕，你居然对我说这种话，你怎么能说得出……”

餐厅中的人都望了过来，夏夕颜狼狈地用衣袖擦拭脸上的水，袖子沾上了粉底变得污脏。

空气里安静了片刻。

夏夕颜冰冷地说：“我知道我很过分，但你炫耀幸福的时候呢，有没有想过我的心情？”

何幸很晚才回到家。

江应景打开门，看见她沉默地走进客厅。夏夕颜跟在她身后，与他对视一眼，在他诧异的眼神中淡定地说：“我把她送回来了，你有什么想法就当面说吧。”

江应景不太明白，下意识地重复：“什么想法？”

何幸心中燃起一丝希望，突然抓住江应景的肩膀，仰头望着他，红肿的眼睛里含着泪：“夏夕颜在骗我对不对？你不会离开我的，对不对？”

江应景仿佛受到巨大震撼，僵立在那里，一时难以言语。

夏夕颜走到他身边，与他并排，侧头望着他的眼神突然变得柔软起来。就算她精致的妆容被擦掉了，看起来却依旧美丽，两人站在那里如此相配，仿佛何幸才是多余的那个人。

“小幸永远跟以前一样单纯，但有些事情，并不是不去面对就可以避免了，对吧？”

江应景望向夏夕颜，深邃眼眸隐隐冷寒如冰：“你对她说了什么？”

夏夕颜移开视线：“我告诉她，你也喜欢我，你要跟她分手。”

江应景沉默了很久很久。

终于，他开口说：“你为什么要说这些，她还怀着孕，万一被刺激到，出事怎么办？”

“你还要瞒到什么时候？反正你就要离开她了，尽快做个了结，长痛不如短痛。”

这样直白赤裸的对话，难道还不能证明他们的关系吗？

最后的希望也破灭了。

何幸倒退半步，差点儿瘫倒，江应景扶住了她。

透过模糊的泪光，她看到他紧皱的眉头。现在是要摊牌了吗？可为什么她从他眼中看到一丝心疼？是她看错了吗？还是她太爱他，即使是被分手，也不愿意相信？

何幸胡乱抹了把眼泪，强迫自己嘴角勾起一个微弱的弧度：“今天是愚人节吗，你们在骗我对不对？我知道，你没有变心，你只是工作太忙了，我应该理解你。我们忘记今天的事情好不好，我没有见过夏夕颜，你也没有对我说过这些话。”

何幸一遍遍说着这些自欺欺人的话。

或许她并不是在对江应景说，而是在跟自己重复。

打击太巨大时，人总是免不了想要逃避。

她换上拖鞋，踉踉跄跄走向卧室，却被江应景拉住了，他不但没有收回那些残忍的话，甚至更深地摧毁了她的希望：“对不起，我本想过段时间再告诉你。”

绷在心里最后的弦也断了。

大滴的眼泪落了下来，她颤声说：“我不想听，你要过段时间告诉我，就过段时间再说啊，我现在什么都不想听。我太累了，我想回房间，求你什么都别跟我说。”

“小幸，我不想伤害你，但你必须要学着长大了。”

“为什么要这样对我，我哪里做得不好？”

“不是你的错，是我……”

“你是不是嫌我不做家务不会做饭？我会学的，我都会去学！你不喜欢我的地方，我会改，我真的很爱你。”

她哭得眼睛都看不清了，只是对着面前的重影说着含混不清的话：“你说生个男孩子给他买玩具，生个女孩子给她梳辫子，你描绘的未来里明明都有我啊。”

她哭得声嘶力竭，断断续续地说着，也不知道自己在说什么。

江应景什么都没说，只是看着她，最后低下了头，不忍心再看见她悲痛的眼泪。只是他的手，始终紧紧抓着她的手腕，力气大得几乎要捏断她的骨头。

何幸的声音越来越小：“我们的孩子怎么办，你也不要他了吗？”

江应景抿着唇，面色苍白，良久，才暗哑着嗓音说：“我知道，这段时间我不该提出离婚的，可是月份还不大，你可以提前结束这个生命。你也不希望这个孩子从出生就没有父亲吧？况且，带着他，你以后的生活会比较艰难。不过你放心，我会净身出户，房产车子、公司股份，全都留给你，你不用担心将来……”

这就是她无比信任的、深爱的男人吗？

是他变了，还是她一开始就看错了？

秦星黎担心何幸，想起白天与夏夕颜见面的场景，总觉得这对闺蜜之间的状态不同寻常，他给她发了好几条消息都无人回复，想打电话，又觉得以自己的身份，不太适合给她打电话。万一人家夫妻两人正愉快相处，因为他而产生不必要的误会呢？

就这样，到了深夜，秦星黎还是翻来覆去睡不着。

他拿起手机，看到她的头像静悄悄地躺在那里，没有任何回应。

她大概睡着了吧，肯定是他杞人忧天了。

他将手机放在枕边，深吸一口气，打算抛去脑中那些乱七八糟的担忧，手机铃声突然响了，震碎了寂静的空气。秦星黎吓了一跳，拿起手机，看见上面显示三个字——“小星星”。

他连忙接起电话，小心翼翼地问：“星星，怎么了？”

她的声音轻得像脆弱的水晶：“你在家吗？”

他忙不迭地回答：“我在家。”

她的声音虚弱得好像快消失掉了：“开门。”

她在他家门外？

秦星黎连拖鞋都没穿，冲到门口，打开门，看见她平静地站在门外。她好像哭过，眼睛肿得厉害，却没有太难过的表情，只是木然地站在走廊的灯光下，像一尊雕像。

“怎么了，星星？”

“我可以在你家待几天吗？”

她的声音带着些鼻音，绝对是哭过了！

“当然可以，快进来吧。”

秦星黎没有问她到底发生了什么。

她的双眸空洞得可怕，他害怕说错话会刺痛她。他宁愿什么都不说。

他扶她走到客厅里，为她倒了杯热水。

楼下一辆黑色的车子熄了火，车灯全灭了。但那辆车却依旧停在原地，停了整夜。

何幸并不想麻烦秦星黎，可她不知道自己该去哪里。爸妈还不知道江应景想和她分开的消息，况且他们一向最喜欢这个女婿，总说他的好话，说她遇到他有多幸运。他们怎么能接受他的背叛？她哭成这样，回到家肯定会被爸妈察觉到的，她不想让他们担心。就算她已经是被他嫌弃的糟糠妻，却始终是爸妈心尖上的宝贝啊。

2. 不该把她交到你手里

打开手机，除了秦星黎发来的一串消息，没有人再联系过她。

她独自躺在主卧里，江应景在另一间卧室。

夜已经很深了，可她根本睡不着。她闭着眼睛，眼泪一直流下来，怎么也控制不住。

脑中闪过无数画面：他说他累了，说什么性格不合，说要和她分开，说他这几天就搬走，他说他亏欠她，说他什么都留给她，他让她忘了他。

嘈杂的声音，只存在于她的脑海中，细细一听，世界却安静得不像样，仿佛全世界都在沉睡，只有她异常清醒。她听着忘不掉的话，梦着醒不来的梦。

隔壁的房间同样安静，空气里死寂一片。

她望向半掩的窗户。

蓝色窗纱被风吹得翻动起来，隐约看到窗外那些黑漆漆的树。

这是八楼，如果跳下去，会死吗？

这个念头跳入脑中，何幸突然被吓了一跳，她到底在想些什么？！

她的手轻轻放在肚子上，她从来没想过要结束这个小生命，不管再辛苦，她都会坚持下去，就算没有江应景，她也会将孩子抚养成人的。她绝对不能有任何轻生的想法，就算不为了自己，也要为了这个无辜的生命。

何幸咬牙做了这个决定，起身换好衣服，悄悄地出了门。

她无处可去，只好拦了辆出租车，来到秦星黎家里。

他是心理医生，应该可以安抚她的情绪，让她在这暗无天日的绝望里，看到一线阳光。

黎明的第一束微光穿透云层，让黑夜开出希望的花来。

秦星黎靠在墙边，担忧地看着面前的女孩。她一动不动地坐在沙发上，双手捧着渐渐冰凉的水杯。她好像静止在了坐下的那一刻，只有杯子里的水面波澜微起，那是她的手在发抖。

秦星黎终于忍不住了，轻声问：“你饿不饿？冰箱里有牛奶，我给你热一杯？”

问了好几遍，何幸才回过神来，微微摇了摇头：“我会打扰你吗？”

秦星黎温柔地说：“不会，我已经把次卧收拾好了，你先休息吧，有什么话醒来再说。”

他从来没见过她这个样子，心中有无数疑问，可他知道她身体现在比较弱，不能熬夜，只能先催她去睡觉，让她情绪缓和下来再慢慢聊。

他想起还没有为她准备洗漱的牙具和毛巾，转身准备去取，突然听见她在身后轻声问：“你相信江应景会变心吗？”

秦星黎的身子一抖，回过头，震惊地望着她。

她抬起下巴，红肿如核桃的眼眸，凄然看向他。

“怎么可能？”条件反射一般，他说出这样的话。

“我和你是一样的反应，”何幸笑了，但那笑容里却只有无尽凄凉，“可他已经承认了。”

秦星黎惊呆了，第一反应就是她是不是在开玩笑？可她的样子绝对不可能是开玩笑，倒像是一个心如死灰的女人，看得他心疼不已：“你是不是误会了什么？”

“他跟我摊牌了，他说喜欢夏夕颜，还说他会净身出户。”

何幸将昨晚发生的事情，一五一十地告诉了秦星黎。

秦星黎难以置信，只能说：“你一晚上没睡，必须先休息了，等你醒来，我跟你去找他。”

“去找他又能做什么呢？”

“他至少要把话说清楚啊！”

秦星黎请了一天假，虽然他也彻夜未眠，但他一点儿睡意都没有。江应景怎么可以这样欺负小星星，早知道会这样，他一定在开始就阻止她喜欢他！

何幸没睡多久，浑浑噩噩，时而睡着，时而清醒，好像做了很多噩梦，却又什么都记不起来。她醒来的时候还是上午，秦星黎在厨房里忙碌，她闻到了排骨的香味，一定很好吃，可她却完全没有食欲，呆坐在沙发上，想起昨天发生的一切，眼泪又忍不住流了下来。

秦星黎端着砂锅走进客厅，何幸怕他察觉，连忙低下头抹了把眼泪。

“小星星，我煮了排骨，还有你喜欢的菜，过来吃饭吧。”

何幸轻轻地说：“我不想吃……”

秦星黎假装严厉：“不行，你必须要吃东西，快过来！”

他给她盛好了饭，何幸默默吃着，秦星黎一直给她夹菜，告诉她哪些菜对孕妇有益。他在努力活跃着气氛，不想让她沉浸在悲伤中。

江应景白天有工作，秦星黎和何幸不想去他公司闹，于是便等到了晚上。

夜色覆盖了天地，灰蒙蒙一片。

何幸用钥匙打开门，看见偌大的公寓里冷冷清清。

没有平时的欢声笑语，没有饭菜香气，没有人笑着叫她老婆。

江应景在卧室收拾行李，他没带什么值钱的东西，只是将常穿的衣服放进行李箱。

何幸站在门口，哽咽着问：“你就这么迫不及待地想要搬走了吗？”

江应景将一件衬衣塞进行李箱里，低声说：“我已经雇好了保姆，明天会过来。银行卡在桌上，密码你知道。照顾好自己，有什么事给我打电话。”

听到他的话，秦星黎明白，事情比他想得严重得多，他冲向江应景，怒道：

“你什么意思，要离婚？你老婆怀着孕这么辛苦，你却出轨，你还是人吗？！”

对于“离婚”这两个字，江应景没有承认也没否认：“我只是想静一静，暂时搬出去。”

秦星黎气得不轻：“你要她一个孕妇怎么照顾自己？”

江应景望着他，平静地问：“你可以帮我照顾她吗？”

秦星黎愣住了，隐隐觉得哪里不对劲。

江应景的眼神里，竟有着不亚于何幸的黯淡。

但很快，江应景移开了视线，没有与秦星黎对视，他喃喃道：“她这个人总是大大咧咧，不知道该怎么照顾自己，如果可以的话，希望你帮我看着点儿。你叮嘱她注意忌口，她对桃子过敏，千万不能碰。”

他好像陷入了回忆里，声音越来越轻，甚至哽了一下，但那回忆却又不是灰暗无光的，偶尔，他的眼睛会亮一下。

秦星黎捶了他一拳：“你干什么，好像在交代临终遗言似的。她是你老婆，既然你这么关心她，你就自己好好照顾她啊！”

江应景身体一晃，愣了几秒才回过神来。

秦星黎指着何幸：“你知不知道她有多难过？”

他越说越生气，虽然这件事跟他无关，但他认识何幸那么久，把她当妹妹一样看待，也知道她和江应景之间发生过的一切。或许，爱情的开端越是甜蜜，分开时，带给他的震撼与愤慨就越大。无数画面飘在他脑中，满满的，全都汇聚成了他的失望。

“她对你那么好！大二的时候，她存了几个月的零花钱，就为了买一双你喜欢的球鞋做你的生日礼物。你说她喜欢火锅奶茶小龙虾，可那几个月她连奶茶都没买过！她一个不懂厨艺的人，为你做巧克力和爱心早餐，虽然卖相不怎么好看，但你知道她做了多少次吗？她第一次表白，第一次做饭，第一次织围巾……很多的第一次都是对你！如果你要跟这么好的星星分手，那你就是人渣，是我最唾弃的人！”

江应景脸上露出痛苦的神色。

秦星黎说：“你现在跟她道歉，说不会离开她，我就原谅你！”

他给了他台阶，但是江应景什么都没说。

他的态度让何幸心痛如绞，也让秦星黎失望至极。他走到何幸身边，护着那娇小脆弱、泪流不止的女孩，对江应景说：“我当初就不应该把她交到你手里！”

何幸不知道自己是怎么走出门的。

她仿佛行尸走肉一般，跟着秦星黎下楼，走到了他的车边。

秦星黎很心疼她，抬头看了看她住的楼层，卧室灯依旧开着。

他内心仍然有一线希望，幻想江应景突然后悔，下楼追过来，可是等了一会儿，并没有人下楼。那扇窗紧闭着，江应景甚至没有探头来看一看自己的老婆去往哪里。

3. 星星钻石

秦星黎打开车门：“上车吧，我先带你吃点儿东西……”

话音刚落，何幸突然哭了。

刚才她只是默默落泪，此时却好像彻底崩溃，呜呜地哭出声来。

秦星黎最见不得女孩子哭了，连忙说：“星星，你别哭，是他没有眼光，他会后悔的！”

他努力安慰着她，她却越哭越大声。

秦星黎见她身体抖得厉害，怕她支撑不住，连忙扶住她，让她在自己怀里哭。平时他工作时遇到那些因为失恋哭成泪人的女孩子，他总是可以条理分明地安抚对方，可为什么看到何幸哭，他就变得笨口拙舌、不知所措了呢？

夜风凉得透骨，秦星黎察觉到她衣衫单薄，连忙将外衣脱下来披在了她的身上，希望能让她暖和一些，突然听到一个男生的声音从身后传来：“何幸姐。”

秦星黎回过头，看见坐在轮椅上的江路遥。

小遥怎么来了？何幸的脑袋里一片空白，她和江应景之间发生的事情，江路遥还不知情，她也不想让小遥看出来。从她嫁给江应景开始，小遥就好像不是很喜欢她，虽然每次见到她都很礼貌，但并不亲近，甚至没怎么叫过她嫂子，至今还叫她姐姐。

她连忙擦了把眼泪，努力挤出一个比哭还难看的笑容：“小遥，你怎么来了？”

“上次我英语竞赛得奖，我哥说他给我买了礼物，让我来取，我最近太忙，拖到了今天才过来。抱歉，提前没给你们打电话。不过，你这是怎么了？”

他打量着何幸，清澈的眸子里充满疑惑。

何幸肩上披着的男士外衣，一看就是秦星黎的。

任谁看到，都会觉得此情此景很奇怪。

“没什么。”

江路遥仿佛并不在意，抬头看了眼窗户，问：“我哥不在家吗？”

“他在楼上，我送你上去。”

“不用了。”

江路遥自己推动轮椅离开了。

若放在平时，何幸一定会去送他，可今天不一样，她没有勇气上楼再次面对江应景。她不知道江应景会对小遥说些什么，如果小遥知道他们会分开，他会不会很开心呢？或许，夏夕颜做他的嫂子，他会更满意。

江应景搬走了，何幸的心情跌落谷底。她躺在床上，连一丝饥饿的感觉都没有，若不是保姆每天会来照顾她，她可能连饭都忘了吃。她不敢告诉爸妈，她和江应景的感情出了问题，连她自己都无法接受，爸妈又如何受得了这样的打击呢？

她只能自己先撑着。

秦星黎不放心她，每天都会来看她。他做饭比保姆阿姨好吃，她也能多吃几口，就算没有食欲，她也会硬撑着吃下去，即使不为了自己，也要为了腹中的宝宝。

秦星黎怕她放不下江应景，再三强调江应景是个“渣男”，让她忘了他，以后会有更美好的未来。

道理她都懂，可是那么多年的感情，那些甜蜜的回忆，早已成了她青春里不可抹去的色彩，如果此时全然否定，那么她回忆里便只剩下了灰色。

他们之间，真的只有灰色吗？

何幸不相信。

江应景肯定是爱过她的，否则被那么多女生喜欢的他，没有必要选择她啊。可他现在也确实是不爱了吧，否则怎么会在妻子怀孕的时候提出分手呢，这种行为绝对不堪。

她没有办法为江应景找借口，她连自己都无法说服。

周末，秦星黎休假，特意来她家，跟保姆一起为她准备了饭菜。他仔细研究过孕妇该吃什么不该吃什么，做出的饭菜清淡不油腻，营养搭配十分均匀。

保姆以为秦星黎是何幸的老公，羡慕地夸他体贴细心，厨艺高超。

他们说说笑笑，原本冷清的公寓，因为他们的存在而变得热闹起来。

何幸本来想要解释，可她又不知道该说些什么，难道要说她老公喜欢上了她的闺蜜，坚决提出了分手，现在是她的学长不放心所以过来照顾她吗？事情太复杂了，她不想将自己的家事说得太详细，省得事情传出去，她沦为笑柄。

她低头默默吃饭，手机突然响了起来。

何幸接起电话，那边传来礼貌的女声：“您好，是江太太吗？”

这个称呼让她有些恍惚，轻轻地“嗯”了一声。对方热情地说：“我是WR钻戒定制的店长，您订的首饰做好了。这两天您有空的话，来一趟WR钻戒定制。”

“什么首饰？我没有订啊。”

何幸一时没反应过来，还以为对方打错了电话。

“不好意思，我核对一下，您是何幸女士吗？”

“是的。”

“您先生在我们这里定制了钻戒和手链，他没有告诉您吗？”

“没有，我不知道。”

“上个月他来我们店里，提供了设计图，说是为自己太太亲手设计了一套粉钻首饰，希望赶在结婚纪念日之前做好。我们上个星期就做好了，可我们打不通他的电话。”她语气充满歉意，“虽然知道您的先生可能是想给您个惊喜，我们不应该提前泄露这件事，但眼看着结婚纪念日要到了，实在是担心会耽误正事，才想办法联系到了您，希望您能谅解。”

何幸愣在那里。

对方说的话，一个字一个字蹦进她耳朵里，可她却怎么也听不明白。

江应景定制了首饰，是给她的？

她黯然道：“你们打错了，钻戒不是送给我的。”或许是送给其他女人的婚戒吧。

对方笑了：“怎么可能，这戒指上还刻了你们夫妻的名字缩写。”

是啊，她怎么忘了，明天就是他们的结婚纪念日。何幸想起上个月还和江应景那么甜蜜，难道他在定制钻戒的时候还是爱她的，只是后来不到一个月的时间里突然变心了。

这个说法简直太荒唐了。

“你们打不通他的电话吗？”

“嗯，一直无人接听。”

在夜深人静的时候，她也忍不住拨过他的电话，可他没有接听，也没有回给她。她以为是他不想接她的电话，每次没骨气地打去电话以后，又陷入深深的悔恨自责。没想到，他并不是针对她，别人也打不通。可是为什么呢，难道他怕她用陌生号码打过去吗？

何幸心中满是疑惑，对方接下来的话，突然引爆了她心中的炸弹。

“店里有位客户认识他，帮我们联系过，但是公司说他请了假，已经好几天没去了。”

江应景最近没去公司？

他到底去了哪儿？！

何幸脸色苍白，拿着手机的手甚至忍不住在抖。

她先答应对方会去店里取钻戒，挂了电话，她立刻拨了江应景的号码，可同前几日一样，他并没有接电话。何幸打了好几遍，都无人接听。

何幸走进卧室，急急忙忙地翻了半天，在抽屉里找到首饰的单据，她将单据塞进口袋，拎上包，走到门口换鞋。秦星黎很紧张，怕她一个孕妇走快了会出什么事，他听见了电话里的所有内容，也觉得十分诧异。他开车送何幸到了首饰店里。

柜姐热情地迎上来，递给她一个包装精美的袋子。

将盒子从袋中取出，何幸看见一枚漂亮的钻戒躺在深蓝色丝绒上，心形的粉色钻石闪耀着星河般的光芒，戒指内侧确实有她和江应景的名字缩写。旁边还有一条同系列的钻石手链，一串粉色的钻石宛如沐浴霞光的盛夏樱花，中间坠着一枚星星形状的铂金吊坠。

柜姐看见她眼中的泪光，以为她是喜极而泣，笑着说："江先生太有心了，那天跟我们沟通首饰的款式，特别细心，大家都羡慕极了，真想有个这么好的老公啊。"

那个时候，他还是爱她的吧……为什么他变了呢……

就因为他曾经对她千万般好，后来的绝情，才会令她那么痛苦。

每一天都煎熬且漫长，她仿佛看不到阳光。她以为自己走得过去，黑夜终会迎来黎明不是吗，可是看到他送的首饰，看见那颗"星星"的含义，她心中脆弱的保护膜突然碎了。

她捧着盒子，泣不成声。

何幸想找到江应景问个清楚，可她根本联系不到他。她打给公公婆婆，拐弯抹角地试探了一下。公婆此时不在国内，并不清楚儿子和儿媳之间出了状况，只说跟儿子前几天通过电话，儿子说一切都好，让他们别担心，婆婆还感叹儿子有了媳妇忘了爹娘。

不过这些话只是开开玩笑，他们平日里对何幸比对自己儿子好得多。婆婆高兴地说给她买了礼物，让她在家好好养胎，脏活儿重活儿都交给江应景，千万别累着自己。

何幸隐隐察觉到事情不对劲，江应景就算真的出轨了，想和所谓的真爱长相厮守，也不会为了爱情抛下事业，连公司都不去了吧！他根本不是那样的人。

4. 无人爱我

现在找不到江应景，她只好去找夏夕颜。

来到夏家楼下，秦星黎将车停在路边。

何幸坐在副驾驶座位上，透过车窗，看到夏夕颜就站在楼下，身边是夏妈妈和一个西装革履的男人。何幸还以为江应景会和夕颜在一起，可那男人显然不是江应景。

夏妈妈笑得灿烂，男人也态度殷勤，夏夕颜却有些心不在焉。

但最终在夏妈妈的要求下，她坐进了他车里。

夏妈妈满意地离去。

何幸快步走去，伸手拦住了正要起步的轿车。

男人吃了一惊，探头出来正要骂她，看见她凸起的肚子，意识到她是个孕妇，将脏话咽进肚子，怒冲冲地说："你干什么，碰瓷啊？"

何幸走到车窗边，弯了弯腰，对男人说道："我是夕颜的闺蜜，我有事找她。"

听到此话，他的态度立刻变好："啊，你们是闺蜜啊，不好意思，我不知道。"

何幸盯着面前的男人："你是她男朋友吗？"

"不是！"夏夕颜脱口而出。

"还不是。"男人与她同时说出口。

虽然只有一字之差，意思却千差万别。

夏夕颜抓紧了手里的真皮手包，表情有些僵硬。

男人挠挠头，脸色微红："我也是第一次见她，但我对她很满意，她就是我梦里老婆的样子。"

何幸明白了："这么说来，你们是相亲了？"

男人点点头，脸更红了。

这么一来，夏夕颜曾经说过的话，真实性全部都要打上问号了。如果她真的跟江应景两情相悦，决定抢闺蜜的老公，那为什么会来相亲呢？是夏妈妈逼的吗？可是以夏夕颜的性格，单身时都不愿听妈妈的话跟自己不爱的人交往，又怎会在有了意中人的情况下出来相亲？

何幸瞄了夏夕颜一眼："你确定过她是单身？"

男人愣住了："难道不是吗？"他狐疑地看了夏夕颜一眼，"这么漂亮的女生，有男人追也很正常，不过夏阿姨说她是单身，难道在骗我？不会已经结婚了吧？"

夏夕颜听不下去了，起身："行了，我今天有事，改天再约吧。"

她打开车门，下车的那一刻，又转头冷冷地说了句："我没有结过婚，也没有男朋友，你回去别跟我妈乱讲。"

路边人来人往，何幸望着夕颜，她依旧打扮得很精致，粉底没有半点儿晕妆的痕迹，睫毛夹得卷翘，应该是才化完妆没多久吧。难道她上午没有出门，刚刚才出来准备相亲？

何幸问："江应景在哪儿？"

"我怎么知道？"夏夕颜的眼眸有些闪躲。

"你们不是在一起了吗，我以为你会跟他约会。"

"那也不能天天黏在一起吧，他工作很忙，你也知道的。"

"我给他同事打过电话了，他最近请假了，根本没有去公司。"

夏夕颜表情一僵，别开脸，什么都没说。

秦星黎看她们站在马路旁，担心不安全，走过来让她们上车聊。

夏夕颜没想到秦星黎也在，她本来不想让他知道这些的，看来再也瞒不过去了。

她和何幸并排坐在秦星黎的车后座上，秦星黎一人坐在驾驶位。

小小的车厢里，气氛沉重且古怪。

为了淡化这尴尬，秦星黎转过身来，率先开口。

“夕颜，咱们也认识很久了，我竟然不知道你喜欢江应景。”

“你又没有关注过我，你当然不知道了。”夏夕颜说。

“不管怎样，江应景已经结婚了，你不应该破坏别人的婚姻。”

“我也不想，可感情不是我能控制的。”

“但有些感情不应该存在。”

“你在说你对何幸的感情吗？”

“你又在乱说什么？”秦星黎皱起眉，总觉得今天的夏夕颜格外奇怪，仿佛一只刺猬，充满戒备和警惕，想要刺伤所有靠近的人。他认真解释，“我们是朋友。”

“这话恐怕只有你自己会信。”夏夕颜笑了，她笑起来带着几分妩媚风情，不再是当初那个看见他会脸红的单纯女孩，“我不明白，她和江应景分开，你可以趁虚而入，却偏偏像个正人君子一样，帮她来找她那变心的老公，你这是何苦呢？”

“我希望她能开心。”

“很多人的一生都充满着挫折和磨难，何幸已经很幸福了。”

秦星黎盯着夏夕颜。

她被他看得心跳都加速了，扑通扑通地跳着。虽然她努力露出一副无所谓的表情，却终究还是心虚了，移开了视线。

他问：“你在嫉妒何幸吗？”

夏夕颜的心跳仿佛慢了一拍。

她的脸颊微微发烫，带着些许秘密被戳穿的恼怒。

“是啊，我就是嫉妒她。”她索性承认了，一副满不在乎的样子。

“我没想到你是这种人。”秦星黎轻叹一声，神色捉摸不透。

“你了解我吗？”

“我听说你父母离异，你和妈妈关系不是很好……”

秦星黎还想说些什么，却又忍住了。

夏夕颜的心好像被扎了一下。

她嗤笑道：“就知道会有人说我坏话，这种话已经传到你耳边了。”

她望着秦星黎漆黑的眸子，笑容渐渐消失，声音变得冰冷：“你也看不起我对吗？我爸妈离婚了，他们之间没有感情就趁早分开啊，为什么都说是我的错？说什么为了我才维持没有感情的婚姻，我求着他们为我演戏了吗？他们天天吵架，有想过我的心情吗？”

双拳狠狠攥紧，她的指甲几乎嵌入了肉里，悲凉的话，从红唇中说出：“这世上根本没有人爱我。”

秦星黎忍不住说："我没有看不起你。"

夏夕颜不会相信这种话，可为何他的语气那么坚定？

他说："不管别人说什么，我只相信我看到的。"

他的声音落进她耳中，像一朵花开在风雪里。

"是有人说过你坏话，但他们说的就一定是真的吗？还有很多人喜欢你，为什么你看不到呢？我不相信你会拆散别人的感情，我觉得你不是那种人。况且，我的直觉一向很准。"

夏夕颜的身体在抖，她有多久没有听到过这样的话了。

"你是想为了何幸从我这里套话，你想骗我。"

"我没有骗你。"秦星黎的话清晰传来，"我记得有个男生追你，他应该是很多女生喜欢的富二代，长得帅，懂得甜言蜜语也知道制造浪漫，但你没有答应他。因为他花心，伤害过许多女孩，你知道他和前女友纠缠不清，你不愿意伤害那个无辜的女孩。所以你一直躲着他。如果你足够自私，你何必要管这么多。"

"我只是觉得他不靠谱，我是在保护自己。"

夏夕颜的声音在发抖，她没想到秦星黎会了解关于她的这些事情。

她知道有些人说她坏话，甚至说是她勾引那个男生，才让那对情侣分了手。

可是秦星黎没有像别人一样认为她有错，甚至，他的语气全是对她的肯定与赞扬。

这些事情，是何幸告诉他的吧？也许从何幸口中说出的原话，就是如此。

"我还记得，学校有只流浪猫受伤，是你跟何幸送它去宠物医院。小猫打针的时候疼得抓伤了你，可你不但没有生气，还摸着它的头安慰它，后来也是你们忙着为小猫绝育，找了领养。虽然我不算了解你，但在我眼里看到的你是善良的，我才不会相信别人的道听途说。"

她的眼睛怎么湿了？

夏夕颜记得，是秦星黎送她们去的宠物医院。她被小猫抓伤以后，也是秦星黎帮她消毒。她怕麻烦，打算简单包扎一下就好，毕竟小猫的力气不大，只抓出几道血痕，很容易痊愈，再说她妈妈也不会关心这样的小伤。是秦星黎要求她必须去打狂犬疫苗，他怕她偷懒不去，还跟何幸一起押送她去了医院。虽然被动物抓伤可能没什么大事，但有一定概率得病，万一真的得了狂犬病就糟了。这种病一旦发作，致死率极高，后来夏夕颜想起也觉得后怕。

那天，她打针的时候，望着站一旁等她的秦星黎，也是忍不住湿了眼眶。

5. 他的欺骗

秦星黎和何幸以为她疼得哭了，纷纷安慰她，秦星黎还从包里取出了一颗棒棒糖给她，水蜜桃味的。后来每次去医院打针，他都会给她一根棒棒糖。

夏夕颜极力忍耐着，不想在秦星黎面前落下泪来。

然而他的下一句话，却毫不留情地打碎了她的防备。

“我相信何幸的眼光，她能跟你做朋友，你的品行一定没有问题。”

眼泪一滴一滴，落了下来。夏夕颜再也忍不住，哭出了声。

“我没有你说得那么好，我拒绝那个男生，确实是因为他花心，因为他前女友哭着来求我，我看那个女孩子好可怜，我不想伤害她。但最重要的原因是我不喜欢他，我喜欢的是你。从以前到现在，从来没有变过。”

她柔软的声音夹杂着哭声，听着有些模糊不清，却足够让秦星黎震惊。

“你不知道你对我的意义有多重要。有一次我爸妈又吵架了，把我当出气筒，我心里很难受，一个人走在学校里，到处都是人，却没有我容身的地方。我期待他们快点儿离婚，不要再拿我做借口。他们一边说着一切都是为了我，一边做着伤害我的事情。可我又害怕他们离婚不要我了，我成了没有爸妈没有家的小孩。

“就是那天，我看见人群里有个男生回过头来笑了。你可能并没有看见我，也不是在对我笑，只是恰好被我看见了。或许那就叫作一见钟情吧。没什么深刻的原因，恰好就是那个时间，恰好就是你。从此，你就成了我的精神支柱。”

她泪眼蒙眬地看着他：“小幸生活在爱里，有宠爱她的爸妈，她不知道我过着怎样的生活，我也没有告诉过她。每次我看着她和江应景那么甜蜜，我心里就不是滋味。为什么她可以得到幸福，我却一无所有？江应景那么爱她，追我的男生却是个花心的‘渣男’。她爸妈那么宠她，我爸妈却觉得我什么都不好。”

这些话，她原本以为一辈子都不会说出口，没想到有机会告诉他。

既然如此，她就要一口气说完，她害怕只要停下，就再也没有勇气提起。

她甚至不知道，以后还有没有再与他见面的机会。他知道她的心意，会不会远离她呢？

夏夕颜不敢想，脑袋里很乱，几乎没有思考余地，她抽泣着说：“我对小幸没有恶意，我只是心里难受，她越幸福，就对比得我越不幸。我没有奢望过什么，我只是把你藏在心里，偷看你一眼就好满足。我羡慕小幸能跟你做朋友，羡慕你们可以说说笑笑，羡慕她面对你的时候一点儿都不紧张脸红。而我只能默默跟在你们身后，像一个怯懦的影子。”

何幸听到夏夕颜说的这些，她也很惊讶。原来夕颜真的喜欢秦星黎。

秦星黎轻声叹息：“你为什么不告诉我这些？”

夏夕颜哽咽着说：“因为我自卑，我害怕被你拒绝，只要你不知道我的心意，你就没有拒绝我的机会。我宁愿永远地看着你，就算只做普通朋友，也比被拒绝后的陌生人要好得多。”

何幸突然想起当初卑微暗恋着江应景的自己……

她取出纸巾，为夏夕颜擦去眼泪。

“夕颜，别哭了。”

“小幸，对不起。”

恍惚间，何幸觉得又回到了以前。她和夏夕颜在一起笑闹，那些灿烂张扬、无知又无畏的青春。

“如果你早点儿告诉我，我们就不会有那么多误会了。”

纸巾湿透了，何幸又取出一包纸巾塞进夏夕颜的手里。等她的哭声越来越小，情绪平稳了起来，何幸才又问：“那你和江应景呢，为什么骗我说你喜欢他？”

夏夕颜的身体微微抖了一下，她好像在顾忌着什么，没有说话。

何幸低头看着自己的手腕，那串精致的钻石手链就戴在她的手腕上，温柔的粉色光芒映入眼中，像冬日里第一缕阳光，仿佛让她的心也变得坚强。

她轻声说：“我相信我的眼光，江应景不该是没有责任心的‘渣男’，你也不会是自私的坏女人。从小到大，你都没有做过坏事，一个人的三观怎么可能突然之间变了呢？夕颜，你老实告诉我，你和江应景是怎么回事？是不是发生了什么？”

“江应景确实找过我，对我交代了一些事情。是我太冲动了，没跟他商量好，就对你说了那些话。他肯定也很意外。也许他并不想那么快提出分手，是我加速了这件事。”

夏夕颜握住何幸的手，愧疚的泪水在眼中闪烁。

“对不起，小幸，我不是故意说那些的。那天我看到你跟秦星黎在一起，他对你那么好，努力维护着你，我有点儿吃醋，所以才说了那些过分的话。”

夏夕颜擦了擦眼泪，将事情全部交代了出来。

再见到江应景的时候，是在医院。

白色的病房里，他一个人躺在那里，短短时间没见，他竟然瘦了一大圈。

何幸想过无数次见面的场景，想过会哭着冲进他怀里，想过会大骂他一顿，想过很多很多，可是见到他的那个瞬间，她却呆住了，无法言语，只有眼泪忍不住地落下来。

江应景也愣住了，苍白的脸上，神色复杂。

他的目光从何幸身上越过去，停在了身后的夏夕颜的身上。

他慢慢开口，声音竟有些哽咽：“你不是答应过我，不会告诉她的吗……”

夏夕颜低下头，小声说：“这样对小幸不公平，她有知道真相的权利。”

江应景慢慢坐起身，走下病床。他的身形消瘦，站在那里几乎都不太稳。

何幸望着这个她深爱的男人。他瘦得连脸上的肉都凹陷下去，颧骨和鼻梁更加明显，也许是疼痛失眠，使得他毫无血色的脸上有了疲惫憔悴的黑眼圈。

何幸走向他，眼泪如碎玉般落下：“为什么不告诉我，你得了癌症？”

江应景抿着唇没有说话。

他知道事情可能瞒不下去，但他没有想过该如何安慰她。

或许在他的潜意识里，他希望她永远不要知道真相。

何幸哭着问：“结婚的时候你承诺过我，永远不会骗我，你为什么要骗我？”

江应景道：“我知道你接受不了，我不想看到你难过的样子。”

“你提分手我就不难过吗？我每天都在哭，我难过得快要死了！”

江应景看着她哭肿的眼睛，他的心也很痛。

在他得知自己生病的时候，他内心已经做过巨大的挣扎。

或许人都是自私的，他也会害怕，也想要心爱的女人陪在他身边。

可这样，对她公平吗？

她才二十多岁，如花的年龄，还有无限光明的未来。

他忍耐着绝望与病痛折磨，在她的面前尽量扮演好那个好老公，可他内心的压力真的很大，他不敢想象她知道真相后会怎样。医生说他的情况不容乐观，让他做好最坏的打算。

如果他死了，她该有多难过，她会不会从此一蹶不振，行尸走肉般过这一生？

大概是他太自信了吧。

也许他离开以后，她并不会难过很久，她会很快忘了他呢？

如果是这样，该多好。

他以为他能给她绝对幸福无忧的未来，命运却跟他开了个大玩笑。

真是嘲讽，他以为娶到她是这一生中最幸运的事情，却没有想到，这段婚姻带给他的，竟然只有悔恨。如果时光可以倒流，他能够回到过去，一定不会和她在一起。

江应景的心口钝痛。

他想到那天，他对夏夕颜说了这件事，那时他还没有决定是否用分手将最爱的妻子从身边推走，但是后来夏夕颜突然出现，假称他移情于她，让他给何幸一个交代。

他脑中一片空白，只剩下震惊与不知所措。

后来何幸追问，他一狠心，便顺势演了下去，天知道他看到她的眼泪有多难过，他差一点儿就要收回那些浑蛋的话了，但他最终还是忍住了。

他知道，他已经没有给她幸福的资格了。

千言万语，最后却只有一句苍白的“对不起”。

“对不起？就一句对不起？你对得起谁？”

何幸哭着捶他，可因为心疼他，却又不敢用力，小手轻轻地打在他胸口。

"如果你爱我，怎么忍心这样对我？你以为你瞒着我，我会开心吗？万一你背着我死掉了，我做鬼也不会放过你……呸呸呸！什么死不死！你不会死的！"

他将她揽入怀中，任由她在他怀里哭得颤栗。

"已经是晚期了。小幸，我可能不能陪你走下去了。"

6. 她是他的止痛药

"就算只能陪我一段路，你也要好好地陪我啊。"

她抬头看他，那双泪光闪闪的眼眸中，只有纯粹的、不夹杂任何杂质的感情："我只想跟你在一起。以前是你爱着我，宠着我，对我那么好，现在你得病了，该是我来照顾你了。"

她的声音都哭哑了，江应景用指腹拭去她脸上的泪："别哭了，小心肚子里的孩子。"

说到孩子，何幸更难过了："你还知道关心孩子，你不是让我把孩子打掉吗？"

他的动作僵住，手停在了半空。

良久，他深深地埋下了头，低哑的声音泄露了他的痛苦。

"我怎么会不关心呢，从你怀孕开始，我就幻想过许许多多有你、有孩子的未来。小幸，我爱我们的孩子，但我更爱你。我怕孩子会拖累你，怕你一个人照顾他太辛苦，怕你将来过得不好，我怕你会恨我。

"我也怕我们将孩子带到这个世上，却不能给他完整的爱，我怕他会受欺负，被别人嘲笑是没有爸爸的小孩，我害怕的太多了……"

何幸望着江应景，他从来没有在她眼前掉泪，此刻却那么脆弱无助。

她紧紧抱住他，将头埋在他怀里，眼泪浸湿了他的衣服。

"别怕，以前你保护我，以后我来保护你和孩子，我能做到的。"

何幸和江应景商量后，将事情告诉了家长，虽然他们并不想让长辈担心，但这种大事必须要告知他们。

何爸爸和何妈妈难以置信，短暂慌乱过后，他们冷静下来，先安慰女儿女婿，说一定有办法治好，同时又立刻联系这个领域最知名的医生，相信一切都有转机。

公公婆婆受到的打击最大，辛苦养了二十多年的儿子，怎么会突然生病了呢？

起初并没有明显征兆，只是有时会胃痛。江应景在公司内担任重要职务，经常加班，有时太忙了顾不上吃饭，他以为胃痛是因为饮食不规律导致的，并没有重视。直到胃痛越发严重，不得不去了医院，没想到这一检查出来就已经是晚期。

化疗的过程很痛苦，对于晚期患者来说，并没有什么立竿见影的效果。

但何幸总是鼓励他，说他们一定能挺过去的。

她也真的开始学做饭了，每天早晨，她都带着保温饭盒来医院。

江应景有很多东西不能吃，她便日日煮粥。今天她又带着自己煮的粥来到医院，看到他的那一刻，她疲惫的脸上绽开花般笑容，将饭盒献宝似的举起来。

“老公，吃早饭啦。”

时间还早，窗外是清晨浅金色的微光，还带着些许未褪去的夜色。

江应景看到妻子挺着孕肚还为他做这些事情，感动又有些难受：“都说了别这么辛苦，医院门口的粥店什么都有，你过来的时候随便买点儿就可以了。”

何幸撇了撇嘴：“你不是让我学做饭嘛，我认真在学了啊。”

“你还生气呢，”江应景知道她对上次的事情仍然耿耿于怀，“我不是嫌你不会做饭做家务。我是怕我走了以后，没人照顾你。”

“走什么走，你走到哪儿去，净说些不吉利的话。”

何幸拧开盖子当作碗，用勺子将粥一勺一勺舀进去。

她絮絮叨叨，开启了唠叨主妇模式。

“我有手有脚怎么会饿死，你可别看不起我。外面的粥店，虽然味道不错，但是料放得不足，一点儿营养都没有，哪有自己熬的粥实在。再说，煮粥而已，又不是什么重活儿，我可以做的。”

她将一碗粥递给他，眼睛亮闪闪地望着他，一副“我很棒，快夸我”的表情：“我最近发现了做饭的乐趣。今天我煮了白菜牛肉粥，放了好多好多牛肉！你快尝尝！”

江应景看着面前颜色混浊的米粥，闻到了一股若有若无的煳味。

白菜牛肉粥？

这应该是焖牛肉饭吧？

江应景心里吐槽着，嘴上却夸她：“嗯，闻起来真香。”

何幸充满期待地看着他，他便在她的紧盯之中，吃了两口。

对，不是喝，是吃！毕竟这是一碗用料实在的牛肉饭。

偏偏何幸还很得意：“我都说了，自己煮的粥更有营养！你去哪家粥店，人家能给你这么多肉啊，他们一锅粥都没有我这一碗的肉多！医生说啦，你要多吃有营养又好消化的食物，还要多多摄入蛋白质。对了，明天我煮个牛奶鱼片粥吧？”

不知道明天又会是怎样的黑暗料理。

江应景看着她，嘴角忍不住泛起了笑。如果没有她在身边，他该怎么办呢？

在离开她的那段时间，他仿佛活在不见天日的绝望中。他以为自己接受了命运，无论这条路多么艰难，他都会一个人扛，可是看到她出现的那个瞬间，他坚固的心墙突然破碎了。

原来，他是那么需要她。

她就像一颗止痛药，只要她在身边，就可以抚平他的不安。

在江应景面前，何幸总是积极乐观的。她给他做饭，抱怨自己被烫伤手，像个小女孩般撒娇要他吹吹，随后又笑得眼睛眯起来说真的不疼了。她陪着他打针吃药，叽叽喳喳地告诉他来时看见一只小猫在追赶麻雀，说楼下宠物店的八哥朝她问好了。

冷冰冰的病房，因为她的存在而变得有了朝气。

可是走出病房，何幸脸上的笑容就消失了。那些笑容都是假的，她心里痛得不得了。江应景的病情在恶化，她都知道。全家都瞒着他，怕会影响他的心情，怕他自暴自弃。只要有一线希望，他们都不会放弃。可是他的状态一天比一天差，他会努力吃下何幸做的粥，却只是吃几口就说饱了；他经常呕吐，有几次忘了冲水，虚弱地回到病床上，何幸发现他吐了血。他变得越来越瘦。

她好像随时都会失去江应景。

不知道又是第几个失眠的夜晚，何幸睁着眼，看着白色的天花板。

她一夜没有睡，灯就这样彻夜地亮着。

双人床的另一半，空荡荡。

孕吐的反应强烈，她跑去洗手间，再次吐得天翻地覆。

吐完以后，她扶着洗手台慢慢站起来，看着镜子里的自己，这个眼窝深陷、面色枯黄的女人真的是她吗?

妈妈为了照顾她搬了过来，就住在她的隔壁房间，听见动静连忙赶来。

“小幸，你没事吧？”她将洗手间的门推开一道缝，忧心忡忡地望着女儿。

“没事。”何幸用纸巾擦了擦嘴角，怕妈妈担心，努力扯出一个微笑的弧度。

妈妈扶着她走回卧室，给她盖上了被子，又有些不放心，坐在床边看着她。

何幸躺在那里发呆，双眼无神地睁着，过了很久很久，都没有换过姿势。

妈妈见不得宝贝女儿如此模样，眼睛一下子就红了。

“妈妈……”

何幸仿佛在自言自语，声音轻得像呢喃。

“……你会不会后悔让我嫁给江应景？”

“后悔啊，你是妈妈的宝贝女儿，妈妈当然希望你幸福快乐，这是作为人母的私心。”妈妈将她鬓角凌乱的发丝拨到耳后，温柔地说，“可是小景是个好孩子，他对你的好，妈妈都看在眼里。人是要讲良心的，咱们不能那么自私地抛下他，妈妈理解你。”

何幸望着窗外，窗帘半掩着，透过紧闭的窗户，她看到无尽的黑夜。

那深沉的黑色像一个旋涡，几乎要将她吸进去。

何幸闭上眼，泪水从眼角滑落，落进鬓发中。

“妈妈，活着好累啊……”

妈妈愣了愣，即使想要忍耐，却终究还是忍不住，在女儿面前流下了眼泪。

“小幸，你可千万别做傻事，妈妈只有你一个孩子，你要是出事了，妈妈怎么办啊。”

7. 下辈子还要在一起

何幸开始对很多事物都失去了兴趣。

她不想吃饭，不想与人交流，不想动，即使在跟江应景见面的时候像个温暖的小太阳，没有流露出半点儿消极情绪，可每当与他分开，她就又变得死气沉沉。

她木然地回到家，木然地吃下妈妈给她准备的饭菜，木然地躺在床上发呆，睁着眼，又是一夜。

她的情绪变得不稳定，有时候走在路上，她会突然泪流满面，看到马路上的车流，她竟然会想到死，而且这个念头越来越频繁。

还好秦星黎发现了她的不对劲。

何幸被确诊为重度抑郁。

何幸没有告诉江应景这件事，在他面前，她仍然微笑着鼓励他，只有在秦星黎的诊疗室里，她才会卸下防备，痛哭出声。秦星黎担心极了，昨天就有个产后抑郁的女人情绪失控自残，他怕何幸也做出什么傻事。而且她身处孕期，为了孩子的健康，她没有办法吃抗抑郁的药物，秦星黎只能让她每周来几次诊疗室，言语开导他，希望她能暂时挺过去。

离开的时候，何幸意外地在医院楼下遇到了江路遥。

有个脸红红的女孩子在后面推着轮椅，两人通过藤蔓围绕的长廊，互相都没有说话。

何幸迎面看见了江路遥，有些惊讶，瞥了一眼他身后的女生：“女朋友？”

江路遥摇摇头：“只是同学。”

何幸又问：“你怎么来医院？生病了吗？”

江路遥没说话，女生小声说：“抱歉，我不小心用圆规弄伤了他……”

何幸这才察觉到江路遥的衣袖染了血，连忙说：“那你们快去处理伤口吧！”

江路遥制止住女生继续推轮椅的动作，问道：“何幸姐，你怎么在医院？”

小遥平时都住校，不经常回来，大家还没告诉他关于哥哥得病的事情。何幸怕说漏嘴，有些不敢直视他的眼睛，她移开视线，笑了笑：“我来做检查。”

小遥盯着秦星黎：“这位哥哥是妇产科医生吗？”

他的问题有些故意，因为秦星黎胸前挂着的名牌明明写着心理科。

何幸硬着头皮说：“他是我同学，正巧碰见了。”

小遥若有所思地“哦”了一声，话中有话：“我看你们也不是碰巧遇到一次了。”

何幸想起上次在秦星黎面前哭，就被江路遥撞见了，这次又是刚哭完，眼睛肿得像桃子，一看就不对劲。小遥也许是误会了，但她又不敢说太多，怕自己说多错多，被小遥发现什么。

她是来做心理疏导的，可她好端端的为什么会抑郁，小遥那么聪明，也许会从一个小细节发现更多秘密。她和江应景商量好了，先不要将事情告诉小遥，她必须要保密。

何幸努力露出甜美的笑容：“是啊，确实很巧，我还有事，先走啦。”

她刚走几步，跟江路遥擦肩而过的时候，听见他说：“上次见到我哥……”

何幸的脚步定住。

她紧张地望向江路遥。

他若无其事地说：“他看起来心情不太好。”

“可能是工作太累了。”

“他在收拾东西，说要出差。”

“嗯，他经常出差。”

“但他带的东西不像出差用的，倒好像要搬出去住。”

“……”

“你们的感情出问题了吗？”

他句句犀利，何幸的脑袋“嗡”的一声，没想到小遥已经有所怀疑。

她的笑容有些僵硬，硬撑着说：“没有啦，我们的感情很好，他嫌我打呼噜，影响他睡眠，所以他的心情不太好，索性搬出去住几天。”

江路遥的视线平移到何幸的肚子上，微笑着说：“你可不要做对不起我哥的事情哦。”

虽然他是笑着说的，但那语气却莫名吓人。

何幸有些心虚，加快脚步走了。

医院下了病危通知书，何幸看见江应景被推去重症监护室，虽然他挺过了一次又一次，但他的状态越来越差。她每次等在外面的时候，都很害怕他被推出来时心跳已经停止。

江路遥也终于知道了这件事。

病房里静悄悄的，江应景躺在床上，身边是一堆正在工作的仪器。

江路遥看着哥哥，眼睛里渐渐盈起了眼泪，哥哥向来比他强壮，病痛的折磨却让他变得消瘦不堪。

“哥，你为什么不告诉我？”江路遥的声音在抖。

“我不想影响你的心情。”江应景垂下眼眸，睫毛在眼睑投下淡淡阴影，他的声音很轻很轻，说话需要耗费他气力，他已经没什么力气了。

“都什么时候了，你还说这种话，难道我不是你弟弟吗！”江路遥压抑着自己的情绪不敢大声，怕被病房外的医生护士听见，将他赶走，可他真的很难过，很少流泪的他泣不成声。

江应景轻叹一声：“小遥，别哭。”他伸手想摸摸弟弟的脸，但是连举手的力气都没有，手只是轻轻抬了抬便落了下去，无力地搭在床上。

江路遥擦掉眼泪，问：“什么时候确诊的？”

江应景说：“前两个月。”

“怪不得……”江路遥自言自语了一句。

“什么怪不得？”江应景问。

“怪不得何幸总是去找那个医生，她已经做好撤退的准备了吧？”

“不是这样的。”江应景已经很累了，却无法听任弟弟误解妻子，坚持为她辩解，“是我不想拖累她，想让她离开。”

江路遥眼中有着恨意，听不进哥哥的解释：“我知道，一辈子爱一个人很难，我也没有要求她永远对你忠贞，但现在你还活着呢，她就已经跟别的男人打得火热，太过分了。”

江应景打断了他：“小幸不是这种人，你误会了。”

何幸就站在病房外，兄弟二人的对话声清晰传来，她垂下了眼眸。

黑色轮椅从病房里转出来，江路遥看见何幸，将轮椅停在了她的面前。

他抬头看着何幸，冷冰冰地说：“如果我哥不和你在一起，他就不会这样。”

婆婆刚从医生办公室走过来，恰巧听见江路遥的话，她有些生气于这么好的儿媳被误解，但她也理解儿子的心情，伤感地说：“你哥生了病，大家都很伤心，这件事和小幸没关系。”

江路遥愤愤道：“哥哥就是工作太拼命太辛苦了，饮食又不规律，才会生病。何幸连饭都不会做，桌子上放的那碗黄色的东西是南瓜粥吗，我看了都没食欲，她是不是故意想把我哥饿死？”

他说到了何幸的弱处，她有些心虚：“没有，我早上尝了尝，味道还不错啊……”

江路遥皮笑肉不笑地说：“你舌头坏掉了吧？”

何幸从来没发现江路遥这么刻薄，从刚认识到现在，他都扮演着一个乖巧听话的弟弟，虽然跟她不亲近，但见面都会礼貌地问好。看来，弟弟对她的意见已经大到不想遮掩了。

她走进病房，身后传来江路遥讽刺的声音：“我看她也没有多伤心嘛，我哥每天化疗，头发都掉了，变得人不人鬼不鬼，她却有时间跟男人打情骂俏。”

江路遥没有避讳，甚至还稍稍提高了声音。

江应景也听见了他的话。

他只得安慰何幸：“你别往心里去。”

何幸微笑着摇摇头：“我怎么会跟弟弟计较呢？”

她将床边桌子上的南瓜粥倒进垃圾桶，一边收拾，一边说：“老公，明天是你二十五岁的生日，我们小小地庆祝一下吧。我用南瓜粥剩下的材料给你烤个南瓜蛋糕！”

江应景感叹：“去年的今天，我打死也想不到，我老婆竟然会烤蛋糕。”

“你想不到的事情还多着呢。”何幸露出骄傲的神色，“昨天家里灯泡坏了也是我去修的，我还新买了婴儿床，一个人组装好了，我简直太厉害了！如果你多陪我几十年，你一定能看到更多奇迹！”

江应景勾了勾嘴角，眼眸弯弯：“我只要看到你的笑容就很开心了。”顿了顿，他叹息一声，“我并不想把我老婆逼成一个什么都能做的女汉子，这些事情都该由我来做。”

“你说的啊，可不许反悔，”何幸眼睛里亮晶晶，那里倒映着他的影子，“以后什么坏了我都放在那里，等你康复以后给我修。”

“好。”江应景笑容里带着宠溺。

江应景对于过生日并没有什么兴趣，但大家一致决定，要让他度过一个值得纪念的生日。

何幸的南瓜蛋糕意外地成功。

除了不好吃，其他的堪称完美。

不过味道并不重要，反正现在的江应景也吃不了蛋糕，只是生日需要烘托气氛，蛋糕这样体现仪式感的道具必不可少。何幸用奶油在蛋糕上写下了“下辈子还要在一起”的宣言。

8. 用尽全力去爱你

当何幸把蛋糕拿出来的时候，许久没有流泪的江应景也湿了眼眶。

大家轻声为他唱着生日歌，虽然在庆祝生日时应该开心，可大家心里都不好受。

江妈妈准备了一盆小小的多肉植物，绿色的盆栽，生机盎然，寓意着希望。江爸爸送了最新款的游戏机，说儿子忙于工作都没时间玩，等他出院以后一定要好好休息一段时间，他们父子俩要好好地打几场游戏。

江路遥送了亲手制作的画册，那上面有着他画的四格漫画，将他和哥哥许多有趣的日常生动地表达了出来。

江应景很久没有笑得如此开心了，尽管鼻子感到酸涩。

他躺在那里没什么力气，连说话都费劲，江路遥便一页一页地翻给他看。

最后几页，何幸出镜了。

那长裙长发的女孩站在天台上，手里拿着一封信，面前站着一个表情酷酷的少年。江应景曾经偶尔说过他和老婆之间交往的小细节，小遥能画得出这个场景，他倒也不意外。

江路遥翻到了下一页。

画风大变。

坐着轮椅的少年，用各种方法杀掉了女孩。

这漫画名字应该叫《杀人的一百种方法》吧？

江路遥阴森一笑："哥，我最近总是做梦，梦见我回到了过去，在你们认识之前，我就帮你消灭她。"

江应景深感无措："你误会了，我们不是你想的那样。"

何幸正忙着把蜡烛插在蛋糕上，江路遥说话完全没避讳她，每个字都清清楚楚传进了她耳朵里。她有些尴尬。她知道小遥不喜欢她，可是什么叫作消灭她啊？

江应景怕老婆看到画册会不开心，很想将画册拿走藏在枕头下面，可他努力抬了抬手，简单的动作已经让他力不从心，他最终还是放弃了。

江路遥"扑哧"一声笑了，眼中的阴影像飞鸟掠过般瞬间消失，脸上又扬起阳光笑容："哥，你干吗这么紧张，我开玩笑而已。我又不会真的回到过去。"

何幸不想让老公在她和弟弟之间为难，她嘻嘻笑道："没关系啦，梦和现实是反的，我不会在意的。"她摸了摸小遥毛茸茸的头发，甜甜地笑道，"你嫂子我就没那么小气了，我要是回到过去啊，第一个愿望就是治好你的腿。我还想跟你做好朋友，让你知道我是一个又温柔又善良的姐姐，打消对我的偏见。"

江路遥的头发都被她揉乱了，他努力躲开。

"我才没有看出你哪里善良！"

"所以说，你对我有偏见呀。"

何幸一点儿都不生气，拿走他手里的画册翻了翻，啧啧赞叹："画得真不错，什么时候教教我。"

江路遥从鼻子里哼了一声："你没有天赋，学不了画画。你看你做的萝卜蛋糕有多丑，但凡有一点点正常审美，都做不出那么丑的蛋糕。"

"那是南瓜蛋糕。"

"那几坨粉色的奶油是什么？"

"是轱辘……"

"南瓜需要轱辘？"

何幸她好脾气地解释："你没看过童话吗？加了轮子就是南瓜马车呀，粉色的轱辘，简直少女心十足。"

“南瓜马车？马呢？”

“马太复杂了，我省略了……”

“呵。”

“也不强求你吃它，就是一个生日的象征，你懂吧？”

“那就好。”

这孩子，乖巧的时候惹人怜惜，讥讽的时候，又分分钟把人气死。

何幸点燃蜡烛，捧着蛋糕望向江应景。

她笑盈盈地说：“来许愿吧。”

江应景看着蛋糕上歪歪扭扭的奶油字。

“下辈子……”

他不知想起了什么，有些失神，喃喃道：“如果有下辈子的话，希望你不要再遇到我。”

“让你许愿，不是诅咒！”

何幸将蛋糕藏在身后，气呼呼地瞪了江应景一眼。

他被她的模样逗笑了，毫无血色的唇勾起浅浅弧度，但他的语气却那样认真：“小幸，我让你受了太多委屈，我总是在想，如果一开始我没有答应你的告白就好了。”

“怎么，”何幸假装生气，“后悔喜欢我了？”

江应景阖上眼眸，他的声音很轻很轻，像雨水融入海中：“后悔的不是喜欢你，是我没办法给你幸福。如果我们之间没有开始，你现在还会是那个无忧无虑的你。”

何幸的笑容凝固了。

她已经努力不把自己的痛苦泄露在他面前，还是被他察觉了吗？

江应景的气息微弱，他垂下眼，睫毛覆盖在眼睑上。他张开嘴好像说了几个字，可她什么都听不见。是“对不起”还是“我爱你”呢……

何幸极力控制着，但眼泪还是落了下来，滴落在黄色的蛋糕上。

“我从来都没有后悔过，”她的声音哽咽了，但她还是努力用微笑面对他，轻声说，“如果有重来一次的机会，我还是会选择爱你，我会比现在更温柔地对待你。”

江应景没有回答。

她再也听不到他的回答了。

仪器“嘀嘀嘀”地开始报警，医生护士都涌了进来。

何幸终于忍不住，大哭起来。

不知何处吹来的风，吹灭了生日蛋糕上的蜡烛，吹散了浅白日光。

整个世界变成黑色。

回忆的碎片，像幻灯片一样，在黑暗中闪过。

何幸站在一片漆黑之中，四周都是冷冰冰的雾。她的耳朵里充斥着各种声音，笑闹声，哭泣声，她看到了爱与恨，拥有与失去……

她捂住了剧烈疼痛的心口。

是的，她想起来了！

她已经度过了一次相同的人生，爱上过同一个人，不管经历了怎样的痛苦绝望，她都不曾后悔过，因为她尝到的甜，足以抵消所有的苦。

可是江应景却后悔了。

在他二十五岁生日的那天，他许愿，如果时光倒流，他会拒绝她。

于是，老天真的给了这场梦境，以那本漫画为基础，创造了另外一个平行世界，给他们重新来过的机会。

他们重新相遇，就在她表白的那一天。

她忘记了一切，却又一次爱上了他。

然而江应景害怕了，他什么都记得，却不敢再向她走近一步，他怕重蹈覆辙。

他装作不认识她，以为这样，就可以让她过上没有他的、快乐的人生。

眼泪一滴滴落下，飞散在冷雾中。

漫天遍地的记忆碎片，在黑暗中开出了发光的星星花，绵延成了一条银河之路，照亮整个黑夜。

何幸朝着那光路的尽头奔去。

月光照进干净整洁的病房，洒在何幸的脸上。

月色朦胧，为她镀上了一层皎洁的光华。

她呼吸平稳，好像只是睡着了。

可她已经这样，睡了半个多月。

江应景坐在床边的椅子上，轻轻握着她的手。

他呆呆地望着她，就这样不知看了多久，最后深深地埋下了头。

他不知道她什么时候可以醒来，万一永远醒不过来怎么办？每次想到这些，他就开始悔恨，为什么有了重来一次的机会，他选择的不是保护她，而是逃避？他是个胆小鬼，他不想再尝一次痛失所爱的折磨，那感觉太痛了，只要稍稍回想，便痛到窒息。

良久，他轻声说：“小幸，我知道我错了，我只是不想再一次失去你。”他的语气充满迷茫无助，带着些许哽咽，“我到底该怎么做呢？”

那些过往浮现在眼前……她表白时的害羞，交往时的甜蜜，结婚时的喜悦，婚后相处的幸福。他知道自己生病后，夜夜失眠，站在阳台上望着无尽的黑夜，不知道未来该如何。

他最放不下的，是深爱他的妻子，如果他死了，她该怎么办。

后来她知道了真相，逐渐变得坚强。她学会了做饭，她为了他忙前忙后，自己去做产检，她来医院陪他，在他病弱时为他擦脸擦身，讲述那些路上看见的好笑的事情。

可他也看见了，她日益消瘦以及眼底那疲惫的黑眼圈。

如果她当初没有选择他，她一定过得很快乐。

因为她天生是一个容易满足、值得快乐的人。

他欠她的太多太多了……

那些记忆，仿佛很遥远，却又如昨日一般清晰。

江应景喃喃地说："只要你能醒来，我愿意付出一切，不管我们的结局是怎样，不管我还有多少时间，我会用尽全力去爱你，再也不会将你推开了。你醒过来，好不好？"

风吹动窗纱，吹散她鬓边发丝。

纤柔冰凉的手指，在他手中轻轻动了动。

江应景以为是错觉，他猛地抬起头，看到何幸睁开了眼，泪眼蒙眬地看着他。

那双晶莹透亮如黑葡萄般的眸子盈满了眼泪，大滴大滴，珍珠般落下。

9. 大结局

他想过无数次，她醒来的场景！

他一定会紧紧抱住她，说他再也不离开她了。

可没想到当她真的醒来，他还没来得及反应，就被她紧紧抱在了怀里。

她号啕大哭："你还活着！太好了！我以为永远都见不到你了！"

江应景被勒得喘不过气来，他轻轻拍了拍她的后背，让她的情绪逐渐平静下来。

她松开他，但还是抓紧了他的手，好像害怕又会失去他："你再也不要离开我了，好不好？"

"好。"他温柔地看着她，向她保证，"我永远都不会离开你。"

话音刚落，他突然反应过来，惊讶地问："你都记起来了？"

"我记起来了。"她控制不住难过，"你不知道那段时间我是怎么过的，太惨了！肯定是上天觉得我可怜，想再给我们一次机会。你为什么一直拒绝我？你怎么舍得我那么辛苦，你太过分了！"

江应景默默为她擦眼泪。

只要她舒服一点儿，他宁愿她狠狠地骂他。

他知道她很辛苦，他又何尝不是呢？

第一天，他拒绝了她，虽然心痛，但他想到她会幸福过这一生，又觉得解脱。

可是为什么那天会重复啊！他每天都要受一次良心的折磨！再冷血的人也会被她打动，更何况他本来就喜欢她。看到她受挫难过的表情时，他很心疼，以前他从来不舍得让她难过。她来看他的篮球比赛，他会忍不住偷瞄她，却又不敢太明显。他们一起吃饭的时候，虽然他摆出一副冰块脸，可他心里是开心的，只要听见她叽叽喳喳的声音，心情就莫名变得很好。

然而等到两人分开后，他又很难过。他爱她，可他不敢说。这种感觉太糟糕了……

何幸的苏醒令医生们都感到惊奇，甚至想将她留院好好观察研究一番，不过再三检查发现她并没有什么内外伤，他们也只能相信，这世上或许真的有些无法用科学解释的事情。

夏夕颜得知何幸醒来了，第一时间赶来医院看她，一进门便扑到何幸床前，哭得梨花带雨，话都说不出来。

何幸拍拍她的背，安慰道："你哭得太惨啦，别人会以为我死了。"

夕颜红肿的眼睛瞪向她："你瞎说什么啊，不许提'死'这个字！"

何幸忍不住笑了，换来夕颜生气的声音："你还笑呢，你知不知道我有多害怕。"

她拿出纸巾为夕颜擦泪，轻声说："我知道，你最好了。"

"到底怎么回事，你怎么突然晕倒了？"夏夕颜哭到忘记保持淑女形象，眼泪怎么也擦不干，"是不是没吃饭低血糖，还是为了准备节目太紧张了，你压力大要告诉我呀……"

平时都是何幸话最多，今天难得她插不进话，只能听夏夕颜一直说着。

有些记忆，似乎重叠了。

曾经的夏夕颜伤害过她。

但这次却没有。

她知道，夕颜并不是真的坏人，她曾沉浸在爱情之中，冷落了夕颜。

夕颜夹在不幸的家庭中间，进行着一场无望的暗恋，对比起来，逐渐感到不平衡。

可这一次，她在日复一日的循环中，察觉了夕颜的心思，她会担心夕颜，会关心夕颜，没有让夕颜一个人独自承受，所以夕颜还是没有变，她们依旧是好闺蜜。

她的人生重新来过了，并没有什么遗憾。

秦星黎站在身后，看何幸手里的纸巾用完了，又递来一张。

何幸却没有接，朝他使了个眼色。

秦星黎一脸蒙。

何幸挤眉弄眼，疯狂暗示。

夏夕颜突然红了脸，轻轻捏了何幸一下。

或许对付不解风情的男人，不能拐弯抹角，何幸只好开口明示："学长，我突然手疼，不能帮夕颜擦眼泪了，你看你方不方便？”

秦星黎也没多想，顺手就用纸抹了抹夕颜的眼睛。

动作稍显粗暴，将她的睫毛都揉下来了几根。

两个人都脸红了。

夕颜是害羞，秦星黎则觉得抱歉，面前细皮嫩肉的小姑娘，被他擦得脸都泛红了。他很不好意思地说：“我是不是力气太大了，你的脸都红了。”

夏夕颜一惊，转身避开他，用手背贴在脸上，哇，好烫！

她不敢回头看秦星黎了，真想找个洞把自己埋起来。

何幸的爸妈正在准备出院手续，而江应景坐在一旁，默默给何幸切水果。

秦星黎看见这一幕，联想到何幸在演出之前对他说，她很在意江应景的想法，于是明白了她心里有他。而且她不是单相思，向来高冷的江应景居然在为她切水果。

到底是什么时候，他们两人有了这种感情呢……

回忆起来，秦星黎隐隐察觉到她和江应景之间，早有了那小小的磁场。

以前是他没注意，现在想来，只能暗叹自己的迟钝。

还好，他没有将自己的心思告诉给她，他们之间还能做朋友。

虽然不能再进一步，但即使是朋友，也很好了。

洗干净的草莓，其实并不用切，只要将绿叶摘掉就可以，可江应景还是很细心地用水果刀把草莓屁屁切掉，将新鲜水嫩的草莓喂进了何幸嘴里。

这样赤裸裸地撒狗粮真的好吗？

秦星黎制止了他的行为：“星星才醒来，不能吃水果吧？”

江应景用叉子又扎了一颗草莓：“医生说没事。”

秦星黎忧心忡忡：“医生怎么说的？她为什么会突然晕倒？”

夏夕颜望向江应景，她也很想知道究竟是怎么回事。

江应景将叉子递到何幸嘴边，若无其事地说：“不知道。”

……

大家送何幸下楼，何爸爸去附近停车场开车，何幸等在医院门口，突然看见不远处站着个瘦瘦高高的身影。她见过太多次了，对那身形再熟悉不过，只是他没有再穿厚重的长袍，也没有戴假发，没有满脸吓人的雪白粉底，分明是个回头率不低的秀丽少年。

何幸一时不太习惯。

她朝那身影招了招手，热情地喊：“小遥！”

江路遥不但没过来，还躲在了电线杆后面。

他以为这样，她就看不见他？

何幸索性跑过去，将他从电线杆后面拉出来，笑盈盈地问：“小遥，你是特意来送我出院的吗？”

江路遥的脸色通红：“我是路过……你太用力了，我的袖子要被你扯断了……”

“路过？这么巧？”何幸盯着他的眼睛。

“就是这么巧！”江路遥回答得很肯定，眼神却闪躲不看她。

“不是来给我道歉的吗？”何幸问。

江路遥神色很不自然，小声嘀咕：“我干吗要给你道歉……”

何幸的声音拔高：“你捅了我一刀，你忘了吗！”

“喂喂，你声音小一点儿！别人都听见了！”

“我又没有说谎，这是事实啊！你杀了我多少次，你自己算算！算得清吗？！”

“都说了小声点儿。”

江路遥急得捂住了何幸的嘴，他分明察觉到了路人惊恐的眼神，有些人走过来的时候还小心翼翼地避开他，仿佛他是个穷凶极恶的杀人犯！

江路遥松开手，很没底气地说：“那是以前，我以为你背叛了我哥，我怕你又一次伤害他。”

“现在呢？”

“我哥都告诉我了，你和那位学长没什么。他是心理科医生，你是去看病的。”

“他知道我的病？”何幸有些惊讶，她以为自己伪装得很好。

“嗯，重度抑郁。”江路遥低声说，“我哥说，是他对不起你。”

“他怎么知道的？”

“我妈收拾房间的时候，翻出你的诊断书了，她来医院告诉我哥了，”江路遥的眼神里带着些许不易察觉的愧疚，“他们都很心疼你，又不知道该怎么对你说……”

何幸笑了笑，仿佛痛苦的过去都已经被时间抹去，不复存在。

她揉了揉江路遥的头发，大大咧咧地说：“好了，不逗你了，其实姐姐并不生你的气。”

江路遥一怔，回头看她。

她笑意盈盈，像春日里灿烂的暖阳，忽而融化了他心底最后一层冰。

她的目光从他脸上移到了他的腿，笑容微微收敛，却依旧温柔如水。

“至少你现在不用再坐轮椅了，你可以跟大家一样，想去哪儿就去哪儿。以后姐姐带你去厉害的鬼屋，有真人扮鬼烘托气氛的那种！如果你害怕，你可以跑得比鬼都快。”

江路遥背过身。

“干吗说这些肉麻兮兮的话，一点儿都不像我印象里的那个坏女人。”

“你说什么？”

何幸揪住他的耳朵，转过他的脸，却看见他眼睛发红，眸心晶莹若泪。

她一怔，笑着打趣：“喂，你不会感动得想哭了吧？”

江路遥的脸又红了，恶狠狠地说：“才没有！”

江应景远远看着他们，勾起唇角，笑意轻轻浅浅落在眼底。

这样的画面，是他梦寐以求的。

曾经小遥不喜欢何幸，误会越积越多……

他多希望他们一家人能够其乐融融，像现在一样。

何幸跑到江应景身边，挽住了他，仰着脸看着江应景，眼中星辰闪闪，那里全是他的倒影。

“这一次说好了，你要一直陪着我，不许放手！否则我变鬼也不会放过你！”

江应景被她逗笑了：“变什么鬼呀，你就不能想点儿好的？”他牵住她的手，手指相扣，对她承诺，“小幸，我再也不会放手了，你变成什么我都爱你。”

嗯！

嗯？

这话怎么有点儿不对劲……

夕阳缓缓落下，青白色的水泥路上洒下一片浅金色的光。

他就这样牵着她的手，所有的犹豫不安早已荡然无存。他会陪着她，到生命燃尽的最后一刻。既然不能改变未来，他只能努力，让她在剩下的时光中得到百分之百的爱和快乐。

她值得……

– 完结 –